8

Anna Johannsen
Die Frau aus der Nordsee

EDITION M

Das Buch

Zwischen Pellworm und Nordstrand wird eine Frauenleiche aus der kalten Nordsee geborgen. Die Obduktion bestätigt den Verdacht auf ein Tötungsdelikt. Außerdem findet die Polizei heraus, dass Maren Witte zwei Wochen vor ihrem Tod heimlich entbunden und das Kind in einer Babyklappe abgegeben hat. Lena Lorenzen übernimmt den Fall und ermittelt auf Pellworm – der Insel, auf der Maren aufgewachsen ist.

Die Eltern des Opfers sind bestürzt über den Verlust, doch schnell wird klar, dass der Kontakt mit der Tochter seit längerer Zeit auf ein Minimum reduziert war. Auch sonst werfen die Ermittlungen einige Fragen auf: Wie konnte die junge Frau sich ein teuer eingerichtetes Apartment in Kiel leisten, obwohl sie keiner regulären Beschäftigung nachging? Und wer ist der Vater des Neugeborenen? Für Lena wird der Fall zu einer ganz besonderen Herausforderung, nicht zuletzt aufgrund einer Entwicklung in ihrem eigenen Leben.

Die Autorin

Anna Johannsen lebt seit ihrer Kindheit in Nordfriesland. Sie liebt die Landschaft und die Menschen der Region, besonders verbunden ist sie den Nordfriesischen Inseln, auf denen die Krimireihe »Die Inselkommissarin« spielt. Mit Begeisterung schreibt sie auch an ihrer Reihe um die alleinerziehende Kommissarin Enna Andersen. Beide Reihen werden parallel veröffentlicht.

ANNA
JOHANNSEN

Die Frau aus der Nordsee

Die Inselkommissarin

Kriminalroman

EDITION M

Deutsche Erstveröffentlichung bei
Edition M, Amazon Media EU S.à r.l.
38, avenue John F. Kennedy, L-1855 Luxembourg
Oktober 2021

Umschlaggestaltung: semper smile, München, www.sempersmile.de
Umschlagmotiv: © kuzmafoto/Shutterstock; © ricok/Shutterstock; © zhao dongfang/Shutterstock; © Alex Stemmer/Shutterstock; © Harald Lueder/Shutterstock; © m-agention/Shutterstock
Lektorat: Lektorat Kanut Kirches
Lektorat und Korrektorat: Rotkel Textwerkstatt
Gedruckt durch:
Amazon Distribution GmbH, Amazonstraße 1, 04347 Leipzig /
Canon Deutschland Business Services GmbH, Ferdinand-Jühlke-Str. 7, 99095 Erfurt /
CPI books GmbH, Birkstraße 10, 25917 Leck

ISBN 978-2-49670-687-1

www.edition-m-verlag.de

Eins

Kriminalrätin Nielsen bat Lena Lorenzen mit einer Geste, Platz zu nehmen. Lena zog den Stuhl vor und setzte sich.

»Wie geht es Ihnen?«, fragte Nielsen mit bemüht sorgenvoller Miene.

Beim letzten großen Fall war Lena in ihrer Wohnung überfallen und angeschossen worden. Nielsen hatte später darauf bestanden, dass sie sich für zwei Wochen krankschreiben ließe, um Abstand von den Ereignissen zu gewinnen.

»Alles gut! Der Zusatzurlaub hat seine Wirkung gehabt«, antwortete Lena und beugte sich leicht vor. »Haben Sie mich nur deshalb hergebeten?«

Astrid Nielsen lächelte angestrengt. »Wie immer geradeheraus, Frau Hauptkommissarin. Es beruhigt mich natürlich, wenn es Ihnen gut geht. Trotzdem, passen Sie auf sich auf. Um ein Haar wäre es zur Katastrophe gekommen. Das steckt niemand so leicht weg, glauben Sie mir, ich habe da meine Erfahrungen.«

Lena schwieg. Sie hatte nicht vor, ihr Innerstes nach außen zu kehren, schon gar nicht vor ihrer Chefin, die sie erst seit wenigen Monaten kannte.

»Sie wissen, wo Sie mich finden«, fuhr Nielsen fort. »Ich habe immer ein offenes Ohr für Sie.«

Lena nickte, schwieg aber weiter.

»Nun gut, es gibt tatsächlich noch ein weiteres Thema, das ich gerne mit Ihnen besprechen möchte.« Die Kriminalrätin holte tief Luft. »Sie haben von den Neugeborenen gehört, die in den letzten Monaten über die Babyklappe im Städtischen Krankenhaus«, Nielsen schien nach einem geeigneten Wort zu suchen, »abgegeben wurden?«

Lena nickte. »Ich habe davon gelesen.«

»Die Landesregierung ist etwas beunruhigt von der Entwicklung, schon allein, weil die Mutter des letzten Babys anschließend Suizid begangen hat. Zumindest hatte es bisher den Anschein.«

»Bisher?«

»Nach der Obduktion ist die Gerichtsmedizinerin sich nicht mehr so sicher. Die Frau ist zwar nachweislich ertrunken, aber Dr. Stahnke hat deutliche Hinweise auf mögliche Fremdeinwirkung gefunden.«

Lena sah ihre Chefin fragend an.

»Natürlich ist es die Aufgabe der Kollegen vor Ort, bei entsprechendem Verdacht ein Todesermittlungsverfahren einzuleiten, aber hierbei haben wir den Fall an uns gezogen.«

»Auf Anweisung von oben?«, fragte Lena.

»Sagen wir so, es besteht der Wunsch, dass der Fall, sollte er einer sein, lückenlos aufgeklärt wird. Wir brauchen jemanden vor Ort, der sensibel, aber gleichzeitig zielführend die Recherchen in die Hand nimmt. Ich habe dabei an Sie gedacht.«

»Wo ist die Frau gefunden worden?«

»Ein Fischer hat sie zwischen Nordstrand und Pellworm aus dem Wasser gezogen. Zu dem Zeitpunkt war sie allerdings schon länger tot. Ihre Eltern leben übrigens auf Pellworm.«

»Habe ich Sie jetzt richtig verstanden? Ich soll alleine ermitteln?«

»Im Prinzip ja. Wir sollten so wenig Staub aufwirbeln wie möglich. Sollte sich herausstellen, dass Sie Unterstützung brauchen, können wir darüber reden. Ansonsten bleiben Sie mit mir in unmittelbarem Kontakt. Ich möchte über jeden Ihrer Schritte informiert werden.« Kriminalrätin Nielsen schob Lena eine Akte über den Tisch. »Wie Sie sehen, ist sie dünn. Sie werden den Fall komplett neu aufrollen müssen.«

»Habe ich Ihre vollständige Rückendeckung?«, fragte Lena.

Nielsen zögerte einen Moment zu lange. »Ich hätte Sie nicht ausgewählt, wenn ich Sie nicht für die richtige Person für den Auftrag halten würde.«

Lena räusperte sich. »Das beantwortet nicht meine Frage.«

»Mag sein. Ich habe Sie bisher als hochprofessionelle und sehr effektive Kriminalbeamtin kennengelernt. Sie haben mein volles Vertrauen. Das wird Ihnen reichen müssen.«

Lena griff nach der Akte und stand auf. »Ich schaue mir den Fall an und spreche mit Frau Stahnke. Sie hören von mir.«

Eine Stunde später stand Lena vor dem schlichten Backsteinbau der Kieler Gerichtsmedizin. Ihre Freundin Luise Stahnke sollte laut ihrer Sekretärin inzwischen die laufende Obduktion abgeschlossen haben und sich in ihrem Büro aufhalten.

Lena klopfte an und öffnete die Tür. »Darf ich?«, fragte sie nach einem Blick in Luises Büro.

»Lena. Schön, dass du da bist.« Sie ging auf Lena zu und umarmte sie. »Dir geht es doch gut, oder?«

Lena rollte mit den Augen. »Warum fragt eigentlich im Moment jeder, ob es mir gut geht?«

»Nielsen?«, fragte Luise.

»Woher weißt du das?«

»Sie hat mir eine Nachricht geschrieben, dass du wegen der Toten aus der Nordsee zu mir kommen wirst.«

Lena stöhnte leise. »Ich bin in der letzten Zeit wohl etwas zu empfindlich in dieser Beziehung.«

Luise strich ihr zärtlich über die Schulter. »Darüber mach dir mal keinen Kopf. Vielleicht hast du ja recht und ich sollte allmählich in den Normalmodus zurückschalten.«

Lena seufzte. »Erklär das mal Erck. Er macht sich Sorgen um mich, als würden mir jeden Tag die Kugeln um den Kopf fliegen.«

»Er meint es nur gut, Lena. Die Welt des Bösen ist nun mal nicht sein Metier.«

»Das weiß ich schon ...« Lena legte den Kopf in den Nacken und atmete tief durch. Sie sah ihre Freundin mit einem leicht gequälten Lächeln an. »Lassen wir das.« Sie zeigte auf die kleine Sitzecke. »Wollen wir uns nicht setzen?«

Luise goss Mineralwasser in zwei Gläser und reichte Lena eines. »Die Tote, Maren Witte, hatte erst kurz zuvor entbunden. Nenn es Intuition, aber ich habe ihre DNA mit der der letzten Kinderklappen-Babys abgleichen lassen.«

»Wie lange vorher?«, fragte Lena.

»Das kann ich auf den Tag genau nicht sagen, aber nach meiner Schätzung werden es sicher zwei, höchstens drei Wochen gewesen sein. Ihre Tochter wäre demnach wenige Tage nach der Geburt im Krankenhaus abgegeben worden. Vielleicht vier oder fünf Tage später.«

»Also habe ich ein Zeitfenster von nicht einmal zwei Wochen nach der Geburt.«

Luise nickte. »Dass Maren Witte ertrunken ist, weißt du ja bereits von Kriminalrätin Nielsen. Nach meinen Berechnungen muss sie zwei Tage im Wasser gelegen haben. Den Todestag konnte ich bestimmen, die genaue Todeszeit ist schwieriger einzugrenzen. Da musst du leider mit einer Spanne von zwölf Stunden leben. Weiter habe ich Hämatome an verschiedenen Stellen des Körpers gefunden. Sie deuten auf Schläge hin. Zusätzlich waren zwei Rippen angebrochen.«

»Können die Verletzungen nicht im Wasser entstanden sein?«

Luise schüttelte den Kopf. »Zumindest nicht alle. Gehen wir einmal von Suizid aus, dann muss sie irgendwie ins Wasser gekommen sein. Klassisch wäre ja hier ein Sprung von der Fähre oder einem anderen Schiff. Dabei wäre es natürlich möglich, dass sie mit dem Schiffsrumpf in Berührung gekommen ist oder gar von der Schiffsschraube erfasst wurde, aber die Verletzungen würden anders aussehen. Ich hatte schon einige Tote auf dem Tisch, die aus der Nord- oder Ostsee kamen und von Schiffen ins Wasser gefallen oder gesprungen sind.«

»Sie hat definitiv gelebt, als sie ins Wasser gefallen ist?«

»Zweifelsfrei«, antwortete Luise.

»Hast du sonst etwas für mich? Alkohol, Drogen?«

Luise reichte Lena mehrere Fotos. »Alkohol oder Drogen konnte ich im Blut nicht nachweisen, ihre Leber ist so weit in Ordnung und lässt nicht auf höheren Alkoholkonsum schließen. Da sie erst vierundzwanzig war, liegt es allerdings auch nahe, dass die Leber nicht unbedingt geschädigt ist. Die Analyse der Haare habe ich auf den Weg gebracht. Nach meiner Einschätzung werden wir damit die letzten eineinhalb Jahre nachvollziehen können. Sollte sie in dem Zeitraum Drogen genommen haben, wirst du es also noch erfahren.«

»War sie betäubt?«

»Ich konnte weder im Blut noch im Urin entsprechende Substanzen nachweisen. Ich brauche dir nicht zu sagen, dass das kein definitiver Ausschluss ist. Allerdings habe ich auch keine weiteren Anzeichen dafür gefunden, dass sie bewusstlos ins Wasser gefallen ist. Ich erspare dir jetzt die Einzelheiten, aber nach meiner Erfahrung kann ich zu einem hohen Prozentsatz ausschließen, dass sie nicht bei Bewusstsein war.«

Lena nickte. »Ist die Entbindung professionell begleitet worden?«

»Davon gehe ich aus. Wo Maren Witte entbunden hat, ist nach meiner Kenntnis aber nicht bekannt. Den Obduktionsbericht kann ich dir übrigens gleich per Mail zuschicken.«

»Dem Baby geht es gut?«, fragte Lena.

»Soweit ich weiß, ja. Eigentlich ja nicht meine Baustelle, aber ich habe kurz mit dem Kollegen im Städtischen Krankenhaus gesprochen. Das Kind wird vom Jugendamt betreut und sollte jetzt bereits bei Pflegeeltern sein.«

Lena nickte nachdenklich. »Wie verzweifelt muss man sein, dass man sein Kind kurz nach der Geburt anonym abgibt?«

»Das ist nicht mein Fachgebiet, Lena. Ich möchte mir aber nicht vorstellen, was in Maren Witte vorgegangen ist.« Luise stand auf, ging zu ihrem Schreibtisch und wühlte in Unterlagen herum.

»Hier! Frau Lütgen vom Jugendamt. Sie hat mir ihre Visitenkarte hiergelassen.«

Lena nahm die Karte entgegen. »Du hast mit ihr gesprochen?«

»Nur kurz, aber wir brauchten ja einen DNA-Abstrich des Kindes. Ich vermute mal, sie kann dir einiges über Frauen erzählen, die ihre Kinder direkt nach der Geburt abgeben.«

»Danke! Ich spreche mit ihr.«

»Wann fährst du?«, fragte Luise.

»Zuerst am späten Nachmittag nach Husum. Morgen dann mit der Fähre von Nordstrand nach Pellworm. Der Anleger ist nur ein paar Kilometer von unserem Haus entfernt.«

»Dann treffen wir uns, bevor du fährst. Um sechzehn Uhr bei mir. Kaffee und Kuchen.«

Lena lächelte. »Ich vermute mal, dass ich nicht widersprechen darf?«

»Sehr gut kombiniert, Frau Hauptkommissarin.«

Das Jugendamt Kiel war im unübersichtlichen Komplex des Neuen Rathauses untergebracht. Lena brauchte eine Weile, bis sie das Büro von Anna Lütgen gefunden hatte. Die Frau, die mit ausgestreckter Hand auf sie zukam, war Anfang vierzig, hatte langes rotes Haar und freundliche Augen.

»Frau Lorenzen vom Landeskriminalamt?«

Lena reichte ihr eine Visitenkarte und wurde von der Jugendamtsmitarbeiterin zu einem Tisch mit vier Stühlen geführt.

»Möchten Sie einen Kaffee trinken?«, fragte Anna Lütgen.

Als Lena zustimmte, holte sie zwei Tassen aus einer Vitrine und schenkte Kaffee aus einer Thermosflasche ein. »Ganz frisch aus der Küche.«

Lena goss Milch zum Kaffee und wartete, bis Anna Lütgen sich zu ihr gesetzt hatte.

»Was kann ich für Sie tun?«

»Sie betreuen das Kind von Maren Witte?«

Anna Lütgen nickte. »Ja, das ist eine meiner Aufgaben hier.«

»Ihnen war Frau Witte aber zuvor nicht bekannt?«, fragte Lena.

»Nein, ich kenne oder kannte die Kindsmutter nicht.«

»Hat sich sonst jemand bei Ihnen gemeldet? Vielleicht der Vater des Kindes?«

»Nein, im Krankenhaus auch nicht. Die hätten mich gleich informiert. Die kleine Karla ist inzwischen bei lieben Pflegeeltern und wird dort erst mal für eine Weile bleiben.«

»Und später?«, fragte Lena.

»Das hängt davon ab, ob sich der Vater des Kindes meldet oder ob nahe Verwandte das Kind aufnehmen möchten. Ansonsten kommt eine Adoption infrage. Je eher, desto besser.«

Lena nickte. »Verstehe. Kommt es häufiger vor, dass Frauen in solch einer Situation an Suizid denken?«

»Schwer zu sagen. In aller Regel bleiben die Frauen ja unbekannt und von daher können wir nicht wissen, wie es ihnen ergangen ist. Allerdings melden sich auch Frauen, um ihre Entscheidung rückgängig zu machen. Ich habe selbst mit zwei Müttern gesprochen und sie betreut. Die eine hat sich nach fünf Tagen gemeldet, die andere nach zwei Wochen. Beide haben davon berichtet, wie sehr sie in den Tagen gelitten haben. In Fachartikeln habe ich auch von Untersuchungen zu dem Thema gelesen. Ein großer Teil der Frauen hat demnach Depressionen und Suizidgedanken.«

»Warum geben diese Frauen ihr Kind nicht einfach zur Adoption frei?«, fragte Lena.

»Erstens ist das nicht so einfach mal eben getan und zweitens, und das ist sicher der wichtigere Grund, verdrängen viele ihre Schwangerschaft bis zu einem Zeitpunkt, zu dem es nicht mehr geht. Die meisten dieser Frauen sind überfordert und nicht in der Lage, langfristig zu denken und zu planen. Für sie ist wichtig, dass das vermeintliche Problem gelöst ist. Das Nachdenken kommt später.«

»Die Frauen stehen also unter gewaltigem Druck?«

»Wenn Sie es so ausdrücken wollen. Sie empfinden es auf jeden Fall so. Wenn Sie aber nach einem bestimmten Typ Frau suchen, muss ich Sie leider enttäuschen. Die Entscheidung, ein Kind wegzugeben, kann sehr unterschiedliche Gründe haben. Ja, manche Frauen sind psychisch labil, Drogen können eine Rolle spielen, Gewalt in der Beziehung, besondere Lebensumstände und vieles mehr. Die Frauen kommen übrigens aus allen sozialen Schichten.« Anna Lütgen warf Lena einen fragenden Blick zu. »Sie können nicht verstehen, warum eine Frau ihr Kind weggibt?«

»Nein, nicht wirklich.«

»Sie haben keine Kinder?«

Um ein Haar hätte Lena geantwortet *noch nicht*, schüttelte dann aber den Kopf und verneinte die Frage.

»Stellen Sie sich vor, Sie wären der festen Ansicht, Sie könnten nicht für ein Kind sorgen, und es wäre Ihrer Meinung nach anderswo besser aufgehoben. Schon sehen die Motive nicht mehr ganz so egoistisch aus. Seit mehr als tausend Jahren gibt es Babyklappen, seinerzeit von den Kirchen und Klöstern organisiert. Das ist also keine Erfindung unserer Zeit, auch nicht, dass Frauen so unter Druck stehen, dass sie diese für beide Seiten – für die Frau und auch für das Kind – schwerwiegende Entscheidung treffen müssen.«

Anna Lütgen griff hinter sich ins Regal und reichte Lena eine Broschüre. »Nehmen Sie das gerne mit. Darin finden Sie das Pro und Kontra zu Kinderklappen und auch zur anonymen Geburt, die ja inzwischen in einigen Krankenhäusern möglich ist.«

»Danke! Das schaue ich mir gerne an. Eine Frage habe ich vielleicht gleich in diesem Zusammenhang.«

»Gerne.«

»Eine anonyme Geburt im Krankenhaus bedeutet doch eigentlich, dass die Mutter das Kind gleich dort abgibt. Sehe ich das richtig?«

»Ja, durchaus. Allerdings werden die Frauen psychologisch betreut und beraten. Es kann also durchaus sein, dass die Frau sich im Laufe des Krankenhausaufenthalts anders entscheidet.«

»Würde sie dann zu Hause weiterbetreut werden?«

»Sie meinen, vom Klinikpersonal? In aller Regel wohl nicht, aber die Kollegen dort werden das dann an andere Stellen weitervermitteln.«

»Ich frage, weil ich keine Anzeichen dafür gefunden habe, dass die Geburt nicht professionell begleitet worden ist. Und da hatte ich an diese Möglichkeit gedacht.«

»Ja, aber wenn Sie jetzt das Krankenhaus suchen, wird das sicherlich nicht leicht werden. Anonyme Geburt heißt natürlich, dass keine Daten der Frauen aufgenommen werden. Hinzu kommt der Datenschutz, der ja im Falle von ärztlicher Behandlung besonders streng ist.«

Lena nickte, trank den letzten Schluck Kaffee aus und stand auf. »Sie haben mir sehr geholfen. Darf ich Sie anrufen, wenn ich noch Fragen habe?«

»Jederzeit. Meine Handynummer steht ja auf der Visitenkarte.« Sie reichte ihr zwei Karten. »Falls Sie mit den Eltern der Kindsmutter sprechen, könnten Sie die weitergeben.« Sie hielt kurz inne. »Glauben Sie denn, dass Karlas Mutter einem Verbrechen zum Opfer gefallen ist?«

»Meine Aufgabe ist, genau das herauszubekommen.«

Anna Lütgen nickte nachdenklich. »Da wünsche ich Ihnen viel Kraft bei Ihrer Arbeit. Karla wird irgendwann nach ihren leiblichen Eltern fragen. Es wäre schön, wenn es dann Antworten für sie gäbe.«

Zwei

Lena wischte sich mit der Serviette den Mund ab. »Wo hast du diesen fantastischen Kuchen her?«

»Geheimtipp!«, antwortete Luise Stahnke lächelnd.

»Jetzt sag schon! Selbst gemacht hast du ihn doch nicht, oder?«

Luise stand auf. »Möchtest du auch noch einen Cappuccino?«

Lena reichte ihr die Tasse und sah zu, wie Luise an ihrer Siebträger-Maschine die Milch aufschäumte, den Kaffee mahlte, das Sieb füllte und schließlich den Hebel betätigte. Die Pumpe presste das Wasser durch das Kaffeepulver, die tiefdunkle Flüssigkeit lief in die beiden Tassen. Nachdem sie die heiße Milch eingefüllt hatte, reichte sie Lena ihre Tasse und setzte sich wieder zu ihr.

»Kuchen-Manufaktur. Ich kenne eine der Frauen, die den Laden gerade aufgemacht haben. Alles selbst gemacht, mit den besten Zutaten.«

»Liefern die auch?«

Luise schmunzelte. »Du denkst an eure Hochzeit? Klar, wenn du die Torten selbst abholst und nach Amrum verschiffst. Ich denke, dann sollte das kein Problem sein.«

Lena und Erck hatten für Anfang Juni ihre Trauung auf der nordfriesischen Insel Amrum geplant. Sie sollte hoch oben auf dem Leuchtturm stattfinden, mit anschließender Feier im Garten von Lenas Tante Beke.

»Ich bin natürlich schon ein paar Tage vorher auf Amrum«, sagte Lena. »Aber vielleicht …«

»Mach ich doch gerne«, nahm Luise Lenas Frage vorweg. »Ich habe die Fähre für den späten Nachmittag gebucht. Trockeneis haben wir im Institut genügend und Transportkisten auch. Wenn du dann Platz im Kühlschrank hast, sind wir auf der sicheren Seite.«

Lena beugte sich vor und umarmte ihre Freundin. »Das wäre fantastisch. Ich war nämlich schon am Überlegen, wie ich das alles schaffe.«

»Ich mache einfach einen Termin bei meiner Freundin und dann sehen wir weiter«, sagte Luise.

»Bringst du denn jemanden mit?« Lena hatte ihre Frage wie beiläufig klingen lassen.

»Wer weiß. Lass dich überraschen.«

Lena warf ihr einen erstaunten Blick zu. »Verschweigst du mir etwas? Wer ist es? Raus mit der Sprache.«

Luise lachte. »Du wirst dich gedulden müssen. Ich habe ihn erst vor zwei Wochen kennengelernt und will ihn nicht gleich mit einer Hochzeitseinladung überfallen.«

»Wann, wo, wie?«

Luise stöhnte theatralisch. »Ich hab's doch gewusst. Wenn man dir den kleinen Finger reicht, dann ist schnell die ganze Hand weg.«

»Wann, wo, wie?«, wiederholte Lena.

»Aber du behältst es für dich?«

Lena hob die Hand zum Schwur. »Ich schwöre!«

Gegen halb neun am nächsten Morgen fuhr Lena auf die Fähre nach Pellworm auf, stellte den Motor ab und verließ ihr Auto. Als sie am Tag zuvor am frühen Abend in Husum angekommen war, hatte Erck bereits mit dem Essen auf sie gewartet: Fischsuppe, dazu hatte er frisches Brot gebacken. Nach dem Essen saßen sie vor dem Kamin, tranken Wein und sprachen über ihre Hochzeitsfeier. Die Einladungen waren verschickt, die ersten Zusagen bereits eingetroffen. Im größten Hotel in Norddorf auf Amrum hatten sie ausreichend Zimmer gebucht und hofften jetzt auf halbwegs gutes Wetter.

Lena suchte sich einen Sitzplatz auf dem Zwischendeck der Fähre und zog die Broschüre aus der Tasche, die sie von Anna Lütgen bekommen hatte. Nach einer kurzen Einführung wurde das Pro und Kontra zu Babyklappen, anonymen Geburten und anderen Maßnahmen diskutiert. Die Gegner dieser Praktiken wiesen darauf hin, dass es nicht nachweisbar sei, dass aufgrund der Angebote weniger Neugeborene von ihren Müttern getötet wurden. Das zweite Hauptargument betraf die psychischen Folgen für das Kind, dem es verwehrt sei, zu einem späteren Zeitpunkt die leiblichen Eltern zu finden. Die Befürworter sahen die Mütter in Not und waren über jedes Kind froh, das sie vor dem Tod retten konnten. Lena las Berichte von betroffenen Frauen, die später ihre Entscheidung bereut hatten oder die sie wenige Wochen nach der Übergabe des Kindes wieder rückgängig gemacht hatten. Die Frauen kamen aus allen sozialen Schichten und brachten die unterschiedlichsten Gründe für ihre Entscheidung vor. Aber alle sprachen von der schweren Zeit danach, den Selbstvorwürfen und dem Zweifel, der oft über Jahre und Jahrzehnte anhielt.

Lena klappte die Broschüre zu und nahm sich vor, den Rest später zu lesen. Sie schaute aus dem Fenster und sah die Anlegestelle der Fähre, die weit in die Nordsee hineingebaut worden war. Der kleine Pellwormer Hafen lag weiter nördlich und war den Fischkuttern und Sportbooten der Anwohner vorbehalten.

Als ihr Handy klingelte, warf Lena einen Blick auf das Display und nahm das Gespräch an. »Lena Lorenzen, LKA.«

»Thomas Eben, wir haben gestern telefoniert. Sind Sie auf der Fähre?«

Lena hatte sich am Tag zuvor bei dem einzigen Inselpolizisten angemeldet. Er hatte sofort angeboten, ihr ein Zimmer für zwei oder drei Nächte zu besorgen.

»Ja, bin ich. Wo treffen wir uns?«

»Sie kommen mit Ihrem Wagen?«

»Ja.«

»Dann würde ich vorschlagen, ich erwarte Sie hier auf dem Parkplatz. Sie wissen, wo mein Büro ist?«

»Finde ich.« Lena hatte Thomas Eben am Tag zuvor gebeten, die Eltern von Maren Witte noch nicht über das Enkelkind zu informieren. »Sie haben mich bei den Eltern angekündigt?«

»Ja, natürlich. Gegen elf Uhr, wie abgesprochen.«

»Danke. Ich komme dann gleich zu Ihnen.«

Auf Pellworm angekommen, fuhr Lena ins nahe gelegene Dorf. Sie parkte vor dem Verwaltungsgebäude der Gemeinde, in dem die Polizeistation untergebracht war. Als sie auf das Gebäude zuging, kam ein Beamter in Uniform auf sie zu.

Lena reichte ihm die Hand. »Lorenzen, LKA.«

»Thomas Eben.« Lena schätzte ihren Kollegen auf Anfang sechzig. Graue Haare, etwas kleiner als Lena, strahlend blaue Augen und eine gelassene, ruhige Ausstrahlung. »Wollen wir in mein Büro gehen?«

Lena folgte ihm in das Verwaltungsgebäude. Die Polizeistation bestand aus einem etwa zwanzig Quadratmeter großen Raum, einem Schreibtisch, Regalen und einer kleinen Sitzecke.

»Mein Reich«, sagte Thomas Eben. »Möchten Sie einen Kaffee? Wir haben hier einen Automaten mit allem Drum und Dran.«

»Cappuccino, falls möglich.«

»Kein Problem. Wenn Sie sich schon setzen möchten.«

Thomas Eben verließ den Raum und kam wenige Minuten später mit zwei großen Tassen zurück. »Ich hoffe, er schmeckt Ihnen.«

»Danke.« Lena nippte an dem Kaffee. »Da habe ich schon erheblich schlechteren getrunken.«

Thomas Eben nickte. »Sagen alle!« Er hielt inne und trank einen großen Schluck aus seiner Tasse. »Ich wundere mich, dass jemand vom LKA sich um einen Suizid kümmert. Darf ich fragen, warum Sie hier sind?«

»Selbstverständlich. Die Obduktion hat Hinweise darauf ergeben, dass es sich um Fremdeinwirkung handeln könnte. Dass Frau Witte kurz vor ihrem Tod entbunden hat, wissen Sie ja inzwischen.«

»Ist das Kind beim Vater?«

»Nein, es wurde in einem Kieler Krankenhaus abgegeben. Babyklappe.«

Thomas Eben schluckte schwer. »Das ist ja … schrecklich.« Er sah auf. »Aber das Kind lebt?«

Lena nickte. »Wann haben Sie Maren Witte das letzte Mal gesehen?«

»Das ist eine Weile her. Schwanger war sie zu der Zeit nicht. Zumindest konnte man nichts sehen.« Er fuhr sich mehrfach mit dem Finger über den Nasenrücken. »Wann war das? Jetzt haben wir Anfang Mai. Das muss im September, vielleicht auch Anfang Oktober gewesen sein. Sehr kalt war es noch nicht, aber die Saison war schon mehr oder weniger vorbei. Ich habe jemanden von der Fähre abgeholt und Maren gesehen. Ihr Vater wartete auf sie.«

»Sie kennen die Eltern gut?«

»Könnte man so sagen. Ich bin jetzt fast zwanzig Jahre auf Pellworm, werde hier auch nach meiner Pensionierung bleiben. Im Laufe der Zeit lernt man schon den einen oder anderen besser kennen. Das bleibt nicht aus.«

»Ich habe gelesen, dass die Eltern beide Künstler sind.«

»Das ist richtig. Claus malt, Bettina töpfert. Claus ist schon seit über dreißig Jahren auf Pellworm, Bettina hat er später kennengelernt. Nicht hier auf der Insel, das war wohl bei einer Vernissage in Hamburg. Die beiden haben einen alten Hof restauriert. Sehr gemütlich dort.«

»Sie sind mit den Wittes befreundet?«, fragte Lena.

Thomas Eben wiegte den Kopf hin und her. »Nein, unter Freunden würde ich noch etwas anderes verstehen. Wir sehen uns hier und da mal, sprechen ein paar Worte. Ja, vor vielen Jahren, als meine Frau noch lebte, waren wir tatsächlich mal auf dem Hof eingeladen. Das war aber eine größere Feier. Ich weiß schon gar nicht mehr, was für ein Anlass das war. Irgendein Jubiläum oder ein runder Geburtstag. Es waren bestimmt fünfzig bis siebzig Gäste dort.«

»Und Maren Witte? Hatten Sie mit ihr zu tun?«

»Sie meinen persönlich oder als Polizist?«

»Beides«, antwortete Lena.

»Persönlich nicht mehr, als dass wir uns zu der Zeit, als sie noch auf Pellworm lebte, gegrüßt haben.« Er räusperte sich leise. »Nun gut, ich will nicht verschweigen, dass Maren Probleme mit Drogen hatte. Ich habe sie einmal mit Cannabis erwischt, es ihr abgenommen und sie zu ihren Eltern gefahren.«

»War das eine größere Menge?«

»Ich habe keine Anzeige geschrieben, wenn Sie das meinen. Vermutlich war es an der Grenze oder leicht drüber. Ich habe das Zeugs vernichtet und mit Claus, also ihrem Vater, darüber gesprochen.«

»Wie alt war sie da?«

»Siebzehn. Zu der Zeit ging sie bereits in Husum aufs Gymnasium. Bis zur Mittleren Reife war sie ja noch hier auf der Inselschule. Später dann in Husum. Am Wochenende war Maren natürlich bei ihren Eltern.«

»Ist es bei dem einen Mal geblieben?«, fragte Lena.

»Ich habe Maren nicht noch einmal erwischt. Ob sie mit den Drogen aufgehört hat, kann ich natürlich nicht sagen.«

»Aber Sie gehen nicht davon aus?«, bohrte Lena nach.

Thomas Eben zögerte lange, bevor er antwortete: »Nein. Ich fürchte, sie hat sich weder von mir noch von ihren Eltern etwas sagen lassen.«

Drei

Der Hof der Wittes lag im Norden der Insel, etwa fünf Kilometer vom Hafen entfernt. Lena und der Inselpolizist fuhren hintereinander auf der Straße, die parallel zum Deich einmal um Pellworm herum verlief und von der, neben einer Verbindungsstraße quer über die Insel, kleinere Straßen und Wege ins Innere führten.

Nachdem sie von der Rundstraße abgefahren waren, ging es einige Hundert Meter südwärts, bevor sie vor einem eindrucksvollen Hof mit Reetdach hielten. Die Backsteinfassade war weiß gestrichen, die ebenfalls weißen Türen und Fenster waren durch grüne Rahmen abgesetzt. Im Vorgarten blühten bereits unzählige Stauden und Lena erahnte, wie farbenfroh die Umgebung in spätestens zwei Wochen sein würde.

Thomas Eben stieg aus und wartete auf Lena. Gemeinsam gingen sie auf das Haus zu. Kurz bevor sie die Eingangstür erreicht hatten, wurde diese von einem Mann Anfang siebzig geöffnet. Schulterlanges graues Haar, stämmige Figur, versteinerte Miene. Thomas Eben ging auf den Mann zu, begrüßte ihn mit Handschlag und stellte Lena vor.

»Kommen Sie rein«, sagte Claus Witte mit gedämpfter Stimme und trat zur Seite.

Lena betrat den Flur und roch regelrecht die Jahrhunderte, die das alte Gemäuer hinter sich hatte. Die alten Dielen waren frisch abgeschliffen und geölt, die Wände weiß gekalkt. In regelmäßigen Abständen hingen hier Originale mit Pellwormer Motiven. Claus Witte führte sie in die große Wohnküche, die wohlige Wärme ausstrahlte. Die Kombination aus alten und neuen Küchenmöbeln und -geräten wirkte auf Lena harmonisch. Auf dem großen Holztisch stand ein Teestövchen, darauf eine Kanne, aus der es leicht dampfte.

»Ich habe uns einen Tee aufgesetzt. Meiner Frau geht es nicht so gut, aber sie wird versuchen, gleich zu uns zu kommen.«

Lena folgte der Aufforderung von Claus Witte und nahm wie Thomas Eben am Tisch Platz. Witte goss ihnen Tee ein und reichte die Sahne.

»Ich verstehe noch nicht ganz, warum sich das Landeskriminalamt jetzt um den Tod meiner Tochter kümmert«, sagte Claus Witte schließlich und sah Lena direkt an.

»Nach der Obduktion gehen wir inzwischen davon aus, dass Ihre Tochter keinen Suizid begangen hat.« Lena hatte sich zu dieser eindeutigen Aussage entschieden, um Diskussionen zu ihren Ermittlungen zu vermeiden.

Claus Witte war für einen Moment erstarrt, schüttelte sich dann leicht und atmete tief durch. »Was sagen Sie da? Aber Maren ist doch ertrunken.«

»Ich kann nicht auf die Einzelheiten eingehen. Tut mir leid, Herr Witte.« Sie hielt kurz inne, bevor sie die erste Frage stellte. »Wann haben Sie Ihre Tochter zum letzten Mal gesehen?«

»Das ist länger her«, antwortete Claus Witte leise. »Warum wollen Sie das wissen?«

»Das ist die normale Vorgehensweise. Bei einem Todesermittlungsverfahren sprechen wir mit allen Menschen, die das Opfer kannten und in den letzten Monaten oder Jahren mit ihm in Verbindung standen. Sie und Ihre Frau als nächste

Angehörige werden ebenso befragt wie weitere Zeugen. Hier auf Pellworm und in Kiel.«

»Nun gut. Im letzten Herbst muss das gewesen sein. Maren kam uns für ein paar Tage besuchen.«

»Wie häufig war Maren hier auf Pellworm?«

»Selten. Sehr selten in den letzten Jahren. So ist das halt, die Kinder nabeln sich ab und haben ihr eigenes Leben.«

Thomas Eben warf Lena zum wiederholten Male einen fragenden Blick zu, als wolle er sie auffordern, von dem Enkelkind zu erzählen.

»Nach unseren Unterlagen hat Ihre Tochter die Schule in Husum vor dem Abitur abgebrochen.« Lena hatte die Daten aus dem kurzen Bericht ihrer Husumer Kollegen. »Was hat sie danach gemacht?«

»Hier und da gearbeitet. Genaues weiß ich nicht, weil Maren diesbezüglich sehr verschlossen war. Zuerst hat sie in Husum gelebt, dann ist sie wohl nach Kiel gezogen. Aber selbst das wissen wir nur aus zweiter Hand. Ich kann Ihnen da nicht weiterhelfen, Frau …« Witte nahm Lenas Visitenkarte in die Hand. »Frau Lorenzen.«

»Wie ist es mit Ihrer Frau? Hatte sie vielleicht telefonischen Kontakt mit Maren?«

Claus Witte schüttelte den Kopf. »Nein, das hätte sie mir erzählt.«

»Auch wenn Maren schon eine Weile nicht mehr hier auf Pellworm lebte, möchte ich gerne mit Freunden und Bekannten Ihrer Tochter sprechen. Können Sie mir ein paar …«

»Ja«, fiel Claus Witte Lena ins Wort, stand auf, griff nach einem Notizblock, schrieb etwas auf und reichte Lena den Zettel. »Das ist Marens beste Freundin und der Jan ist ihr Jugendfreund gewesen. Reicht das?«

Lena las die beiden Namen und nickte. »Kollege Eben wird mir sicher mit den Adressen weiterhelfen.«

Claus Witte, der sich nicht wieder zu Lena und Thomas Eben gesetzt hatte, sah sie jetzt auffordernd an. »Haben Sie noch weitere Fragen?«

»Möchten Sie sich nicht wieder setzen?«, fragte Lena, ohne eine Reaktion von Claus Witte zu bekommen.

Thomas Eben räusperte sich leise. »Wir haben noch mehr Informationen, Claus. Setz dich doch bitte wieder zu uns.«

Witte folgte mit ärgerlicher Miene der Aufforderung des Inselpolizisten, schob seine Teetasse zur Seite und warf Thomas Eben einen fragenden Blick zu. »Und?«

»Ihre Tochter war schwanger, als sie Sie das letzte Mal hier auf der Insel besucht hat«, sagte Lena. »Wussten Sie davon? Oder Ihre Frau?«

»Was sagen Sie da?«, fuhr Claus Witte Lena an. »Schwanger? Was für ein Unsinn!«

»Sie hat zwei Wochen vor ihrem Tod ein Baby entbunden.«

»Ein Kind?«, stieß Claus Witte hervor. »Wo …?«

»Ihre Tochter hat ihr Kind in einem Kieler Krankenhaus abgegeben. Es ist wohlauf und wird vom Jugendamt betreut. Die zuständige Sozialarbeiterin wird sich sicher in Kürze bei Ihnen melden.« Lena reichte ihm eine der Visitenkarten, die sie von Anna Lütgen erhalten hatte.

Claus Witte nahm mit zitternden Händen die Karte entgegen. »Mädchen oder Junge?«, fragte er flüsternd.

»Ein Mädchen«, sagte Lena.

Lena reichte Thomas Eben den Notizzettel mit den beiden Namen. »Leben die beiden Personen noch auf Pellworm?«

»Ja, beide. Leefke arbeitet in der Kita und Jan ist Fischer. Leefke Theemann können Sie sicher jetzt am Arbeitsplatz erreichen. Bei Jan Krönke wird es schwieriger werden. Ich kann aber mal seinen Onkel fragen und mich dann wieder bei Ihnen melden.«

»Danke, das wäre gut.«

»Das Hotel finden Sie?«

Lena nickte. »Ich denke schon.« Sie schmunzelte. »So groß ist die Insel ja nicht.«

Im Auto suchte Lena nach der Adresse der Kindertagesstätte und gab sie ins Navi ein. Die Kita war in der Inselschule untergebracht, die nur eineinhalb Kilometer vom Witte-Hof entfernt lag. Das Navi führte sie ins Innere der Insel, sie stellte ihren Wagen auf dem Lehrerparkplatz ab, fragte sich durch und stand schließlich vor der Tür der Kita. Eine der Erzieherinnen zeigte ihr den Weg und bat Leefke Theemann aus der Gruppe.

»Polizei?«, fragte die junge Frau, als Lena ihr eine Visitenkarte gereicht hatte. »Was ist passiert? Oder ist es wegen Maren?«

»Können wir uns irgendwo in Ruhe unterhalten?«

»Jetzt? Ich bin bei der Arbeit und muss eigentlich …« Sie drehte sich um und zeigte auf die Tür, hinter der der Gruppenraum lag.

»Ja, es ist wichtig.«

»In unserem Aufenthaltsraum. Ich muss nur noch kurz für eine Vertretung sorgen.« Sie wandte sich ab und eilte den Flur entlang. Nach wenigen Metern drehte sie sich um und fragte: »Wie lange wird das denn dauern?«

»Ein halbe Stunde, höchstens eine«, antwortete Lena.

Leefke Theemann hatte Lena Mineralwasser angeboten und saß jetzt mit ihr an einem großen Tisch im Personalraum der Kita.

»Sie wissen ja sicher, dass Ihre Freundin Maren Witte ertrunken ist. Es gibt Hinweise, dass es kein Suizid war.«

Leefke Theemann hielt erschrocken die Hand vor den Mund.

»Ich würde Sie bitten, diese Information streng vertraulich zu behandeln.«

Die Erzieherin nickte mit betroffener Miene.

»Wann haben Sie Maren das letzte Mal gesehen oder gesprochen?«

»Kein Suizid? Heißt das denn, dass Maren … ich meine, dass sie …« Leefke Theemann verstummte.

»Was genau passiert ist, wissen wir noch nicht. Es gibt im Moment lediglich unterschiedliche Indizien, denen wir allerdings nachgehen müssen.«

Leefke Theemann schloss die Augen und schwieg.

»Kann ich Ihnen noch ein paar Fragen stellen, oder wollen wir das Gespräch verschieben?«

Die junge Frau sah auf. »Nein, lieber jetzt. Was wollen Sie wissen?« Sie schüttelte leicht den Kopf. »Ach so, wann ich das letzte Mal mit Maren Kontakt hatte. Im Herbst letzten Jahres war sie hier auf Pellworm. Wir haben einen langen Spaziergang gemacht.«

»Das war das letzte Mal?«

»Persönlich ja. Wir haben uns dann noch geschrieben. Per Whatsapp und per Mail.«

»Sie wussten, dass Ihre Freundin schwanger war?«

Leefke Theemann starrte Lena mit großen Augen an. »Schwanger?«, fragte sie flüsternd. »Nein. Wann denn? Und wie …?«

»Maren hat vor knapp drei Wochen ein Kind zur Welt gebracht.«

»Aber … aber wo ist das Kind? Doch nicht auch ertrunken?«

»Nein, Maren Witte hat es einige Tage vor ihrem Tod in einem Kieler Krankenhaus abgegeben. Es ist jetzt wohlbehalten bei Pflegeeltern.«

»Gut. Das ist gut. Ein Kind.« Sie sah Lena erschüttert an. »Ein Junge oder ein Mädchen?«

»Mädchen.«

»Ein Mädchen?«, fragte Leefke Theemann gedankenverloren. »Bei Pflegeeltern? Was passiert mit dem Baby? So klein und schon ohne Mutter. Das ist ja ein Albtraum.« Sie starrte Lena an. »Abgegeben, haben Sie gesagt? Warum hat Maren das gemacht?«

»Auch das wissen wir noch nicht«, sagte Lena. »Hatten Sie auch vor dem Herbst schriftlichen Kontakt zu Maren?«

»Nein, lange Zeit nicht. Wir beide sind ja zusammen zur Schule gegangen und dann habe ich hier im Kindergarten ein Freiwilliges Soziales Jahr absolviert und bin anschließend nach Niebüll wegen der Ausbildung. Maren ist schon vorher nach Husum aufs Gymnasium.«

Leefke Theemann holte tief Luft und begann zu erzählen. Sie hatte Maren in der Grundschule kennengelernt und war vom ersten Tag an mit ihr befreundet. Sie saßen nebeneinander, machten zusammen ihre Hausaufgaben und spielten entweder auf dem Hof von Marens Eltern oder bei Leefke zu Hause. Maren fiel das Lernen nicht schwer, während Leefke in Mathematik Schwierigkeiten hatte. Mit Marens Hilfe erreichte sie in der vierten Klasse eine Zwei auf dem Zeugnis.

In den folgenden Jahren vertiefte sich ihre Freundschaft. Ihre Mitschüler neckten sie, nannten sie die ersten eineiigen Zwillinge, die einander nicht ähnlich sähen, und dichteten ihnen später eine Liebesbeziehung an. Maren und Leefke ließen die Reaktionen kalt, ihre Freundschaft kam ihnen unzerstörbar vor.

»Aber wie das so ist, irgendwann kamen die Jungs ins Spiel«, sagte Leefke Theemann. »Das war in der achten Klasse, glaube ich. Ich habe mich verliebt. Das war alles ganz harmlos, aber Maren war am Boden zerstört, als wir nicht mehr alles und jedes zusammen gemacht haben. Sie zog sich zurück, hat mich eine Verräterin genannt.« Sie seufzte leise. »Maren war in solchen Dingen rigoros. Wir haben wochenlang kein einziges Wort miteinander gesprochen. Ich habe gelitten, sie hat gelitten, aber keine von uns wollte nachgeben. Das ging so lange, bis ich nicht mehr konnte und mit dem Jungen Schluss gemacht habe.« Leefke Theemann lächelte bemüht. »Ein Kuss in der dunklen Ecke, ein geheimes Treffen am zugigen Deich. Mehr war das doch nicht. Mir war das nicht so wichtig wie die Freundschaft zu Maren.«

»Hat sich Ihr Verhältnis später wieder normalisiert?«, fragte Lena.

»Gute Frage.« Leefke Theemann zuckte mit den Schultern. »Wenn ich Ihnen das nur beantworten könnte. Mal dachte ich, alles wäre wie immer, dann wieder fühlte ich mich von Maren beobachtet, so als ob sie mich von anderen Menschen abschirmen wollte. Wenn ein Junge mir zu nahe kam, hat sie sofort angefangen, mit ihm zu flirten. Ich glaube nicht, dass es ihr um den jeweiligen Jungen ging. Sie hat nämlich nie etwas mit einem von ihnen angefangen. Verstehen Sie, was ich Ihnen sagen will?«

Lena nickte. »Maren hatte Verlustängste und wollte Sie ganz für sich allein haben.«

»Ja, und das mit allen möglichen Tricks. Ich habe mich damals mehr darüber amüsiert, als dass ich es ernst genommen hätte. Aber ich glaube inzwischen, dass Maren ein ernsthaftes Problem hatte.«

»Hatte sie nie einen Freund?«

»Doch, Jan Krönke. Er ist in der Achten sitzen geblieben und war dann bei uns in der Klasse. Von Anfang an hat Jan sich für Maren interessiert, ach Quatsch, er war bis über beide Ohren in sie verknallt. Man könnte fast sagen, er war besessen von ihr. Maren hat sich erst darüber lustig gemacht, dann fühlte sie sich irgendwann geschmeichelt und hat mit Jan gespielt.«

»Waren sie denn jemals ein Paar?«

»Sie werden sich jetzt wundern, aber das weiß ich tatsächlich nicht. Das alles hat sich in unserem letzten Jahr an der Schule abgespielt. Maren hatte auch aufgehört, mich zu kontrollieren, wollte aber im Gegenzug immer genau wissen, wie es war, wenn ich mit einem Jungen zusammen war. Die Insel ist klein, die Auswahl an Jungs nicht groß. Hier laufen zwar nicht so viele Touristen rum wie auf Sylt oder Föhr, aber für uns, also Maren und mich, hat es gereicht. Wenn ich ganz ehrlich bin, ist das *uns* nicht ganz richtig. Maren hat nie etwas mit einem der Jungs angefangen. Sie wollte nur, dass sie ihr hinterherlaufen, sie anhimmeln. Ich glaube nicht einmal, dass sie jemals einen der Jungen geküsst hat, geschweige denn, dass mehr passiert ist.«

»Aber mit Jan Krönke war es anders?«, fragte Lena.

»Wie gesagt, das ist nur eine Vermutung von mir. Maren hat mich da zappeln lassen. Von mir wollte sie jede Einzelheit wissen, aber sie selbst hat nie preisgegeben, was zwischen Jan und ihr so gelaufen ist.« Leefke Theemann stockte. »Ich weiß jetzt gar nicht, ob das für Sie überhaupt interessant ist. Das sind doch harmlose Teenie-Geschichten.«

»Erzählen Sie ruhig weiter. Je mehr ich von Maren erfahre, desto besser lerne ich sie kennen. Und das ist für meine Ermittlungen mehr als wichtig.«

»Ein merkwürdiger Job ist das, wo Sie Menschen erst kennenlernen, wenn sie tot sind.« Sie schluckte schwer, nachdem sie die letzten Worte ausgesprochen hatte. »Es tut mir so leid für Maren. Und für ihr Kind. Was wird denn jetzt aus dem Mädchen?«

»Das liegt nicht in der Verantwortung der Polizei. Das Kieler Jugendamt kümmert sich darum.«

»Wissen Marens Eltern schon Bescheid? Wollen sie das Kind nehmen?«

»Das wird sich alles in den nächsten Wochen herausstellen«, sagte Lena. »Wir waren gerade bei Marens Freund Jan stehen geblieben. Sie wissen also nicht, ob die beiden eine«, Lena malte Anführungszeichen in die Luft, »richtige Beziehung hatten?«

»Da müssen Sie Jan fragen«, antwortete Leefke Theemann zurückhaltender als zuvor. »Ich will keine Gerüchte in die Welt setzen.«

Lena nickte. »Das werde ich tun. Wie ging es weiter mit Ihnen und Maren?«

Leefke Theemann erzählte von ihrer dreijährigen Ausbildung, die sie, ein Jahr nachdem Maren Witte nach Husum gegangen war, in Niebüll begonnen hatte. Zunächst hatte Maren sich noch mit ihr auf Pellworm getroffen, mit der Zeit zog sich ihre Freundin aber immer mehr zurück. An den Wochenenden fuhren sie gemeinsam mit der Fähre nach Hause. Maren schwärmte zu der Zeit von ihren neuen Freunden und von den Abenden und Nächten, in denen sie feierten und Alkohol und Drogen konsumierten.

»Kennen Sie einen von Marens Husumer Freunden?«, fragte Lena.

»Nein, ich wollte mit Marens Clique nichts zu tun haben. Maren veränderte sich von Woche zu Woche. Sie zog sich anders an, sprach anders als vorher, wir trafen uns auch am Wochenende nur noch selten. Was hätte ich machen sollen? Nichts hält ewig.«

»Warum hat Maren die Schule abgebrochen?«, fragte Lena weiter.

»Das war, als ich angefangen habe, hier in der Kita zu arbeiten. Das war eigentlich ihr letztes Jahr auf dem Gymnasium. Warum? Das habe ich sie auch gefragt, aber nie eine wirkliche Antwort bekommen. Nur Allgemeinplätze, sonst nichts.«

»Sie haben Maren zu der Zeit noch einmal getroffen?«

»Ja, ich hatte etwas in Husum zu erledigen und da habe ich sie angerufen und mich dann mit ihr verabredet. Sie wolle *aus dem System raus*, hat sie mir gesagt, dem *Unterdrückungssystem Schule* und allem, was damit zusammenhängt. Und mit ihren Eltern wollte sie nichts mehr zu tun haben.« Leefke Theemann seufzte leise. »Ihr Geld hat sie natürlich weiter genommen. *Schadenersatz* hat sie das genannt.«

»Schadenersatz? Wofür?«

»Für ihre schreckliche Kindheit.«

»War sie denn so schrecklich?«

Leefke Theemann zögerte lange, bevor sie antwortete: »Das weiß ich nicht. Ich fand ihre Eltern eigentlich immer toll. Wenn ich dort war, zum Übernachten oder am Nachmittag, haben sie uns alles erlaubt. Es gab quasi keine Verbote und das kannte ich von meinem Elternhaus nun wirklich anders.«

»Sie sind mit Maren in Kontakt geblieben?«, fragte Lena.

»Ja, hin und wieder haben wir kurz telefoniert. Fast immer hat Maren angerufen, natürlich zu den unmöglichsten Zeiten. Manchmal mitten in der Nacht und auch während meiner Arbeitszeit. Ich muss zugeben, ich bin nicht immer rangegangen. Oder sollte ich sagen, immer seltener? Es ging immer nur um sie. Entweder weinte sie oder sie hat sich über irgendwas aufgeregt. Ungerechtigkeiten oder was weiß ich. Am Schluss konnte ich das Gejammer nicht mehr hören.«

»Alkohol, Drogen?«

»Das habe ich schon vermutet. Ich bin keine Psychologin oder Therapeutin. Was sollte ich ausrichten? Ich war überfordert. Jetzt tut es mir natürlich leid, vielleicht hätte ich ja …« Leefke Theemann brach ab. »Wenn Sie jetzt sagen, dass sie gar nicht Selbst…, also Suizid, begangen hat, dann lag es vielleicht doch nicht an ihren Problemen, die sie nie in den Griff bekommen hat, oder?«

»Die Frage kann ich Ihnen nicht beantworten. Das werden die Ermittlungen zeigen.« Lena hielt kurz inne. »Sie sagten, dass Sie sich im letzten Herbst mit Maren zu einem längeren Spaziergang getroffen haben?«

»Ja, ich hatte gehört, dass sie auf der Insel ist, und habe sie angerufen. Das war eigentlich ein gutes Gespräch. Wir haben über uns beide gesprochen, über unsere Freundschaft und, ja, eigentlich über unser ganzes Leben. Maren wollte neu anfangen, hat sie mir erzählt. Schluss machen mit dem alten Leben, eine Ausbildung beginnen. Deshalb war sie auch auf der Insel. Sie wollte mit ihren Eltern sprechen. Es ging wohl um Geld, aber anscheinend nicht nur.«

Lena horchte auf. »Um was noch?«

»Das weiß ich nicht genau. Vielleicht wollte sie mit ihren Eltern darüber sprechen, wie sie ihre Kindheit erlebt hat, ihnen erklären, warum sie so abgerutscht ist. So habe ich es zumindest verstanden. Aber bei Maren wusste man nie, was aus so einem Gespräch dann am Schluss wird. Vielleicht haben sie sich schrecklich gestritten, oder aber sie lagen sich weinend in den Armen. Ich weiß es nicht. Maren hat sich danach nie wieder bei mir gemeldet.«

Vier

Lena betrat die Schule, suchte nach dem Sekretariat und fragte dort nach dem ehemaligen Klassenlehrer von Maren Witte. Sie erfuhr, dass der Lehrer inzwischen pensioniert war. Erst nach mehrfachem Bitten nannte ihr die Sekretärin den Namen und eine Adresse in Husum.

Zurück im Wagen wählte Lena die Nummer von Ole Kotten, einem Kollegen und Freund aus Husum.

»Moin, Lena«, meldete sich Ole. »Rufst du wegen deiner Hochzeit an? Ich weiß, ich hätte schon längst antworten sollen. Ich komme auf jeden Fall, aber ob mein lieber Ehemann an dem Wochenende in Deutschland ist, steht noch in den Sternen. Er versucht alles, damit es klappt.«

»Du stehst schon auf der Liste«, sagte Lena. »Eine Absage hätten wir sowieso nicht akzeptiert. Natürlich steht ihr beide drauf. Wäre schade, wenn es nicht mit euch beiden klappt, aber so ist das nun mal mit Terminen. Man findet nie einen, der für alle passt.«

»Stimmt wohl. Und sonst? Bei dir alles in Ordnung?«

Ole Kotten hatte sie bei ihrem letzten Fall auf Helgoland unterstützt, nachdem ihr Partner Johann Grasmann nach einem Überfall mit einer schweren Gehirnerschütterung ins Krankenhaus musste. Im Laufe der Ermittlungen war Lena in ihrer eigenen Wohnung überfallen und angeschossen worden.

»Mir geht es gut, Ole«, sagte Lena. »Ich bin auf Pellworm und brauche deine Hilfe.« Sie erklärte Ole Kotten, mit welchem Fall sie betraut war, und bat ihn, den pensionierten Lehrer von Maren Witte aufzusuchen. »Und wenn du dann noch Zeit hast, könntest du zu Maren Wittes Vermieterin gehen und sie befragen.«

»Okay. Kann ich beides machen. Dann erzähl mal, was du genau brauchst und was dich interessiert.«

Lenas nächster Anruf galt Johann Grasmann beim LKA in Kiel.

»Alles klar bei dir?«, fragte der junge Oberkommissar. »Undercover auf Pellworm. Kannst du mir verraten, wie das geht?«

Vor ihrer Fahrt nach Husum hatte Lena kurz mit Johann gesprochen und ihn gebeten, bei Maren Wittes letzter Adresse in Kiel vorbeizuschauen.

»Ganz schön hier«, sagte Lena. »Fast wie auf Hallig Hooge, nur etwas mehr Landwirtschaft. Dir hat es doch auf der Hallig gefallen, wenn ich mich recht entsinne.«

»Lustig, Frau Hauptkommissarin«, murmelte Johann und fügte lauter hinzu: »Ich war gestern Abend bei der Wohnung. Niemand hat geöffnet. Heute Morgen bin ich gleich wieder hin. Das gleiche Ergebnis. Eine nette alte Dame in der Nachbarschaft hat mir verraten, dass Maren Witte allein lebt und dass eine Nachbarin einen Schlüssel zur Wohnung hat und wohl mit ihr befreundet ist. Leider war die besagte Nachbarin nicht da. Ich versuche es natürlich noch einmal.«

Lena gab ihm eine Kurzfassung der bisherigen Befragungen und bat darum, dass er sie noch am Abend informierte.

»Wie lange bist du erreichbar?«

»Ruf einfach an. Wenn ich mich nicht melde, machen wir das morgen früh. Und pass auf, dass Nielsen nicht gleich was mitbekommt. Sie möchte alles so still und leise über die Bühne bringen wie eben möglich.«

»Und sicher soll auch alles über ihren Tisch laufen, oder?«

Lena seufzte. »So ist es. Anscheinend wird man auf diesem Posten schnell übervorsichtig und ängstlich. Aber ich denke, ich komme trotzdem gut mit der neuen Chefin klar. Bis heute Abend, Johann.«

Lena lehnte sich auf dem Fahrersitz zurück und schloss die Augen. Leefke Theemanns Aussagen gingen ihr durch den Kopf. Maren Witte schien eine weitaus kompliziertere Persönlichkeit gewesen zu sein, als Lena es zunächst angenommen hatte. Ob ihre mutmaßlichen Probleme mit den Eltern allerdings etwas mit ihrem Tod zu tun hatten, stand auf einem ganz anderen Blatt. Im Moment schien es so, als habe Pellworm in Marens Leben kaum noch eine Rolle gespielt. Zwar stand die Befragung ihrer Mutter sowie die von Jan Krönke noch aus, aber mit etwas Glück würde Lena am kommenden Tag zurück nach Husum fahren und die weiteren Ermittlungen von Kiel aus führen können.

Als sich ihr Handy bemerkbar machte, warf sie einen Blick aufs Display und nahm das Gespräch an. »Hallo, Herr Eben.«

»Ich habe mit dem Onkel von Jan Krönke gesprochen. In ein bis zwei Stunden sollte der Kutter wieder im Hafen liegen. Wenn Sie Jan dort nicht mehr antreffen, können Sie ihn vermutlich zu Hause erreichen. Die Adresse schicke ich Ihnen sofort.«

»Gibt es am Hafen etwas zu essen?«

»Der Hafen-Pub hat noch nicht auf, aber keine zwanzig Meter weiter gibt es einen Imbiss. Ist nicht zu verfehlen. Ich hole mir da auch manchmal etwas.«

»Danke. Ich schaue später noch mal bei Ihnen im Büro vorbei. Vielleicht können Sie mir noch Maren Wittes Schulkameraden zusammenstellen. Ihren Jahrgang und die beiden über ihr.«

Lena parkte am Hafen und ging am Kai entlang bis zum Imbiss. Sie bestellte sich einen frittierten Backfisch mit Salat und setzte sich mit dem Essen an einen der Tische vor dem Lokal. Die Sonne hatte sich inzwischen durch die Wolken gearbeitet und schien den Kampf zu gewinnen, der Fisch war heiß und schmeckte besser, als Lena erwartet hatte. Nachdem sie das Geschirr wieder im Imbiss abgegeben hatte, nahm sie sich einen Kaffee mit nach draußen. Mit dem Becher in der Hand schlenderte sie zu dem nahen Kai für Sportboote, setzte sich dort auf eine Bank und ließ sich die Sonne ins Gesicht scheinen.

Erck war am Morgen nach Amrum gefahren, wo er zwei Tage bleiben würde. Er verwaltete und betreute auf der Insel eine Reihe von Ferienwohnungen und -häusern. Seit sie zusammen nach Husum gezogen waren, überlegte Erck, seine Arbeit aufzugeben und sich auf dem Festland eine neue Existenz aufzubauen. Lena war sich nicht sicher, ob das der richtige Schritt war. Sie mochte sich nicht vorstellen, dass Erck seine geliebte Insel für immer verlassen und es am Ende bereuen würde. Eine andere große Entscheidung stand auch noch aus: Zwei Monate zuvor hatte Lena die Pille abgesetzt, um zunächst eine Pause einzulegen. Sie konnte sich zwar inzwischen durchaus vorstellen, Mutter zu werden, haderte aber weiter mit den Konsequenzen. Schwangere Polizistinnen wurden grundsätzlich im Innendienst eingesetzt, eine Arbeit, der Lena nichts abgewinnen konnte. Und wie sollte es weitergehen, wenn sie nach der Elternzeit wieder im Dienst war? Als LKA-Beamtin ermittelte sie in ganz Schleswig-Holstein und war hin und wieder auch in anderen Bundesländern tätig. Es kam nicht selten vor, dass sie mehrere Tage vor Ort übernachtete. Wie sollte sie dieses Vagabundenleben mit einem Kind vereinbaren? Sie könnte sich in Husum bewerben und darauf hoffen, dass hin und wieder ein interessanter Fall zu bearbeiten wäre. Oder sie könnte auf Ercks Vorschlag eingehen, dass er in den ersten Jahren zu Hause bleiben würde.

Lena sah auf und bemerkte, dass ein Kutter in den Hafen einfuhr. Sie rief Thomas Ebens Nachricht auf, in der er ihr den Namen des Kutters genannt hatte, und machte sich auf den Weg zum Kai.

Lena wartete, bis der junge Mann auf den Kai gesprungen war und das Schiff vertäut hatte. »Herr Krönke?«

Der junge Mann sah auf und nickte.

Lena stellte sich vor und bat ihn um ein Gespräch.

»Jetzt kann ich nicht. Wir müssen erst den Fang an Land bringen. Eine Stunde brauch ich sicher.«

»Kein Problem, Herr Krönke. Macht es Ihnen was aus, ins Büro von Herrn Eben zu kommen? Da können wir uns ungestört unterhalten.«

Jan Krönke nickte und wandte sich ab.

Lena sah ihm nach, wie er zurück auf den Kutter sprang. Sie wunderte sich, dass Jan Krönke nicht danach gefragt hatte, warum sie mit ihm sprechen wollte. Hatte sein Onkel ihn über Funk erreicht und ihm mitgeteilt, dass die Polizei auf ihn wartete?

Auf dem Weg zur Polizeistation kam Lena an der kleinen Apotheke vorbei. Sie blieb stehen, ging auf die Eingangstür zu, wandte sich aber wieder ab, als sie das Schild mit den

Öffnungszeiten bemerkte. Die Apotheke hatte bereits geschlossen und würde erst am nächsten Morgen um halb neun wieder öffnen.

»Haben Sie Jan schon getroffen?«, fragte Thomas Eben, als Lena zu ihm ins Büro trat.

»Nur kurz, er hat noch zu tun und kommt später hier in Ihr Büro.«

»Kaffee? Tee?«

Lena nickte. »Wenn Sie einen Tee für mich haben, sage ich nicht Nein.«

Eben kochte Wasser und füllte die Teekanne, bevor er damit zu dem kleinen Tisch kam, an den Lena sich gesetzt hatte. Er reichte ihr eine Tasse. »Ein paar Minuten muss er noch ziehen.« Eben lächelte. »Ich habe eine Weile gebraucht, bis ich das mit dem Teekochen raushatte.«

Lena schmunzelte. »Seien Sie froh, dass Sie es geschafft haben. Manche lernen es nie, habe ich gehört.«

Eben wartete, bis Lena sich ein Kluntje in die Tasse gelegt hatte, bevor er ihr Tee eingoss.

»Danke! Konnten Sie schon die Liste für mich anfertigen?«

Thomas Eben nickte, stand auf und holte einen Computerausdruck von seinem Schreibtisch. »Die Namen mit Kreuz sind Personen, die noch auf der Insel leben. Da habe ich Ihnen auch die Straße und Hausnummer notiert. Die anderen Adressen müsste ich noch recherchieren.«

»Nicht nötig, ich gebe es meinem Kollegen in Kiel.«

»Haben Sie etwas von Leefke erfahren?«, fragte Thomas Eben zögerlich.

»Ein wenig. Aber die richtigen Puzzleteile findet man meistens erst nach und nach.«

Thomas Eben nickte. »Verstehe.«

»Maren soll sich nicht so gut mit ihren Eltern verstanden haben. Haben Sie davon etwas mitbekommen?«

Der Inselpolizist goss sich Tee nach und gab mit einem Löffel etwas Sahne hinzu. »Haben nicht alle Teenies mit ihren Eltern Zoff? Zumindest irgendwann mal?«

»Durchaus«, sagte Lena. »War es denn bei Maren mehr als das Übliche?«

Thomas Eben seufzte leise. »Ich bin kein Sozialarbeiter oder Ähnliches. Claus Witte ist schon ein gestandener Mann und erst spät Vater geworden. Ich kann mir gut vorstellen, dass die beiden häufiger mal aneinandergeraten sind. Vor allem, als Maren Drogen genommen hat. Als ich sie damals nach Hause gebracht habe, hat er ausgesprochen wütend reagiert, mehr so, als ginge es um ihn und nicht um seine Tochter.«

»Und Marens Mutter?«

»Damals, meinen Sie? Sie war bei dem Gespräch dabei, hat aber mehr oder weniger geschwiegen. Zumindest ist das meine Erinnerung. Ein paar Jährchen ist das Ganze ja schon her.«

»Das hört sich so an, als ob Claus Witte die Familie dominiert hätte.«

»Wie gesagt, er ist ein gestandener Mann. Wer weiß schon, was in den einzelnen Familien so vor sich geht. Wenn ich mich darum auch noch kümmern sollte, käme ich gar nicht mehr zum Schlafen.«

Lena war sich nicht sicher, ob Eben ihr alles verraten hatte, was er wusste, verstand aber, dass er sich zurückhielt. Er musste und wollte weiter auf der Insel leben, sie würde am nächsten oder übernächsten Tag Pellworm verlassen.

»Es gab also nichts Offizielles außer Marens Drogensache?«

Thomas Eben wiegte den Kopf hin und her. »Vermutlich war es eine Überreaktion von Bettina. Es hat sich wohl später alles wieder hingebogen.«

Lena beugte sich leicht vor. »Um was genau ging es?«

»Einen Ehestreit, der wohl eskaliert ist. Bettina war dann bei mir und wollte eine Anzeige aufgeben. Häusliche Gewalt.

Ich habe sie natürlich nicht davon abgebracht, aber als ich dann die Anzeige aufnehmen wollte, hat sie ziemlich schnell einen Rückzieher gemacht und gemeint, es sei alles ein Irrtum.«

»Und mehr war nicht?«

»Wie ich gehört habe, ist Bettina dann wohl einige Wochen auf dem Festland gewesen. Ich weiß natürlich nicht, ob das etwas mit der Anzeige, die sie dann ja doch nicht aufgegeben hat, zu tun hatte. Bettina ist häufiger mal ein paar Tage oder auch länger unterwegs.«

»Wann war das? Lebte Maren zu der Zeit noch hier auf Pellworm?«

»Ja, da muss sie so dreizehn gewesen sein. Vielleicht auch ein Jahr älter. Es ist also schon eine Weile her. Später habe ich nie wieder etwas gehört.«

»Sie sprachen von häuslicher Gewalt. Verbal oder körperlich?«

»So weit sind wir damals gar nicht gekommen. Ich wollte ja die Anzeige aufnehmen, und als es dann konkret wurde, hat Bettina abgebrochen. Ich konnte sie ja nicht zwingen, mir mehr zu sagen.« Thomas Eben beugte sich vor, griff nach der Teekanne und goss Lena und sich nach.

»Hand aufs Herz, Kollege. Es bleibt auch unter uns und erscheint weder in einem Protokoll noch wird es jemand anders erfahren.« Lena wartete, bis der Inselpolizist sie direkt ansah. »Sie gehen auch davon aus, dass in der Familie Witte mehr passiert ist, als wir im Moment wissen?«

Thomas Eben zuckte mit den Schultern. »Wenn ich ehrlich bin, habe ich mir die Frage auch schon das eine oder andere Mal gestellt. Nicht in den letzten Jahren, aber als Maren noch zur Inselschule ging und in der Zeit, wo sie am Wochenende hier war. Aber jetzt fragen Sie mich nicht, woran ich das festgemacht habe. Es war nur so ein Gefühl. Hier und da schnappt man was auf und reimt sich mit der Zeit eine Geschichte zusammen.

Das ist aber nicht mein Job hier. Ich bin weder Sozialarbeiter noch Pastor noch Psychologe. Mehr als die beiden Vorfälle, von denen Sie jetzt wissen, hat es offiziell nicht gegeben.«

Als Lena zu einer weiteren Frage ansetzte, klopfte es an der Tür. Thomas Eben stand auf und ließ Jan Krönke herein.

Fünf

Jan Krönke nickte Eben zu. »Da bin ich.«

Der Inselpolizist zeigte auf die kleine Sitzgruppe. »Hauptkommissarin Lorenzen kennst du ja schon. Sie hat ein paar Fragen an dich. Es geht um Maren. Möchtest du einen Tee?«

Jan Krönke nickte, ging auf Lena zu und reichte ihr die Hand. »Moin!«

Nachdem Eben dem Gast eine Tasse auf den Tisch gestellt hatte, verabschiedete er sich mit den Worten: »Ich muss hier im Haus kurz etwas erledigen. In spätestens einer Stunde bin ich zurück.«

Lena wartete, bis ihr Kollege den Raum verlassen hatte, schenkte Jan Krönke Tee ein und wartete, bis er einen Schluck getrunken hatte.

»Vielen Dank, dass Sie so schnell Zeit für mich hatten«, sagte sie. »Herr Witte, Marens Vater, sagte mir, dass Sie zu Schulzeiten ein guter Freund seiner Tochter gewesen sind.«

Jan Krönke starrte auf seine Teetasse und reagierte nicht.

»Das ist so weit richtig, Herr Krönke?«

»Ja. Aber das ist lange her.«

»Sie wissen, dass Maren ertrunken ist?«

»Ja. Das weiß hier doch jeder.« Er sah auf. »Was wollen Sie eigentlich von mir? Ich kann nichts dafür, dass sie ins Wasser gegangen ist.«

»Das hat auch niemand behauptet, Herr Krönke. Ich werde mit vielen Menschen hier auf Pellworm sprechen, die Maren gekannt haben.« Lena machte eine kurze Pause, um Krönkes Reaktion zu beobachten, und fuhr dann fort: »Wann haben Sie Maren das letzte Mal gesehen oder gesprochen?«

»Lange her«, murmelte der junge Mann.

»Wie lange?«

»Weiß ich nicht genau. Letztes Jahr vielleicht.«

»Maren war im letzten Herbst hier auf Pellworm. Haben Sie da mit ihr gesprochen?«

»Ja.«

»Wo war das?«

»Bei mir zu Hause.«

Lena sah ihn fragend an und wartete.

»Sie ist einfach so vorbeigekommen. Hat nicht mal vorher angerufen.«

»Worüber haben Sie gesprochen?«

»Dies und das.«

Lena zwang sich, ruhig weiterzufragen. »Erinnern Sie sich noch etwas genauer?«

»Nein.«

»Nach dem Herbst hatten Sie keinen Kontakt mehr zu Maren?«

»Sie hat mal angerufen. Wann genau, weiß ich nicht mehr.«

»Einmal oder mehrmals?«

»Öfter. Auch vor dem Herbst mal. Ich weiß nicht mehr, was sie wollte.«

Bisher hatte Jan Krönke es vermieden, seine Schulfreundin beim Namen zu nennen. Er sah Lena nicht direkt an, wenn er mit ihr sprach, und machte auf Lena nicht den Eindruck, als ob ihm das Schicksal seiner Jugendfreundin am Herzen läge. Lena entschloss sich, deutlicher zu werden.

»Sie und Maren waren zu Schulzeiten ein Paar. Ist das richtig?«

»Wer hat das gesagt? Leefke?«

»Waren Sie kein Paar?«, fragte Lena weiter.

»Schon. Aber das ist lange her.« Jan Krönke beugte sich leicht vor und sah Lena verärgert an. »Was soll das hier alles?«

»Wir gehen davon aus, dass Marens Tod kein Suizid war«, sagte Lena ruhig und ließ den jungen Mann dabei nicht aus den Augen.

Jan Krönke schreckte zurück. »Kein Selbstmord? Was sagen Sie da? Maren ist doch aus dem Wasser gefischt worden und Sie haben selbst gesagt, dass sie ertrunken ist.«

»Ich kann und darf Ihnen zu den konkreten Umständen nichts sagen. Aber Sie verstehen jetzt sicher, weshalb wir alle befragen, die Maren nahestanden.«

Schweigend nickte Jan Krönke.

»Versuchen Sie doch bitte, sich an das Gespräch im Herbst zu erinnern. Es ist wirklich wichtig.«

Jan Krönke ließ sich Zeit mit seiner Antwort. Nach einer Weile nickte er. »Wir haben über früher gesprochen. Über früher, als wir zusammen zur Schule gingen.«

»Erzählen Sie!«

Jan Krönke begann stockend zu sprechen. Er berichtete von der Zeit, als er und Maren zusammen waren, von seiner Angst, dass sie nach dem Abitur nicht zurück nach Pellworm kommen würde, und von den Wochenenden, die Maren auf der Insel verbrachte. »Maren hat sich verändert da in Husum. Erst kam sie noch jedes Wochenende. Dann nur noch jedes zweite. Und dann ganz schnell nur noch einmal im Monat oder so. Sie wollte nichts mehr von mir wissen.«

»Lag Maren zu der Zeit im Streit mit ihren Eltern?«

»Das war doch schon immer so. Aber darüber haben wir nicht so viel gesprochen. Maren hat ihren Vater verachtet und für ihre Mutter hatte sie nur Mitleid übrig, sonst nichts.«

»Warum hat sie ihn verachtet?«

Jan Krönke zuckte mit den Schultern. »Ich weiß es nicht genau. Maren hat immer nur Andeutungen gemacht. Sie wollte unbedingt von der Insel weg.«

»Soweit ich gehört habe, soll Marens Vater sehr liberal eingestellt gewesen sein. Das ist eigentlich kein Grund, ihn zu verachten.«

Jan Krönke zog die Augenbrauen zusammen. »Liberal? Ein autoritärer Knochen ist das. Nur anders, so hintenrum.«

Lena gab es auf, zu Marens Familie noch mehr aus Jan Krönke herauszubekommen. Allerdings glaubte Lena ihm nicht, dass er keine Erinnerung an das Gespräch im Herbst hatte. Leefke Theemann hatte angedeutet, dass Maren mit ihrer Vergangenheit abschließen wollte. Die Vermutung lag nahe, dass sie im Gespräch mit Jan Krönke auch die Konflikte im Elternhaus erwähnt hatte.

»Hat Maren Ihnen erzählt, dass sie schwanger war?«, fragte Lena.

Jan Krönke reagierte nicht.

»Herr Krönke, ich habe eine Frage gestellt.«

»Muss ich darauf antworten?«

Lena entschied sich, die Frage zurückzustellen.

»Haben Sie Maren einmal in Kiel besucht?«

»Nein«, sagte Jan Krönke. Seine Stimme zitterte leicht, für einen kurzen Moment war er wie erstarrt, fing sich aber gleich wieder.

»Sie haben Maren aber in Kiel getroffen. Zufällig«, versuchte Lena einen Schuss ins Blaue.

Jan Krönke wandte ruckartig seinen Blick ab und hielt die Hand vors Gesicht, als wollte er etwas verbergen.

»Kieler Woche?«, riet Lena weiter.

Die Hand sank auf die Tischplatte, Jan Krönke blickte Lena erstaunt an. »Woher wissen Sie das?«

»Ich habe es nur vermutet. Sie haben Maren also getroffen?«

Jan Krönke nickte. »Ich war wegen der Regatta da. Da stand Maren plötzlich vor mir.« Er hatte leise gesprochen und schien erschrocken über seine eigenen Worte.

»Wie hat Maren reagiert?«

»Sie war erstaunt, genau wie ich. Dann hat sie sich gefreut. Ich mich auch.«

»Von welchem Jahr sprechen wir?«, fragte Lena.

»Nicht das letzte Jahr, wenn Sie das meinen.«

»Also ein Jahr davor?«

»Kann sein.«

»Wie lange waren Sie an dem Tag mit Maren zusammen?«

Jan Krönke zuckte mit den Schultern. »Warum wollen Sie das jetzt noch wissen?«

»Herr Krönke, Sie sind ein wichtiger Zeuge. Ich kenne Maren nicht, und wenn mir die Menschen, die sie kannten, nicht helfen, werde ich nicht weiterkommen.« Lena sah Jan Krönke direkt an und wartete, bis sie Augenkontakt hatten. »Sie wollen doch sicher auch, dass Marens Tod aufgeklärt wird.«

Jan Krönke nickte und senkte den Blick.

»Wie lange waren Sie an dem Tag zusammen?«

»Länger. Ich bin in Kiel geblieben.«

»Sie haben bei Maren übernachtet?«

Jan Krönke nickte kaum merklich.

»Sie haben …«

»Ja, verdammt«, fiel Jan Krönke ihr ins Wort. Er hatte sich aufgerichtet und lauter gesprochen als zuvor. »Wir hatten was miteinander in der Nacht. Mehr war nicht.«

»Sie haben Maren später nicht wiedergetroffen?«

»Habe ich doch gesagt. Erst im Herbst. Oktober oder so.«

»Also weit über ein Jahr später?«, fragte Lena.

»Kann schon sein«, murmelte Jan Krönke.

»Worüber haben Sie gesprochen, als Sie Maren in Kiel begegnet sind?«

Jan Krönke zuckte mit den Schultern. »Weiß ich nicht mehr so genau.«

Lena seufzte innerlich. Der junge Mann war eine harte Nuss. Sie befürchtete, dass er die Befragung abbrechen würde, wenn sie ihn härter anfasste.

»Haben Sie darüber gesprochen, wovon Maren lebte, was sie arbeitete?«

»Nicht wirklich. Sie hat wohl gekellnert oder so.« Jan Krönke zögerte. »Sie wollte es mir nicht sagen. War wohl nicht so dolle. Ihre Eltern haben ihr nichts mehr gegeben, wenn Sie das meinen. Sie hat sie gehasst. So richtig gehasst.«

»Wissen Sie, warum?«

»Fragen Sie *ihn* doch. Oder hat der Herr Künstler sich geweigert? Haben Sie mit … ihr gesprochen?«

»Sie meinen Marens Mutter?«

»Wen sonst! Fragen Sie die beiden. Die müssen es doch wissen.«

»Werde ich machen, Herr Krönke. Können Sie mir trotzdem einen kleinen Hinweis geben?«

Jan Krönke atmete schwer, sah aus dem Fenster und seufzte schließlich. »Ein Kind ist nicht irgendein Ding, das man gekauft hat. Ein Kind gehört niemandem.«

Lena nickte. »Da stimme ich Ihnen voll und ganz zu. Aber was bedeutet das in unserem konkreten Fall?«

Jan Krönke schwieg.

»Sie waren also im Sommer vorletzten Jahres einen Tag mit Maren zusammen. Wie hat sie da auf Sie gewirkt? War sie zufrieden mit ihrem Leben? Hatte sie Probleme? Hatte sie Pläne?«

Jan Krönke schüttelte den Kopf. »Keine Pläne. Sie wollte einfach nur ihr Leben genießen, hat sie mir gesagt. Ob sie zufrieden war – wer zeigt schon, dass es ihm dreckig geht? Wir spielen doch allen immer was vor. Wenn man zugibt, dass es einem richtig schlecht geht, ist man schon ganz, ganz tief gesunken. Das war Maren nicht.« Jan Krönke atmete tief durch. »Und Pläne? Maren hat immer schon nur an die nächsten Stunden, an die nächsten Tage gedacht. Sie war keine Frau für große Pläne.«

»Hatten Sie mit Maren bei der Kieler Woche den letzten sexuellen Kontakt?«

Jan Krönke rollte mit den Augen. »Wie das klingt. Sagen Sie doch einfach, was Sie wissen wollen. Nein, wir haben im Oktober nicht gepoppt. Reicht das?«

»Wollte Maren nicht oder wollten Sie nicht?«

»Deshalb hat sie mich nicht besucht. Aber das verstehen Sie wohl nicht.«

»Dann erklären Sie es mir«, sagte Lena ruhig.

»Sie haben es doch eben schon selbst gesagt.«

»Sie meinen, dass Maren zu dem Zeitpunkt schon schwanger war?«

»Was sonst?«

»Maren hat es Ihnen also im Herbst erzählt?«

Jan Krönke nickte und senkte den Kopf. »Hat sie das Kind bekommen oder … wegmachen lassen?«

»Wie kommen Sie darauf, dass Maren einen Schwangerschaftsabbruch in Erwägung gezogen hat? Hat sie darüber gesprochen?«

Jan Krönke schüttelte den Kopf. »Nein, überhaupt nicht. Aber ich weiß doch, wie sprunghaft Maren ist.« Er hielt inne. »War, meine ich. Kann doch sein, dass sie …«

»Maren Witte hat kurz vor ihrem Tod ein Mädchen geboren.«

Jan Krönke sah erstaunt auf. »Und ist das auch …« Er schluckte schwer. »Ich meine …«

»Nein, das Kind hat sie im Krankenhaus abgegeben. Sie haben sicher schon von Babyklappen gehört. Es geht ihr gut.«

»Sie kommt aber nicht … also nicht hierher zu … Marens Vater, oder?« Jan Krönke war sichtbar unwohl bei der Vorstellung, dass die Großeltern das Kind aufziehen könnten. Er fasste sich immer wieder an die Nase und schüttelte leicht den Kopf.

»Bisher ist noch nichts entschieden.«

»Verstehe«, presste Jan Krönke hervor.

»Hat Maren Ihnen gesagt, wer der Vater des Kindes ist?«

Jan Krönke reagierte zunächst nicht und antwortete schließlich leise: »Sie wollte keinen Vater für das Kind.«

Lena entschied sich dazu, das Thema vorerst zurückzustellen. »Über was haben Sie gesprochen?«

»Sagte ich doch. Maren wollte neu anfangen. Abschließen mit allem. Und fragen Sie mich jetzt nicht, was das bedeutet. Ich weiß es einfach nicht. Sie hat sich von mir verabschiedet. Es ging nicht darum, dass wir uns nicht wiedersehen würden. Nein, darum gar nicht. Diese Nacht in Kiel, hat sie gesagt, die habe sie gebraucht. Sie wollte mit uns abschließen. Ein gutes Ende, meinte sie. Das wäre wichtig für einen Neuanfang. Die Vergangenheit verfolgt einen sonst. Genau das hat Maren gesagt. Ich hab das verstanden.«

»Maren war Ihre große Liebe.«

Jan Krönke sah Lena lange an. »Warum war? Sie ist es immer noch und wird es auch bleiben.« Der junge Mann hatte sich mit verschränkten Armen auf dem Stuhl zurückgelehnt.

Lena stand auf, öffnete das Fenster und wartete, bis die frische Luft in den Raum geströmt war. Zurück am Tisch schenkte sie Jan Krönke und sich eine weitere Tasse Tee ein. »Sie haben mir vorhin gesagt, dass Sie nach Marens Besuch im Oktober mehrmals mit ihr telefoniert haben. Hat Sie Ihnen erzählt, wie ihr Besuch bei den Eltern verlaufen ist?«

»Nicht gut. Mehr wollte sie nicht sagen.«

»Wann war Ihr letzter Kontakt zu Maren?«

»Wir haben Silvester kurz nach Mitternacht telefoniert. Aber sie hatte getrunken oder war irgendwie durcheinander. Es hat nicht lange gedauert. Ich mochte nicht mit ihr sprechen, wenn sie so war.«

»Und davor?«

»Im Spätherbst, glaube ich. Sie hat mich angerufen. Wie immer.«

»Sie haben nie selbst angerufen?«

»Doch, aber Maren ist nie rangegangen. Nie.«

»Und im Spätherbst? War das ein längeres Gespräch?«

Jan Krönke nickte. »Ja, sehr lange. Sie war gut drauf, hatte irgendeinen Job gefunden oder so was. Gesagt, was das denn war, hat sie mir wieder nicht. So war Maren. Manchmal dachte ich, sie macht das extra. Dieses Geheimnisvolle, nichts aus ihrem Leben erzählen. Aber vielleicht hatte sie auch nur Angst.«

»Wissen Sie, wovor sie Angst hatte?«

»Wenn ich es wüsste, würde ich es sagen. Vielleicht war das ein Schutzwall oder so. Maren war so verletzlich. Zugegeben hat sie das natürlich nie. Nur keine Schwäche zeigen. Immer die Starke mimen. Cool und abgebrüht. Aber das war sie nicht.«

»Sie haben keine Ahnung, womit Maren ihr Geld verdient hat?«

»Nein, vielleicht stand sie ja bei einem Bäcker hinter dem Tresen und wollte nicht darüber reden. Oder es war etwas, was wirklich schlimm ist. Sie hätte nie wieder ein Wort mit mir gesprochen, wenn ich sie weiter gelöchert hätte. Da bin ich mir sicher.«

»Sie waren nach besagtem Sommer nicht wieder in Kiel?«

Jan Krönke legte den Kopf in den Nacken und atmete tief durch. »Einmal. Im September war das. Also vorletztes Jahr. Ich wollte Maren überraschen. Hab vor dem Haus gewartet, wo sie ihre Wohnung hatte. Aber sie kam nicht. Die ganze Nacht nicht und auch nicht am Morgen. Ich bin dann zurückgefahren. Was hätte ich sonst machen sollen? Als wenn sie gewusst hätte, dass ich komme.«

Sechs

»Haben Sie etwas von Jan erfahren?«, fragte Thomas Eben, als er zurück in sein Büro kam.

Lena nickte. »Er hat Maren Witte in Kiel getroffen und sie hat ihn im Oktober besucht. Telefoniert haben sie zwischendurch auch.«

»Das hätte ich jetzt nicht vermutet.«

»Warum nicht?«

»Na ja, Jan war damals, als Maren sich von ihm getrennt hat, ziemlich durch den Wind, um es mal salopp zu sagen.«

»Hat er lange daran geknabbert?«, fragte Lena.

»Denke schon. Was hat er denn dazu gesagt?«

»Dass Maren seine große Liebe war und immer noch ist.«

Thomas Eben nickte nachdenklich. »Macht ihn das jetzt verdächtig? Ich meine, er hat einen Kutter, Maren ist ertrunken.«

»Hätte Maren unbemerkt auf den Kutter kommen können?«

»Je nachdem, wo sie an Bord gegangen wäre. Hier auf Pellworm wäre es unwahrscheinlich gewesen, dass niemand etwas bemerkt. Allenfalls nachts, aber dafür hätte sie ja erst mal hier auf der Insel sein müssen. Eventuell könnte Jan sie in Nordstrand abgeholt haben oder auch in Husum. Aber mir fällt kein Grund dafür ein. Maren wäre doch mit der Fähre gekommen, wenn sie zum Beispiel mit Jan hätte sprechen wollen. Oder sie hätten sich auf dem Festland getroffen.«

»Schon richtig, nur weil Jan Krönke ein Boot besitzt, ist er noch nicht verdächtig.« Lena beugte sich leicht vor. »Würden Sie ihm zutrauen, dass er zum Beispiel im Affekt gewalttätig wird?«

Der Inselpolizist zögerte lange, bevor er antwortete. »Man steckt nicht in dem Menschen drin. Jan ist ein kerniger Bursche, ehrlich und immer hilfsbereit.«

»Aber?«

»Wenn ich jetzt höre, dass er noch Kontakt mit Maren hatte, und gleichzeitig weiß, wie sehr er unter der Trennung gelitten hat, dann fällt mir eine Antwort schwer.«

»Jan Krönke hat Maren vor eineinhalb Jahren zufällig in Kiel getroffen. Sie haben den Tag miteinander verbracht und auch die Nacht.«

»Oh! Und was ist danach passiert?«

»Angeblich nichts. Er war noch mal in Kiel und hat die Nacht vor ihrer Wohnung gewartet, aber sie ist nicht nach Hause gekommen.«

Thomas Eben sah Lena erstaunt an. »Und das hat er Ihnen alles freiwillig erzählt? Aber trotzdem wirft das natürlich noch einmal ein ganz anderes Licht auf die Angelegenheit.«

»Herr Krönke hat keine Freundin?«

»Nicht dass ich wüsste. Hin und wieder ist er wohl mit Freunden auf dem Festland, sprich in Husum, aber da habe ich natürlich keinen Einblick.«

Lena klappte ihr Notizbuch zu. »Ich muss noch mal mit Marens Mutter sprechen und später auch mit Claus Witte.«

»Heute noch?«

»Nein, lassen wir den beiden ein paar Stunden, um die Nachricht von dem Enkelkind zu verdauen. Könnten Sie mich für morgen Vormittag dort ankündigen?«

»Ja, natürlich. Ich rufe Claus heute Abend an.« Er zögerte kurz. »Soll ich wieder mitkommen?«

»Nein, das wird nicht nötig sein«, sagte Lena.

Thomas Eben atmete erleichtert auf.

»Wissen Sie, ob Claus Witte ein Boot hat?«, fragte Lena.

Der Inselpolizist schluckte. »Sie verdächtigen ihn?«

»Reine Routine.«

»Claus und Bettina haben eine kleine Segeljacht. Die liegt hier im Sporthafen. Soll ich mich erkundigen, ob …«

»Nein, vorerst nicht.«

Thomas Eben nickte. »Wie lange werden Sie auf Pellworm bleiben?«

»Vermutlich noch ein oder zwei Tage.« Lena griff nach der Liste mit Marens Schulkameraden. »Gibt es jemanden, der Maren sehr nahestand?«

»Das weiß ich leider nicht. Aber wie das so ist bei Jugendlichen, da wechseln die Freundschaften auch mal schnell.«

Lena nickte und stand auf. »Wann sind Sie morgen im Büro?«

»Ab acht Uhr.«

»Dann wünsche ich Ihnen einen schönen Feierabend. Bis morgen.«

Lenas Handy machte sich bemerkbar. Sie nahm das Gespräch an, begrüßte Johann und fuhr von der Hauptstraße ab, auf einen Feldweg. »So, jetzt kann ich reden. Hast du was für mich?«

»Ich war in der Wohnung von Maren Witte.«

»Ohne Durchsuchungsbeschluss?«

»Die freundliche Nachbarin, von der ich dir ja schon erzählt habe, hat tatsächlich einen Schlüssel und musste zufällig gerade Blumen gießen. Da bin ich mitgegangen. Keine Angst, ich habe nichts angefasst.«

»Wie sieht die Wohnung aus?«

»Nicht so, wie ich erwartet habe. Hast du nicht gesagt, Maren Witte hat sich mit Aushilfsjobs über Wasser gehalten?«

»Das war erst mal nur eine Vermutung. Warum fragst du?« Johann genoss es wieder einmal, seine Information nur häppchenweise herauszugeben.

»Nun ja, die Wohnung sieht nicht danach aus. Hochwertiger Neubau, teure Gegend und auch in der Wohnung hat Maren Witte nicht gespart. Keine Möbel vom Discounter, Musikanlage vom Feinsten, großer Plasmafernseher, den ich mir zumindest nicht leisten könnte, Küche vom Markenhersteller. Um nur ein paar Dinge zu nennen.«

»Verstehe. Aber sonst war alles in Ordnung? Kein Einbruch?«

»Keine offensichtlichen Anzeichen für einen Einbruch. Weder am Schloss noch in der Wohnung. Natürlich könnte jemand alles vorsichtig durchsucht haben. Aber wie gesagt, ich bin nur einmal durchgelaufen und mehr nicht.«

»Was sagt die Nachbarin?«

»Die hat zwar einen Schlüssel, von einer wirklichen Freundschaft zu Maren Witte hat sie allerdings nicht gesprochen. Aber sie kennen sich gut, haben sich gegenseitig zum Kaffee eingeladen und waren wohl auch mal zusammen unterwegs.«

»Und?« Lenas Stimme hatte drängender geklungen als beabsichtigt.

»Ja, ich weiß, du hast wenig Zeit. Also gut: Die Nachbarin, Nicole Kruse, weiß nicht genau, wo Maren gearbeitet hat. Sie hat immer vermutet, dass sie reiche Eltern hat oder einen reichen Freund, der sie unterstützt.«

»Gibt es für die zweite Variante Hinweise? Hat die Nachbarin einen Mann gesehen?«

»So richtig wollte sie damit nicht rausrücken. Sie hatte wohl Angst, als Stalkerin dazustehen. Ich habe aber nicht lockergelassen. Sie hat niemanden konkret gesehen, meint aber, hin und wieder etwas gehört zu haben. Was genau, wollte sie nicht verraten. Wenn du mich fragst, ist das nur heiße Luft.«

»Aber du hast noch mehr?«

»Frau Kruse sagte, sie habe häufiger beobachtet, dass Maren Witte abends gestylt die Wohnung verließ. Ich weiß, auch das ist kein Beweis für einen Liebhaber. Und auf meine Nachfrage stellte sich schnell heraus, dass das nur fünf- oder sechsmal über einen längeren Zeitraum vorgekommen ist.«

»Weiß sie, wer der Vater des Kindes ist?«

»Nein, aber sie hat natürlich die Schwangerschaft mitbekommen. Sie meinte, irgendwann sei es nicht mehr zu übersehen gewesen und da habe sie Maren angesprochen. Sie ist der Ansicht, dass Maren glücklich war. Genau das Wort hat sie benutzt. Maren habe sich wohl keine Sorgen um die Zukunft gemacht.«

»Wie viel Kontakt hatte Frau Kruse in den letzten Monaten mit Maren Witte?«

»Wenig, sagt sie. Dass Maren tot ist, wusste sie übrigens auch noch nicht. Nun gut, ihr Name stand auch nicht in der Zeitung und die Kollegen, die den Fall bearbeitet haben, waren offensichtlich nicht in ihrer Wohnung. Zum letzten Mal hat sie sie gesehen, als Maren Witte ungefähr zwei Wochen vor der Geburt verreist ist. Maren hatte Frau Kruse gebeten, sich um die Blumen zu kümmern.«

»Hat Maren gesagt, wo sie hinwollte?«

»Nein, nichts. Frau Kruse dachte, dass sie zu ihren Eltern gefahren ist, um da nach der Geburt etwas Unterstützung zu bekommen.«

»Wir brauchen einen Beschluss für Maren Wittes Konto und für ihre Handydaten. Für die Wohnung brauchen wir auch einen Durchsuchungsbeschluss. Ich rufe gleich Nielsen an und sage ihr, dass du dich darum kümmerst.«

»Ich warte auf dein Okay und lege dann los. Die Wohnung habe ich übrigens versiegelt.« Johann machte eine kurze Pause. »Bin ich somit offiziell im Team?«

»Ja, so wie es im Moment aussieht, wird das alles kein Spaziergang. Mit Ole habe ich auch schon Kontakt aufgenommen. Er spricht mit dem ehemaligen Lehrer von Maren Witte.«

»Soll ich mich hier weiter umhören? Irgendwo muss ja das Geld hergekommen sein.«

»Wir warten, bis wir Zugriff auf das Konto haben. Dann sehen wir weiter. Ich melde mich.«

Lena erreichte ihre Chefin auf dem Handy. Nach den Geräuschen im Hintergrund zu urteilen, war sie schon außer Dienst. Sie gab ihr einen Kurzbericht und bat darum, dass Johann die Beschlüsse bekäme. Nach dem Gespräch fuhr sie zurück auf die Hauptstraße und stand wenige Minuten später vor dem Haus eines ehemaligen Schulkameraden von Maren Witte.

Die Mutter von Holger Jensen öffnete Lena die Tür und bat sie herein. Sie rief ihren Sohn, der gleich darauf nach unten in die Küche kam.

»Es geht um Maren«, sagte Frau Jensen. »Dann lasse ich euch mal alleine.«

Holger Jensen hatte sein kurzes blondes Haar ordentlich gescheitelt nach hinten gekämmt. Er trug Jeans und ein weißes Hemd und reichte Lena die Hand zur Begrüßung. »Wollen Sie sich setzen? Möchten Sie etwas trinken?«

»Wenn Sie gerade Mineralwasser griffbereit haben, gerne.«

Holger Jensen schenkte Lena und sich ein Glas ein. »Sie kommen wegen Maren Witte? Ich habe natürlich gehört, was passiert ist.«

»Ja, ich untersuche ihren Tod. Mein Kollege hier auf der Insel sagte mir, dass Sie mit Maren in einer Klasse waren.«

»Ja, sehr lange sogar. Wir sind auch noch zusammen aufs Gymnasium in Husum gegangen.«

Diese Information hatte Lena von Thomas Eben nicht bekommen. »Ich war bereits bei einigen ehemaligen Klassenkameraden von Ihnen. Es geht darum, dass ich mir ein Bild von Maren Witte mache.«

»War es kein Selbstmord?«

»Genau das untersuche ich. Ich würde Sie allerdings bitten, diese Information vertraulich zu behandeln.« Als Holger Jensen nickte, fuhr Lena fort: »Wie war Ihr Verhältnis zu Maren?«

»Schwierige Frage. Wir waren immerhin elf Jahre zusammen in der Schule. Ich habe nach der elften Klasse das Gymnasium abgebrochen und hier auf Pellworm eine Ausbildung in der Gemeinde begonnen. Ich arbeite jetzt auch in der Verwaltung.« Der junge Mann legte eine Pause ein und schien zu überlegen, was er zu Maren Witte sagen könnte. »Ich war nicht wirklich mit ihr befreundet. Am Anfang nicht und auch später nicht. Jan Krönke ging ja eine ganze Weile mit ihr. Aber das wissen Sie ja wahrscheinlich schon.«

»Ja, ich habe bereits mit ihm gesprochen.«

»Okay, er konnte bestimmt mehr zu Maren sagen. Ich weiß gar nicht genau, was Sie jetzt so von mir wissen wollen.«

»Versuchen Sie es einfach. Wie haben Sie Maren in der Grundschule wahrgenommen?«

»Ach, um die Mädchen haben wir Jungen uns nicht so gekümmert. Spätestens nach der ersten Klasse war da ja diese übliche Trennung zwischen Jungs und Mädels. Sie war gut in der Schule, das weiß ich noch. Ich habe mich damals gefragt, ob sie überhaupt lernt oder ob ihr alles einfach so zufällt.«

»Und später?«, fragte Lena.

»Maren ist mir immer ein Rätsel geblieben. Alle Jungs waren hinter ihr her, aber sie hat uns allen die kalte Schulter gezeigt. Bis auf Jan. Das hat keiner verstanden. Nichts gegen Jan, so meine ich das nicht, aber er war auch damals schon nicht der Sonnyboy. Eher wortkarg und ruhig. Ich muss gestehen, dass wir ihn damals deswegen gehänselt und als Loser bezeichnet haben. Heute weiß ich, dass das ungerecht und dumm war. Pubertär sozusagen. Aber offensichtlich muss in diesem Alter immer jemand als Fußabtreter herhalten. Inzwischen ist mir die Sache ziemlich peinlich.«

»War Maren beliebt?«

Holger Jensen schüttelte den Kopf. »Nein, nicht im eigentlichen Sinne. Von den Jungen wurde sie angeschmachtet, aber das meinen Sie vermutlich nicht mit *beliebt*. Bis auf Leefke hatte sie eigentlich keine Freundinnen. Ob das an ihrer Art lag, wie sie mit uns allen umging, weiß ich auch nicht. Sie war so distanziert und wirkte schnell arrogant. So aus heutiger Sicht glaube ich aber fast nicht, dass das so von ihr gemeint war.«

»Und die Lehrer? Wie ist sie mit denen ausgekommen?«

»Wunderbar, würde ich sagen. Maren hat sie quasi um den Finger gewickelt.« Holger Jensen grinste. »Die Lehrer waren wahrscheinlich auch in sie verknallt und bei den Lehrerinnen hat sie das arme Mädchen gespielt.«

»Armes Mädchen? Was genau muss ich mir darunter vorstellen?«

Holger Jensen senkte verlegen den Blick. »Mir ist das ehrlich gesagt so rausgerutscht. Wie soll ich das erklären …? Ja, Maren hat es geschafft, sich als hilfsbedürftig hinzustellen. Vielleicht war sie es ja auch. Es ging dabei ja auch nicht ums Lernen, das ist ihr auch in den höheren Klassen leichtgefallen. Nein, sie hat etwas ausgestrahlt, was automatisch Beschützerinstinkte hervorrief. Klar, das klingt eigentlich, als wäre das etwas für die starken Männer, die gerne Frauen beschützen, aber wie gesagt, bei denen hat sie mehr mit ihren weiblichen Reizen gepunktet.« Holger Jensen stutzte. »Nicht dass Sie denken, ich will hier Maren als Schlampe oder so darstellen. Ganz und gar nicht. Ich glaube nicht mal, dass sie mit Jan so richtig was gehabt hat. Das war wohl eher platonisch. Und mit Lehrern schon gar nicht.«

»Hilfsbedürftig, sagten Sie. Musste Maren tatsächlich beschützt werden und wenn ja, wovor?«

»Da fragen Sie nicht den Richtigen. Vielleicht liege ich ja auch falsch mit meiner Einschätzung. Ja, wovor? Eine gute Frage. Wahrscheinlich vor gar nichts. Sie hat es bestimmt nur gespielt, um sich bei den Lehrerinnen lieb Kind zu machen.«

»Das klingt jetzt aber nach einer sehr durchtriebenen Person.«

Holger Jensen nickte nachdenklich. »Ja, Sie haben recht. Vielleicht hätte ich das so nicht sagen sollen. Maren hatte auch ihre guten Seiten. Es war kein Problem, bei ihr die Hausarbeiten abzuschreiben oder sie darum zu bitten, vor einer Klausur mit einem zu üben. Sie war nicht die Streberin, die nur auf ihren Vorteil bedacht war.« Er hielt kurz inne. »Ja, das klingt sehr widersprüchlich, was ich da gesagt habe. Vielleicht ist das aber genau die richtige Bezeichnung für ihre Persönlichkeit. Widersprüchlich. Ja, das war Maren. Klar, damals haben wir Jungen sie eher zickig genannt, aber das war wohl mehr unser Frust.«

»Sie waren dann noch ein Jahr mit ihr zusammen auf dem Gymnasium in Husum?«

Holger Jensen nickte. »Ja, genau genommen eineinhalb Jahre. Ich bin dann nach dem Halbjahreszeugnis im zwölften Jahrgang zurück nach Pellworm gegangen. In Husum war es schnell vorbei mit Marens Strategie. Die Lehrer waren dort abgebrühter und fielen nicht so schnell auf ihre Masche rein. Zusätzlich mussten wir Inselkinder uns reichlich anstrengen, um den Stoff mitzubekommen. Der Übergang war nicht so leicht. Das hat mir ja auch das Genick gebrochen.«

»Wie war das in Husum? Welchen Freundeskreis hatte Maren da?«

»Auf jeden Fall hatten wir nicht den gleichen. Ich habe bei Verwandten in Husum gewohnt, Maren in einer Wohngemeinschaft. Zwei Jungs und drei Mädchen. Keiner von denen war auch auf dem Gymnasium, sie waren auch alle etwas älter. Was die gemacht haben, weiß ich nicht. Maren hat mich einmal zu einer Party eingeladen.« Holger Jensen lachte. »Das war damals ein regelrechter Kulturschock für mich. Alkohol, auch härtere Sachen, Drogen, von Gras bis hin zu Pillen und Kokain. Da ging's richtig ab. Ich war damals nicht lange da und hab mich auch später von Maren ferngehalten.«

»Sie erinnern sich an die Adresse der Wohnung?«

»Die hatten ein ganzes Haus gemietet. Ziemlich alt und heruntergekommen, aber immerhin ein Haus.« Holger Jensen nannte Lena die Straße. »Die Hausnummer weiß ich nicht mehr. Aber sie war zweistellig.«

»Das sollte nicht das Problem sein. Sie kennen nicht zufällig auch die Namen von Marens WG-Freunden?«

»Mit Nachnamen hat sich damals niemand angesprochen. Da war ein Joe, so einer mit richtig langen Haaren. Der war bestimmt über zwanzig. Dann eine Gitta, die war nur wenig älter als Maren. Und eine Moni. Vollkommen abgefahrene Tante. Sie war auf jeden Fall älter als Maren. Drei oder vier Jahre sicherlich. An die anderen Namen erinnere ich mich nicht.«

Sieben

»Hattest du einen anstrengenden Tag?«, fragte Erck, als Lena am Abend von ihrem Hotelzimmer aus mit ihm telefonierte.

»Vom Arbeitsaufwand hielt es sich in Grenzen. Aber die Geschichte der jungen Frau geht mir ziemlich nah. Mit jedem neuen Gespräch kommen weitere Details ans Licht. Ich habe kein gutes Gefühl dabei.«

»So schlimm?«

»Weiß ich noch nicht. Aber normalerweise kann ich professionell mit den Schicksalen umgehen, die mir begegnen. Das ist auch das Erste, was man in meinem Job lernen muss. Dieses Mal scheint es nicht zu funktionieren.«

»Kann ich mir gut vorstellen, wo doch das wenige Tage alte Baby eine Rolle spielt. Ich weiß nicht, ob diese Babyklappen wirklich so ein Fortschritt sind.«

»Die gibt es schon seit Jahrhunderten, habe ich jetzt in einer Broschüre gelesen.« Lena seufzte. »Ja, es ist wohl das kleine Kind, das mir auf der Seele liegt. Und natürlich die Mutter, die offensichtlich keinen anderen Ausweg mehr gesehen hat. Was für eine schreckliche Situation. Dabei hatte sie Eltern, die Zeit und Geld gehabt hätten, um ihr zu helfen.« Lena schloss die

Augen und ließ sich nach hinten aufs Bett fallen. »Und ich vermisse dich.«

»Ich dich auch. Wie lange wirst du auf Pellworm bleiben?«

»Das weiß ich noch nicht. Ich hoffe, dass ich morgen oder spätestens übermorgen mit der Fähre zurückfahren kann.«

»Und dann? Kiel?«

»Ja, dort hat die junge Frau zuletzt gelebt. Aber lass uns abwarten, wie sich das alles entwickelt. Sag, warst du schon bei Beke? Wie geht es ihr?«

Erck erzählte von seinem Besuch bei Lenas Tante, der Schwester ihrer verstorbenen Mutter. Lena hörte zu und nahm sich vor, noch vor der Hochzeit für ein paar Tage nach Amrum zu fahren.

Während Erck weitersprach, meldete sich Ole Kotten.

»Ole ist in der Leitung, Erck. Kann ich dich später wieder anrufen?«

»Ich bin hier.«

Lena beendete das Gespräch und nahm Ole Kottens Anruf an. »Entschuldige, ich hab gerade mit Erck gesprochen.«

»Ich kann mich auch später wieder melden«, sagte Ole Kotten.

»Schon gut, erzähl.«

»Ich habe Maren Wittes ehemaligen Lehrer getroffen. Hans Schnabel war ausgesprochen kooperativ und hat sich Zeit genommen. An Maren Witte konnte er sich gut erinnern. Ich habe dir übrigens gerade die Aufnahme von der Befragung geschickt. Ich dachte mir, dass du dir vielleicht die eine oder andere Passage anhören willst.«

Lena öffnete ihren Laptop und rief die Mails ab. »Ist da.«

»Dann lege ich mal los. Schnabel meinte, dass Maren Witte eine ausgesprochen unsichere und ängstliche Schülerin war. Bevor du dich wunderst, Schnabel ist sich sicher, dass ihre coole und manchmal provozierende Art nur Fassade war.

Sie sei orientierungslos gewesen und unfähig, Gefühle zuzulassen. Ich muss dazu sagen, dass der Lehrer zusätzlich zum Lehramtsstudium Psychologie studiert hat. Wie lange und mit welchem Abschluss, habe ich nicht gefragt, aber alles, was er sagte, schien Hand und Fuß zu haben.«

»Doch, das könnte durchaus ins Bild passen.«

»Schnabel hat versucht, ihr zu helfen. So nannte er das zumindest. Er hat das Gespräch gesucht, hat sie unterstützt, damit sie sich mehr öffnet. Aber sie hat blockiert. Maren soll nach seiner Einschätzung ausgesprochen intelligent, vielleicht sogar hochbegabt gewesen sein. Was immer das auch zu bedeuten hat. Auf jeden Fall hat sie wohl jeden seiner Versuche von vornherein durchschaut und ihn kalt abblitzen lassen. Irgendwann hat Schnabel es aufgegeben.«

»Hat er etwas zu Marens Verhältnis zu ihren Mitschülern gesagt?«, fragte Lena.

»Das hat er sozusagen nur von Weitem mitbekommen. Sie hat eine beste Freundin gehabt.« Ole Kotten machte eine Pause. »Das war Leefke Theemann.«

»Ja, mit ihr habe ich heute schon gesprochen.«

»Okay. Schnabel meinte, die beiden hätten immer zusammengehangen. Maren war diejenige der beiden, die vorgegeben hat, wo es langgeht. Nach außen hin sah es wohl so aus, als wenn Leefke von Maren profitierte, aber Schnabel ist davon überzeugt, dass es genau umgekehrt war. Leefke hat er als sehr empathisch beschrieben und das sei genau das gewesen, was Maren zu ihr hingezogen hat. Gegen alle anderen Mitschülerinnen habe sich Maren abgegrenzt.«

»Und wie ist sie mit den Jungen in der Klasse ausgekommen?«, fragte Lena, obwohl sie die Antwort schon zu kennen glaubte.

»Sie hat den Vamp gespielt und sie dadurch auf Abstand gehalten. Allerdings gab es da einen …«

»Entschuldige, dass ich dich unterbreche. Geht es um Jan Krönke?«

»Ja, genau der.«

»Mit dem habe ich schon gesprochen.«

Ole lachte. »Wofür brauchst du mich überhaupt noch?«

»Mit wem sollte ich mich sonst so nett unterhalten? Aber im Ernst, es ist gut, wenn man seine Einschätzung von einer unabhängigen Seite bestätigt bekommt. Was sagte der Lehrer denn weiter zu Jan Krönke?«

»Als die beiden zusammengekommen sind, hatte Schnabel die Hoffnung, dass Maren Witte auftauen würde. Genau diesen Begriff hat er benutzt. Es sah wohl erst danach aus, aber einen richtigen Durchbruch gab es nicht. Schnabel vermutet, dass die Eltern von Maren Witte der Verbindung negativ gegenüberstanden und sie unter Druck gesetzt haben. Allerdings hat er das mit viel Vorbehalt gesagt. Wenn du mich fragst, dann hat seine Meinung von den Eltern diese Einschätzung dominiert.«

»Und was hat der Lehrer von den Eltern gehalten?«

»Das habe ich natürlich auch gefragt. Ruf dir doch mal auf dem Laptop die Stelle auf. Spul einfach vierundvierzig Minuten vor, dann kommt die Passage.«

Lena startete die Aufnahme an der entsprechenden Stelle.

»Können Sie mir etwas zu Marens Eltern sagen?«, fragte Ole Kotten in der Aufzeichnung.

»Ja, die Eltern. Beide Künstler, sie um einiges jünger als ihr Mann«, antwortete Holger Schnabel. »Claus Witte war nur einmal in der Schule. Das war zu einem Elternabend. Da hat er das große Wort geführt und über Erziehung philosophiert. Sie wissen, was *Schwarze Pädagogik* ist?«

»So eine ungefähre Vorstellung habe ich davon«, antwortete Ole Kotten.

»Der Begriff kam in der Pädagogikdiskussion in den Siebzigerjahren auf. Gemeint ist die Pädagogik der Aufklärung, kurz gesagt ein Erziehungsstil, der auf Erniedrigung und Einschüchterung basiert. Claus Witte brachte die Schule im Allgemeinen und auch unsere Inselschule damit in Verbindung. Das war hochgradig absurd. Allein wie er die Diskussion in der Elternrunde dominierte, machte mir schon klar, was Maren zu Hause erlebte. Um es noch deutlicher zu sagen: Claus Witte hätte sich lieber an die eigene Nase fassen sollen. So tun, als wäre er für mehr Laisser-faire, aber im eigenen Haus derjenige sein, der alleine die Richtung vorgibt. Ich habe schon häufig mit solchen Menschen zu tun gehabt, Altachtundsechziger, die die Weisheit mit Löffeln gefressen haben. Nein danke, sag ich da nur.«

Holger Schnabel schien sich regelrecht in Rage zu reden. Lena konnte sich gut vorstellen, dass er in diesem Augenblick mit hochrotem Kopf vor Ole Kotten gesessen hatte.

»Zum Glück ist anschließend nur noch seine Frau zu den Elternabenden und Sprechtagen gekommen. Leistungsmäßig war bei Maren ja alles im ganz oberen Bereich. Da gab es nicht viel zu besprechen. Aber ich habe mit Frau Witte durchaus über Marens Sozialverhalten gesprochen.«

»Hatte Frau Witte dazu eine Meinung?«, fragte Ole Kotten.

»Sie hat ihre Tochter in Schutz genommen, aber das ist eine normale Reaktion von Eltern. Ihr schien es in erster Linie wichtig zu sein, dass Marens Leistungen stimmen. Wenn ich sie auf Marens Sozialverhalten angesprochen habe, hat sie sehr zurückhaltend geantwortet. Mein Eindruck war, dass sie sich nicht gegen ihren Ehemann auflehnen wollte. Friede, Freude, Eierkuchen, wenn ich das mal so salopp sagen darf.«

Lena beendete die Wiedergabe. »Kommt da noch mehr?«

»Nein, den Rest über die Eltern kannst du dir sparen. Hat dich das alles bisher weitergebracht?«

»Ich denke schon. Morgen habe ich ein weiteres Gespräch mit den Eltern.«

»Na, da wünsche ich mal lieber nicht viel Spaß. Klingt nach einer schwierigen Aufgabe. Kann ich noch was für dich tun?«

Lena nannte ihm die Straße, in der Maren Witte während ihrer Husumer Zeit gewohnt hatte, und berichtete von ihren Mitbewohnern. »Mehr als die Vornamen Joe, Gitta und Moni habe ich nicht.«

»Wenn es irgendwie geht, schaue ich da morgen vorbei. Lieber wäre mir natürlich eine offizielle Anfrage vom LKA.«

»Du hast recht. Ich spreche morgen früh gleich mit meiner Chefin. Wir brauchen eure Unterstützung vor Ort.«

Sie verabschiedete sich von Ole und rief ein weiteres Mal Erck an.

Lena wachte am frühen Morgen auf. Sie hatte schlecht geschlafen und noch schlechter geträumt. Maren Witte hatte an der Reling der Fähre gestanden und ihr damit gedroht, dass sie zusammen mit ihrer Tochter ins Wasser springen würde. Das Baby auf dem Arm von Maren Witte schrie, der kalte Wind pfiff über das Oberdeck und niemand war in Sicht, der Lena helfen konnte.

Lena setzte sich im Bett auf und rieb sich die müden Augen. Der Wecker stand auf kurz nach fünf Uhr. Sie stöhnte und griff nach der Wasserflasche neben dem Bett.

Nachdem sie am Abend zuvor Erck davon erzählt hatte, wie nah ihr das Schicksal von Maren Witte und ihrem Kind ging, war eine Art Damm gebrochen. Sie hatte sich lange im Bett herumgewälzt, ohne einschlafen zu können. Sie erinnerte sich daran, dass, als sie nach dem Unfalltod ihrer Mutter Amrum überstürzt verlassen hatte, sie über Wochen Angst gehabt hatte, von Erck schwanger zu sein. Was hätte sie damals in der Situation gemacht? Das Kind bekommen und es zur Adoption freigegeben oder hätte sie sich für einen Schwangerschaftsabbruch entschieden? Ihre Situation war in keiner Weise vergleichbar gewesen mit der von Maren Witte. Maren hatte sich für das Kind entschieden, wollte ein neues Leben beginnen. Warum hatte sie ihre Pläne geändert und das Baby im Krankenhaus abgegeben? Wo hatte sie entbunden? Zwischen dem letzten Herbst und dem Geburtstermin musste etwas passiert sein, das Maren zum Umdenken gezwungen hatte. Irgendwann war Lena eingeschlafen und hatte Maren und ihr Kind mit in ihre Träume hineingezogen.

Lena stand auf, zog sich ihre Joggingsachen an und verließ das Hotelzimmer. Wenige Meter hinter dem Haus lief sie die Treppen am Deich hoch, stand eine Weile oben im Wind, sah auf die auflaufende Nordsee und sog tief die salzige Luft ein. Sie lief los, vorbei an der Alten Kirche St. Salvator mit ihrer Turmruine und weiter auf den rot-weißen Leuchtturm von Pellworm zu. Nach dreißig Minuten drehte sie um und kehrte im gleichen Tempo zurück zum Hotel.

Lange ließ sie das warme Wasser der Dusche über ihren Körper laufen, stand anschließend nackt vor dem großen Spiegel und betrachtete sich nachdenklich. Konnte es sein, dass sie schwanger war? Schon am Tag zuvor hatte sie in der Apotheke nach einem Test fragen wollen, hatte aber vor verschlossener Tür gestanden. Es kam häufig vor, dass ihre Regel erst Tage nach dem Termin einsetzte. Bisher hatte sie darüber nie einen einzigen Gedanken verloren. War sie jetzt drei Tage über der Zeit oder waren es erst zwei?

Lena griff nach dem Handtuch, trocknete sich ab und zog sich an. Anschließend lief sie mit feuchten Haaren durchs Hotel und suchte den Frühstücksraum.

Acht

»Moin!«, begrüßte Thomas Eben Lena, als sie sein Büro betrat. »Gut geschlafen?«

»Es geht. Das eigene Bett ist doch immer das beste.« Lena zog sich einen Stuhl vor und setzte sich. »Haben Sie die Wittes erreicht?«

»Ja. Claus Witte war nicht sehr begeistert, dass Sie nochmals mit ihm sprechen wollen. Aber ich habe ihn überredet.«

»Wird seine Frau auch dabei sein?«

»Er sagt, ja, aber ich würde mich darauf nicht unbedingt verlassen.«

»Wann und wo kann ich den Hafenmeister antreffen?«

»Sie sprechen vom Yachtclub? In der Hauptsaison ist Haiko häufiger vor Ort, aber jetzt wohl nur ein oder zwei Stunden am Tag. Er ist Rentner und macht das ehrenamtlich für den Sporthafenbereich.«

»Könnten Sie mit ihm einen Termin ausmachen? Ab elf Uhr heute Vormittag wäre gut, ansonsten am Nachmittag oder auch am Abend.«

»Mache ich.« Thomas Eben sah auf die Uhr. »Sie brauchen nur zehn Minuten zum Witte-Hof. Also haben Sie noch Zeit.«

Er hielt kurz inne und sah Lena fragend an. »Gibt es denn Neuigkeiten?«

»Ich habe mit Holger Jensen gesprochen.«

»Ach, Holger. Der arbeitet hier im Haus. Stimmt, das hatte ich ganz vergessen, er war ja auch in Husum auf dem Gymnasium. Konnte er Ihnen weiterhelfen?«

»Ein Puzzleteil kommt zum anderen. Es wird noch eine Weile dauern, bis das Bild zu erkennen ist. Gab es noch weitere Schüler aus Marens Schule, die nach Husum gegangen sind?« Lena reichte dem Inselpolizisten die Liste, die sie am Tag zuvor von ihm bekommen hatte.

Thomas Eben griff nach einem Kugelschreiber und sah die Liste durch. Zwei Namen kreuzte er an. »Allerdings sind beide einen beziehungsweise zwei Jahrgänge über Maren gewesen.« Er reichte ihr die Liste zurück. »Wiebke Jansen lebt hier auf Pellworm. Soll ich da auch einen Termin für Sie machen?«

»Ja, das wäre gut. Möglichst heute noch. Wo arbeitet sie?«

»Sie hat Agrarwirtschaft in Kiel studiert und arbeitet jetzt auf dem Hof ihrer Eltern.«

Lena stand auf. »Danke für Ihre Unterstützung. Ich mache mich dann mal auf den Weg.«

Claus Witte öffnete die Tür, nickte zur Begrüßung und trat zur Seite. »Sie kennen ja den Weg.«

In der Wohnküche saß eine Frau am Tisch. Kurze schwarze Haare, dunkle Ringe unter den Augen. Lena ging auf sie zu und reichte ihr die Hand. »Lena Lorenzen.«

Die Frau nickte und lächelte zurückhaltend. »Bettina Witte.«

Claus Witte hatte hinter Lena den Raum betreten und zeigte jetzt auf einen der Stühle am Tisch. Frau Witte stand auf. »Möchten Sie Tee oder Kaffee?«

»Gerne Tee«, antwortete Lena und zog den Stuhl vor.

Während Claus Witte sich zu ihr setzte, ging seine Frau zum Küchenbereich und stellte den Wasserkessel auf den Herd.

»Was können wir noch für Sie tun?«

Lena warf einen Blick zu Bettina Witte. »Wollen wir nicht auf Ihre Frau warten?«

Bettina Witte kam in diesem Moment mit einem Tablett zurück, auf dem drei Teetassen und ein Stövchen standen. Sie deckte auf und ging zurück zum Herd, wo bereits das Wasser kochte. Kurz darauf stellte sie die Teekanne aufs Stövchen und setzte sich wieder auf ihren Platz.

»Ich habe inzwischen mit Marens Freunden gesprochen. Ihre Tochter hat im Oktober auch Leefke Theemann und Jan Krönke besucht.«

Marens Mutter nickte, während Claus Witte keine Regung zeigte.

»Beide haben gesagt, dass Maren von einem Neuanfang gesprochen hat«, fuhr Lena fort. »Wie lange genau war Maren im Oktober auf Pellworm?«

Claus Witte beugte sich leicht vor. »Drei Tage.«

Bettina Witte reichte Lena den Kluntje-Topf. »Möchten Sie auch Teesahne?«

»Ja, gerne«, sagte Lena. Sie legte sich ein Kluntje in ihre Tasse und reichte den Topf weiter. Anschließend schenkte ihr Bettina Witte Tee ein.

Lena wartete, bis auch die Tassen von Claus Witte und seiner Frau gefüllt waren, bevor sie die nächste Frage stellte. »Hatte Ihre Tochter im Oktober ein spezielles Anliegen? Sie war ja davor länger nicht auf Pellworm gewesen, wie Sie mir gestern gesagt haben.«

Claus Witte räusperte sich leise. »Zwischen Marens Besuchen hier bei uns lagen immer längere Intervalle. Das hat nichts zu bedeuten. Sie war Pellworm nicht so verbunden wie meine Frau und ich.«

Lena sah zu Bettina Witte, die aber den Blick abwendete und schwieg. »Wollte Maren denn dieses Mal etwas Bestimmtes besprechen?«

»Sie spielen vermutlich auf ihre Schwangerschaft an«, sagte Claus Witte. »Meiner Frau und mir ist inzwischen klar, dass unsere Tochter im Oktober bereits schwanger gewesen sein muss. Sie hat uns seinerzeit nichts davon erzählt. Wir sind uns nicht einmal sicher, ob Maren zu der Zeit selbst schon davon wusste.«

»Solche Fälle gibt es tatsächlich«, sagte Lena. »Bei allem, was ich bisher über Ihre Tochter erfahren habe, kann ich mir aber nicht vorstellen, dass Maren im Oktober nichts von ihrer Schwangerschaft wusste.« Sie legte eine kurze Pause ein. »Ich frage mal etwas deutlicher. Hat Maren Sie um finanzielle Unterstützung gebeten?«

Claus Witte schüttelte verärgert den Kopf. »Ich weiß zwar nicht, was das die Polizei angehen sollte, aber ich kann Ihnen versichern, dass dieses Thema zwischen uns und unserer Tochter kein Streitpunkt war. Maren war es schon lange wichtig, selbstständig zu sein. Meine Frau und ich haben das akzeptiert.«

Lena beschloss, den Punkt zurückzustellen. »Sie sagten mir gestern, dass Sie nicht wissen, welchen Beruf Ihre Tochter ausgeübt hat.« Sie sah Bettina Witte direkt an. »Haben Sie mit Maren darüber gesprochen?«

Nach einem kurzen Blick zu ihrem Mann schüttelte Bettina Witte den Kopf. »Maren wollte mir das nicht genau sagen. Ich glaube, sie hat die üblichen Aushilfsjobs gemacht, die Schüler und Studenten halt so haben. In der Gastronomie und so weiter.«

»Aber Sie haben Maren nie konkret nach ihrem Beruf gefragt?«

»Das sagte meine Frau doch gerade«, ging Claus Witte dazwischen. »Gibt es noch etwas?« Er sah auf seine Armbanduhr. »Ich habe noch einen Termin auf dem Festland.«

Lena reagierte nicht auf sein Drängeln und stellte die nächste Frage: »Ihre Tochter hat die Schule in Husum abgebrochen. Was war der Grund?«

»Da gab es sicher eine ganze Reihe von Gründen. Diese konservative Schule, die Lehrer, die sich pädagogisch im vorletzten Jahrhundert bewegen, der Lernstoff, der vollkommen an der Realität von jungen Menschen vorbeigeht, und noch vieles mehr.«

Lena sah Claus Witte an, dass er sich bremsen musste, um nicht einen längeren Vortrag über das deutsche Schulwesen zu halten. »Sie haben mit Ihrer Tochter darüber gesprochen?«

»Selbstverständlich. Sie hatte gute Gründe und wir haben sie nicht gezwungen, weiter in dieser Mühle zu bleiben. Hier auf der Inselschule war alles recht harmlos, auch wenn die Lehrer hier ebenso verbohrt waren wie anderswo. Aber auf Pellworm gibt es kleine Klassen und zumindest den Willen, allen Schülern halbwegs gerecht zu werden. Das hängt wohl mit der Insellage zusammen. Man hält hier mehr zusammen als auf dem Festland.«

»Maren kam zu der Zeit noch regelmäßig nach Pellworm?«, fragte Lena unbeirrt weiter.

»Wie junge Menschen halt sind. Sie suchen ihre eigenen Wege und müssen sich von der älteren Generation erst mal lossagen, um später wieder zu ihr zu finden. Das ist doch vollkommen normal.«

»Maren war also nur selten hier bei Ihnen?«

Claus Witte deutete ein Augenrollen an. »Wenn Sie es unbedingt so formulieren wollen.«

»Wie würden Sie Maren beschreiben? War sie zum Beispiel selbstbewusst oder eher zurückhaltend?«

Claus Witte schien mit der Frage nicht gerechnet zu haben. Er schnaubte leise. »Wie Sie schon selbst erwähnten, ist Maren in den letzten Jahren nicht sehr häufig bei uns gewesen. Junge Menschen stecken noch in der Entwicklung. Ein paar Jahre machen da manchmal ein halbes Leben aus.« Er hielt kurz inne, als wolle er seinen eigenen Worten nachlauschen. »Mir ist auch überhaupt nicht klar, was Sie mit Ihren Fragen bezwecken. Arbeitet die Polizei heute so? Ich dachte immer, es würde nach Fingerabdrücken oder DNA gesucht werden, nach Zeugen, die den«, er schien nach dem richtigen Wort zu suchen, »ja, die den Vorfall beobachtet haben, die einen Hinweis auf den Täter geben könnten.« Er fixierte Lena. »Ich habe Sie doch richtig verstanden, dass Sie von Mord ausgehen?«

»Ja, Herr Witte, im Moment gehen wir von einem Tötungsdelikt aus. Da wir nicht wissen, wie und wo Ihre Tochter in die Nordsee gestürzt ist, können wir auch nicht nach Zeugen oder anderen Indizien suchen. Daher ist es ein normales Vorgehen, das Opfer besser kennenzulernen, um von da aus auf mögliche Täter schließen zu können.«

»Das scheint mir etwas windig zu sein«, sagte Claus Witte und stand auf. »Wir können Ihnen da nicht weiterhelfen.« Er zeigte zur Tür. »Darf ich Sie nach draußen begleiten?«

Lena blieb noch einen Augenblick sitzen, sah zu Bettina Witte, die aber ihren Kopf senkte. Schließlich stand Lena auf und folgte Marens Vater.

Lena gab die Adresse ein, die Thomas Eben ihr wenige Minuten zuvor geschickt hatte. In der Nachricht hatte er ihr mitgeteilt, dass sich Haiko Classen in den nächsten zwei Stunden zu Hause aufhalten würde und sie ihn dort zum Sporthafen befragen könne.

Das Haus lag an einem Seitenweg im Süden der Insel. Das Reetdach des kleinen weiß angestrichenen Klinkerbaus war weit nach unten gezogen. Als Lena auf die Tür zuging, wurde diese von einem Mann um die siebzig geöffnet. Er bat sie lächelnd in die Küche und bot ihr etwas zu trinken an.

»Was kann ich denn für Sie tun?«, fragte er, nachdem sich Lena gesetzt hatte.

»Sie haben vermutlich gehört, dass Maren Witte tot in der Nordsee auf halber Strecke zwischen Nordstrand und Pellworm aufgefunden wurde.«

»Selbstverständlich. Ganz Pellworm spricht immer noch davon. Thomas hat mir gesagt, dass Sie den Tod der Kleinen untersuchen.«

»Das ist richtig. Sie sind für den Sporthafen zuständig, sagte mir Kollege Eben.« Als Haiko Classen nickte, fuhr Lena fort: »Ich suche jetzt nach Schiffen oder Booten, von denen Maren Witte in die Nordsee gestürzt sein könnte. Natürlich denken wir dabei an die Fähre, aber nicht nur.«

»Und wie soll ich Ihnen da helfen?«

»Wird registriert, wer den Sporthafen verlässt und wann das Boot zurückkommt?«

Haiko Classen schüttelte den Kopf. »Nein, warum auch. In der Hochsaison kommen schon mal Auswärtige, die sich für den Liegeplatz anmelden und bezahlen müssen, da könnte ich Ihnen sagen, wer so da war. Aber zu der Zeit, als Maren gefunden wurde, waren höchstens zwei oder drei fremde Boote bei uns. Wie lange lag sie denn im Wasser?«

Lena nannte ihm den mutmaßlichen Todestag von Maren Witte.

»Ich bin später im Hafenbüro. Da kann ich nachschauen. Soll ich die Daten dann bei Thomas reinwerfen?«

»Das wäre fantastisch.« Lena trank einen Schluck Tee. »Habe ich das richtig verstanden, dass die Boote, die immer im Hafen liegen, nicht registriert werden?«

»Genau. Auch auswärtige Boote werden nur notiert, wenn sie einchecken. Was sie während der Liegezeit machen, ob sie rausfahren oder nicht, ist ihre eigene Sache.« Haiko Classen hielt inne und sah Lena fragend an. »Sie suchen das Boot, von dem Maren …« Er brach mitten im Satz ab.

»Das sind Routinefragen, Herr Classen.«

»Sie glauben doch nicht, dass jemand von Pellworm etwas mit diesem schrecklichen Unfall zu tun hat?«

»Darum geht es nicht. Wir ermitteln in alle Richtungen, hier wie auf dem Festland.«

Haiko Classen stand auf, zog eine Schublade seines alten Küchenschranks auf und holte ein kleines Büchlein hervor. Zurück am Tisch blätterte er durch die Seiten und sah auf. »An dem Tag, den Sie mir genannt haben, hatten wir eine ziemlich *dicke Suppe*.«

Lena kannte den Begriff, Haiko Classen sprach von Seenebel, der entstehen konnte, wenn die kalte Nordsee auf wärmere Luftmassen traf. Lena selbst hatte häufig genug erlebt, wie die dunklen, grauen Wolken vom Meer her den Strand innerhalb kurzer Zeit in Nebelschwaden tauchten und sie kaum mehr als einen Meter weit hatte sehen können.

»Seenebel?«, fragte Lena.

Haiko Classen nickte. »Vier Stunden, steht hier.« Er wandte sich um und griff nach einem Tidenkalender. »Dachte ich's mir doch. Das war genau in der Zeit, als die Boote auslaufen konnten.« Er reichte Lena den Kalender. »Sie kennen sich etwas aus mit den Gezeiten?«

Lena nickte. »Ich bin auf Amrum aufgewachsen.«

»Oh, dann wissen Sie ja Bescheid. Schöne Insel übrigens. Meine Schwester hat da eingeheiratet. Ich besuche sie immer mal wieder.«

Lena lächelte. »Ja, Amrum ist schon etwas Besonderes. Aber kommen wir zurück auf unser Thema. Sie gehen also davon aus, dass sich an diesem Tag niemand auf die Nordsee gewagt hat?«

»Das habe ich nicht gesagt. Ich meine mich zu erinnern, dass sich der Nebel genauso schnell auflöste, wie er gekommen war. Vorher ist sicher niemand ausgelaufen. Macht nicht viel Sinn, wenn man die Hand vor den Augen nicht sieht.«

»Aber die Fähre ist gefahren?«

Haiko Classen schaute noch einmal in sein Notizbuch. »Denke schon, sonst hätte ich das hier notiert. Ich vermute, dass wir hier auf Pellworm besonders betroffen waren und die Fähre dann nicht umgedreht ist.«

»Der Vater von Maren Witte hat, wie Thomas Eben mir gesagt hat, auch ein Boot im Hafen liegen?«

Haiko Classen nickte. »So ist es.«

»Fährt er häufig raus?«

»So wie alle anderen auch. Hin und wieder halt. Wenn das Wetter stimmt und der Wind. Wie das so ist.«

»Er ist ein erfahrener Segler?«

»Denke schon«, sagte Haiko Classen und setzte zögernd hinzu: »Warum?«

Lena reagierte nicht auf seine Frage. »War Maren, als sie noch auf Pellworm lebte, häufiger mit ihrem Vater segeln?«

Haiko Classen nickte.

»Hatten Sie den Eindruck, dass es ihr gefiel?«

»Hätte sie es sonst gemacht?«

»Sie hat aber nicht alleine oder mit Freunden zusammen das Boot genutzt?«

»Doch, hat sie. Mit Jan zusammen.«

»Jan Krönke?«

»Das war ihr Freund. Aber Sie haben ja schon mit ihm gesprochen.«

Lena schmunzelte. »Spricht sich das so schnell herum?«

»Ich kenne Jans Vater ganz gut. Er kann ja nicht mehr raus. Die Gesundheit. Harte Arbeit da draußen.«

Lena trank ihren Tee aus, bedankte sich bei Haiko Classen und wurde anschließend von ihm nach draußen begleitet.

Neun

Der Hof von Wiebke Jansens Eltern lag in der Nähe der Inselschule. Lena parkte das Auto vor einer Scheune und ging auf das Haus zu. Auf ihr Klingeln hin öffnete ihr eine junge Frau, die sich als Wiebke Jansen vorstellte und Lena hereinbat.

»Sie haben Glück. Ich habe heute meinen Bürotag.« Wiebke Jansen führte Lena in ein kleines Arbeitszimmer und zeigte auf eine Sitzecke. »Bitte! Möchten Sie etwas trinken?«

»Mineralwasser wäre gut«, sagte Lena mit Blick auf den Tisch, auf dem bereits Gläser und eine Flasche standen.

»Sie kommen wegen Maren Witte? Schrecklich, was ihr passiert ist. Weiß man schon um die genauen Umstände?«

»Wir stehen noch am Anfang der Ermittlungen. Sie kannten Maren gut?«

Wiebke Jansen wiegte den Kopf hin und her. »Dick befreundet waren wir nicht, aber ich kannte sie natürlich. Sie war hier auf der Inselschule zwei Klassen unter mir und später haben wir uns ja in Husum auf dem Gymnasium wiedergetroffen.«

»Mich interessiert die Husumer Zeit. Was können Sie mir zum Freundeskreis von Maren sagen?«

»Sie wohnte in einer WG. Das hat sich natürlich rumgesprochen. Aber soweit ich weiß, war niemand von denen auch auf unserer Schule.«

»Sie können mir also nichts zu ihren Mitbewohnern sagen?«

»Ich habe Maren da ein paarmal besucht. Irgendwie ist man sich ja verbunden, wenn man von Pellworm kommt. Ich hatte den Eindruck, dass Maren sich da eine Ersatzfamilie gesucht hat. Die waren älter als sie und standen ganz anders im Leben. Ob das alles gut für sie war, würde ich mal bezweifeln.«

»Ersatzfamilie?«

»Sie hing denen regelrecht an den Lippen und hat alles aufgesogen, wie ein kleines Kind. Gut, sie war ja auch noch jünger als ich.«

»Drogen?«

Wiebke Jansen grinste. »Haben wir nicht alle so eine Phase gehabt? Aber im Ernst, ja, bei denen in der WG stand Alkohol nicht so im Vordergrund. Cannabis, Pillen und Kokain. Ich habe es auch ausprobiert, aber glücklicherweise ist mir so richtig schlecht davon geworden. Maren hat, soweit ich das mitbekommen habe, den einen oder anderen Joint geraucht. Mehr, glaube ich, nicht. Zumindest nicht während dieser Zeit.«

»Wer in der WG stand Maren am nächsten?«

»Dieser Typ mit den langen Haaren. Johannes hieß er, aber die haben ihn alle Joe genannt. Ich habe aber keine Ahnung, was der sonst so gemacht hat. Für Schule war er definitiv zu alt.«

»Haben Sie Maren in Kiel wiedergetroffen?«

Wiebke Jansen nickte. »Ja, wir sind uns einmal über den Weg gelaufen. Rein zufällig. Zuerst habe ich sie gar nicht erkannt, aber weil sie mich so ansah, ist mir irgendwann ein Licht aufgegangen. Sie hatte sich in den vier Jahren vollkommen verändert.«

»Wie muss ich mir das vorstellen?«, fragte Lena.

»Sie wirkte älter und reifer. Wir haben uns nur auf einen Kaffee zusammengesetzt. Viel zu reden hatten wir allerdings nicht. Sie wollte mir nicht mal verraten, was sie in Kiel machte. Ich hatte das Gefühl, dass sie mich und mein Studium belächelte. Was mir aufgefallen ist, waren ihre teuren Klamotten. Und die Frisur war auch anders. Ich hatte das Gefühl, als lebe Maren inzwischen in einer vollkommen anderen Welt. Aber ehrlich gesagt, habe ich unser Treffen auch schnell abgehakt. Mir war das nicht wirklich wichtig.«

Am Hafen-Imbiss kaufte sich Lena wie am Tag zuvor einen frittierten Backfisch und aß ihn auf einer Bank in der Nähe.

Als sie die Boote im Sporthafen sah, musste sie unwillkürlich an das Gespräch mit Marens Eltern denken. Warum hatte Claus Witte ihre Fragen zu Maren nur zögerlich beantwortet oder sich gleich ganz geweigert? War es ihm wichtiger, den Schein zu wahren, als den Tod seiner Tochter aufzuklären? Er schien sich in keiner Weise für Marens Leben nach Pellworm zu interessieren und schon gar nicht verantwortlich zu fühlen. Marens Mutter hatte sich vollkommen zurückgehalten. Lena hatte das Gefühl gehabt, als habe Bettina Witte Angst, sich frei zu äußern. Konnte es sein, dass sie und ihr Mann etwas mit dem Tod ihrer Tochter zu tun hatten? War Maren schon vor ihrem Todestag in Pellworm angekommen und hatte später mit ihrem Vater eine Segeltour unternommen? Oder hatte ihr Vater Maren in Nordstrand oder Husum mit seinem Segelschiff abgeholt? War Marens Tod letztlich ein Unfall, den ihr Vater vertuschen wollte?

Lena seufzte schwer und trank aus der Wasserflasche. Nachdem sie den Pappteller in den Abfalleimer geworfen hatte, ging sie zu Fuß zum Verwaltungsgebäude der Gemeinde, in dem die Polizeistation untergebracht war. Auf halber Strecke kam Lena an der Apotheke vorbei, lief auf den Eingang zu und sah schon einige Meter vorher, dass sie wieder vor verschlossener Tür stand.

»Haben Sie mit Claus und Bettina sprechen können?«, fragte Thomas Eben, als Lena zu ihm ins Büro trat.

»Sie haben mich empfangen, aber ein Gespräch kann man das nicht nennen.«

»Claus Witte?«

Lena nickte. »Er hat jede Frage zu seiner Tochter entweder vollkommen allgemein beantwortet oder sich geweigert zu antworten.«

»Merkwürdig! Will er denn nicht, dass …« Thomas Eben brach ab.

»Das habe ich mich auch gefragt.«

»Ich bin übrigens vorhin seiner Frau begegnet. Sie erzählte mir, dass Claus nach Kiel unterwegs ist, um dort mit dem Jugendamt zu sprechen. Er will seine Enkeltochter nach Pellworm holen.«

»So einfach wird das nicht gehen«, sagte Lena. »Fährt heute noch eine Fähre zum Festland?«

»Siebzehn Uhr fünfunddreißig. Wollen Sie doch heute fahren?«

Nach den zwei letzten Befragungen, die keine neuen Erkenntnisse gebracht hatten, hatte Lena beschlossen, aufs Festland zurückzukehren. »Ja, im Moment komme ich hier nicht weiter. Vermutlich komme ich in den nächsten Tagen noch einmal zurück.«

Thomas Eben stand inzwischen vor Lena. Er reichte ihr die Hand. »Dann bleibt mir nur noch, Ihnen eine gute Fahrt zu wünschen.«

»Anna Lütgen!«, meldete sich die Sozialarbeiterin des Jugendamts.

»Lena Lorenzen, LKA. Wir haben wegen dem Kind von Maren Witte miteinander gesprochen.«

»Hallo, Frau Hauptkommissarin. Was kann ich für Sie tun?«

»Hat sich Claus Witte bei Ihnen gemeldet?«

»Ja, er kommt morgen zu mir, um über seine Enkelin zu sprechen.«

»Er beabsichtigt, seine Enkelin zu sich zu nehmen. Wird das ohne Weiteres gehen?«

»Wenn es eine eindeutige Willensbekundung der Kindsmutter gibt und wir die Verhältnisse der Großeltern überprüft haben, sollte es keine großen Hindernisse geben.«

»Und wenn nicht? Immerhin hat Maren Witte ihr Kind im Krankenhaus abgegeben und nicht bei ihren Eltern.«

»Wenn es nichts Schriftliches gibt, werden wir prüfen, ob sich die Kindsmutter anderweitig geäußert hat. Sollte es auch hier nichts geben, müssen die Großeltern einen Antrag stellen, über den nach einer gründlichen Begutachtung der Antragsteller entschieden wird.«

»Kann ich davon ausgehen, dass das Wochen dauern wird?«, fragte Lena.

»Definitiv.« Die Jugendamtsmitarbeiterin schwieg einen Moment, bevor sie fragte: »Wollen Sie mir etwas Bestimmtes zu den Großeltern sagen?«

»Es wäre vielleicht von Vorteil, wenn zunächst die Untersuchungen zu Maren Wittes Tod abgeschlossen sind«, formulierte Lena vorsichtig.

»Die Kindsmutter hatte in den letzten Jahren keinen regelmäßigen Kontakt zu ihren Eltern?«

»Nein, seit vielen Jahren nicht mehr.«

»Sie können oder dürfen mir nicht mehr sagen?«, fragte Anna Lütgen.

»Ich wollte mich lediglich erkundigen, wie der Stand ist«, sagte Lena.

»Verstehe. Vielen Dank für den Anruf. Es wäre schön, wenn Sie mich über den Ausgang der Ermittlungen informieren könnten.«

»Ich werde die Staatsanwaltschaft bitten, Ihnen Bescheid zu geben. Sollten Sie noch Fragen haben, können Sie mich gerne anrufen.«

Lena verabschiedete sich von der Jugendamtsmitarbeiterin und begann, ihre Reisetasche zu packen.

Auf dem Weg zum Auto meldete sich Johann. »Beschlüsse sind da. Soll ich warten, bis du wieder in Kiel bist, bevor wir in die Wohnung gehen?«

»Ich breche hier gerade die Zelte ab. Morgen, neun Uhr?«

»Schon?«, fragte Johann erstaunt.

»Ja. Die Eltern mauern und mit Marens Freunden habe ich gesprochen. Im Moment gibt es hier nichts mehr zu tun.«

»Okay! Die Bankdaten habe ich beantragt und Druck gemacht, dass wir sie morgen bekommen. Bei den Handydaten wird es ein paar Tage dauern.«

»Ich muss los, Johann. Bis morgen.«

Lena fuhr auf die Fähre und parkte das Auto an der vorgegebenen Stelle. Auf dem Deck suchte sie sich einen freien Tisch und rief Erck an. »Ich bin in einer Stunde zu Hause.«

»Schön! Doch schon heute. Dann mache ich mich mal ans Essen. Ich bin gerade vom Einkaufen zurück. Soll ich eine Flasche Rotwein öffnen?«

Lena zögerte einen Moment. »Nein, nicht für mich.« Sie hielt kurz inne, bevor sie hinzufügte: »Ich brauche morgen in Kiel einen klaren Kopf.«

»Alles gut. Bis später.«

Lena öffnete ihren Laptop und schrieb an den Protokollen des Tages. Als die Fähre ablegte, sah sie kurz aus dem Fenster, bevor sie sich wieder auf die Arbeit konzentrierte.

»Darf ich?«

Lena schaute auf. Vor ihr stand Bettina Witte, in den Händen zwei Becher. Einen davon reichte sie Lena. »Kaffee?«

Lena klappte den Laptop zu und nahm den Becher entgegen. »Moin, Frau Witte. Setzen Sie sich doch zu mir.«

Bettina Witte nahm Platz. »Danke!« Sie räusperte sich leise und sah auf. »Sie wundern sich sicher, dass ich zu Ihnen an den Tisch gekommen bin.«

»Wenn ich ganz ehrlich bin, schon etwas.«

»Meinen Mann hat Marens Tod sehr getroffen. Uns beide. Aber Claus reagiert sehr emotional, wenn von Maren die Rede ist. Er meint es eigentlich nicht so. Maren war unser Ein und Alles. Ganz besonders für meinen Mann.«

Lena nickte und schwieg.

»Es war schwer für uns, als sie sich von uns abgewandt hat. Sehr schwer. Wir haben alles versucht, sind aber nicht mehr zu ihr durchgedrungen. Claus hat damals gemeint, es wäre besser, wenn wir ihr nicht weiter hinterherlaufen.« Bettina Witte schluckte schwer. »Das war wohl ein Fehler.«

»Hat Maren nie um Hilfe gebeten?«, fragte Lena nach einer Weile.

Bettina Witte zuckte leicht mit den Schultern. »Nur um Geld. Claus hat von ihr gefordert, dass sie wieder auf die Schule geht oder eine Ausbildung macht. Es gibt ja so viele Berufe. Man muss nicht unbedingt studieren.«

»Wie lange haben Sie Maren finanziell unterstützt?«

»Maren hat damals nicht auf die Forderungen ihres Vaters reagiert. Sie wollte wohl nicht zurück auf die Schule, nach Hause gekommen ist sie auch nicht. Über eine Ausbildung haben wir nie mit ihr gesprochen.«

»Sie haben die Zahlungen eingestellt?«

»Zuerst nicht. Maren war ja noch nicht volljährig. Aber als sie sich mit achtzehn immer noch weigerte, hat Claus weniger bezahlt. Und irgendwann noch weniger und dann gar nichts mehr. Natürlich haben wir die ganze Zeit versucht, mit Maren zu reden, aber sie hat sich strikt geweigert.«

»Was wollte Maren im Oktober von Ihnen?«

Bettina Witte zögerte. »Es ist so, ich war in München, wo ich an einem Töpfermarkt teilgenommen habe. Maren hatte sich nicht angekündigt, sonst wäre ich natürlich auf Pellworm geblieben.«

»Sie haben Maren gar nicht mehr gesehen?«

»Doch. Ich habe dann sofort eine Freundin gebeten, den Stand zu übernehmen, und bin noch am gleichen Tag zurückgefahren. Aber ich musste zwischendurch übernachten und am nächsten Tag, als ich auf Nordstrand ankam, fuhr die Fähre nicht. Also musste ich noch eine Nacht warten. Als ich dann endlich zu Hause war …« Bettina Witte senkte den Kopf und sprach nach einer kurzen Pause leise weiter. »Maren war tagsüber nicht im Haus. Mein Mann wusste nicht, wo sie sich aufhielt. Erst am Abend habe ich dann mit ihr gesprochen, aber da war es wohl schon zu spät. Am nächsten Tag ist Maren abgereist.«

»Und was hat Ihr Mann mit Maren besprochen?«, fragte Lena, obwohl sie die Antwort erahnte.

»Maren wollte wohl wieder Geld. Inzwischen weiß ich natürlich, dass sie zu dem Zeitpunkt schon schwanger war, und ich gehe wie Sie davon aus, dass sie von der Schwangerschaft wusste.«

»Maren hat Ihnen gegenüber nicht einmal angedeutet, dass sie schwanger war?«

»Nein, sie war sehr … verstockt, würde Claus sagen.«

»Und was würden Sie sagen?«

Bettina Witte schwieg lange. Lena sah aus dem Augenwinkel, dass Nordstrand bereits in Sicht war. In spätestens zehn Minuten würden sie anlegen.

»Ich würde sagen, dass ich versagt habe. Als Mutter, als Freundin meiner Tochter, als Mensch.« Bettina Witte hatte so leise gesprochen, dass Lena Mühe hatte, sie zu verstehen.

Lena zögerte. Jede weitere Frage konnte zur Folge haben, dass Frau Witte das Gespräch sofort abbrach und sich im schlimmsten Fall auch zu einem späteren Zeitpunkt weigern würde, mit ihr zu sprechen.

»Das tut mir leid«, sagte Lena schließlich.

Bettina Witte sah auf und lächelte matt. »Muss es nicht. Ich bin selbst schuld. Ich muss damit leben. Das kann mir niemand abnehmen.«

Eine Durchsage kündigte an, dass die Fähre in Kürze anlegen würde, und forderte dazu auf, zu den Fahrzeugen zu gehen.

Bettina Witte wischte sich mit der Hand über ihre feuchten Augen und stand auf. Lena zog eine Visitenkarte aus der Tasche, die sie Marens Mutter reichte. »Sie können mich jederzeit anrufen. Meine Handynummer steht auf der Karte.«

Bettina Witte nahm die Karte entgegen. »Danke.« Sie wandte sich abrupt ab und lief den Gang entlang zu den Treppen.

Zehn

Erck stellte den Nudelauflauf auf den Tisch. »Guten Appetit!«

Lena griff nach dem großen Löffel und füllte sich etwas auf den Teller. Schweigend aßen sie.

»Geht es dir etwas besser?«, fragte Erck, nachdem sie den Tisch abgeräumt hatten. »Du wirkst so nachdenklich.«

Lena goss sich ein Glas Mineralwasser ein und setzte sich zurück an den Tisch. Erck sah ihr nach. »Kein Kaffee?«

»Heute nicht. Aber du kannst dir gerne einen machen.«

Erck füllte die Kaffeemaschine mit Wasser und griff nach der Kaffeedose. Schließlich setzte er sich zu Lena.

»Dich nimmt das alles sehr mit, oder?«, fragte Erck mit besorgtem Gesichtsausdruck. »Vielleicht sollten wir uns bald zusammen ein paar Tage freinehmen.«

»Ich bin jetzt zwei Tage in Kiel, danach ist Wochenende.«

»Sicher?«

Lena seufzte. »Ich denke schon. So dringlich ist der Fall nicht, als dass wir das ganze Wochenende durcharbeiten müssten.«

Erck nickte. »Ich weiß nicht, ob jetzt der richtige Moment ist, um darüber zu sprechen, aber, nun ja, ich habe auf Amrum etwas Zeit gehabt und habe alles einmal durchgerechnet.«

»Was genau?«

»Es geht darum, dass ich in Zukunft hier auf dem Festland arbeite. Also, meine Rücklagen reichen bei den jetzigen Ausgaben für eineinhalb, wenn nicht zwei Jahre. In dieser Zeit werde ich mir hier an der Küste und auf Nordstrand neue Kunden suchen. Die Zeit reicht aus, denke ich.«

»Und Amrum?«

»Meine kleine Wohnung lassen wir so, wie sie im Moment ist. Dann können wir zwischendurch problemlos nach Amrum fahren. Zum Beispiel für ein Wochenende. Freitagnachmittag rüber, Sonntag zurück. Oder wir nutzen Brückentage aus und machen halt mehrmals im Jahr einen Kurzurlaub auf Amrum.«

»Du bist fest entschlossen?«

»Ja. Du weißt doch, dass ich schon Gespräche mit einem potenziellen Nachfolger geführt habe. Ich habe mich vorgestern noch mal mit ihm getroffen und wir sind sozusagen handelseinig geworden. Er beteiligt mich noch über zwei Jahre an dem Geschäft, mit einer festgelegten monatlichen Summe, danach bin ich vollkommen raus. Zusätzlich wird er meine Wohnung für volle fünf Jahre kostenlos betreuen.«

Lena trank einen Schluck Wasser. »Klingt gut.«

»Begeistert klingst du aber nicht.«

»Doch, Erck. Meine Bedenken kennst du ja. Ich habe nur Angst, dass es für dich die falsche Entscheidung ist.«

»Amrum hat uns schon einmal auseinandergebracht. Das passiert mir nicht ein zweites Mal. Und ja, ich bin mir bewusst, dass es keinen einfachen Schritt zurück auf die Insel gibt.«

»Es ist erst mal deine Entscheidung. Natürlich freue ich mich, wenn du mehr zu Hause bist und zumindest für dich die Fahrerei ein Ende hat.«

Erck sah Lena direkt an. »Also stimmst du zu?«

Lena beugte sich leicht über den Tisch und legte ihre Hand auf seine. »Ja, natürlich.«

»Guten Morgen!«, rief Lena gut gelaunt in Johanns Büro hinein.

»Moin! Schon da?«

Lena zog den Stuhl vor Johanns Schreibtisch vor und setzte sich. »Die Straßen waren ziemlich frei. Hast du die Kriminaltechniker geordert?«

»Sie warten um zehn vor dem Haus auf uns. Die Nachbarin habe ich auch erreicht. Sie gibt uns mit Einverständnis des Vermieters den Schlüssel zur Wohnung. Bankdaten sind noch nicht da, Handydaten natürlich auch noch nicht.«

Lena gab Johann einen ausführlichen Bericht zu ihren Pellworm-Recherchen. »Ein ungefähres Bild habe ich inzwischen von Maren Witte. Aber über ihre Husumer und Kieler Zeit brauchen wir weitere Informationen. Ole ist in Husum dabei, nach den Bewohnern der WG zu suchen, und hört sich auch weitergehend um. Nielsen hat das mit Oles Chef geregelt.«

»Klingt doch gut.« Johann sah auf die Uhr. »Dein Auto, oder soll ich fahren?«

Lena grinste. »Johann, hol schon mal den Wagen.«

Auf dem Weg zum Parkplatz fragte Johann nach der Kleiderordnung auf Lenas Hochzeit.

»Darüber macht euch beide mal keinen Kopf. Zieht an, was euch gefällt.«

»Johanna sieht das anders. Sie will unbedingt, dass ich mir einen neuen Anzug kaufe. In meinem alten sähe ich aus wie ein Konfirmand.«

»Hat sie recht?«

Johann schloss den Wagen auf. »Mit vierzehn war ich mindestens einen halben Meter kleiner. Mein Anzug ist gerade mal fünf Jahre alt. Er sieht aus wie neu. Den kann ich doch nicht wegwerfen.« Johann startete den Motor und fuhr vom Parkplatz auf die Hauptstraße. »Oder?«

»Ich mach dir einen Vorschlag: Du ziehst ihn morgen an und dann kann ich dir einen Rat geben.«

Johann rollte mit den Augen. »Damit sich die Kollegen über mich lustig machen? Vergiss es.«

Lena lachte. »Vielleicht auch besser so, ich will es mir nicht unbedingt mit Johanna verscherzen.«

Von Weitem sah sie die Leuchttafel einer Apotheke. Sie zeigte nach vorne. »Kannst du da kurz anhalten?« Johann zwängte sich in einen zu kleinen Parkplatz, Lena sprang aus dem Wagen und lief auf die Apotheke zu. Die junge PTA sah sie lächelnd an, als sie nach einem Schwangerschaftstest fragte.

»Wir haben verschiedene im Ange…«

»Egal!«, unterbrach Lena sie. »Geben Sie mir einen, der sich gut verkauft.« Als sich die PTA umdrehte, rief Lena ihr hinterher: »Und Schmerztabletten, bitte.«

Lena bezahlte und lief zurück zum Auto. Auf dem Weg öffnete sie die Verpackung, zog den Beipackzettel und das Teststäbchen heraus und warf den Rest in eine der am Straßenrand stehenden Mülltonnen.

»Alles klar?«, fragte Johann, als Lena sich auf den Beifahrersitz fallen ließ.

»Kopfschmerztabletten. Die habe ich in Husum vergessen.« Lena ärgerte sich im gleichen Augenblick über ihre kleine Notlüge. Zwar musste Johann nicht unbedingt wissen, dass sie einen Schwangerschaftstest gekauft hatte, aber er hatte auch nicht nach dem Medikament gefragt.

»Gestern etwas über den Durst getrunken?«

Lena lachte. »Mein Mineralwasser hatte keinen sehr hohen Alkoholgehalt, Herr Kommissar.«

»Oberkommissar, so viel Zeit muss sein.«

»Wartest du hier auf die Kollegen? Dann hole ich schon mal den Schlüssel«, sagte Johann, als sie vor dem Mietshaus standen.

Lena nickte. »Welches Stockwerk?«

»Zweites, Name steht an der Tür.«

Johann klingelte, der Türöffner summte.

Kurz nachdem Johann ins Haus gegangen war, kamen die Kriminaltechniker an. Lena begrüßte sie und fuhr mit ihnen in den zweiten Stock, wo Johann bereits mit dem Schlüssel in der Hand wartete. Er zeigte auf eine der vier Wohnungstüren und ging voraus. Als er vor der Tür stand, stutzte er.

»Was ist?«, fragte Lena.

»Das Siegel ist aufgebrochen worden.« Er steckte vorsichtig den Schlüssel in die Tür. »Es ist auch nicht richtig abgeschlossen.«

Lena gab den Kriminaltechnikern einen Wink, dass sie sich zurückziehen sollten, stellte sich seitlich zur Tür und zog ihre Waffe. »Jetzt!«

Johann öffnete langsam die Tür. Sie horchten in die Wohnung hinein. Kein Laut war zu hören.

»Polizei!«, rief Lena. »Kommen Sie heraus!«

Lena zählte bis fünf, gab Johann ein Zeichen und glitt in die Wohnung. Johann folgte ihr. Langsam arbeiteten sie sich vor, stießen eine Tür nach der nächsten auf, bis sie die gesamte Wohnung durchsucht hatten.

»Und?«, fragte Lena.

Johann zuckte mit den Schultern, lief ein weiteres Mal durch die Räume. »Ich kann den Laptop nicht entdecken. Er lag dort.« Er zeigte auf einen kleinen Schreibtisch. »Selbst das Netzkabel ist weg.«

»Die Nachbarin?«

»Glaube ich nicht.«

»Fällt dir sonst noch was auf?«

»Die Bücher. Sie standen anders und vollkommen akkurat ausgerichtet.« Er zog eine Schublade auf. »Sieht nicht danach aus, als hätte jemand drin rumgewühlt.«

»Oder es war ein Profi. Hol die Kollegen rein. Sie sollen das hier als Einbruch behandeln.«

Während die Kriminaltechniker einen Raum nach dem nächsten durchkämmten, Fingerabdrücke sicherten und nach DNA-Spuren suchten, befragte Lena Marens Nachbarin.

»Frau Kruse, noch einmal vielen Dank für den Schlüssel.«

Nicole Kruse, Anfang dreißig, kurze dunkle Haare, Markenjeans und Kaschmirpullover, lächelte. »Gerne.«

»Mein Kollege sagte mir, dass Sie im Moment Urlaub haben?«

»Ja, ich habe mir diese Woche freigenommen. Ich musste ein paar Behördengänge machen, hab mal so richtig ausgeschlafen und war bei meinen Eltern und meiner Oma.«

»Wo arbeiten Sie?«

»Ich leite eine kleine Fitnesskette.« Sie nannte Lena den Namen. »Vielleicht waren Sie ja schon mal in einem unserer Studios.«

»Nein, bisher nicht. Das ist sicher ein anstrengender Job.«

»Wohl wahr. Aber ich habe ihn mir selbst ausgesucht. Der Plan war, nach dem Studium schnell gutes Geld zu verdienen.« Sie seufzte. »Das war vor über sechs Jahren. Vielleicht ist es tatsächlich an der Zeit, was anderes zu machen. Etwas Sinnvolleres.«

»Sie waren nicht noch einmal in der Wohnung, seitdem Sie sie meinem Kollegen gezeigt haben?«

»Nein, ich hatte es für heute auf dem Zettel. Warum?«

»Können Sie sich an einen Laptop erinnern, der im Wohnzimmer auf dem Schreibtisch stand?«

»Ja, der steht da immer. Maren nimmt«, sie schluckte, »hat ihn nie mitgenommen.«

»Wir gehen davon aus, dass in Maren Wittes Wohnung eingebrochen wurde. Haben Sie letzte Nacht etwas aus der Nachbarwohnung gehört?«

Nicole Kruse sah erschrocken auf. »Nein, natürlich nicht. Ich hätte sofort die Polizei gerufen. Ich weiß doch, dass Maren nicht mehr lebt.« Sie seufzte. »Allerdings habe ich auch einen tiefen Schlaf und die Wände sind hier massiv. Man hört kaum etwas aus den Nachbarwohnungen. Dann schon eher von oben.«

»Und am gestrigen Tag? Ist Ihnen da irgendetwas aufgefallen? Personen, die Sie sonst noch nicht gesehen haben?«

»Da muss ich nachdenken.« Nicole Kruse strich sich mit der Hand über die Stirn. »Gestern? Ja, als ich Müll weggebracht habe, kam mir ein Mann entgegen. Ich nehme meistens die Treppe, um mich fit zu halten.«

»Wo ist er Ihnen entgegengekommen?«

»Als ich vom ersten Stock nach unten ging.«

»Haben Sie gehört, ob er dann weitergelaufen ist?«

»Ja, ich bin stehen geblieben. Keine Ahnung, warum. Er ist nur bis zum zweiten Stock. Aber mehr weiß ich nicht, weil ich dann weitergegangen bin.« Nicole Kruse zog ihre Augenbrauen zusammen. »Jetzt fragen Sie sicher als Nächstes, wie er aussah. Schwer. Er war etwas größer als ich und älter. Vierzig oder fünfundvierzig. Nordeuropäer, brünett, kein Bart. Ich habe ihn wirklich nur kurz gesehen, weil er dann den Kopf abgewandt hat. Reicht Ihnen das?«

»Würden Sie ihn wiedererkennen?«

»Puh! Schwere Frage. Ich sag mal, vielleicht. Aber für so eine Zeichnung reicht es bestimmt nicht.«

»Ich schicke Ihnen trotzdem jemanden vorbei. Glauben Sie mir, viele Zeugen meinen erst, sie würden sich nicht erinnern. Später kommt aber doch ein brauchbares Phantombild dabei heraus.«

»Okay, wenn Sie meinen.«

»Wissen Sie, ob die beiden anderen Nachbarn hier auf dem Stockwerk auch zu Hause sind?«

»Links wohnt eine alte Dame. Die ist aber schon seit zwei Wochen bei ihrer Schwester in Münster. Und daneben wohnen

Jonas und Jamina. Die arbeiten beide. Ich würde es an Ihrer Stelle am späten Nachmittag noch einmal versuchen.«

»Gab es sonst jemanden, der Ihnen gestern oder in den Tagen davor aufgefallen ist?«

Nicole Kruse schüttelte den Kopf. »Nein, hier ist es eigentlich auch sehr ruhig im Haus. Hoffentlich bleibt das so.«

Elf

Die beiden Kriminaltechniker packten nach einer Stunde ihre Taschen und verließen Maren Wittes Wohnung.

»Und?«, fragte Johann.

Sie standen zusammen im Wohnzimmer, Lena hatte eine Weile die Einrichtung auf sich wirken lassen. »Es sieht hier nicht unbedingt nach einer Vierundzwanzigjährigen aus. Aber vielleicht ist das hier ja auch das Gegenmodell zu Marens Elternhaus.«

Johann schaute sie fragend an.

»Altes Bauernhaus, sehr am Original restauriert. Eine Mischung aus alten Möbeln, zum Teil Antiquitäten, und dazu passende neue Einrichtungsgegenstände. Ein wenig fühlt man sich wie im Museumsdorf. Dann die Umgebung, Pellworm ist eine eher abgeschiedene und ruhige Insel und kein Touristenmagnet. Man kennt sich.« Lena drehte sich einmal im Kreis. »Und hier: Neubau, Fußbodenheizung, automatische Be- und Entlüftung.« Sie zeigte an die Decke. »Da oben wird kontinuierlich Luft zugeführt. Keine Klimaanlage, aber hochmodern. Die großen Fenster mit viel Licht, die Einrichtung teuer und stylish.«

»Ich hab's verstanden«, murmelte Johann. »Machen wir uns an die Arbeit?«

Lena stellte das letzte Buch zurück ins Regal. Sie hatte in den letzten vierzig Minuten jeden Zentimeter des Wohnzimmers durchsucht. Aufgrund der wenigen persönlichen Gegenstände kam ihr der Raum wie ein Hotelzimmer vor. Das Alter des Fernsehers, der Musikanlage und der übrigen Einrichtungsgegenstände schätzte Lena auf zwei bis drei Jahre. Sie hatte weder Briefe noch ein Tagebuch gefunden. Die wenigen Bücher sahen aus, als seien sie nie gelesen worden. Fotos fanden sich weder an den Wänden noch hatte Maren sie in einem der typischen Pappkästen gesammelt oder in Alben eingeklebt.

Johann klopfte an den Rahmen der geöffneten Tür. »Bist du durch?«

»Hier ist nichts von Bedeutung. Alles unpersönlich und fast steril. Und bei dir?«

Johann hatte sich Schlafzimmer und Bad vorgenommen. »Teuer, wie hier auch. Wenig persönliche Sachen. Ich habe nur wenig Kleidung für Schwangere gefunden. Sie hat dann wohl einiges mitgenommen. Was die Aussage von Nicole Kruse unterstützt, dass sie zwei Wochen vor der Geburt nicht mehr in ihrer Wohnung war.«

»Hast du Dessous gefunden?«

»Nein, zumindest nicht das, was du vermutlich meinst.«

»Und die von der Nachbarin beschriebene Abendgarderobe?«

»Nicht wirklich. Alles ganz normal, würde ich sagen. Du denkst, dass sie vielleicht als Escort gearbeitet hat?«

Lena nickte. »Aber bisher haben wir noch keinerlei Anzeichen dafür. Lass uns weitermachen.«

Die Küche war ungewöhnlich groß. Lena schätzte sie auf über zwanzig Quadratmeter. An der Frontseite mit dem Fenster begann eine moderne Küchenzeile in L-Form. An die Wand gegenüber hatte Maren einen alten, einfachen Küchenschrank aus Weichholz gestellt, der vermutlich ursprünglich lackiert gewesen und später abgebeizt und geölt worden war. Weiter in den Raum hinein stand auf einem Teppich ein langer Esstisch aus Holz mit vier Stühlen. Die Wand hinter dem Tisch war mit Fotos verschiedener Größe bestückt, die ohne Rahmen an die Wand geklebt waren.

Lena wandte sich den Fotos zu. Sie zählte zweiunddreißig. Neben reinen Landschaftsbildern, die rund um Kiel aufgenommen worden waren, gab es Fotos aus Kiel und wenige Selfies, die Maren Witte wohl mithilfe einer Teleskopstange geschossen hatte.

Johann zeigte auf eines der größeren Fotos, auf dem die Steilküste zu sehen war, links gelb blühende Rapsfelder, rechts die Ostsee. »Da gehen wir manchmal spazieren. Nicht schlecht, die Fotos. Sehen fast professionell aus. Maren Witte scheint ein gutes Auge dafür gehabt zu haben.«

Lena nickte. »Sie sieht auf den Fotos glücklich aus. Da ist ihr Schwangerschaftsbauch zu sehen. Hat sie erst mit dem Fotografieren angefangen, als sie schwanger war?«

»Kann sein. Die Wand sieht ja auch sehr improvisiert aus. Passt eigentlich gar nicht zum Rest der Wohnung.«

Lena wandte sich ab und zog die Schubladen des alten Küchenschranks auf. Nur die erste der vier enthielt persönliche Sachen. Sie zog die Schublade heraus und kippte sie auf dem Tisch aus.

Johann zeigte auf die Küchenzeile. »Dann mache ich mich mal an die Arbeit.«

Lena öffnete eine Plastikhülle mit einigen Seiten Papier und zog das erste Blatt heraus. Es schien sich um Mails zu handeln, deren Text herauskopiert worden war. Es gab keine Absenderzeile und das Datum war jeweils per Hand hinzugefügt worden. Die Nachrichten stammten von einer gewissen Luna. Lena blätterte die Seiten durch. Acht Schreiben von derselben Person.

Sie begann, die erste zu lesen. Sie stammte vom Oktober letzten Jahres.

> Hey Maren, verrückt, dass du dich wieder meldest. Ich dachte schon, du bist vollkommen unter die Räder gekommen. Und dann noch mit dieser Wahnsinnsinfo. Schwanger! Und du willst es wirklich durchziehen? Das ist echt heftig, ist dir das klar? Keine Angst, ich will dir das nicht ausreden. Ich bin jetzt dreißig und fühle mich wie fünfundvierzig. Mindestens. Hey, was du gemacht hast, war richtig. Trotzdem hättest du mir mal was sagen können, statt einfach so von einem Tag auf den anderen zu verschwinden. Was ist überhaupt in der ganzen Zeit passiert? Ein wenig mehr rausrücken könntest du schon.
>
> Was soll's. Ich finde es toll, dass du mir geschrieben hast. Hätte nicht gedacht, dass du meine E-Mail-Adresse aufbewahrt hast. So kann man sich irren.
>
> Also ein Kind. So ein richtig kleines schreiendes Baby. Dir ist schon klar, dass du dann überhaupt keinen Schlaf mehr kriegst? Spaß beiseite. Ich wünsche dir echt, dass du dein Glück gefunden hast. Egal ob du für dein Kind einen Vater hast oder nicht. Die Kerle sind so was von überflüssig. Okay, hin und wieder bringen sie die Kohle ins Haus, aber sich deshalb auf der Nase rumtanzen zu lassen, ist doch für'n Arsch. Wir sind doch Frau genug, Maren. Echt, wer braucht die Kerle noch?

Ich muss jetzt aufhören, aber wir können doch in Kontakt bleiben. Wo wohnst du jetzt? Wie ist deine Nummer? Lass uns einfach mal quatschen. So wie früher.

Küsschen, Luna

Lena griff nach dem nächsten Blatt, als Johann auf sie zukam. »Was hast du da?«

»Nachrichten von einer Luna. Vermutlich als Mail geschickt und dann rauskopiert. Offensichtlich eine Freundin, die Maren Witte nach Jahren wieder angeschrieben hat.«

»War sie da schon schwanger?«

Lena nickte. »Ja, aber leider hat sie nur die Antworten ausgedruckt und nicht ihre eigenen Nachrichten. Die Absenderadresse ist auch nicht dabei. Hast du was?«

»Nein, eine ganz normale Küche, wie es sie millionenfach gibt.« Johann zeigte auf die Schranktüren rechts und links neben der Schubladenreihe. »Soll ich da schon weitermachen?«

Lena nickte und konzentrierte sich auf die nächste Mail.

Hey Süße!

Ist dein Bauch schon zu sehen? Ich denke schon. Und? Wie fühlt es sich an? Sei ehrlich. Ist das nicht wunderbar, so einen kleinen Menschen in sich wachsen zu fühlen? Verdammt, diese ganze Geschichte hat mich reichlich zum Grübeln gebracht. Ja, ich habe noch zehn Jahre Zeit, ein Kind zu bekommen. Aber warum nicht jetzt? Fürchterlich, wie sentimental man wird, wenn frau von einer Freundin hört, dass sie schwanger ist. Nein, ich will dir nichts vorheulen. Ich habe auch weder einen Mann noch das Leben, um dieses Wagnis einzugehen.

Du sagst, dass es dir gut geht – das freut mich. Für dich und für das kleine Wesen in deinem Bauch. Weißt du inzwischen, ob es ein Mädchen oder ein Junge wird? Eigentlich ist es ja egal, aber manchmal denke ich, dass es trotz des ganzen feministischen Geredes immer noch so zugeht wie in den letzten Jahrhunderten. Wir Frauen sind die, die am Schluss die Dummen sind. Immer und überall. Herrje, jetzt bin ich schon wieder am Heulen. Das ist bestimmt das Letzte, was du im Moment brauchen kannst. Deshalb höre ich jetzt sofort damit auf.

Also positiv denken! Hast du schon einen Namen? Ist bestimmt nicht leicht, einen zu finden, oder? Wenn ich dir helfen kann, sag Bescheid. Du schickst mir einfach deine Vorschläge und ich sag dir, welcher mir am besten gefällt. Er muss natürlich zu deinem Nachnamen passen. Und er muss etwas ganz Besonderes sein. Für ein Mädchen würde mir da schon was einfallen. Nicht diese Modenamen, die jetzt jedes zweite Kind trägt, nein, etwas für die Ewigkeit. Was passt, wenn das Kind klitzeklein ist, und auch, wenn es in den Kindergarten kommt oder zur Schule geht. Und wenn es ein Teenager ist oder wenn es einen Kopf größer ist als du selbst.

Sag, was ist dir lieber, ein Mädchen oder ein Junge? Und sei ehrlich, du weißt, dass ich sofort merke, wenn du mich anflunkerst. Das habe ich immer. Erinnerst du dich noch? Wahrscheinlich nicht mehr. Wir waren ja auch nicht mal zwei Jahre zusammen, jeden Tag und manchmal auch in der Nacht. Bereust du die Zeit? Ich nicht. Es war eine gute Zeit, mit Höhen und Tiefen, wie das Leben so ist.

Aber ich schweife ab. Mädchen oder Junge? Schreibst du mir wieder? Jetzt hast du was angezettelt und kannst nicht kneifen. Also, bis bald.

Küsschen, Luna

»Du glaubst nicht, was ich hier habe«, riss Johann Lena aus ihren Gedanken.

Sie drehte sich zu ihm um. Johann stand mit einem schwarzen Ordner in der Hand vor dem alten Küchenschrank. »Und?«

»Eine Lebensversicherung. Zweihundertfünfzigtausend Euro. Vor einem guten halben Jahr ist sie von Maren Witte abgeschlossen worden.« Johann legte eine seiner typischen Kunstpausen ein, um die Spannung zu erhöhen. »Der oder vielmehr die Begünstigte ist ihr zu dem Zeitpunkt noch ungeborenes Kind.«

Lena stand auf. »Hast du die Klausel schon durchgelesen?«

»Sie zahlen auch bei Suizid, allerdings erst ein halbes Jahr nach Abschluss.«

Lena sah ihn fragend an.

»Eine Woche vor ihrem Tod ist die Frist abgelaufen.«

Zwölf

Johann hielt die Versicherungspolice in der Hand. »Sie muss den Suizid ja nicht schon bei Abschluss der Versicherung geplant haben. Trotzdem könnte die Frist etwas mit ihrem Tod zu tun haben.«

Der Korb mit den Papieren und Ordnern aus dem alten Küchenschrank stand jetzt in Lenas Büro. Sie hatten vor Ort alles aufgelistet und mit ins LKA genommen.

»Ihr muss auch klar gewesen sein, dass ihr Kind dann mit hoher Wahrscheinlichkeit zu ihren Eltern kommen würde«, sagte Lena. »Und im Moment gehe ich davon aus, dass es sicher das Letzte war, was Maren Witte sich gewünscht hätte.«

»Vielleicht hat sie nicht so weit gedacht …«, begann Johann, brach aber mitten im Satz ab. »Ja, schon gut. Du hast recht, das ist unwahrscheinlich. Aber warum hat sie dann die Versicherung abgeschlossen?«

»Für den Fall, dass ihr etwas zustößt. Sie hat vielleicht darüber nachgedacht, schriftlich zu hinterlegen, bei wem ihre Tochter aufwachsen sollte. So hätte sie auch ihre Eltern ausschließen können. Das ist nichts Ungewöhnliches.«

»Du meinst, die Lebensversicherung hat keine Bedeutung?«

»Das habe ich nicht gesagt. Wenn es eine gibt, dann kennen wir sie noch nicht. Lass uns erst mal die Papiere hier sichten und abwarten, was uns die Kontodaten und Handyverbindungen von Maren Witte verraten.«

Als Johann nickte, reichte Lena ihm einen weiteren Korb, in dem er einen Teil der Unterlagen verstaute und damit Lenas Büro verließ.

Lena griff nach der Hülle mit den E-Mails und zog die dritte heraus.

Hey Kleine!

Danke für die Fotos. Du siehst blendend aus. Und damit meine ich nicht nur deinen wunderschönen Babybauch. Deine Einstellung und dein Mut sind wirklich bewundernswert. Lass dich nicht kleinkriegen. Wenn deine Eltern dich nicht unterstützen wollen, gibt es andere Wege und Möglichkeiten. Du bekommst Stütze vom Staat und Kindergeld. Und wenn du weißt, wer der Vater ist, kannst du Unterhalt verlangen. Selbst wenn der Typ nicht zahlt, bekommst du das Geld erst mal vom Amt. Das ist alles nicht viel, aber du musst an die Kleine denken.

Toll, dass du jetzt weißt, dass es ein Mädchen wird. Und ich finde den Namen super. Feemke Witte. Er klingt geheimnisvoll und nach Norden und Meer.

Maren, ich muss mich heute kurzfassen. Sei nicht böse, aber ich melde mich in den nächsten Tagen noch einmal.

Küsschen, Luna

Zwei weitere Mails von Luna enthielten keine neuen Informationen. Lena griff nach dem sechsten Blatt.

Hey Kleine,

das sind ja keine guten Nachrichten. Ich würde dich so gerne in den Arm nehmen und drücken. Trotzdem, du musst jetzt stark sein. Die Zeiten sind doch lange vorbei – lass dieses kleine Arschloch einfach abblitzen. Drohe ihm mit der Polizei oder mit einem Freund, der ihn auseinandernimmt. Lass dir irgendwas einfallen, was diesen Mistkerl von dir fernhält. Du hast es einmal geschafft, also schaffst du das auch ein zweites Mal. Hast du mich verstanden? Ach Kleines, wollen wir nicht einfach telefonieren? Ich habe schon versucht, deine Nummer herauszubekommen, aber das hat nicht geklappt. Ich weiß ja, warum du sie so geheim hältst, aber bei mir kannst du doch eine Ausnahme machen. Wir können uns auch treffen. Hamburg ist nicht weit. Ich kann mir ein Mietauto nehmen und bin in einer Stunde bei dir. Du bist doch noch in Kiel, oder? … Verrückt, ich war bis jetzt davon ausgegangen, dass du dortgeblieben bist. Schreib mir doch bitte, was ich tun kann!

Du bist stark, Kleines. Unglaublich stark. Vergiss das nie. Und du hast Freunde.

Verdammt, ich weiß nicht mehr, was ich schreiben soll. Lass uns telefonieren. Bitte!!!

Deine dich umarmende Luna

Lena las die Mail ein zweites Mal. Was war passiert? Wer aus Marens früherem Leben hatte sie gefunden und bedroht? Warum weigerte sich Maren, mit Luna zu telefonieren? Als Lena nach der siebten Mail griff, klopfte es an der Tür und gleich darauf stand Johann im Zimmer, in der Hand einen Stapel Papier.

»Die Bankdaten. Das Konto besteht seit vier Jahren. Ich bin noch nicht ganz durch, aber ich dachte …«

»Komm rein«, unterbrach Lena ihn.

Johann ließ sich auf einen Stuhl fallen. »Also, mein erster schneller Überblick: Im ersten Jahr hat Maren regelmäßig relativ identische Bareinzahlungen getätigt. Sie schwankten in der Woche zwischen tausend und tausendfünfhundert Euro. Überweisungen gab es nicht. Abgänge sind die üblichen wie Miete, Strom, Gas, Wasser und Zahlungen für größere Einkäufe. Die neue Wohnung hat sie ja ungefähr seit zweieinhalb Jahren, vorher ging die Miete an eine Wohnungsbaugesellschaft. Ich versuche nachher herauszubekommen, wo genau sie gewohnt hat.« Johann hielt inne. »Wo war ich?«

»Das erste Jahr …«, half Lena ihm aus.

»Genau, da gab es wöchentliche Einzahlungen. Dann folgt ein halbes Jahr mit monatlichen Einzahlungen. Die beliefen sich auf durchschnittlich zehntausend Euro, also knapp unter dem Betrag, bei dem die Bank die Einzahlung hätte melden müssen. Nach diesem halben Jahr ist quasi Schluss. Es gibt nur noch Bareinzahlungen in der Höhe der Miete und der Nebenkosten, keine weiteren Abbuchungen mehr, gar nichts.«

»Hat sie ein zweites Konto?«

»Nein, nach meinen Recherchen zumindest nicht in Deutschland. Vielleicht ja im Ausland, aber wir haben bisher keinerlei Unterlagen dafür gefunden.«

Lena nickte. »Wie sollte sie das Geld dann auch bekommen? Nein, wenn, dann hat sie ein zweites Konto in Deutschland.«

»In ihrer Wohnung haben wir auch kein Bargeld gefunden. Das kann es also auch nicht sein«, fügte Johann hinzu. »Beim Finanzamt habe ich mich auch informiert. Maren Witte hat bisher noch nie eine Steuererklärung abgegeben.«

Lena seufzte. »Leicht scheint in diesem Fall nichts zu sein.« Sie reichte Johann die ersten Mails. »Hier, mir fehlen noch zwei. Du kannst die schon mal lesen.«

Meine kleine Süße,

auch wenn ich nicht verstehe, warum wir nicht telefonieren können oder uns sehen, ich muss es wohl oder übel akzeptieren.

Täusch dich nicht bei dem Typen. Du weißt doch, wie hartnäckig die sind. Sie halten sich für die Krone der Schöpfung. Vielleicht heckt er nur einen neuen Plan aus, um sich bei dir einzuschleimen. Hat der Kerl eigentlich nicht gesehen, dass du schwanger bist? Oder hat ihn das noch mehr angetörnt? Ach, verdammt, mein Hals platzt gleich, so dick wie er gerade anschwillt.

Aber gut. Ein Problem weniger. Das ist doch so, oder? Du weinst diesem Arsch doch nicht mehr hinterher??? Ich muss dich warnen – wenn du auch nur einen Hauch von Gefühlen für dieses Monstrum hast, such dir Hilfe. Und zwar sofort! Tut mir leid, wenn ich das so deutlich sage, aber ich mache mir Sorgen um dich, große Sorgen.

Und die Sache mit dem Geld wirst du auch noch hinbekommen. Wenn es gar nicht anders geht, leihe ich dir etwas. Mein Konto ist gut gefüllt. Du weißt ja, dass ich mit spätestens fünfunddreißig aussteigen will. Trotzdem, du kannst dich auf mich verlassen. Ein paar Tausender kann ich eine Zeit lang entbehren. Das ist überhaupt kein Problem.

Hast du eigentlich noch mal mit deinen Eltern gesprochen? Ich weiß, die haben eine Macke, aber es geht im Moment doch nicht nur um dich, sondern auch um ihr Enkelkind. Geht ihnen das vollkommen am Arsch vorbei? Versuch es doch noch mal, das sind sie dir schuldig. Ein paar Jahre werden sie dich doch wohl unterstützen können. Hey, dann begrabt ihr euren Streit, Waffenstillstand sozusagen, und seid nett zueinander. Das geht, glaub mir.

Ich weiß, ich hab gut reden, wo ich meine Eltern schon seit über zehn Jahren nicht mehr gesehen habe. Trotzdem, ich bereue es, damals nicht noch einmal auf sie zugegangen zu sein.

Ach Liebes, jetzt wollte ich dir Mut zusprechen, und was passiert? Ich halte dir Vorträge, wie du dich verhalten sollst. Bitte, sei mir nicht böse deshalb.

Ich drücke dir alle meine Daumen, dass du glücklich wirst. Du hast es so was von verdient.

Ich denke jeden Tag an dich, sei umarmt und tausend Küsse. Luna

Lena legte den Brief zur Seite. Sie griff gerade nach der letzten Mail, als ihr Handy sich bemerkbar machte. Sie sah aufs Display und nahm das Gespräch an.

»Schon auf, alter Mann?«

Ole Kotten lachte. »Bis zur Pensionierung sind es noch drei kurze Jährchen. Wie sieht es aus bei dir? Noch auf Pellworm?«

»Nein, ich sitze hier mit Johann in meinem Büro. Warte, ich stelle auf laut.«

»Moin, Johann. Alles gut bei dir?«

»Läuft! Sehen wir uns eigentlich auf Lenas Hochzeit?«

»Definitiv! Aber vermutlich ja schon vorher. Mein Chef hat mich jetzt freigestellt, um euch zu unterstützen.«

»Spitze!«, sagte Johann. »Du bist auf der Suche nach Maren Wittes alter WG, hat Lena erzählt?«

»So ist es. Leider sind zur fraglichen Zeit nur zwei Personen in dem Haus gemeldet gewesen. Eine davon habe ich erreicht. Sie sagte mir, dass sie bereits zwei Jahre vor Maren Wittes Zeit ausgezogen ist und sich erst später umgemeldet hat. Ich habe es überprüft, sie ist tatsächlich nach Berlin gezogen. Die zweite Person ist schon interessanter. Es handelt sich um Johannes Bechler, jetzt neunundzwanzig. Er hat sich vor drei Jahren abgemeldet und ist nach Flensburg gezogen. Unter der Adresse kann ich ihn aber nicht erreichen. Die Frau, mit der ich in Flensburg gesprochen habe, wohnt dort seit einem Jahr und weiß nicht, wohin Bechler umgezogen ist. Sie wusste auch nicht, dass er noch in ihrer Wohnung gemeldet ist.«

»Und nun?«, fragte Johann.

»Immer langsam, Herr Kollege.« Ole Kotten lachte kurz auf. »Ich habe dann mit meinem Kollegen hier in Husum gesprochen, der auf die Drogenszene spezialisiert ist. Er kannte Bechler und war froh, als er sich aus Husum verabschiedet hatte. Allerdings«, Ole legte eine kurze Pause ein, »er hat Informationen, dass Bechler wieder in Husum gesehen wurde.

Ob er hier jetzt auch wieder lebt oder nur auf Besuch war, kann ich noch nicht sagen. Gebt mir noch einen Tag.«

»Und von den beiden Frauen, von denen ich dir die Vornamen gegeben habe, gibt es keine Spur?«, fragte Lena.

»Bis jetzt noch nicht. Aber wenn ich Bechler finde, wird er mir ja wohl mehr sagen können. Tut mir leid, mehr habe ich noch nicht.«

»Kein Thema«, sagte Johann. »Wir stehen hier auch vor einem Haufen Fragezeichen.«

»Wie sieht es mit Prostitution in Husum aus?«, fragte Lena. »Ermittelt ihr in dieser Richtung?«

»Maren Witte hatte, soweit wir das bisher feststellen konnten, keinen festen Job. Sie hat weder Steuererklärungen abgegeben noch Gehalt überwiesen bekommen. Über Jahre nur Bareinzahlungen auf ihr Konto hier in Kiel. Relativ hohe Beträge, bis zu zehntausend Euro.«

»Verstehe. Also, Husum ist eine Kleinstadt, sprich, hat auch keine breite Rotlichtszene. Ein Laufhaus haben wir allerdings.«

»Laufhaus?«, fragte Johann.

»Da mieten die Prostituierten sich Zimmer, die Kunden suchen sich eine Dame aus und machen den Preis ab. Sexarbeiterinnen finde ich übrigens den angemesseneren Begriff für diese Arbeit. Ansonsten gibt es Frauen, die in ihrer Wohnung Sex anbieten, und natürlich auch den Straßenstrich. Das spielt sich dann entweder gleich im Auto ab oder in irgendwelchen nicht ganz so feinen Hinterzimmern. Viel läuft ja inzwischen übers Internet. Da gibt es unzählige Seiten, auf denen auch für Husum Frauen ihre Dienstleistungen anbieten. Ich vermute, dass wir hier in Husum und Umgebung sicher dreißig bis vierzig Sexarbeiterinnen haben.«

»Du bist gut informiert«, sagte Lena. »Wie sieht es mit Minderjährigen aus?«

»Schwierig. Dafür wird es sicher auch Nachfrage geben. Allerdings läuft das noch weiter unter dem Radar. Ich müsste nachfragen, ob wir in den letzten Jahren hier Fälle hatten, die bei uns gelandet sind.«

»Tu das bitte. Und halte uns auf dem Laufenden wegen Johannes Bechler.«

»Ich bin dabei. Sobald ich was Konkretes habe, erfährst du es als Erste. Tschüs, ihr beiden!«

Lena beendete das Gespräch und wandte sich Johann zu. »Wo waren wir stehen geblieben?«

»Maren Wittes Konto. Bareinzahlungen. Zum Schluss nur noch Abbuchungen für Miete und Nebenkosten.«

»Genau! Gehst du bitte alle Ein- und Auszahlungen noch einmal durch? Wie sieht es mit den restlichen Unterlagen aus, die wir aus der Wohnung mitgenommen haben?«

»Habe ich unterbrochen. Geht gleich weiter.« Johann stand auf, nickte Lena zu und verließ ihr Büro.

Dreizehn

Lena griff nach der letzten Mail. Wie die übrigen stammte sie von Marens Freundin Luna. Dem Datum nach musste Maren zu diesem Zeitpunkt nur noch etwa vier Wochen bis zur Entbindung gehabt haben.

Hey Süße!

Was ich da von dir höre, macht mir Angst. Wie konntest du diesen Mistkerl nur wieder in dein Leben lassen? Du weißt doch selbst, wo das enden wird. Männer sind alle gleich – wie häufig haben wir früher darüber gesprochen? Warum? Erklär es mir!!!

Nein, ich will dich nicht mit Vorwürfen überschütten, ich kann doch nachfühlen, wie deine Situation ist. Du fühlst dich verwundbar und hast Angst um dein kleines Mädchen. Das ist ganz normal. Jetzt plötzlich, so kurz vor der Geburt, verfolgen dich die Fehler der Vergangenheit. Ja, es war ein Fehler, dass du dich auf dieses Monstrum eingelassen hast, dass du deinen Vater … ach, verdammt, jetzt bin ich schon wieder dabei, dir Vorwürfe zu machen. Dabei brauchst du Hilfe. Ich kann dir nur noch einmal anbieten, mich anzurufen. Die Nummer hast du ja. Oder du kommst einfach nach Hamburg. Ich habe ein Zimmer für dich. Und Krankenhäuser, wo du das Kind bekommen kannst, gibt es hier an jeder Ecke. Bei mir bist du erst mal in Sicherheit. Bitte, Maren, überlege es dir noch einmal. Ruf mich noch mal an, Maren. Bitte!

Lass dich nicht unterkriegen. Tausend Küsse, Luna

Lena las die Mail noch ein zweites Mal durch und legte sie schließlich auf den Stapel. Wer war die unbekannte Person, von der Maren Luna erzählt hatte und die offensichtlich eine Rolle in Marens Vergangenheit gespielt hatte? Worauf spielte Luna an, als sie von Marens Vater sprach? Luna schrieb von Fehlern in Marens Vergangenheit, die sie jetzt verfolgten. Warum hatte sie die Mehrzahl benutzt?

Sollte Maren Witte Luna mit ihrem Handy angerufen haben, würden sie die Telefonnummer von Luna erhalten, sobald die Verbindungsdaten vom Provider eingegangen waren.

Lena wechselte in Johanns Büro und reichte ihm die zwei letzten Mailausdrucke. »Kannst du die einmal lesen?«

Johann schob ihr ein paar Unterlagen zu. »Und du diese. Die habe ich gerade durchgesehen. Sie kommen aus einem der Ordner, die wir bei Maren Witte gefunden haben.«

Lena musterte die handschriftlichen Aufzeichnungen, die überwiegend aus Zahlen bestanden. Maren Witte hatte hier ihren monatlichen Finanzbedarf aufgelistet, einzelne Posten wieder gestrichen und mögliche Einnahmen aus dem Verkauf ihrer Möbel und Geräte aus der Wohnung aufgelistet. Neben *Kindergeld* stand dort ein Betrag, der mit *O.* gekennzeichnet war und sich auf dreitausend Euro belief. Einen weiteren Posten von fünfhundert Euro hatte sie mit *Pellworm?* bezeichnet. Lena fragte sich, ob *O.* der Kindsvater war und mit *Pellworm?* ihre Eltern gemeint waren.

»Ich bin durch«, unterbrach Johann ihren Gedankengang.

Lena legte die Liste zur Seite. »Und?«

»Schade, dass Luna nicht deutlicher wird und Namen nennt. Ich gehe mal davon aus, dass sich die beiden aus Kiel kennen. Luna schreibt, dass sie mit spätestens fünfunddreißig aussteigen will. Bei welchem Job macht man das? Für mich ist das ein weiterer Hinweis dafür, dass sich beide prostituiert haben.«

»Gut, wir sollten das als Arbeitsthese nehmen. Weiter?«

»Luna spricht von einem *Mistkerl.* Ist das ihr Zuhälter gewesen? Es klingt so, als habe dieser Typ Maren in Kiel gefunden.«

»Du meinst, es ist jemand aus der Husumer Zeit? Das hieße aber, dass sie sich bereits in Husum prostituiert hat. Wie alt war sie da?«

»Maren ist früh eingeschult worden. Sie war noch fünfzehn, als sie nach Husum gezogen ist. Kurz nach ihrem achtzehnten Geburtstag ist sie nach Kiel gegangen.«

»Das würde bedeuten, dass sie mit hoher Wahrscheinlichkeit noch minderjährig war, als sie mit der Prostitution angefangen hat.«

»Oder dazu gezwungen wurde«, warf Lena ein.

»Aber sie hat weiter in der WG gewohnt, ist zur Schule gegangen und hat auch ihre Eltern auf Pellworm besucht. Sprich, sie ist nicht in irgendeinem Bordell festgehalten worden. Klingt nicht unbedingt nach Zwang.«

Lena wiegte den Kopf hin und her. »Es gibt viele Formen von Zwang. Ich habe nachher einen Termin mit einem Kollegen, der sich in der Kieler Szene auskennt. Mal sehen, was der sagt.«

»Und Ole ist ja auch noch dran. Denkst du, dass der als *Mistkerl* bezeichnete Mann etwas mit Maren Wittes Tod zu tun hat?«

»Das wird sich zeigen. Auf jeden Fall ist auffällig, dass er wenige Wochen vor der Geburt aufgetaucht ist und zumindest Luna sich ziemliche Sorgen gemacht hat. Und sie scheint zu wissen, wer dieser Mann ist.«

Johann zeigte auf die Notizen von Maren Witte. »Was sagst du dazu?«

»Sie scheint nicht immer vorgehabt zu haben, das Kind abzugeben. Die Frage ist, warum sie ihre Meinung geändert hat, wer *O.* ist und für wen oder was *Pellworm?* steht. Konntest du irgendwie feststellen, wann Maren die Aufstellung gemacht hat?«

»Nein, Datum stand nicht dabei, allerdings vermute ich, dass sie die Auflistung vor ihrem Besuch bei den Eltern auf Pellworm gemacht hat. Mit *Pellworm?* sind doch sicher die Eltern gemeint, oder?«

Lena nickte. »Fünfhundert Euro monatlich wird sonst wohl kaum jemand aus ihrer Pellwormer Vergangenheit zahlen. Der Betrag von dreitausend Euro ist noch relevanter. Wer würde Maren über viele Jahre einen solchen Betrag zahlen? Der Kindsvater?«

Johann zuckte mit den Schultern. »Wie gehen wir weiter vor?«

»Zuerst mal brauchen wir die Handydaten. Vielleicht hat Maren doch mit Luna gesprochen. Wir müssen herausfinden, wo Maren sich in den zwei Wochen vor, aber auch nach der Geburt aufgehalten hat.«

»Ihr Provider ist nicht dafür bekannt, dass die Daten schnell kommen. Stell dich auf bis zu drei Tage ein. Diese Woche wird das nichts mehr.«

»Ich weiß«, sagte Lena. »Du hast hier noch mit den Unterlagen aus der Wohnung zu tun. Wie weit bist du mit der Liste der ehemaligen Schulkameraden von Maren?«

»Gefunden habe ich sie alle. Ich fange heute noch an, sie abzutelefonieren.«

»Gut! Kannst du auch die beiden anrufen, die ich bisher noch nicht auf Pellworm befragt habe? Ich versuche, die anderen Nachbarn von Maren zu erreichen. Jonas und Jamina. Außerdem habe ich noch die Liste der Boote, die an Marens mutmaßlichem Todestag den Sporthafen von Pellworm verlassen haben.«

»Das klingt alles nach viel Arbeit«, murmelte Johann.

Lena stand auf. »Ja, das sieht tatsächlich nach einem ziemlich großen Puzzle aus.«

Lena reichte Florian Jungmann die Hand. »Danke, dass Sie so schnell Zeit für mich haben.«

»Man hilft ja gern.« Er schmunzelte. »Erst recht den Kolleginnen vom LKA.«

Florian Jungmann, ein Enddreißiger, schlank und durchtrainiert mit schulterlangen Haaren, war Oberkommissar bei der Kripo Kiel und arbeitete schwerpunktmäßig im Bereich Rotlichtkriminalität.

Lena lächelte. »Klingt gut.«

Bevor Lena weitersprechen konnte, fuhr Florian Jungmann fort: »Wir können uns doch auch duzen, oder? Ich bin Florian.«

»Klar, warum nicht. Lena.«

»Wollen wir in die Kantine gehen? Ich brauche dringend einen Kaffee. Der ist bei uns übrigens ausgezeichnet.«

Lena nickte und folgte ihm über die langen Flure, bis sie vor einer Glastür mit der Aufschrift *Cafeteria* standen. Florian Jungmann hielt Lena die Tür auf und zeigte auf einen Tisch in der Nähe der Fenster.

»Darf ich dir einen Kaffee ausgeben?«, fragte Florian Jungmann.

»Wasser reicht.«

Wenig später saßen sie zusammen am Tisch. Florian Jungmann sah Lena fragend an. »Dann bin ich ja mal gespannt.«

Lena erklärte ihm in wenigen Worten, was ihr Anliegen war, und legte ihm ein Foto von Maren Witte vor, das sie von der Fotowand in ihrer Küche mitgenommen hatte.

Florian Jungmann zog das Foto zu sich heran und musterte es lange. »Kann sein, dass ich der Frau schon mal begegnet bin.« Er fuhr sich mit der Hand über die Stirn. »Auf der Straße stand die aber nicht, oder?«

»Wir wissen noch nicht einmal, ob sie überhaupt Sexarbeiterin war.«

»Vor drei Jahren hatten wir eine große Durchsuchung in einem der größeren Laufhäuser. Das Gesicht kommt mir bekannt vor, vielleicht hatte sie tatsächlich dort ein Zimmer. Aber die Frauen wechseln häufig die Stadt. Viele Bordelle sind vernetzt und geben so ihre Frauen weiter. Sogar mit Fahrservice. Dass es sich hier mehrheitlich um Frauen aus Osteuropa handelt, weißt du sicherlich.«

»Ehrlich gesagt, habe ich bisher nicht sehr viel in dem Bereich zu tun gehabt.«

»Aus Rumänien, Bulgarien, Ungarn, selbst aus Polen kommen die Frauen. Häufig werden sie unter falschen Versprechungen hergelockt und geraten so in die Mühle rein. In den schlimmeren Fällen werden ihnen sogar die Pässe abgenommen und anschließend werden sie von Stadt zu Stadt gekarrt. *Frischfleisch* wird das zynisch genannt. Aber in deinem

Fall sprechen wir ja von einer Deutschen. Die arbeiten häufiger in halbwegs renommierten Häusern, haben seltener einen Zuhälter und gehen die Arbeit oftmals selbstbewusster an. Natürlich geht's ums Geldverdienen. Das schnelle Geld lockt so manche Frau, und bevor du fragst, sie kommen aus allen gesellschaftlichen Schichten.«

»Lockt? Klingt nach einfacher Arbeit bei großem Verdienst.«

Florian Jungmann hob entschuldigend die Hände. »Vielleicht habe ich mich da etwas salopp ausgedrückt. Es gibt zwar Frauen, die können dem Beruf durchaus etwas abgewinnen und entscheiden sich sehr bewusst für den Job, aber viele machen es auch aus der Not heraus, das stimmt schon. Von den Frauen aus dem Ausland vollkommen abgesehen. Die sind viel häufiger in Zwangssituationen und werden nach Strich und Faden ausgenommen.«

»Wie viele der Sexarbeiterinnen sind denn inzwischen offiziell gemeldet?«

»Mit Sozialversicherung und Steuernummer? Deutschlandweit wird vermutet, dass immer noch ein großer Teil nicht registriert ist. Manche sprechen sogar von über neunzig Prozent, was ich allerdings für viel zu hoch gegriffen halte. In Kiel wird es auch eine große Anzahl an Prostituierten geben, die offiziell nirgendwo auftauchen. Wenn die Frau«, Florian Jungmann tippte auf das Foto von Maren Witte, »angemeldet war, müsste sie ja leicht zu finden sein.«

»War sie vermutlich nicht. Wie gesagt, die Bareinzahlungen auf ihr Konto sind zunächst wöchentlich gelaufen, ungefähr tausendfünfhundert.«

»Das wird sie kaum auf dem Straßenstrich erwirtschaftet haben. Gehen wir von fünf Arbeitstagen aus, wären das pro Tag dreihundert Euro. Bei durchschnittlich fünf bis sechs Kunden liegen wir bei fünfzig bis sechzig Euro pro Kunde. Da sind wir bei dem Haus, das ich im Auge habe, schon ganz richtig.«

»Später waren es dann zehntausend im Monat«, sagte Lena.

»Das ist schon eine andere Nummer. Zweieinhalb in der Woche, da tippe ich auf ein Haus, das erheblich exklusiver ist oder schon im Escortbereich. Sprich sehr viel weniger Kunden bei wesentlich höheren Tarifen. Und so ging es bis zu ihrem Tod?«

»Nein, am Schluss hat sie nur noch das Konto mit Bareinzahlungen ausgeglichen. Hier gingen nur die monatlichen Beträge für Miete und so weiter runter. Da wir nicht davon ausgehen, dass sie zu der Zeit weniger Geld hatte, ist noch unklar, wie sie das gehandhabt hat.«

Florian Jungmann schmunzelte. »Ganz einfach. Sie hat vermutlich nur noch für einen Kunden gearbeitet, der ihr ganzes Leben finanzierte. Sie wird von ihm eine Kredit- oder Bankkarte bekommen haben, mit der sie alles bezahlt hat. Ab einer bestimmten Summe wird es schwierig, das über Bargeld abzuwickeln.«

Lena nickte. »Daran habe ich noch gar nicht gedacht. Leider wird es so erheblich schwieriger, den Mann, sollte es tatsächlich ein einzelner gewesen sein, zu finden.«

»Es sei denn, ihr findet die Kredit- oder Bankkarte.«

Lena schüttelte den Kopf. »Wir haben ihre Wohnung durchsucht. Da war nichts. Allerdings ist uns jemand zuvorgekommen. Es könnte durchaus sein, dass der Einbrecher neben dem Laptop auch solche verräterischen Spuren beseitigt hat.«

»Dann bleibt nichts anderes übrig, als ganz vorne anzufangen. Wenn du möchtest, komme ich gerne mit in das Laufhaus, wo ich die Frau verortet habe.«

Lena schaute auf die Uhr. Es war kurz nach zwei, früher Nachmittag. »Können wir da schon um diese Zeit auftauchen?«

»Die haben einen Vierundzwanzig-Stunden-Service.« Florian Jungmann trank seinen Kaffee aus und stand auf. »Meinetwegen können wir gleich los.«

Vierzehn

»Die großen Bordelle und Laufhäuser liegen in der Nähe der Altstadt, an der Förde«, sagte Florian Jungmann, als sie in seinem Wagen von der Polizeidirektion starteten. »Die kennst du ja wahrscheinlich.«

Lena nickte.

»Wir müssen ein paar Kilometer in den Westen von Kiel. Ursprünglich war das Haus ein Hotel mit an die zwanzig Betten. Vor zehn Jahren ist es pleitegegangen und dann von einem Investor aufgekauft worden, der es aber schnell wieder abgestoßen hat. Nachdem es dann fast ein Jahr leer stand, hat sich eine Kieler Rotlichtgröße erbarmt und dort ein Laufhaus mit etwas mehr Stil als die herkömmlichen Bordelle aufgemacht. Die Preise liegen um dreißig bis fünfzig Prozent über denen in der Innenstadt, nicht jede Frau bekommt dort ein Zimmer. Diskretion und Sauberkeit werden großgeschrieben, sprich, hier verkehren auch Männer aus den etwas besseren Kreisen.«

»Was war der Anlass der Durchsuchung?«, fragte Lena.

»Eine Steuersache. Ich war quasi als eine Art Beobachter dort, der die Kollegen von der Steuerfahndung begleitet hat.«

»Haben die Ermittlungen etwas gebracht?«

Florian Jungmann schüttelte den Kopf. »Soweit ich weiß, ist da nichts nachgekommen. Aber wie gesagt, nicht meine Baustelle.«

»Wem gehört das Haus jetzt?«

Florian Jungmann fuhr von der Hauptstraße ab und bog in eine Seitenstraße ein. »Eingetragen ist immer noch der ursprüngliche Besitzer, aber man munkelt, dass er nur noch als Strohmann fungiert, für jemanden, der nicht aus der Deckung kommen will.«

»Und wie sieht es finanziell dort aus?«

»Für den Eigentümer oder für die Frauen?«

»Ersteren«, sagte Lena.

»Mein letzter Stand ist, dass es zu gut läuft.«

»Verdacht auf Geldwäsche?«

»Bingo! Was schon eher meine Baustelle ist. Allerdings bin ich bei den Ermittlungen nicht dabei. Ich kann aber einen Kontakt vermitteln.«

»Machen wir erst mal den ersten Schritt.«

Florian Jungmann nickte und fuhr auf den Parkplatz eines Supermarkts. »Von hier aus sind es nur noch ein paar Schritte.«

Der dreistöckige rote Backsteinbau mit Flachdach lag direkt an der Straße. Ein diskretes Schild wies darauf hin, dass sich der Parkplatz und der Eingang zum Gebäude auf der Rückseite des Hauses befanden.

Florian Jungmann drückte auf die Klingel, ein junger, kräftiger Mann im schwarzen Anzug mit weißem Hemd öffnete die Tür und sah sie fragend an. Jungmann zog seinen Ausweis aus der Tasche und stellte sich und Lena vor. »Wir würden gerne den Geschäftsführer sprechen.«

Der junge Mann musterte den Ausweis, nickte schließlich und trat zur Seite. Sie folgten ihm in ein Foyer, dem man ansah, dass das Haus als Hotel konzipiert gewesen war. »Einen Augenblick bitte.« Er betrat den angrenzenden Flur und kam kurz darauf mit einem Mann, Mitte vierzig mit gegeltem Haar, zurück.

»Lohmann«, begrüßte sie der Mann und bat sie in sein Büro, wo er ihnen einen Platz an einem Besprechungstisch anbot.

»Was kann ich für die Polizei tun?«, fragte der Geschäftsführer mit ernster Miene. »Ich dachte, die alte Sache sei endlich durch.« Er sah zwischen Florian Jungmann und Lena hin und her. »Sollte ich lieber unseren Anwalt anrufen?«

Lena zog das Foto von Maren Witte aus der Tasche. »Das wird vermutlich nicht nötig sein. Kennen Sie diese Frau?«

Lohmann beugte sich vor und musterte das Foto. »Wann soll das gewesen sein?«

»Vor zwei bis fünf Jahren.«

Lohmann schüttelte den Kopf. »Nie gesehen. Allerdings wechseln die Damen auch regelmäßig die Häuser. Ich kann mir unmöglich die Gesichter von Hunderten von Frauen merken.«

»Haben Sie Verträge mit den Frauen?«

»Ja, selbstverständlich.«

»In welcher Art?«, fragte Lena.

»Die Damen füllen eine Art Personalbogen aus. Wir ordnen die Zahlungen zu, die in aller Regel bar geleistet werden.«

»Kann ich …«

Lohmann schüttelte den Kopf und unterbrach Lena. »Wenn Sie einen Beschluss haben, gerne.«

Florian Jungmann räusperte sich. »Besser sähe es aus, wenn Sie uns die Unterlagen gleich zur Verfügung stellen würden.«

»Für wen, bitte schön?«, fragte der Geschäftsführer mit einem süffisanten Lächeln. »Ich muss mich an die Datenschutzregeln halten.« Er musterte den Oberkommissar. »Sie haben schon mal davon gehört?«

Florian Jungmann grinste. »Netter Versuch. Kooperation zahlt sich immer aus, Herr Lohmann.«

Lena griff nach dem Foto von Maren Witte. »Hat eine Luna zu der Zeit hier gearbeitet?«

»Diese Künstlernamen merke ich mir schon lange nicht mehr.« Er stand auf. »Kann ich sonst noch was für Sie tun?«

»Wir würden uns gerne mit den Damen auf den Zimmern unterhalten«, sagte Lena. Sie lächelte Lohmann an. »Das ist doch sicher in Ordnung?«

Lohmann zögerte, schien zu überlegen, welche Optionen er hatte. »Solange Sie Diskretion wahren. Geschlossene Türen bleiben geschlossen, damit das klar ist. Ob die Damen mit Ihnen sprechen, müssen sie selbst entscheiden. Die Gäste lassen Sie bitte in Ruhe. Haben wir uns da verstanden?«

Lena stand auf, Florian Jungmann folgte ihr.

»Wir untersuchen den Tod einer Frau, hatte ich das nicht erwähnt?«, sagte Lena, nickte ihm zu und wandte sich ab.

Sie fuhren mit dem Aufzug in den ersten Stock. Als sie ausstiegen, standen sie in einem langen Flur, der nach beiden Seiten abging.

»Rechts oder links?«, fragte Florian Jungmann.

Lena zeigte nach rechts und ging vor. Die ersten zwei Türen waren verschlossen, die dann folgende war offen. Lena klopfte an den Türrahmen und wartete, bis eine leicht bekleidete Frau stirnrunzelnd auf sie zukam. Lena stellte sich vor und zeigte das Foto.

Die Frau, die Lena auf Anfang dreißig schätzte, schüttelte den Kopf. »Wann soll die hier gearbeitet haben?«

»Vor zwei bis fünf Jahren. Waren Sie da schon hier?«

»Zeitweilig«, sagte die Frau ausweichend.

»Auf dem Foto ist sie vierundzwanzig Jahre. Wir vermuten, dass sie mit neunzehn oder zwanzig hier im Haus gearbeitet hat.«

»Warum suchen Sie sie? Hat sie was angestellt?«

»Nein. Es liegt nichts gegen sie vor.«

»Aber Sie suchen sie trotzdem?«, fragte die Frau mit zusammengezogenen Augenbrauen.

Lena war sich nicht sicher, ob es sinnvoll war, von Maren Wittes Tod zu sprechen. Sie sah sich kurz zu Florian Jungmann um, der kaum merklich den Kopf schüttelte.

»Ich versichere Ihnen, dass der jungen Frau nichts vorgeworfen wird. Wir müssen sie nur dringend als Zeugin befragen.«

Die Frau im Türrahmen zögerte. »Kann sein, dass ich sie hier mal gesehen habe. Ich weiß aber nicht einmal ihren Namen.«

»Wissen Sie, wer uns weiterhelfen könnte?«, fragte Lena.

»Keine Ahnung, vielleicht ja Lisa.« Die Frau zeigte nach oben. »Im zweiten Stock links. Die ist schon lange hier.«

»Danke. Kennen Sie eine Luna? Sie soll mit der Frau hier befreundet gewesen sein.«

»Luna? Die ist nicht mehr hier. Ich weiß auch nicht, wo sie hin ist. Vielleicht hat sie den Job geschmissen. Keine Ahnung.«

Lena reichte der Frau eine Visitenkarte. »Sie können mich jederzeit anrufen, wenn Ihnen noch etwas einfällt.«

Die Frau zeigte auf das Foto. »Kann ich …?« Sie hielt ihr Handy in der Hand.

»Nein, tut mir leid«, sagte Lena. »Sie können es aber gerne noch einmal anschauen.«

Die Frau zögerte kurz, nahm dann das Foto entgegen und musterte es länger, bevor sie es Lena zurückgab.

»Wie gesagt, Sie können mich jederzeit erreichen.« Lena nickte ihr zu und wandte sich ab.

»Es war richtig, dass du ihr nicht gesagt hast, was mit der Kleinen passiert ist«, flüsterte ihr Florian Jungmann zu, als sie den Flur entlanggingen. »Sie hätte nichts mehr gesagt, wenn sie erfahren hätte, dass die Frau getötet wurde.«

Lena nickte. »Zumindest scheint es hier eine Luna gegeben zu haben.«

»Das heißt noch nicht viel.«

Lena klopfte an die nächste offene Tür und stellte sich vor. Nach einer Stunde hatten sie alle Frauen auf dem Stockwerk befragt, deren Türen geöffnet waren.

»Auf nach oben?«, fragte Florian Jungmann mit Blick auf die Uhr.

»Ich kann auch mit dem Taxi zurückfahren, wenn du keine Zeit mehr hast.«

»Kein Thema«, sagte Florian Jungmann, als sich die Fahrstuhltür öffnete.

Lena entschied sich wieder für die rechte Seite und klopfte an den Rahmen einer offenen Tür. Eine Frau, Mitte bis Ende dreißig, kam auf sie zu und musterte sie mit skeptischem Blick. Lena stellte sich und ihr Anliegen vor und reichte ihr das Foto von Maren Witte.

»Schönes Gesicht«, murmelte die Frau. »Was ist mit ihr?«

»Wir suchen nach der jungen Frau und einer Ihrer Kolleginnen, die sich Luna nennt.«

Die Frau gab das Foto zurück. »Und die soll hier gearbeitet haben?«

Lena nickte.

»Nie gesehen.«

»Und Luna? Kennen Sie die?«

»Kann sein. Den Namen gibt es doch häufig.« Sie warf einen Blick zu Florian Jungmann. »Sonst noch was? Ist nicht gut fürs Geschäft, wenn hier Bul… die Polizei herumhängt.«

»Ist Lisa heute da?«, fragte Lena.

»Noch nicht gesehen.«

»Welche Nummer hat denn ihr Zimmer?«

Die Frau zeigte den Flur hinunter. »Achtzehn.«

Lena reichte ihr eine Visitenkarte. »Sollte Ihnen noch was …«

»Schon gut«, unterbrach sie die Frau, die nach der Karte griff, sich umdrehte und die Tür schloss.

»Nett«, murmelte Florian Jungmann. »Wollen wir nach Zimmer achtzehn schauen?«

Sie liefen den Flur entlang. Die Tür war verschlossen. Florian Jungmann trat an das Türblatt heran und presste sein Ohr an das Holz. Nach einer Weile sah er auf. »Totenstille.«

Sie liefen weiter, blieben an den geöffneten Türen stehen und befragten die Frauen. Keine von ihnen kannte Maren Witte oder hatte von einer Luna gehört. An der letzten offenen Tür erfuhren sie, dass Lisa häufig ab dem Spätnachmittag ins Haus kam und bis in die Nacht blieb.

Wieder im Wagen startete Florian Jungmann den Motor, wendete auf der Straße und fuhr zurück.

»Das war ein Satz mit x«, sagte er, als sie die Hauptstraße erreicht hatten. »Bei der einen oder anderen hatte ich das Gefühl, dass sie mehr weiß. Aber da kann man nichts machen.«

Lena nickte. »Ich gehe heute Abend noch einmal hin. Vielleicht habe ich Glück und treffe auf Lisa.«

»Ich kann leider nicht mit«, sagte Florian Jungmann. »Morgen gerne, aber heute Abend geht gar nicht. Elternabend in der Schule. Wenn ich da nicht erscheine, macht meine Ex mich rund.«

»Sohn oder Tochter?«

»Tochter. Sie ist in der dritten Klasse. Lebt bei ihrer Mutter. Was auch sonst bei diesem Job? Heute Abend … sorry.«

Lena musste unwillkürlich an den Schwangerschaftstest denken, der in ihrer Tasche steckte.

»Ehe und dieser Job, das ist schon schwer genug, aber mit einem oder gar mehreren Kindern, das ist die Hölle.« Er sah kurz zu Lena. »Hast du Kinder?«

»Nein«, sagte Lena mit trockenem Hals und wandte ihr Gesicht ab.

Fünfzehn

Zurück im LKA ging Lena die Liste von Haiko Classen, dem Hafenmeister des Sporthafens, durch. Vier Boote hatten nach seinen Unterlagen am Nachmittag von Maren Wittes Todestag den Hafen verlassen, drei von ihnen waren am gleichen Tag noch zurückgekehrt, ein Boot erst am nächsten Tag. Lena rief Thomas Eben auf Pellworm an und ging mit ihm die Namen durch. Seines Wissens hatten die drei Rückkehrer keinen engen Kontakt zur Familie Witte oder zu Maren. Zwei von ihnen waren Urlauber, die ein Haus auf Pellworm besaßen, der dritte, Jochen Böhm, war ein Mitarbeiter der Gemeinde, der sich das Boot mit drei weiteren Pellwormern teilte.

»Ich habe auch schon überlegt, ob ich mich an dem Boot beteilige«, sagte Thomas Eben. »Für Jochen Böhm lege ich die Hand ins Feuer.«

»Könnten Sie ihn bitte befragen, ob ihm bei seiner Tour etwas aufgefallen ist? Ebenso die beiden weiteren Segler.«

»Notiert. Dann hätten wir da noch Janto Knudsen. Er ist Privatier und Anfang siebzig, aufgewachsen auf Pellworm, hat aber Karriere auf dem Festland gemacht. Er ist häufiger für ein paar Wochen auf der Insel, sein Boot liegt meistens im Hafen. Er hat das alte Haus seiner Eltern von Grund auf renoviert, vermietet es aber nicht. Man munkelt, dass er das nicht nötig hat.«

»Wo hat er seinen ersten Wohnsitz?«

»Hamburg, zumindest ist das mein letzter Stand.«

»Ist er im Moment auf Pellworm?«

»Das weiß ich nicht. Soll ich bei ihm vorbeifahren?«

»Ja, das wäre gut.«

»Kann ich sonst noch etwas tun?«

»Im Moment nicht. Sie hören ja sicher hier und da mal etwas, wenn über Maren Witte gesprochen wird. Sollte etwas dabei sein, was mich interessieren könnte, rufen Sie mich einfach an.«

»Sie wissen doch, wie das ist. Geredet wird viel, meistens ist der Wahrheitsgehalt, wenn überhaupt, minimal. Aber ich höre mich natürlich um. Bis jetzt war nichts Interessantes dabei.«

Sie verabschiedeten sich. Lena suchte nach der Adresse von Janto Knudsen und sah sich das Haus auf Google Maps an. Die alte Villa lag direkt am Elbufer in der teuersten Lage von Blankenese. Lena suchte nach einer Telefonnummer, fand aber keine im Internet. Sie schrieb dem Inselpolizisten eine Nachricht mit der Frage, ob er die Handy- oder Festnetznummer von Janto Knudsen habe.

Nach einem kurzen Abstecher in Johanns Büro rief sie Ole Kotten an.

»Moin, Lena«, begrüßte er sie.

»Hast du schon was für mich?«

»Bechler habe ich noch nicht gefunden. Allerdings gibt es weitere Hinweise, dass er sich zurzeit in Husum aufhält. Du wirst dich also noch etwas gedulden müssen.«

»Morgen Nachmittag bin ich wieder in Husum. Vielleicht können wir uns dann kurz treffen.«

»Sicher. Sag Bescheid. Noch etwas zum zweiten Auftrag. Prostitution von Minderjährigen. Du hast schon mal von dem Begriff *Loverboy* gehört?«

»Junge Männer, die sehr junge Mädchen in die Prostitution zwingen?«

»Genau. Die Masche ist immer dieselbe. Sie machen sich an zumeist minderjährige Mädchen ran, umgarnen sie und täuschen ihnen eine Beziehung vor. Sie selbst sind älter als die Mädchen, zwischen zwanzig und fünfundzwanzig, sehen gut aus, fahren ein neues Auto und haben Zeit.«

»Und du vermutest jetzt, dass …«

»Lass mich kurz ausreden«, unterbrach Ole Lena. »Du hast ja vorhin von Zwang gesprochen. Rein rechtlich gesehen tun die Mädchen es freiwillig. Sie werden – zumindest in aller Regel – weder festgehalten noch mit Gewalt gezwungen. Es ist nicht einmal so, dass alle eine sexuelle Beziehung zum Loverboy haben. Klar, die setzen sie massiv psychisch unter Druck, gaukeln ihnen vor, dass das Geld für ihre gemeinsame Zukunft ist. Oder der Kerl steckt angeblich in einer finanziellen Klemme – natürlich ›unverschuldet‹ – und die Mädchen lassen sich irgendwann darauf ein.«

»Unvorstellbar«, murmelte Lena.

»Das Gleiche habe ich auch gesagt, als der Kollege hier in Husum mir das erzählt hat. Natürlich sind häufig auch noch Drogen im Spiel, allein schon, um diese schreckliche Situation auszuhalten.«

»Ich wäre jetzt davon ausgegangen, dass es so was nur in Großstädten gibt. Aber ich vermute mal, dass ich damit falschliege?«

»Leider«, sagte Ole. »Das Phänomen, wenn ich es mal so nennen darf, gibt es flächendeckend. Es sind auch nicht nur Mädchen aus bestimmten sozialen Schichten betroffen. Und durch die Bank alle Schularten. So weit die Einführung, und jetzt zu Husum. Wir haben hier vor einigen Jahren mehrere Fälle gehabt. Einer dieser Typen ist vor Gericht gelandet, nachdem die Eltern gemerkt haben, wo ihre Tochter da reingeraten war. Eine weitere Minderjährige hat dann auch vor Gericht ausgesagt und der junge Mann wurde für vier Jahre aus dem Verkehr gezogen.«

»Wann war das?«, fragte Lena.

»Vor drei Jahren. Er ist noch in Haft, falls du danach fragen wolltest.«

»Ist nach weiteren Opfern gesucht worden?«

»Definitiv. Die Kollegen sind durch umfangreiche Recherchen auf zwei weitere potenzielle Opfer gestoßen, die sich aber geweigert haben, gegen ihn auszusagen. Na ja, es hat ja trotzdem für eine Verurteilung gereicht. Der junge Mann ist übrigens nicht auf Bewährung rausgekommen, weil er einen Mithäftling angegriffen hat. Er ist dann zu einer weiteren Haftstrafe von einem Jahr verurteilt worden und kommt frühestens in elf Monaten raus.«

»Du vermutest jetzt, dass es weitere Loverboys gab.«

»Nicht ich, sondern mein Kollege, der den Fall bearbeitet hat. Er war noch jemandem auf der Spur, der aber dann bei einem Drogendelikt in Hamburg festgenommen wurde. Er hatte eine größere Menge Kokain dabei … Augenblick, ich schau mal eben in meine Notizen.« Lena hörte, wie Ole Seiten umblätterte. »Hier: Er ist mit zehn Kilo erwischt worden. Wanja Pavlovic ist sein Name. Mein Kollege hat die Ermittlungen dann eingestellt. Bisher scheint der Typ auch nicht wieder in Husum aufgetaucht zu sein.«

»Kannst du mir die Daten schicken?«

»Geht gleich per Mail raus. Oder soll ich für dich die Daten aus Hamburg anfordern? Wenn wir uns morgen treffen, können wir …«

»Gute Idee«, sagte Lena. »Dann sehen wir uns morgen. Ich sag Bescheid, wenn ich unterwegs bin.«

Gegen sechs Uhr abends parkte Lena vor dem Supermarkt in der Nähe des Laufhauses und ging die letzten Meter wieder zu Fuß. Der Geschäftsführer war nicht mehr im Haus, aber der junge Mann ließ sie passieren, nachdem sie ihm erklärt hatte, dass sie noch nicht alle Frauen angetroffen hatte.

Lenas erster Gang führte sie in den zweiten Stock, wo sie die Tür von Lisa wieder geschlossen vorfand. Als Lisas Nachbarin ihr versicherte, dass sie Lisa bisher noch nicht gesehen hatte, ging Lena zurück in den ersten Stock und suchte nach Frauen, die am frühen Nachmittag nicht im Haus gewesen waren.

Die ersten drei Frauen waren erst kurz in Kiel, eine weitere, Lena schätzte sie auf Anfang vierzig, sah sich lange das Foto von Maren Witte an und nickte schließlich.

»Was ist mit der Kleinen?«

Lena zögerte zunächst, entschied sich dann aber gegen die bisherige Strategie. »Sie ist tot aufgefunden worden.«

»Überdosis?«

»Nein.«

Die Frau warf ihr einen erschrockenen Blick zu. »Irgend so ein Scheißkerl, der die Kleine ausnehmen wollte?«

»Wir wissen noch nicht genau, was passiert ist. Diese Frau«, Lena zeigte auf das Foto, »hat hier also gearbeitet?«

»Nicht sehr lange.«

»Wie lange war sie hier?«

»Die Zeit vergeht so schnell. Warten Sie mal …« Die Frau schloss die Augen und schien nachzurechnen, wie viele Jahre vergangen waren. »Eineinhalb Jahre oder etwas länger, und es müsste jetzt drei oder dreieinhalb Jahre her sein, dass sie weg ist. Hier gehen und kommen viele, und sich von allen zu merken, wie sie heißen, woher sie kommen und am Schluss auch noch, wann sie wieder gehen, ist einfach zu viel.«

»Wie hat die Frau sich hier genannt?«

»Sunny.« Die Frau lächelte. »Dabei passte der Name überhaupt nicht. Sie war sehr in sich gekehrt, fast traurig. Wie jung war sie damals eigentlich?«

»Wenn Sie mit den Zeiten richtigliegen, muss Sunny neunzehn gewesen sein. Vielleicht sogar erst achtzehn.«

Die Frau schüttelte den Kopf. »So jung.«

»Wissen Sie, warum Sunny hier aufgehört hat?«

»Nein. Gründe gibt es immer genügend. Eine andere Stadt, eine Auszeit oder der Traumprinz, der plötzlich vor der Tür steht.« Die Frau seufzte. »Der Prinz kommt eigentlich nur in unseren Träumen. Und wenn er wirklich mal vor einem steht, entpuppt sich ziemlich schnell alles als Maskerade. Es gibt keine Prinzen mehr. Vielleicht gab es sie auch noch nie.«

»Sunny hat sich hier also nicht wohlgefühlt?«

»Das habe ich nicht gesagt. Ich glaube, ihr ging es hier, wenn man unsere Gemeinschaft anschaut, ziemlich gut. Das ist nur so ein Gefühl. Sie hat nie von ihrer Vergangenheit gesprochen.« Die Frau lachte kurz auf. »Die meisten sprechen nicht einmal von der Gegenwart. Sunny war verschlossen. Da hat auch niemand von uns nachgebohrt. So was gibt es hier nicht. Wer nichts sagen will, der sagt halt nichts. Eine klare und einfache Regel.«

»Zu wem hatte Sunny den meisten Kontakt?«, fragte Lena.

Die Frau zögerte zum ersten Mal und schien zu überlegen, ob sie die Frage beantworten sollte. »Sie war oben.« Die Frau zeigte an die Decke. »Fragen Sie Lisa, vielleicht kann sie Ihnen etwas sagen.«

Lena reichte ihr eine Visitenkarte. »Vielen Dank, dass Sie so offen mit mir gesprochen haben. Falls Ihnen noch etwas einfällt, können Sie mich jederzeit erreichen.«

Die Frau musterte die Karte. »Landeskriminalamt? So schlimm?«

Lena zuckte mit den Schultern. »Jeder gewaltsame Tod ist schlimm. Wir können die Opfer nicht wieder zum Leben erwecken, aber ihre Täter können wir fassen, damit sie bestraft werden.«

Die Frau nickte. »Ich hoffe, Sie erwischen den Scheißkerl und stecken ihn für den Rest seines Lebens in den Bau.«

Eine Stunde später stand Lena zum dritten Mal vor Lisas verschlossener Tür. Sie horchte und hörte Geräusche aus dem Zimmer. Entschlossen, mit der Frau zu sprechen, zog sich Lena weiter zurück in den Flur und wartete dort, bis sich die Tür von Lisas Zimmer öffnete und ein Mann heraustrat. Er wandte sich noch einmal um und schien etwas in den Raum zu sagen, bevor er sich auf den Weg zum Fahrstuhl machte.

Lena trat an die immer noch offene Tür und klopfte an den Rahmen. Sie musste eine Weile warten, bis eine schlanke Frau im offenen Morgenmantel auf sie zukam. Lena schätzte ihr Alter auf fünfunddreißig.

»Polizei?«, fragte Lisa, bevor Lena etwas sagen konnte.

»Lena Lorenzen vom Landeskriminalamt Kiel. Haben Sie ein paar Minuten Zeit für mich?«

»Kommt drauf an.«

Lena trat vor und zeigte ihr das Foto. »Ich habe inzwischen erfahren, dass diese junge Frau vor Jahren eine Zeit lang hier gearbeitet hat. Sie hat sich Sunny genannt.«

Lisa griff nach dem Foto und sah es sich an, bevor sie es zurückgab. »Und?«

»Sie kannten Sunny gut?«

Lisa zuckte mit den Schultern. »Wir kennen uns hier alle gut.«

»Wissen Sie, warum Sunny hier aufgehört hat? Ich habe mitbekommen, dass sie sich hier durchaus wohlgefühlt hat.«

Lisa schwieg.

Da Lena davon ausging, dass die Nachricht von Maren Wittes Tod die Runde machen würde, nachdem sie auf dem ersten Stock einer der Frauen davon erzählt hatte, entschloss sie sich, offen mit der Information umzugehen. »Die Frau wurde tot aufgefunden. Wir gehen von einem Tötungsdelikt aus.«

Lisa hielt für einen Moment den Atem an. »Wann?«

»Vor knapp zwei Wochen.«

»Verdammt!«, murmelte Lisa.

»Wissen Sie, wo Sunny gearbeitet hat, nachdem sie das Haus hier verlassen hat?«, fragte Lena weiter.

Lisa schien Lenas Frage überhaupt nicht gehört zu haben. Sie starrte sie immer noch an. »Wo ist das passiert?«

»Nicht hier in Kiel. An der Nordseeküste.«

»Da, wo sie herkam?«

»Sie war vermutlich auf dem Weg zu ihren Eltern.«

»Und das …« Lisa brach mitten im Satz ab. »Wo genau war das?«

»Tut mir leid, dazu darf ich nichts sagen. Sie hatten weiter Kontakt zu Sunny, nachdem sie das Haus hier verlassen hat?«

Lisa zögerte lange. »Hin und wieder. Aber nicht viel. Warum wollen Sie das wissen?«

»Das sind Routinefragen. Wir versuchen so, mehr über das Umfeld von Sunny zu erfahren. Wann hatten Sie das letzte Mal Kontakt zu ihr?«

»Das ist lange her. Ich weiß nicht mehr genau, wann das war.«

»Wo und was hat Sunny nach ihrer Zeit hier im Haus gearbeitet?«, wiederholte Lena.

Lisa zuckte mit den Schultern. »Das weiß ich nicht.«

»Haben Sie nie darüber gesprochen?«, hakte Lena nach.

»Wie gesagt, das ist alles lange her. Und wenn sie an der Nordseeküste umgekommen ist, was sollte das mit Kiel zu tun haben?«

»Ausschließen kann man die Verbindung sicher nicht«, sagte Lena, die inzwischen das Gefühl hatte, dass die Frau vor ihr sich bewusst zurückhielt, wenn nicht gar log. »Hat Sunny etwas über ihre Kindheit und Jugend erzählt?«, lenkte Lena das Gespräch in eine andere Richtung.

»Selten. War wohl nicht so pralle. Ich habe ihr gesagt, sie soll ihr Abitur nachmachen und dann studieren. Aber das wollte sie nicht.« Die Frau lachte auf. »Das schnelle Geld. Abitur und Studium würden zu lange dauern, hat sie gesagt. Sie wollte frei sein, frei wie ein Vogel.«

»War sie es?«

Lisa schaute auf. »Wer ist das schon? Das hier«, sie hob die Arme zu beiden Seiten, »ist auch nur ein Job. Du musst funktionieren. Freiheit ist was anderes.«

»Sunny hat ja hier aufgehört. Vielleicht hatte sie einen Weg gefunden, um nicht so eingebunden zu sein.«

Lena spürte im gleichen Augenblick, dass ihr Einwand ein Fehler gewesen war. Lisa war leicht zurückgewichen und für einen Moment erstarrt. Jetzt sah sie Lena an, als stehe ein lästiger Freier vor ihr, und blickte schließlich auf die Armbanduhr. »Ich habe keine Zeit mehr.« Sie beugte sich vor und schaute den Flur entlang. »Mein nächster Kunde müsste jeden Augenblick kommen.«

Lena reichte ihr eine Visitenkarte und bat sie, sich zu melden, falls ihr noch etwas einfallen würde.

Sechzehn

Im Auto lehnte sich Lena im Fahrersitz zurück. Sie war sich sicher, dass Lisa mehr wusste, als sie ihr bisher gesagt hatte. Um ein Haar hätte sie Lisa nach Marens Kind gefragt. Wenn Maren Witte, die ausgesprochen vorsichtig war, Lisa ihre Schwangerschaft anvertraut hatte, war die Frau mehr als eine Kollegin für sie gewesen.

Lena parkte das Auto so um, dass sie das Laufhaus direkt im Blick hatte. Anschließend rief sie Erck an.

»Wie war dein Tag?«, fragte er.

»Das Übliche. Eine Menge Befragungen. Mühsam wie immer.«

»Hast du etwas gegessen?«

Lena schmunzelte. »Eine Kleinigkeit zwischendurch. Wahrscheinlich gehe ich später noch zum Italiener um die Ecke.«

»Grüß Francesco von mir.«

»Mache ich. Und bei dir?«

»Alles gut. Ich hatte viel zu tun, aber jetzt sitze ich hier mit einem Glas Wein in der Hand und höre Musik. Schade, dass du nicht da bist.«

»Morgen. Ich muss dann nur noch kurz zu Ole, um ein paar Sachen mit ihm zu besprechen. Ich sag dir Bescheid.«

»Okay. Und pass auf dich auf.«

»Versprochen, du Angsthase.«

Lena legte das Handy auf den Beifahrersitz und schloss kurz die Augen. Der Tag hatte zumindest die Erkenntnis gebracht, dass Maren Witte als Sexarbeiterin tätig gewesen war. Nach den Eingängen auf ihrem Konto zu urteilen, war sie auch nach dem Verlassen des Laufhauses weiter in der Branche geblieben. War sie als Escort unterwegs gewesen oder hatte sie einen Mann gefunden, der sie dauerhaft aushielt?

Ein Mini Cooper fuhr aus der Einfahrt des Laufhauses heraus und bremste ab, um auf eine Lücke im dichten Verkehr zu warten. Lena griff nach ihrem Fernglas und konnte gerade noch einen Blick ins Innere des Autos werfen, bevor Lisa im Mini Cooper Gas gab und auf die Straße fuhr. Lena warf das Fernglas auf die Rückbank und startete den Motor ihres Wagens.

Die Frau, die sich Lisa nannte, fuhr mit überhöhter Geschwindigkeit in Richtung der zweispurigen Bundesstraße 502, auf die sie dann Richtung Norden einbog. Lena folgte ihr in sicherem Abstand. Sie überquerten auf der Hochbrücke den Nord-Ostsee-Kanal, fuhren am Flughafen vorbei und bogen in Dänischenhagen ab.

Lena kannte den kleinen Ort flüchtig. Soweit sie sich erinnerte, wohnten hier etwas über dreitausend Menschen, viele von ihnen pendelten in die nahe Landeshauptstadt.

Lisa hatte inzwischen ihr Tempo gedrosselt und fuhr jetzt mit den vorgeschriebenen fünfzig Stundenkilometern durch die Stadt, bog schließlich nach rechts in eine Einfamilienhaussiedlung ab und parkte vor einem eineinhalbstöckigen Backsteinhaus. Sie stieg aus und ging auf die Tür zu, die sich, kurz bevor Lisa sie erreichte, öffnete. Ein Mann trat auf sie zu und begrüßte sie mit einer Umarmung.

Lena fuhr an dem Haus vorbei, drehte bei der nächsten Gelegenheit um und suchte sich einen Parkplatz. Ihr war klar, dass sie nicht lange im Auto würde sitzen bleiben können, da sie in der Wohnsiedlung schnell auffallen würde. Mit dem Handy am Ohr tat sie so, als würde sie telefonieren, und stieg nach zehn Minuten aus dem Auto, um die Straße einmal hoch- und wieder herunterzugehen.

Zurück im Auto überlegte sie kurz und fuhr dann wieder in den Ort. Als sie an einer Pizzeria vorbeikam, hielt sie an und ging hinein. Nachdem sie bestellt hatte, rief sie Johann an. »Ich brauche deine Männerstimme. Kannst du bitte bei dem Laufhaus anrufen und nach einer Lisa fragen?« Lena berichtete kurz, was die Befragungen erbracht hatten.

»Also doch!«, sagte Johann. »Habe ich dich jetzt richtig verstanden, diese Lisa ist überhaupt nicht im Bordell, oder?«

»Nein, ich bin ihr nachgefahren. Sie wohnt offensichtlich in Dänischenhagen. Behaupte einfach, dass du dich mit ihr verabredet hast und sie jetzt nicht da war. Dann fragst du, ob sie heute noch wiederkommt, und wenn es sich irgendwie ergibt, warum sie deinen Termin nicht eingehalten hat.«

»Ich versuche es. Wen bekomme ich denn da ans Telefon?«

»Vermutlich ist das der Türsteher. Ein junger Mann, ganz freundlich und unbedarft.« Sie gab ihm die Telefonnummer und bat darum, dass er sie gleich wieder zurückrief.

Noch bevor die Pizza serviert wurde, war Johann wieder am Apparat. »Lisa musste plötzlich nach Hause. Irgendein Notfall. Morgen ist sie wieder da. Der Türsteher, wie du ihn genannt hast, hat angeboten, ihr auszurichten, dass ich angerufen habe. Ich habe ihm gesagt, dass ich das selbst übernehme und Lisa eine Nachricht schicken würde.«

»Ist er nicht misstrauisch geworden?«

»Nein, überhaupt nicht. Er schien froh zu sein, dass er sich nicht darum kümmern muss.«

»Was für einen Notfall Lisa hat, wusste er nicht?«

»Nein.«

»Dann erst mal danke, Johann. Meine Pizza kommt auch gerade.«

Lena fuhr nach dem Essen zurück in die Wohngegend, sah, dass der Mini Cooper noch vor dem Haus stand, und suchte sich einen Parkplatz zwischen zwei Fahrzeugen. Da es inzwischen dämmerte, hoffte Lena, dass sie nicht mehr so schnell auffallen würde.

Nach einer halben Stunde kam Lisa aus dem Haus und lief zu ihrem Fahrzeug. Lena folgte ihr zurück nach Kiel. Kurz vor der Altstadt fuhr der Mini Cooper in ein Parkhaus. Von hier ging es zu Fuß weiter. Lena folgte Lisa durch die Gassen, bis diese ein bekanntes Bordell betrat. Die Hauptkommissarin suchte sich einen dunklen Hauseingang und wartete. Eine Viertelstunde später verließ Lisa das Gebäude wieder und lief Richtung Parkhaus. Lena hielt sich zurück und beobachtete von Weitem, wie sie das Parkhaus betrat. Sie eilte hinterher, musste länger auf den Fahrstuhl warten und sah, als sie bei ihrem Auto ankam, Lisa in Richtung Ausgang fahren. Lena stieg eilig in ihren Wagen und fuhr mit quietschenden Reifen los. Hinter der Schranke entschied sie sich für die Richtung, aus der sie gekommen waren. Der Mini war nirgends zu sehen. Nach fünf Minuten gab sie auf, überlegte kurz, ob sie noch einmal nach Dänischenhagen fahren sollte, entschied sich aber dagegen.

»Guten Morgen«, grüßte Johann, der in ihrer offenen Bürotür stand. »Hast du Zeit?«

»Komm rein und schließ die Tür.«

Johann zog sich einen Stuhl an Lenas Schreibtisch. »Ist gestern bei deiner Observation noch etwas herausgekommen?«

Lena berichtete und schloss mit dem Satz: »Vermutlich ist sie ohnehin nach Hause gefahren. Sie heißt übrigens nicht Lisa, wie ja zu vermuten war, sondern Christina Meier. Sie wohnt in Dänischenhagen, ist verheiratet und hat einen fünfzehnjährigen Sohn. Ihre Arbeit ist nicht angemeldet, sie ist über ihren Mann versichert, der in einer kleinen Werft hier in Kiel arbeitet.«

»Gut, dass wir für Schwarzarbeit nicht zuständig sind. Warum hast du gerade Frau Meier observiert?«

»Sie scheint im Laufhaus eine Art Vertrauensperson zu sein und kannte Maren Witte gut. Ich vermute sogar, dass Maren und sie weiter in Kontakt waren. Mir kam es komisch vor, dass sie, nachdem ich mit ihr gesprochen habe, so schnell das Laufhaus verlassen hat. Na ja, viel gebracht hat die Aktion nicht. Und bei dir?«

»Ich habe die Unterlagen aus Maren Wittes Wohnung jetzt durch. Auf der einen Seite die üblichen amtlichen Geschichten. Anmeldung, Abmeldung der Wohnung, neuer Personalausweis, Krankenkasse und so weiter. Da war nichts Interessantes für uns dabei. Dann habe ich Rechnungen gefunden. Möbel, die Küche und von allem, was halt Garantie hat. Die Rechnungen sind auf sie ausgestellt, bezahlt hat sie aber nicht alle selbst. Entweder hat sie das bar erledigt oder es hat jemand anders für sie überwiesen. Ich habe jetzt bei dem Küchenstudio angefragt.« Johann stöhnte theatralisch. »Sie wollten keine Auskunft geben. Ich habe mir den Mund fusselig geredet, aber da war nichts zu machen. Also brauchen wir einen Beschluss.«

Lena lächelte. »Möchtest du, dass deine Daten kurz mal rausgegeben werden? Wohl kaum. Ruf die Staatsanwältin an. Sie wird dann einen Beschluss beantragen.«

»Habe ich schon im Büro liegen.« Johann zog ein Blatt aus seiner Mappe und legte es Lena vor. Sie zog es zu sich heran und blickte auf eine Liste mit Zahlenaufstellungen.

»Was ist das?«, fragte Lena.

»Ich denke, das Erste ist immer ein Datum, dreihundertneunzehn stünde also zum Beispiel für März 2019. Die Zahl dahinter ist ein Eurobetrag. Die Beträge variieren erheblich zwischen um die fünftausend und siebentausend Euro. Ich vermute, dass es sich dabei um die Scheck- oder Kreditkarte handelt, die Maren Witte von ihrem – wie soll ich das jetzt nennen – *Gönner* bekommen hat.«

»Möglich wäre es. Stimmen die Zeiten der Zahlungen mit den Bankdaten überein?«

Johann nickte. »Passt alles, bringt uns nur nicht weiter. Eine entsprechende Karte habe ich nicht gefunden und auch keinen Hinweis darauf.«

»Maren war sehr diskret oder vorsichtig, was die ganze finanzielle Abwicklung betrifft. Trotzdem kommen wir Schritt für Schritt weiter.«

»So ganz optimistisch bin ich da nicht«, sagte Johann. »Aber gut. Ich habe sonst nichts mehr in den Unterlagen gefunden, was für unseren Fall relevant sein könnte.« Johann blätterte eine Seite in seinem Notizheft um. »Dann hatte ich noch die damaligen Schulkameraden von Maren Witte auf dem Zettel. Ich habe von den fünf Personen vier erreicht. Sie haben im Grunde genommen das bestätigt, was wir schon wissen. Mir fehlt jetzt noch eine Frau, die ich bisher nicht ans Telefon bekommen habe. Sie wohnt und arbeitet in Schleswig.«

»Okay.«

Lenas Handy klingelte. Sie begrüßte Thomas Eben.

»Moin. Entschuldigen Sie, aber es hat etwas gedauert. Also: Den drei Seglern ist nichts Ungewöhnliches aufgefallen. Sie alle kennen die Familie Witte nicht besonders gut, mit Maren Witte hatten sie weder früher noch kurz vor ihrem Tod Kontakt. Ich hab den dreien trotzdem gesagt, sie sollen noch mal nachdenken und sich melden, falls ihnen noch etwas einfällt.«

»Und Janto Knudsen?«

»Ich war zweimal bei seinem Haus, aber er war nicht dort und der nächste Nachbar meinte, dass er ihn schon länger nicht mehr gesehen hätte. Seine Handynummer habe ich noch nicht, allerdings bin ich noch auf der Suche nach einem alten Freund von Knudsen. Ich melde mich bei Ihnen, sobald ich was habe.«

Lena bedankte sich und beendete das Gespräch. Johann hatte ihr inzwischen eine Zeichnung auf den Schreibtisch gelegt.

»Das ist das Phantombild von dem mutmaßlichen Einbrecher in Maren Wittes Wohnung. Der Kollege meinte, dass sich Nicole Kruse letztendlich doch relativ gut an den Mann erinnern konnte.«

Lena betrachtete die Computerzeichnung. »Die hätte ich gerne gestern gehabt. Dann werde ich wohl gleich zu Christina Meier aufbrechen.«

Johann grinste. »Die wird sich wundern, dass du so schnell ihre Adresse herausbekommen hast.«

Lena ging noch einmal ihre Notizen durch. »Könntest du für mich noch die Nachbarn von Maren übernehmen? Jonas und Jamina.«

»Kein Problem. Ich habe nur noch die Protokolle auf dem Zettel und die Schulkameradin in Schleswig.«

Lena stand auf, Johann folgte ihr.

»Bis später.«

Siebzehn

Christina Meiers Wagen stand vor dem Haus, als Lena in die Straße fuhr. Sie suchte sich einen Parkplatz und ging auf das Haus zu.

Christina Meier öffnete die Tür und starrte Lena an. »Sie?«

»Darf ich reinkommen?«

»Ich wollte eigentlich …«

»Es geht schnell«, sagte Lena und machte einen Schritt nach vorne.

Nach kurzem Zögern trat Christina Meier zur Seite, ließ Lena ins Haus und führte sie in die Küche, wo sie ihr einen Platz anbot, sich aber selbst nicht an den Tisch setzte.

»Setzen Sie sich doch einen Moment, bitte.«

Widerwillig zog Christina Meier einen Stuhl vor. »Was gibt es denn noch?«

Lena sah Christina Meier an, wie unangenehm es ihr war, dass Lena sie aufgespürt hatte. Sie rückte etwas vom Tisch ab, schlug ein Bein über das andere und warf Lena einen genervten Blick zu.

»Ich habe hier eine Zeichnung.« Lena reichte ihr die Phantomzeichnung. »Kennen Sie diesen Mann? Lassen Sie sich bitte Zeit. Es ist kein Foto und könnte in manchen Details abweichen.«

Christina Meier musterte das Bild und schob es schließlich zu Lena zurück. »Nicht dass ich wüsste. Es laufen aber viele Männer bei uns im Haus herum.«

»Es könnte auch jemand sein, der nicht Sunnys Kunde gewesen ist. Fällt Ihnen sonst jemand ein?«

»Nein.« Christina Meier sah sie auffordernd an. »Gibt es sonst noch was?« Sie rückte mit dem Stuhl nach hinten und stand auf.

»Haben Sie noch einmal über meine Fragen von gestern nachgedacht?«, fuhr Lena unbeirrt fort und zeigte auf den Stuhl. »Setzen Sie sich doch bitte.«

»Und wenn nicht?«, fuhr Christina Meier Lena an.

»Ich kann Sie auch aufs Präsidium vorladen lassen. Wenn Ihnen das lieber ist, können wir das gerne so machen.« Lena machte eine Andeutung aufzustehen, als Christina Meier sich mit ärgerlicher Miene wieder setzte.

»Was gibt es denn noch?«

»Wann haben Sie das letzte Mal mit Sunny gesprochen oder sich mit ihr getroffen?«

»Weiß ich nicht mehr.«

»Frau Meier, Sie können doch sicher ungefähr eingrenzen, wann Sie zum letzten Mal mit Sunny Kontakt hatten.«

»Keine Ahnung.«

»Sie kennen den richtigen Namen von Sunny?«

Christina Meier verdrehte die Augen. »Und wenn schon. Würde das irgendetwas ändern? Suchen Sie den Mistkerl, der ihr das angetan hat.«

»Sie wissen, dass Maren Witte schwanger war?«

Christina Meier reagierte nicht.

»Sie wissen, dass sie kurz vor ihrem Tod ein Kind bekommen hat?«

Christina Meier sah Lena an, ohne eine Miene zu verziehen. »Sind wir jetzt endlich fertig?«

»Wenn Sie meine Fragen beantworten.«

»Muss ich das?«

»Hier und jetzt nicht, aber wenn ich Sie vorladen lasse, werden Sie antworten müssen. Und wenn Sie dann falsch aussagen, kann das später durchaus rechtliche Konsequenzen haben. Vor Gericht können Sie vereidigt werden und dann ist es mehr als ratsam, die Wahrheit zu sagen.«

Christina Meier schien einen Moment zu überlegen, stöhnte dann theatralisch und antwortete: »Ja, Maren hat es mir erzählt. Aber nur am Telefon. Ich weiß wirklich nicht mehr. Weder, von wem das Kind ist, noch, wie sie ihr Geld verdient hat oder verdienen wollte, wenn das Kind erst mal da gewesen wäre.« Sie hielt inne und sah Lena schließlich direkt an. »Was ist mit dem Kind?«

»Das kleine Mädchen ist vorläufig bei Pflegeeltern untergebracht. Das Jugendamt kümmert sich um alles.«

Christina Meier atmete erleichtert auf. »Geht es der Kleinen gut?«

»Ja, davon gehe ich aus.«

»Was ist genau passiert? Mit Maren, meine ich.«

»Dazu darf ich Ihnen nichts sagen. Tut mir leid.«

Christina Meier nickte.

»Sie wissen sicher auch, wo Maren nach der Zeit bei Ihnen im Haus gearbeitet hat?«

Christina Meier schüttelte den Kopf. »Nein, das weiß ich nicht. Maren wollte mir nichts sagen.«

Lena war sich nicht sicher, ob Christina Meier ihr gerade die Wahrheit gesagt hatte. Zwar war ihre Antwort direkt gekommen, aber Lena konnte sich nicht vorstellen, dass Maren Witte gegenüber einer Kollegin und Freundin so konsequent über ihre neue Arbeit oder Einnahmequelle geschwiegen und nicht einmal eine Andeutung gemacht hatte.

»Und was haben Sie vermutet?«, fragte Lena weiter.

Christina Meier zuckte mit den Schultern. »Das ist schon so lange her. Ich weiß es wirklich nicht mehr. Wenn Maren etwas nicht wollte, dann hatte es keinen Sinn, sie zu drängen.«

»Wie ist Maren mit der Arbeit bei Ihnen im Haus zurechtgekommen?«

»Beklagt hat sie sich nicht, wenn Sie das meinen. Aber sie hat schon hin und wieder einen Mann abgelehnt, wenn er ihr nicht gefallen hat.«

Lena notierte sich etwas und stellte die nächste Frage: »Hat Maren über ihre Kindheit und Jugend gesprochen?«

»Auf dieser Insel im Nirgendwo?«

»Ja, sie ist auf Pellworm aufgewachsen.«

»Gelegentlich hat sie einen Spruch losgelassen. Ihre Eltern waren wohl so spinnerte Künstler, die sich nicht wirklich um sie gekümmert haben.«

»Sonst hat Maren nichts gesagt?«, fragte Lena.

»Was soll man zu solchen Leuten auch sagen? Lassen ihr Kind so alleine, wenn es die Eltern am meisten braucht. Mit achtzehn oder neunzehn ist man doch noch nicht erwachsen. Sie hätte nie bei uns arbeiten dürfen. Aber die Kerle sind ja so geil auf junges Gemüse. Maren war intelligent, konnte reden und sah auch noch gut aus. Die Typen haben bei ihr Schlange gestanden.«

»Das hat sicher nicht jede Ihrer Kolleginnen gefreut?«

»Ach, Neid gibt es überall. Am Ende halten wir da zusammen. Da können Sie sich mal sicher sein.«

»Hatte Maren denn einen speziellen Kunden, der häufiger kam und sehr spendabel war?«, fragte Lena weiter.

»Mir ist schon klar, auf was Sie hinauswollen.« Christina Meier deutete ein Augenrollen an. »Nein, ich weiß nichts von so jemandem. Unser Haus ist zwar keine Absteige, aber die richtig feinen Herren lassen sich die Frauen ins Hotel kommen oder gar nach Hause. Solche Leute kannte Maren nicht.«

Lena stellte noch einige Fragen, beendete dann aber die Befragung und verabschiedete sich.

Zurück im LKA erhielt Lena eine Nachricht mit Janto Knudsens aktueller Handynummer von Thomas Eben.

Im Büro atmete sie kurz durch, bevor sie die Nummer wählte.

»Ja bitte!«, meldete sich eine tiefe Männerstimme.

»Spreche ich mit Herrn Janto Knudsen?«

»Ja. Was wollen Sie?«, fragte Knudsen in unfreundlichem Ton.

Lena stellte sich vor. »Es geht um den Tod von Maren Witte. Sie haben davon gehört?«

»Natürlich. Wieso ist das LKA damit beschäftigt? Es war doch ein Suizid.«

»Wir gehen inzwischen davon aus, dass Maren Witte getötet wurde, und ermitteln in dem Fall.«

Janto Knudsen schwieg.

»Sind Sie noch in der Leitung, Herr Knudsen?«

»Ein Mord. Maren? Sind Sie sicher?«

»Was genau passiert ist, wissen wir noch nicht. Suizid schließen wir im Moment aus.«

»Sie sind in Kiel?«

»Ja, im LKA-Gebäude. Warum?«

»Ich bin in einer guten Stunde bei Ihnen. Wie war noch Ihr Name?«

Lena goss sich in der Teeküche eine Tasse Kaffee ein, setzte zum Trinken an und stutzte. Sie hatte am Abend zuvor vollkommen vergessen, den Schwangerschaftstest zu machen. Seufzend kippte sie den Kaffee in den Ausguss und nahm sich eine Flasche

Orangensaft aus dem Kühlschrank. Auf dem Rückweg schaute sie bei Johann vorbei, fand ihn aber nicht in seinem Büro. Auf ihre Nachricht hin schrieb er zurück, dass er auf dem Weg nach Schleswig sei, um die Zeugin zu befragen.

Zurück im Büro klingelte Lenas Telefon. Sie nahm ab und begrüßte Luise Stahnke.

»Tut mir leid, dass ich mich erst jetzt melde«, sagte Luise. »Die Haaranalyse hat dieses Mal ewig gedauert.«

»Stimmt, die stand ja noch aus. Habt ihr was gefunden?«

»Ja, Kokain, Amphetamin und weitere Drogen. Der Bericht kommt noch heute per Mail.«

»Hat Maren Witte die Drogen auch während der Schwangerschaft genommen?«

»Nach meinen Berechnungen nicht. Sie hat ungefähr zu der Zeit damit aufgehört.«

»Und auch nach der Geburt nichts genommen?«, fragte Lena.

»Nein.«

»Erstaunlich, wie konsequent sie vorgegangen ist. Auch unsere Ermittlungen deuten darauf hin, dass Maren Witte die Schwangerschaft sehr ernst genommen hat und das Kind aufziehen wollte.«

»Dazu kann ich dir nichts sagen, Lena.«

»Nein, natürlich nicht. Ich habe nur laut gedacht.«

»Verstehe. Dir geht der Fall sehr nahe, oder?«

Lena seufzte leise. »Mag sein. So richtig kommen wir einfach nicht voran. Dann steht noch die Hochzeitsfeier vor der Tür. Erck hat große Pläne und will sich ganz aus Amrum zurückziehen.« Den Schwangerschaftstest, der in ihrer Kieler Wohnung lag, verschwieg Lena.

»Fälle mit Babys sind immer schwer zu ertragen. Zum Glück hat das Kind ja überlebt.«

Unwillkürlich senkte Lena den Kopf und betrachtete ihren Bauch. Wie würde sie aussehen im fünften Monat, im siebten oder kurz vor der Geburt? Sie schüttelte den Gedanken ab und nahm sich vor, den Schwangerschaftstest aus ihrer Wohnung zu holen, bevor sie nach Husum fuhr.

»Ja, Fälle mit so kleinen Kindern sind heftig«, sagte Lena. »Danke für deinen Anruf. Und grüß deinen neuen Freund von mir. Unbekannterweise.«

Achtzehn

»Ein Herr Knudsen möchte Sie gerne sprechen.«

»Ja, bitten Sie ihn, kurz zu warten. Ich komme runter und nehme ihn in Empfang«, sagte Lena.

Der große Mann mit grauen Haaren und Dreitagebart fiel Lena bereits von Weitem auf. Sie ging auf ihn zu und reichte ihm die Hand. »Lena Lorenzen. Vielen Dank, dass Sie so schnell zu mir nach Kiel gekommen sind. Wollen wir in mein Büro gehen?«

Den Kaffee lehnte Janto Knudsen ab, bat aber um ein Glas Mineralwasser. »Was ist passiert?«, fragte er schließlich.

»Sie wissen, wo Maren Witte gefunden wurde?«

Janto Knudsen nickte. »Ja, ich habe davon gehört. Aber ich dachte, es sei …« Er brach ab und atmete tief durch.

»Im ersten Moment haben die Kollegen vor Ort auf Suizid getippt, aber bei der Obduktion sind deutliche Hinweise auf einen gewaltsamen Tod gefunden worden.«

Janto Knudsen schluckte schwer. »Haben Sie den Täter schon?«

»Nein. Die Ermittlungen sind gerade erst angelaufen.«

»Sie haben mit Claus gesprochen? Marens Vater?«

»Wir sprechen mit allen Personen, die Maren nahestanden.«

Janto Knudsen beugte sich vor. »Und? Was hat er gesagt?«

»Sie sind bekannt mit der Familie Witte?«

Janto Knudsen ließ sich zurück in den Stuhl fallen und nickte. »Wir waren befreundet. Claus und ich. Und Bettina natürlich.«

»Waren?«

»Ja. Vor zehn Jahren haben wir uns zerstritten, oder ist es schon zwölf Jahre her, also seitdem haben wir jeglichen Kontakt abgebrochen.«

»Ich nehme an, dass Sie auch die Tochter des Hauses kennen?«

Janto Knudsen schloss kurz die Augen und senkte den Kopf. Schließlich richtete er sich auf. »Entschuldigen Sie. Ja, ich kenne«, wieder brach er mitten im Satz ab, »also, ich kannte Maren sehr gut. Ich war sozusagen eine Art Onkel für sie. Ich habe in den letzten fünfzig Jahren zwar nie dauerhaft auf Pellworm gelebt, aber von Hamburg ist es ja nicht so weit auf die Insel. Nachdem meine Eltern kurz hintereinander verstorben sind, habe ich das Haus ausgebaut.« Er hielt inne. »Aber das interessiert Sie sicher nicht.«

»Sie haben auch nach dem Streit mit Claus Witte den Kontakt zu Maren gehalten?«, fragte Lena.

Janto Knudsen nickte. »Ja. Es war nicht so einfach, aber wir haben hin und wieder telefoniert. Als Maren ein eigenes Handy hatte, war das ja kein großes Problem mehr, vorher war es schon schwieriger.«

»Wann war Ihr letzter Kontakt zu Maren?«

Janto Knudsen zögerte lange. Er schien mit sich zu ringen, atmete schließlich tief durch und antwortete: »Das war dann wohl an dem Tag, als sie … gestorben ist.«

Lena horchte auf. War sie mehr oder weniger durch Zufall auf eine wichtige Spur gestoßen? »Wann genau war das?«

Janto Knudsen nannte den Tag, den Luise Stahnke als Marens Todestag ermittelt hatte. »Das war sehr früh. Vielleicht um fünf oder sechs Uhr morgens. Ich war gerade aufgestanden.« Er fiel in eine Art Trance und schien die Situation noch einmal vor seinem inneren Auge zu sehen.

»Was wollte Maren von Ihnen?«, fragte Lena, als Knudsen nicht weitersprach.

Er sah auf. »Mit mir sprechen. Sie fragte mich, ob ich sie abholen könnte. Ich habe ein Boot auf Pellworm liegen. Ein Segelboot. Wir sind früher häufig zusammen gesegelt. Claus, Maren und ich. Aber auch nur wir zwei.«

»Wo sollten Sie sie abholen?«

»In Husum am Sporthafen. Ich habe da auch einen Liegeplatz.«

»Aber es ist nicht dazu gekommen?«

»Seenebel. Ich konnte unmöglich raus. Das wäre Wahnsinn gewesen. Ich war in Pellworm am Hafen und …« Er stöhnte leise. »Wäre ich doch nur losgefahren.«

»Der Hafenmeister sagte mir, dass Sie gegen vierzehn Uhr …«

»Ja, das stimmt«, unterbrach Janto Knudsen sie. »Ich habe Haiko noch gesehen. Er kam gerade, als ich abgelegt hatte.«

»Maren hat Sie also früh am Morgen angerufen. Zwischen fünf und sechs. Haben Sie später noch einmal mit ihr gesprochen?«

Janto Knudsen nickte. »Gegen sieben war ich am Kai und habe dann gesehen, dass es aussichtslos ist. Da haben wir telefoniert.«

»Wie hat Maren reagiert? Haben Sie sie gefragt, warum sie nicht die Fähre nimmt?«

»Natürlich habe ich das gefragt. Schon früh morgens bei unserem ersten Gespräch. Sie wollte es aber nur persönlich mit mir besprechen, nicht am Telefon. Deshalb auch die Frage, ob ich sie abholen kann.« Janto Knudsen nickte gedankenverloren. »Maren klang ängstlich. Ich weiß nicht, ob das etwas mit der Fähre zu tun hatte oder mit ihrer aktuellen Situation. Nach unserem letzten Gespräch konnte ich sie auf dem Handy den ganzen Vormittag nicht mehr erreichen. Im Husumer Sporthafen war sie auch nicht. Ich bin dann über Nacht dortgeblieben und erst am nächsten Tag zurück nach Pellworm.«

»Wie lange sind Sie dann auf Pellworm geblieben?«, fragte Lena.

»Am nächsten Morgen bin ich mit der Fähre aufs Festland und von da mit dem Auto nach Hamburg. Ein paar Tage später hat mich ein Bekannter angerufen und gefragt, ob ich schon von dem Unglück gehört hätte. Er wusste, dass ich die Familie gut kenne.«

»Sie wissen oder ahnen nicht, was Maren Witte von Ihnen wollte?«

»Nein. Wir hatten vorher auch schon eine Weile nicht mehr telefoniert.« Er hielt kurz inne. »Sie wollen jetzt sicher wissen, wie lange. Ich kann das aber nicht mit Bestimmtheit sagen. Vielleicht war es im letzten Sommer. Ja, ich war in Griechenland. Jetzt erinnere ich mich. Das muss Anfang August gewesen sein. Ein belangloses Gespräch. Maren wollte nichts Konkretes von mir, ich war in Eile. Wir haben wohl nicht lange telefoniert.«

»Sie wissen, welcher Tätigkeit Maren Witte nachgegangen ist?«

Janto Knudsen warf ihr einen erstaunten Blick zu. »Nein, wieso fragen Sie das?« Es entstand eine Pause, Lena schwieg und wartete auf Knudsens Reaktion. »Sie war doch nicht etwa …«, begann er und brach gleich wieder ab. »Hat sie … sich für Geld verkauft?«

»Sie haben nie mit Maren darüber gesprochen, wovon sie lebt?«

»Nein. Wir haben uns einmal in Hamburg getroffen. Das war ganz spontan und ist auch schon Jahre her. Sie stand plötzlich bei mir vor der Tür. Sie habe etwas in der Stadt zu tun, hat sie gesagt, und wollte mich besuchen. Wir haben einen langen Spaziergang gemacht, über dies und das geredet und ich hatte den Eindruck, dass es ihr gut ging. Eigentlich sogar sehr gut.«

»Warum brach der Kontakt zu dem Ehepaar Witte ab?«, fragte Lena.

Janto Knudsen trank einen Schluck Mineralwasser. »Hat Maren als Prostituierte gearbeitet?«

»Ich darf Ihnen das nicht sagen, Herr Knudsen. Tut mir leid.«

»Also ja«, murmelte er und starrte vor sich hin. »Das ist alles die Schuld ihres Vaters. Claus Witte ist …«

Lena wartete, ob Knudsen den Gedanken weiter ausführen würde, und stellte schließlich die nächste Frage: »Wie meinen Sie das? Die Schuld von Claus Witte?«

»Sie haben doch mit ihm gesprochen. Was für einen Eindruck hat er auf Sie gemacht?«

Lena schwieg.

»Ja, ich weiß, Sie dürfen mir das nicht sagen. Claus ist ein Widerling und ich kann Ihnen auch sagen, warum wir nicht mehr befreundet sind. Er hat …«, Janto Knudsen zögerte, »er hat Maren missbraucht.«

»Missbraucht?« Lena konnte nur mit Mühe ihr Erstaunen verbergen. »Was verstehen Sie darunter?«

»Zunächst mal psychisch. Wenn Bettina seine repressive Art hinnimmt, ist das das eine, aber bei einem Kind, das seinen Vater liebt und sich nach Zuneigung sehnt, ist jede Art von Indoktrination ein Akt der Gewalt. Und wenn es dann auch noch unter dem Mäntelchen des angeblich Antiautoritären daherkommt, ist es menschenverachtend. Claus war der Nabel der Welt. Nicht nur Bettina hat sich ihm bedingungslos untergeordnet, sondern er hat es auch von Maren erwartet. Nur sein Weltbild war das richtige. Das hatte manchmal schon Sektencharakter. Es gab niemanden mehr für Claus außer Claus. Ich habe das erst überhaupt nicht so wahrgenommen, mich von seinem Charme und Witz einlullen lassen. Aber je älter Maren wurde, desto mehr ist mir aufgefallen, wie sehr er sie kontrollierte und manipulierte. Maren hing unglaublich an ihrem Vater, hat ihm alles von den Lippen abgelesen. Er hat sie geformt wie eine Skulptur. Maren hat das alles mitgemacht, bis sie in die Pubertät kam. Ihr Vater hat den Druck erhöht, was für Maren noch größere Unsicherheit bedeutete. Ich war zu dem Zeitpunkt schon raus, hatte viel zu lange meine Augen verschlossen vor dem ganzen Irrsinn.«

»Aber Sie haben sich weiter mit Maren getroffen?«

»Ja, sie war dreizehn, fast vierzehn. Es war schwierig, aber wenn sie wusste, dass ich auf der Insel war, ist sie bei mir vorbeigekommen. Mein Haus liegt abseits der Inselstraße, geschützt von Bäumen und Sträuchern. Sie konnte sich ausweinen, aber ich hätte mehr machen müssen. Viel mehr.«

»Warum hat sich Maren nicht ans Jugendamt gewandt?«, fragte Lena.

»Mit dreizehn oder vierzehn? Sie hat es nicht gewagt. Und wenn ich davon gesprochen habe, hat sie mich sofort unterbrochen. Ich denke, sie hatte Angst, dass man ihr nicht glauben würde. Der große Künstler lässt seine Tochter nicht in Ruhe. Jugendliche in dem Alter finden ihre Eltern doch immer zum Kotzen. Ist es nicht das, was man von ihnen denkt? Maren hatte Angst und ich konnte sie auch verstehen. Vielleicht habe ich sie zu der Zeit sogar darin unterstützt durchzuhalten. Es war ja absehbar, dass sie zum Gymnasium aufs Festland gehen würde. Vielleicht war das ein Fehler. Ich hätte mit ihr zum Jugendamt in Husum gehen sollen.« Janto Knudsen standen die Tränen in den Augen. »Warum habe ich es nicht gemacht?«

Lena schwieg eine Weile und wartete, bis sich Knudsen mit einem Taschentuch die Augen getrocknet hatte, bevor sie ihre nächste Frage stellte. »Sie sprachen vorhin davon, dass es zunächst mal psychischer Druck gewesen sei. Später kam noch etwas hinzu?«

Janto Knudsen atmete schwer. »Ich kann es nicht beweisen, aber ich bin mir sicher, dass Claus Maren sexuell missbraucht hat.«

Eineinhalb Stunden später saß Lena im Auto und fuhr auf der Autobahn Richtung Westen. Das Treffen mit Ole Kotten hatte sie abgesagt und Erck informiert, dass sie etwas später als geplant nach Hause kommen würde.

Schritt für Schritt war sie mit Janto Knudsen durchgegangen, wie er auf die Vermutung gekommen war, dass sein ehemaliger Freund seine Tochter sexuell missbraucht hatte. Der erste Verdacht war ihm gekommen, als Maren mit elf Jahren zunehmend an Gewicht verlor. Nachdem ihre Mutter zwei Monate mit ihr eine Kur gemacht hatte, besserte sich ihr Zustand, Marens Gewicht blieb aber über Jahre an der Grenze zur Magersucht. Ein Jahr später waren Claus und Bettina Witte gemeinsam zu einer Ausstellungseröffnung nach München geflogen, Janto Knudsen hatte sich angeboten, auf Maren aufzupassen. In der Nacht war sie zu ihm ins Bett gekommen, ohne dass er aufgewacht war, und hatte sich eng an ihn gekuschelt. Erst am frühen Morgen bemerkte er sie, stand gleich auf und versuchte später, mit ihr darüber zu sprechen. Maren behauptete, sie habe in der Nacht Angst gehabt und sei wohl instinktiv zum Elternschlafzimmer gegangen. Janto Knudsen war ab diesem Zeitpunkt aufmerksamer und registrierte in den folgenden Monaten immer wieder auffällige Verhaltensweisen. Nach dem Vorfall in der Nacht hatte er mit einem befreundeten Psychotherapeuten gesprochen und sich von ihm beraten lassen. Selbst wagte er es nicht, Maren direkt auf seinen Verdacht anzusprechen, und suchte stattdessen vorsichtig das Gespräch mit ihrer Mutter. Bettina Witte wiegelte zunächst ab und bat Janto Knudsen darum, das Thema nicht mehr anzusprechen. Erst hielt er sich zurück, forderte sie aber Monate später dazu auf, mit dem Jugendamt zu sprechen. Als Claus Witte davon erfuhr, kam es zum Bruch der Freundschaft zwischen den beiden Männern. Maren wurde der Kontakt zu Janto Knudsen verboten. Erst eineinhalb Jahre später gelang es ihm, Maren zu treffen. Seitdem waren sie unregelmäßig in Kontakt geblieben.

Als Janto Knudsen durch Lena von Marens Schwangerschaft hörte, war er schockiert. Er selbst hatte weder davon gewusst noch es geahnt. Er flehte Lena an, alles zu unternehmen, damit das kleine Mädchen nicht zu Claus Witte kommen würde.

Neunzehn

»Guten Morgen!«, sagte Lena. Sie saß in ihrer Husumer Küche vor ihrem Laptop und winkte Johann und Ole zu. Noch auf der Rückfahrt von Kiel nach Husum hatte sie ihre beiden Kollegen angerufen und vorgeschlagen, dass sie sich am nächsten Vormittag per Videokonferenz treffen sollten.

»Wie sieht's aus an der rauen Nordseeküste?«, fragte Johann mit einem süffisanten Grinsen.

»Stürmisch, wie immer«, entgegnete Ole. »Wer fängt an?«

Lena berichtete in aller Ausführlichkeit von Janto Knudsens Befragung.

»Inwieweit kann man das ernst nehmen?«, fragte Johann. »Nutzt da nicht gerade jemand die Gelegenheit, um seinen ehemaligen Freund anzuschwärzen?«

»Das ist schwer zu sagen, Johann«, sagte Lena. »Auf mich wirkte er ausgesprochen glaubwürdig. Was natürlich noch nicht heißt, dass er mit seiner Vermutung richtigliegt. Die geschilderten Situationen liegen zehn und mehr Jahre zurück, Anzeige hat er seinerzeit nicht erstattet.«

»Das ist nicht ungewöhnlich«, warf Ole ein. »Er war mit der Familie befreundet, hatte zwar einige Hinweise gesammelt, konnte aber nicht sicher sein, ob er recht hat. Was wäre passiert, wenn sich alles als Fata Morgana herausgestellt hätte?«

Johann beugte sich nach vorne, sein Gesicht füllte jetzt den ganzen Bildschirm aus. »Und was machen wir jetzt damit?«

»Deshalb habe ich euch heute um das Treffen gebeten«, sagte Lena. »Wir werden den Hinweis ernst nehmen müssen. Einiges passt ins Bild: Maren Wittes Verhalten während der Schulzeit gegenüber Jungen, ihre aufgesetzte Selbstsicherheit, ihre Verlustängste, ihr frühes und radikales Abnabeln vom Elternhaus, die Drogen.«

»Sehe ich auch so«, stimmte Ole ihr zu. »Aber bevor wir den Vater mit dem Vorwurf konfrontieren können, brauchen wir mehr. Oder hat Knudsen mehr als nur Vermutungen?«

»Nein, hat er nicht. Leider. Ich werde noch einmal nach Pellworm fahren und mit der besten Freundin und dem Jugendfreund sprechen müssen«, sagte Lena. »Hast du, Ole, Johannes Bechler oder jemand anderes aus der WG gefunden? Maren war zu der Zeit in einem Alter, wo sie sich vielleicht jemandem anvertraut hat.«

»Nein, ich habe zwar weitere Hinweise darauf, dass Bechler sich in Husum oder Umgebung aufhält, mehr aber auch nicht. Das Gleiche gilt für die weiteren Bewohner der WG. Aber ich bin dran.«

»Was ist mit dem mutmaßlichen Loverboy?«, fragte Johann. »Ihr beide hattet doch den Verdacht, dass sie in Husum von solch einem Typen in die Prostitution getrieben wurde. Wenn sie es jemandem erzählt hat, dann ja wohl ihm, oder?«

Lena nickte. »Da könntest du recht haben, allerdings glaube ich nicht, dass er, sollten wir ihn finden, mit uns sprechen würde. Verjährt wären seine Taten noch lange nicht.«

»In der Mail von Marens Freundin Luna klang es danach, als ob jemand aus ihrer Husumer Vergangenheit wieder in ihrem Leben aufgetaucht wäre. Und meine gestrigen Recherchen könnten darauf hinweisen. Aber dazu gleich mehr«, erwiderte Johann.

»Ich bin mir nicht sicher, ob es diesen Loverboy überhaupt gibt«, sagte Ole. »Ich habe jedenfalls keine Spur gefunden.«

Lena räusperte sich. »Ich bin leider noch nicht dazu gekommen, mich um«, sie sah auf ihre Notizen, »Wanja Pavlovic, der wegen Drogenhandel in Haft saß, zu kümmern.« Anschließend erklärte sie Johann, worum es ging. »Kannst du am Montag alle verfügbaren Unterlagen einsehen? Und wir müssen wissen, wo der Mann sich im Moment aufhält.«

»Mache ich«, sagte Johann. »Soll ich auch noch einen kleinen Bericht abliefern oder verschieben wir das auf Montag?« In diesem Augenblick kam Johanns Freundin Johanna ins Bild und küsste Johann auf die Wange. »Ich gehe jetzt einkaufen.« Johanna sah in die Kamera und winkte. »Hallo, ihr beiden, und tschüs.«

Lena wartete, bis Johanna nicht mehr zu sehen war. »Ich habe noch etwas Zeit. Wenn du noch berichten willst. Wie ist das mit dir, Ole?«

»Ich bin heute allein im Haus. Also leg los, Johann.«

Johann grinste. »Nun gut, dann will ich mal nicht so sein.« Er holte einmal tief Luft. »Zuerst habe ich Rosa Paulsen telefonisch erreicht. Sie war eine Klasse unter Maren, und als sie mir sagte, dass sie nicht nur auf Pellworm mit Maren befreundet war, sondern vor allem in Husum, habe ich mich direkt mit ihr in Schleswig getroffen. Es gab wohl eine Zeit, wo sich Maren mit ihrer besten Freundin … wie war noch gleich der Name?«

»Leefke Theemann«, half Lena aus.

»Genau, also als sie sich mit Leefke Theemann gestritten hatte, war wohl Platz für Rosa. Sozusagen. Leider wusste ich zu dem Zeitpunkt noch nichts von den mutmaßlichen sexuellen Übergriffen des Vaters, aber gut, ich kann sie ja noch einmal telefonisch befragen.«

»Du hast bei der Zeugin Hinweise auf einen Loverboy gefunden?«, fragte Lena.

»Zumindest würde es in die Theorie reinpassen. Also: Rosa Paulsen war wie gesagt eine Klasse später dran und ist dann auch nach Husum aufs Gymnasium, wo sie Maren wiedertraf. Sie war eine Zeit lang jeden Tag in der WG, da sie bei einer alten Dame untergebracht war, die keinen Besuch duldete. Nun gut, in der WG ging es wild her, das wissen wir ja bereits. Mehr als die bekannten Vornamen der WG-Mitglieder konnte sie mir über deren Identität auch nicht sagen, aber sie hat Maren häufiger mit einem jungen Mann gesehen. Er war Anfang zwanzig, dunkelhaarig und – das ist jetzt O-Ton – ausgesprochen gut aussehend. Sie hat damals überhaupt nicht verstanden, was er von Maren wollte. Rosa beschreibt Maren übrigens als ein Mädchen, das mindestens zwei Jahre jünger aussah, als es tatsächlich war. Sie sagt, der Unterschied zwischen den beiden wäre dadurch noch auffälliger gewesen.«

»Kennt sie den Namen des Mannes?«, fragte Ole.

»Nee, so nah ist sie ihm nie gekommen. Maren hat da ein großes Geheimnis draus gemacht. Rosa Paulsen meinte, sie habe wohl Angst gehabt, dass ihre Eltern etwas erfahren würden, und ihn deshalb von den Pellwormer Schülern ferngehalten.«

»Wie genau kann sie ihn beschreiben?«, fragte Lena.

»Da liegt der Hase im Pfeffer. Ihr wisst ja, dass ich die Software für Phantombildzeichnungen auf dem Laptop habe. Ich habe versucht, mit Rosa zusammen eine Zeichnung zu erstellen. Um es kurz zu machen: Weit sind wir nicht gekommen. Sie konnte sich schon bei der Gesichtsform nicht entscheiden und so ging es dann weiter. Mund, Nase und Augenpartie. Keine Chance. Ich habe es dann aufgegeben. Der junge Mann hatte auf jeden Fall ein südländisches Aussehen. Sie hat auf Italien getippt.«

»Würde sie ihn auf einem Foto wiedererkennen?«, fragte Lena und fuhr fort, ohne auf Johanns Antwort zu warten. »Ansonsten könntest du ihr das Foto von Wanja Pavlovic zeigen.«

»Ja, das mache ich.«

»Wir haben eine gute Aufnahme in den Akten«, sagte Ole Kotten. »Die schicke ich dir am Montag. Reicht das?«

»Klar. Ich will es mir ja nicht ganz mit Johanna verderben.« Johann hielt kurz inne. »Die beiden Nachbarn von Maren Witte habe ich zwar erreicht, aber sie hatten keine Zeit. Ich habe jetzt einen Termin am Montagvormittag mit«, er sah zur Seite, »Jamina Henkel ausgemacht. Sie war auch diejenige, die Kontakt zu Maren hatte.«

Lena nickte. »Okay. Dann war es das für heute. Wir sehen uns dann Montag, Johann. Und du, Ole, hältst uns auf dem Laufenden, was die WG betrifft.«

Lena verabschiedete sich von ihren Kollegen und beendete die Videoschalte. In diesem Augenblick schaute Erck ins Zimmer. »Seid ihr fertig?«

Lena stand auf. »Ja. Tut mir leid, hat doch länger gedauert, als ich geplant hatte. Können wir vor dem Essen noch einen kleinen Gang machen?«

Erck nahm sie in den Arm. »Was hältst du von St. Peter-Ording? Wir machen einen schicken Strandspaziergang und gehen dann etwas später dort essen.«

»Gute Idee. Bekommen wir bei dem Wetter heute denn einen Platz im Restaurant?«

Erck schmunzelte. »Ich war so frei und habe uns einen für fünfzehn Uhr reserviert.«

Lena trat vor und küsste ihn. »Wenn ich dich nicht hätte.«

Die Sonne schien, am strahlend blauen Himmel zogen nur wenige Wölkchen dahin. Lena und Erck waren seit einer Stunde am breiten Strand von St. Peter-Ording unterwegs, hatten über Beke und über Lenas Vater gesprochen, über ihren Sommerurlaub und über die Hochzeitsfeier.

Erck schaute auf die Uhr. »Wollen wir zurückgehen?«

Lena nickte.

»Ich fahre am Montag für drei Tage nach Amrum«, fuhr Erck fort. »So, wie es im Moment aussieht, werde ich dann den Vertrag unterschreiben. Nach der Sommersaison ist dann Schluss für mich auf Amrum.«

»Du bist fest entschlossen?«

»Ja. Ich habe mir noch einmal alles gründlich durch den Kopf gehen lassen. Es gibt keinen anderen Weg.«

»Ich habe zwar immer noch Zweifel, aber auf der anderen Seite freue ich mich natürlich, wenn du mehr zu Hause bist.« Dass sie sich dadurch unter Druck gesetzt fühlte, verschwieg Lena.

»So ganz überzeugt klingt das noch nicht.«

Lena zuckte mit den Schultern. »Du weißt doch, dass ich mich mit Veränderungen manchmal schwertue. Aber du hattest auch schon mit dem Haus in Husum recht und vermutlich ist der Wechsel aufs Festland auch der richtige Schritt.«

»Du fühlst dich unter Druck gesetzt, auch beruflich etwas zu ändern?«, fragte Erck nach einer Weile.

Lena lächelte. »Kann ich eigentlich nichts vor dir verbergen?«

»Wäre das so schlecht?«

Lena schüttelte den Kopf. »Nein, ganz und gar nicht. Und ja, ein wenig setzt mich das schon unter Druck. Ich weiß ja, dass du das nie fordern würdest, aber ich mache mir auch selbst darüber Gedanken, ob der Job noch der richtige für mich ist.«

»Die Polizeiarbeit an und für sich?«

»Nein, so meine ich das nicht. Ich habe ja nichts anderes gelernt, aber es gibt natürlich auch Schreibtischjobs bei uns, oder ich könnte noch einmal die Schulbank drücken und anschließend versuchen, ein paar Etagen höher wieder einzusteigen.«

»Möchtest du das denn?«

»Wenn ich das so genau wüsste. Im Moment kann ich mir nicht vorstellen, nicht mehr aktiv zu ermitteln. Aber sollte ich schwanger werden, muss ich ohnehin zurückstecken. Da kann ich allenfalls noch aus dem Präsidium unterstützend tätig sein oder mich gleich in eine andere Abteilung versetzen lassen.«

»Weißt du, was Beke in dieser Situation sagen würde?«

Lena lächelte. »Kommt Zeit, kommt Rat. Vielleicht ist es ja so einfach und ich mache mir nur zu viele Gedanken.«

Erst jetzt fiel ihr ein, dass sie wieder den Schwangerschaftstest vergessen hatte. Er lag weiter in ihrer Kieler Wohnung. War das unterbewusst passiert? Wollte sie im Grunde genommen gar nicht wissen, ob sie schwanger war?

»Wir sollten einen Schritt nach dem anderen machen. Ich werde den Vertrag abschließen und dann sehen wir weiter.«

Lena nickte. »Jetzt verrate mir endlich, wo wir essen gehen.«

Erck schmunzelte. »Rate! Auf jeden Fall habe ich einen Tisch am Fenster gebucht. Das war mir wichtig.« Er wandte sich zur Nordsee.

Lena stieß ihn spielerisch in die Seite. »Arche Noah?«

Erck lachte. »Treffer!«

Die Arche Noah stand auf hölzernen Füßen auf dem breiten Strand von St. Peter-Ording, mit einem herrlichen Blick aufs Wasser. Lena hakte sich bei Erck unter. »Ein schöner Tag. Und eine gute Idee hierherzukommen.«

Zwanzig

»Dein Handy klingelt!«, rief Erck Lena zu, die gerade Wäsche aus der Waschmaschine holte, um sie in den Trockner zu legen.

»Was steht auf dem Display?«, rief Lena zurück.

»Eine Nummer, kein Name.«

»Dann lass es klingeln.« Lena schloss die Klappe vom Trockner und stellte die Zeit ein. Am Sonntagmorgen hatten sie lange geschlafen und anschließend im Bett gefrühstückt. Danach hatten sie Ole und seinen Mann auf eine Tasse Tee besucht.

»Wo ist denn mein Handy?«, fragte Lena mit Blick in die Küche, wo Erck das Essen vorbereitete.

»Ich hab's ins Wohnzimmer aufs Regal gelegt.«

Lena umarmte Erck von hinten. »Wird schon nicht so wichtig sein. Soll ich dir was helfen?«

»Du kannst die Zwiebel schneiden. Möglichst klein.«

Lena griff nach dem bereitliegenden Messer und häutete die Zwiebel, bevor sie sie in kleine Würfel schnitt und Erck das Brett reichte. In diesem Augenblick machte sich wieder ihr Handy bemerkbar. Sie seufzte leise und verließ die Küche.

»Darf ich deine Sonntagsruhe stören?«, fragte Florian Jungmann.

»Hast du doch schon. Was gibt's?«

»Du erinnerst dich an die Prostituierte, die wir nicht angetroffen haben? Sie nannte sich Lisa.«

»Ja, Christina Meier. Ich habe sie später am Nachmittag getroffen und mit ihr gesprochen. Warum?«

»Du kennst ja ihren Namen. Frau Meier ist gestern Abend ins Krankenhaus eingeliefert worden. Ein Spaziergänger hat sie in einer Altstadtgasse gefunden. Kopfverletzungen und jede Menge Hämatome.«

»Wie geht es ihr?«, fragte Lena entsetzt.

»Sie ist in ein künstliches Koma versetzt worden. Wir konnten also noch nicht mit ihr sprechen. Zwei bis drei Tage wird es wohl dauern, bevor sie zurückgeholt wird.«

»Verdammt!« Lena erzählte ihrem Kieler Kollegen von den Befragungen und der anschließenden Observation.

»Du vermutest einen Zusammenhang?«

»Liegt das nicht nahe? Wer sollte eine Sexarbeiterin krankenhausreif schlagen? Sie arbeitet nicht auf der Straße und ist schon länger in der Branche tätig. Außerdem hatte ich das deutliche Gefühl, dass sie mir nicht die ganze Wahrheit sagte und mehr wusste.«

»Wir sind zum Glück rechtzeitig hinzugezogen worden und konnten die Spuren an ihrer Kleidung und unter den Fingernägeln sichern. Im Moment laufen Befragungen rund um den Ort, wo sie gefunden wurde. Ich gehe aber davon aus, dass sie dort nicht zusammengeschlagen wurde.«

»Verdammt!«, fluchte Lena ein weiteres Mal. »Ich bin morgen früh wieder in Kiel und komme dann gleich bei dir im Präsidium vorbei.«

»Okay. Heute Nachmittag werden wir einen der Hunde einsetzen. Dann wird sich herausstellen, ob sie mit dem Auto gebracht oder doch dort überfallen wurde.«

»Wann?«, fragte Lena.

»Willst du doch kommen? Der Hund ist im Moment noch nicht einsatzbereit. Uns wurde sechzehn Uhr signalisiert.« Er nannte ihr den genauen Ort, wo Christina Meier gefunden worden war.

»Wahrscheinlich schaffe ich es nicht. Eigentlich hatte ich geplant, erst morgen früh zu fahren.«

»Sag einfach Bescheid. Ansonsten bis morgen im Präsidium.«

Lena ging nachdenklich zurück in die Küche und deckte den Tisch.

»Wer war das?«, fragte Erck.

»Ein Kollege aus Kiel. Sie haben eine Frau gefunden, die ich letzte Woche befragt habe.«

»Gefunden?«

»Sie wurde zusammengeschlagen und liegt jetzt im künstlichen Koma.«

»Oje! Das ist ja schrecklich. Wird sie überleben?«

»Das weiß ich nicht, Erck.« Lena trat an den Kühlschrank und griff nach der Weinflasche. In diesem Moment fiel ihr wieder der Schwangerschaftstest ein. Sie stellte die Flasche wieder zurück. »Oder wolltest du Wein?«

»Muss nicht sein«, sagte Erck und stellte die Pfanne mit dem Nudelgericht auf den Tisch.

Sie aßen schweigend, räumten nach dem Essen gemeinsam die Küche auf und gingen anschließend in der Nähe spazieren.

»Du willst früher fahren?«, fragte Erck.

»Eigentlich nicht. Es ist nur …« Sie brach mitten im Satz ab.

»Ich sehe doch, dass du ununterbrochen über den Fall nachdenkst. Und sicher auch über die Frau, die da zusammengeschlagen wurde.«

»Mag sein. Der Kollege hätte mich nicht anrufen sollen.«

Erck legte im Gehen seinen Arm um Lenas Schulter. »Ich mache dir einen Vorschlag. Wir machen jetzt noch einen kurzen Gang und anschließend packst du deine Sachen und fährst nach Kiel. Die Straßen sind am Sonntagnachmittag auch viel freier als morgen früh.«

»Sicher?«

Erck lächelte. »Unter einer Voraussetzung: Du denkst jetzt nicht mehr an den Fall und genießt die Natur.«

Lena schmiegte sich an ihn. »Ich verspreche es.«

Lena stellte ihr Auto in einem Parkhaus in Altstadtnähe ab und ging die letzten Meter zu Fuß.

»Der Hund sollte gleich da sein«, empfing sie Florian Jungmann.

»Wie geht es Christina Meier?«

»Ich habe vorhin noch mal im Krankenhaus angerufen. Ihr Zustand ist unverändert. Ihr Mann ist übrigens bei ihr im Krankenhaus. Ich habe ihm ausrichten lassen, dass wir heute noch mit ihm sprechen müssen. Du wolltest doch sicher dabei sein, oder?«

»Wenn ich schon hier bin, warum nicht«, sagte Lena. »Hat die Befragung in der Gegend etwas gebracht?«

»Nein. Kameras gibt es hier auch nicht. Im Moment sieht es nicht gut aus.«

Ein Polizeifahrzeug kam die Straße hoch und hielt auf dem Parkplatz, den Florian Jungmann freigehalten hatte. Ein Beamter in Uniform stieg aus und begrüßte sie. Anschließend holte er seinen Hund aus dem Kofferraum und nahm von Florian Jungmann eine Plastiktüte entgegen, in der sich ein Kleidungsstück befand.

Lena und ihr Kollege traten ein paar Meter zurück, der Hundeführer lief bis zu der markierten Stelle, an der Christina Meier gefunden worden war, und ließ seinen Schäferhund an dem Kleidungsstück schnüffeln. Der Hund blieb eine Weile an der Stelle stehen und lief, nachdem er von dem Beamten einen Befehl bekommen hatte, die enge Gasse hoch. Dort, wo das Gässchen auf die größere Straße traf, lief er einmal im Kreis und blieb schließlich vor seinem Herrchen stehen.

»Das Opfer scheint mit dem Auto gebracht worden zu sein«, sagte der Hundeführer in die Richtung von Lena und Florian Jungmann.

»Da ist nichts zu machen?«, fragte Jungmann.

Der Hundeführer schüttelte den Kopf. »Nein.« Der Schäferhund sah zum Beamten hoch, schnüffelte noch einmal am Boden und lief zurück zur Ausgangsstelle. Hier drehte er eine Runde und zog dann an der Leine.

»Was ist?«, fragte Florian Jungmann.

»Er könnte die Person wittern, die das Opfer hier abgelegt hat.«

»Kann man das sicher sagen?«

»Nein, aber hier scheint sich jemand eine ganze Weile aufgehalten zu haben.«

»Und jetzt?«

»Wir werden sehen. Vielleicht haben wir ja Glück.« Der Hundeführer gab seinem Tier einen Befehl, der Schäferhund lief los, hielt wieder an der Stelle, an der vermutlich das Auto gehalten hatte, und lief dann links die Straße hoch.

»Warum …?«, setzte Florian Jungmann zu einer Frage an.

»Eine der Personen scheint zu Fuß gegangen zu sein«, sagte der Hundeführer.

Mit Abstand liefen Lena und Florian Jungmann hinter dem Gespann her. Wenige Hundert Meter weiter stoppte der Hund vor dem Eingang eines Parkhauses und wartete, bis sein Herrchen ihm die Tür öffnete. Über die Treppe ging es in den ersten Stock, wo der Hund auf einem Parkplatz stehen blieb und sein Herrchen anschaute. Der Hundeführer belohnte den Schäferhund und strich ihm übers Fell.

»Das war's«, sagte er an Florian Jungmann gewandt. »Hier ist die Person in ein Auto gestiegen.«

»Danke, Kollege.«

Der Hundeführer nickte und machte sich auf den Rückweg.

Lena schaute sich nach Kameras um, fand aber keine auf der Etage.

»Unten bei der Einfahrt habe ich zwei gesehen«, sagte Florian Jungmann.

Sie gingen zurück ins Erdgeschoss. Florian Jungmann zeigte auf das Häuschen neben der Einfahrt. »Ich versuche mal mein Glück ohne Beschluss. Den können wir ja nachreichen.«

Zehn Minuten später erschien er mit einem Datenstick in der Hand. »Hat etwas Überredungskraft gekostet, aber der junge Mann hat am Schluss eingesehen, dass auch die Richter ein Wochenende brauchen.«

»Perfekt! Fahren wir in dein Büro?«

Eine halbe Stunde später saßen Lena und Florian Jungmann jeder für sich vor einem Bildschirm und sahen sich das fünfstündige Video im Schnelldurchgang an. Lena hatte die Kamera gewählt, die die herausfahrenden Autos aufnahm, während ihr Kollege die eintreffenden Fahrzeuge kontrollierte.

»Hier!«, rief Florian Jungmann. »Ein schwarzer Jaguar.« Er nannte Lena die Uhrzeit und das Kennzeichen.

»Augenblick!« Lena spulte vor und fand das gesuchte Auto. »Das Fahrzeug ist um drei Uhr vierzig rausgekommen. Das sind zwanzig Minuten.«

»Notiert. Auf jeden Fall verdächtig. Wer, bitte schön, parkt für so kurze Zeit mitten in der Nacht in einem Altstadtparkhaus?«

»Lass uns die Videos weiter durchgehen.«

Eine Stunde später hatten sie vier verdächtige Fahrzeuge. Der Jaguar stand auf Platz eins, da die drei weiteren Autos nicht hinein- und kurze Zeit später wieder hinausgefahren waren, sondern nur zum mutmaßlichen Tatzeitpunkt das Parkhaus verlassen hatten.

Nach einem Blick auf die Uhr sah Florian Jungmann Lena fragend an. »Feierabend oder machen wir weiter?«

»Ich schlage vor, wir nehmen uns die Nummer eins vor, und der Rest muss bis morgen warten.«

Wenige Minuten später hatten sie den Halter des Fahrzeugs ermittelt. Roland Gries, zweiundvierzig, Kieler Adresse.

»Schau in der Datenbank nach, ob er vorbestraft ist«, schlug Lena vor.

Florian Jungmann tippte etwas in die Tastatur. »Mit zweiundzwanzig ist er wegen Körperverletzung zu einer Geldstrafe verurteilt worden. Mit vierundzwanzig ein mittelschweres Drogendelikt. Eine einjährige Strafe mit Bewährung.«

»Zeig mal das Foto«, forderte ihn Lena auf und öffnete gleichzeitig die Phantomzeichnung auf ihrem Laptop.

»Hier ist eins in der Akte, das ist aber fast zwanzig Jahre alt.« Florian Jungmann drehte den Bildschirm zu Lena.

Sie wiegte den Kopf hin und her. »Eine gewisse Ähnlichkeit könnte man unterstellen. Haben wir noch ein Passfoto?«

Florian Jungmann drehte den Bildschirm wieder zu sich. »Das ist auch schon fast zehn Jahre alt. Und da trägt er einen Vollbart.«

Nach dem erneuten Schwenk des Monitors verglich Lena das Foto mit dem Phantombild. »Das bringt uns nicht weiter. Wir könnten allenfalls eine Gegenüberstellung machen, aber dafür können wir nicht ausreichend Indizien vorlegen.«

Florian Jungmann stand auf. »Dann müssen wir es wohl auf die gute alte Weise versuchen. Fährst du?«

Auf dem Weg zum Auto telefonierte Florian Jungmann und nannte Lena schließlich eine Straße in Kiel-Gaarden.

»Wer oder was ist da?«, fragte Lena, als sie vom Parkplatz des Polizeipräsidiums fuhren.

»Ein Informant. Er weiß in aller Regel über die Rotlichtszene gut Bescheid.« Florian Jungmann zeigte auf seine Mappe, in der das Foto von Roland Gries lag. »Er sollte den Typ kennen, wenn er in der Branche tätig ist.«

In der Nähe eines heruntergekommenen Spielsalons hielt Lena an und stellte den Motor ab. Florian Jungmann griff nach seinem Handy, wählte und legte nach dem ersten Freizeichen wieder auf.

Einundzwanzig

»Kann ich mitkommen?«, fragte Lena, als Florian Jungmann die Autotür öffnete.

Er überlegte kurz. »Okay, aber halt dich zurück. Wenn mein Informant zickt, gehst du einfach.«

Lena nickte, stieg aus und wartete, bis ihr Kollege mit einem Kopfnicken auf einen Mann wies, der den Spielsalon verließ und langsam die Straße hinunterschlenderte. Als er an ihnen vorbeikam, ging er ohne jegliche Regung weiter und verschwand nach wenigen Metern in einer Seitengasse.

»Wer ist die?«, fragte der Mann, als sie auf ihn zugingen.

Die Gasse wurde nur spärlich durch eine weit entfernt stehende Straßenlaterne beleuchtet. Lena schätzte den Mann auf Anfang dreißig.

»Sie ist in Ordnung. Hohes Tier beim LKA. Kann dir noch mal nützlich sein.«

Der Mann warf Lena einen misstrauischen Blick zu und wandte sich an Jungmann. »Was gibt's?«

Florian Jungmann zog das Foto aus der Tasche. »Ist jetzt zehn Jahre älter. Roland Gries. Kennst du ihn?«

»Willst du mich verarschen?«

»Erzähl!«

»Das ist einer von denen, um die ich einen großen Bogen mache. Wenn du weißt, was ich meine.«

»Warum?«

»Man hört nichts Gutes von dem. Das ist einer von den ganz Brutalen.«

»Für wen arbeitet er?«

»Keine Ahnung. Das muss einer der ganz Großen sein. Diese Typen, die nie jemand zu sehen bekommt. Gries ist so eine Art Oberguru für etliche Puffs hier und in Schleswig.« Der Mann nannte ihnen drei Bordelle aus Kiel. »So ein Ausputzer der übelsten Sorte. Wenn es Probleme gibt, kommt er. So munkelt man zumindest in der Szene.«

»Komm schon, du weißt doch mehr. Für wen arbeitet er?«, fragte Florian Jungmann und hielt jetzt einen Fünfzigeuroschein in der Hand.

»Keine Ahnung. Hab nur gehört, dass er in einer Riesenvilla haust. So ein Arsch mit Kohle. Alter Geldadel oder so was.«

Florian Jungmann hielt ihm den Fünfzigeuroschein hin, ließ ihn aber nicht los, als der Mann danach griff.

»Wenn du mehr hast, ruf mich an«, sagte der Kommissar und gab den Geldschein frei.

Der Mann nickte und verschwand im nächsten Moment in der Gasse.

Sie gingen zurück zu Lenas Auto. »Das war noch nicht viel«, sagte Lena. »Wer kann dieser große Unbekannte sein?«

»Irgendein Geldgeber im Hintergrund. Offiziell gehören die Häuser irgendwelchen Gesellschaften, die in aller Regel nicht einmal einen Sitz hier in Kiel haben, sondern im Ausland. Das macht wenig Sinn, da zu recherchieren.« Florian Jungmann warf Lena einen fragenden Blick zu. »Drehen wir noch eine Runde? Das Kennzeichen von seiner Karre haben wir ja.«

Die nächste Stunde verbrachten Lena und Florian Jungmann im Auto, fuhren von einem Bordell zum anderen, suchten die Parkplätze ab und blieben eine Weile stehen, bevor sie sich zum nächsten Haus aufmachten.

»Da!«, rief Lena schließlich. Drei Fahrzeuge vor ihnen fuhr ein schwarzer Jaguar. »Kannst du das Kennzeichen erkennen?«

Florian Jungmann griff nach dem Fernglas und versuchte, einen Moment zu erwischen, in dem das Kennzeichen sichtbar war. »Die letzten zwei Zahlen scheinen zu stimmen. Das muss er sein. Halte etwas mehr Abstand.«

Der Jaguar fuhr exakt die vorgeschriebene Höchstgeschwindigkeit, bog nach wenigen Hundert Metern in eine ruhigere Seitenstraße ab und hielt vor einem Haus.

Lena fuhr vorbei, drehte außer Sichtweite und suchte sich einen geschützten Platz.

»Ich gehe rein«, sagte Florian Jungmann. »Als Freier.« Er löste sein Holster vom Gürtel und legte es samt Waffe ins Handschuhfach.

»Ruf mich an«, sagte Lena. »Und lass das Handy an. Im schlimmsten Fall komme ich rein.«

Florian Jungmann grinste. »Keine Angst, mir passiert schon nichts.«

Auf dem Weg zum Laufhaus stellte der Kommissar die telefonische Verbindung her. Lena hörte, wie er an der Tür schellte, eingelassen und nach seinen Wünschen gefragt wurde. Jungmann antwortete, dass er sich erst mal umsehen wolle. Anschließend hörte Lena Schritte. Wenig später sprach ihr Kollege mit einer Frau und fragte nach dem Preis. Sie antwortete, er ging weiter.

»Hey«, hörte sie Florian Jungmann sagen. »Bist du frei?«

»Komm rein.«

Eine Tür wurde geschlossen, eine Matratze quietschte.

»Wie viel?«, fragte Florian Jungmann.

»Kommt drauf an.«

»Ich will nur etwas quatschen.«

»Wenn du zahlst, kein Problem.«

»Reicht das?« Lena vermutete, dass Florian Jungmann der Frau einen Geldschein gereicht hatte.

»Leg los. Dafür kannst du mich lange vollquatschen.«

»Der Typ, der vor einer Viertelstunde hier reingekommen ist. Kennst du den? Er fährt einen Jaguar.«

»Bulle?«

»Nee, Privatschnüffler.«

»Und für wen schnüffelst du so?«

»Kann ich nicht verraten. Oder sagst du mir die Namen deiner Freier?«

Die Frau lachte. »Wenn du mir genug zahlst.«

»Was ist jetzt mit dem Typen?«

»Der war nie bei mir. Wenn du das meinst.«

»Bei einer deiner Kolleginnen?«

»Woher soll ich das wissen. Frag sie doch.«

Es dauerte eine Weile, bis Florian Jungmann sagte: »Reicht das jetzt?«

»Wenn du nicht lebensmüde bist, lässt du deine Finger von ihm. Mit dem ist nicht gut Kirschen essen.«

»Für wen arbeitet der Typ?«

»Big Boss.«

»Hast du den Big Boss schon mal gesehen?«

»Kann sein«, sagte die Frau.

»Noch mehr habe ich nicht. Mein Kunde lyncht mich jetzt schon, wenn ich die Spesen einreiche.«

»Ist das mein Problem?«

Florian Jungmann schwieg.

»Ist ja schon gut«, fuhr die Frau fort. »Dein Mann kommt hier einmal die Woche, manchmal lässt er sich länger Zeit.«

»Und sein Boss?«

»War nur einmal da. Keine Ahnung, warum. Ich habe ihn nur zufällig gesehen. Alt, grauhaarig, die Art feiner Pinkel, wie man sie im Film immer sieht.« Die Frau lachte. »Und alleine kam er auch nicht. Zwei Muskelmänner waren dabei.«

»Wie im Film.«

»Sag ich doch!«

Lena hörte ein Rascheln. »Kennst du diese junge Frau? Muss schon ein paar Jahre her sein, dass sie im Geschäft war.«

»So junge Dinger arbeiten hier nicht.«

»Das Foto ist älter. Ich habe kein anderes.«

Es entstand eine Pause.

»Kann sein, dass ich sie mal gesehen habe«, sagte die Frau.

»Hat sie hier gearbeitet?«

»Weiß ich nicht. Wenn, dann nur kurz.« Die Frau räusperte sich. »So, Fragestunde beendet. Oder willst du noch einen Schein rausrücken?«

»Hier ist meine Nummer. Wenn du noch was weißt, ruf mich an. Kann schon der eine oder andere Hunderter dabei rausspringen.«

Eine Tür wurde geöffnet, Schritte, die plötzlich wieder verstummten. Weit entfernt hörte Lena Stimmen, die kaum zu verstehen waren. Sie presste das Handy ans Ohr und versuchte, die mal leisen, dann wieder lauteren Satzfetzen mitzubekommen.

»Zu wenig – hier stimmt doch was nicht – Konsequenzen – zwei Wochen – endgültig aus.«

Lena hoffte, dass Florian Jungmann mehr als sie verstanden hatte. Mit dem Handy am Ohr ließ sie sich nach hinten in den Sitz fallen, als eine männliche Stimme in die Stille hineindonnerte: »Was machen Sie hier?« Kurz darauf wurde das Gespräch abrupt beendet. Lena stieß die Autotür auf, dachte kurz noch darüber nach, die Schutzweste anzulegen, lief dann aber in gerader Linie auf das Bordell zu. Schwer atmend erreichte sie das Haus, zog ihre Waffe und lief langsamer auf die Eingangstür zu.

In diesem Augenblick wurde die Tür geöffnet. Laute Stimmen waren zu hören, ein Schrei, und eine Person purzelte auf den Gehweg.

»Lass dich hier nicht wieder blicken!«, schrie ein Mann mit tiefer Stimme Florian Jungmann hinterher.

Der rappelte sich auf, rieb sich mit der Hand die Schulter, zeigte dem Mann in der Tür den ausgestreckten Mittelfinger und schrie: »Leck mich!«

Die Tür wurde zugeschlagen, Lena, die bisher an die Hauswand gepresst dagestanden hatte, trat vor und half ihrem Kollegen auf.

»Alles gut?«

»Kein Thema. Ich habe etwas geschauspielert.«

Lena schmunzelte. »Ein paar blaue Flecken werden wohl trotzdem dabei herauskommen.«

Zehn Minuten nachdem Florian Jungmann aus dem Bordell herausgeworfen worden war, kam Roland Gries aus dem Haus. Sie folgten ihm bis zu seiner Wohnung und beendeten die Observation. Gegen Mitternacht hielt Lena vor dem Kieler Polizeipräsidium.

»Dann mal gute Nacht«, sagte Florian Jungmann. »Wann kommst du morgen?«

»Ich muss erst ins LKA. Gegen elf werde ich es wohl schaffen.«

Er nickte und stieg aus.

Lena fuhr auf direktem Weg zu ihrer Wohnung, warf ihre Reisetasche in den Flur und gähnte. Was für ein Tag. Dabei wollte sie ihn in Ruhe mit Erck in Husum verbringen und nicht in Kiel hinter Männern im Jaguar herjagen. Sie ging ins Bad und zog den Pullover über den Kopf. Kurz überlegte sie, ob sie unter die Dusche springen sollte, entschied sich aber dagegen. Nach einer Katzenwäsche ließ sie sich ins Bett fallen und zog die Decke über die Schultern.

Zweiundzwanzig

Lena reckte sich. Der Wecker stand auf kurz vor sechs. In zwei Minuten würde er einen Höllenlärm veranstalten. Sie griff nach dem Gerät und schaltete die Automatik aus. Seufzend setzte sie sich aufrecht hin und warf einen Blick aus dem Fenster. Dunkle Wolken bedeckten den Himmel und versprachen Regen für den Tag.

Lena mühte sich aus dem Bett und ging ins Bad. Sie zog das lange T-Shirt aus und betrachtete sich im Spiegel. Unwillkürlich strich sie mit der Hand über ihren flachen Bauch und schloss die Augen. Der Schwangerschaftstest! Sie öffnete den kleinen Badschrank und griff nach dem Beipackzettel.

Nachdem sie ihn überflogen hatte, holte sie sich einen Plastikbecher aus der Küche. Auf der Toilette füllte sie ihn bis zur Hälfte und tauchte für zehn Sekunden das Teststäbchen bis zur markierten Stelle in den Urin. Anschließend stellte sie die Eieruhr auf fünf Minuten und lief unruhig im Bad herum. Nach jeder Runde warf sie einen Blick auf das Teststäbchen. Nach dem zwölften Gang erschien der erste blaue Strich, der dokumentierte, dass der Test ordnungsgemäß funktionierte. Jede weitere Runde durchs Bad erhöhte ihren Pulsschlag, als ob sie einen Hundertmeterlauf hinter sich hätte.

Sollte sie Erck anrufen, wenn der zweite Strich erschien? Oder Beke? Oder Luise? Und dann? Es gab kein Zurück mehr. Wenn sie schwanger sein sollte, würde sie das Kind bekommen. Oder die Kinder? Gab es in ihrer Verwandtschaft Zwillinge?

Wieder einmal griff sie nach dem Teststäbchen und atmete tief durch. Ein Strich. Nein, sie würde Erck nicht anrufen. Eine solche Nachricht überbrachte man nicht am Telefon. Außerdem würde Erck darauf bestehen, dass sie sofort die Ermittlungen abgäbe. Solange ihre Chefin nichts von einer Schwangerschaft wusste, würde sie vom Innendienst verschont bleiben. Es gab Frauen, die erst im zweiten Monat oder später realisierten, dass sie schwanger waren. Warum sollte es bei Lena anders sein. Nein, neun Monate wollte sie auf keinen Fall Akten wälzen oder in irgendwelchen internen Meetings sitzen.

War das der zweite Strich? Lena erschrak, griff nach dem Stäbchen und hielt es ins Licht. Nein. Allenfalls war ein Hauch eines Striches zu sehen. Sie legte das Plastikstäbchen zurück und blieb am Fenster stehen. Erst jetzt spürte sie, dass ihr kalt geworden war. Sie griff nach dem T-Shirt und zog es sich im Laufen über.

Wenn sie ein Kind bekommen wollten, dann jetzt. Darüber waren Erck und sie sich einig. Dabei hatte Erck durchblicken lassen, dass er sich durchaus auch zwei oder drei Kinder vorstellen könnte. Lena hatte gelacht und gemeint, dass sie sich erst mal auf das erste Kind konzentrieren sollten.

Sie stoppte abrupt, als die Eieruhr laut durchs Bad klingelte. Langsam ging sie auf das Teststäbchen zu und griff danach.

Lena fuhr auf den Parkplatz des LKA und stellte ihren Passat ab. Sie schloss die Augen und versuchte, sich auf den Fall zu konzentrieren. Seitdem sie nach dem Teststäbchen gegriffen hatte und nach mehrmaligem Schütteln immer noch die zwei blauen Striche hartnäckig aus dem kleinen Fenster geleuchtet hatten, hatte sie noch keinen klaren Gedanken fassen können. Sie fühlte sich wie im Halbschlaf oder in einem dichten Nebel, der ihr nicht nur die Sicht versperrte, sondern auch jegliche Geräusche dämpfte.

Lena stieg aus.

»Guten Morgen!«, hörte Lena die leise Stimme von Johann in ihrem Rücken. Sie wandte sich um und nickte ihm zu. »Du bist aber früh aus Husum losgefahren.«

»Ich …« Lena schluckte. Ihr Hals war vollkommen trocken. »Also, ich bin schon gestern gefahren.«

»Ach so!«

»Lass uns reingehen. Dann erzähle ich dir alles.«

Während sie ins Gebäude gingen und auf den Fahrstuhl warteten, erzählte Johann von seinem Wochenende. Lena hörte zu, nickte hier und da und war froh, dass sie schweigen konnte. Mit jedem weiteren Schritt auf ihr Büro zu löste sich ihre Verkrampfung. Schließlich schloss sie die Tür auf und bat Johann lächelnd einzutreten.

»Was war denn jetzt gestern?«, fragte Johann, als sie an dem kleinen Besprechungstisch Platz genommen hatten.

»Ich hatte dir doch von der Sexarbeiterin in dem Laufhaus erzählt, die sich Lisa nennt.«

»Ja, klar. Mit der hast du doch noch einmal gesprochen und sie dann observiert.«

»Genau, sie heißt Christina Meier und ist gestern ins Krankenhaus eingeliefert worden.« Lena erzählte von den Ereignissen am Sonntagnachmittag und -abend.

»Okay. Und du meinst, das könnte etwas mit unserem Fall zu tun haben?«

»Wenn ich das wüsste, wäre ich schon ein Stück weiter. Wir können nur hoffen, dass Frau Meier durchkommt und sich erinnern kann.«

»Oder will«, fügte Johann hinzu.

Lenas Handy summte. Sie sah auf das Display und las Ercks Nachricht. Er war inzwischen auf der Fähre und würde in einer Stunde auf Amrum sein.

Lena hielt das Handy hoch. »Erck. Er ist gerade auf dem Weg nach Amrum.«

»Wie jede Woche, oder?«

»Ja, natürlich«, sagte Lena, die sich selbst wunderte, dass sie Johann von der Nachricht erzählt hatte. »Also zurück zum Fall. Der Kieler Kollege ist weiter an der Sache dran. Es handelt sich ja zumindest um versuchten Totschlag, wenn nicht mehr.«

»Also können wir da erst mal nichts machen?«

»Nein. Wir sollten uns auf die Ermittlungsstränge konzentrieren, die wir am Samstag besprochen haben.« Sie hielt kurz inne. »Du wolltest noch mit der Nachbarin von Maren Witte reden.«

»Ja, wir haben uns um zehn bei ihr in der Wohnung verabredet.«

»Wegen diesem mutmaßlichen Loverboy hast du noch nichts gemacht?«

»Wanja Pavlovic? Nein, das wollte ich …«

»Kein Thema! Kümmere du dich doch um die Nachbarin. Und wolltest du nicht auch noch einmal mit der Frau in Schleswig sprechen und ihr das Foto zeigen, das Ole dir schicken wollte? Ich kann dann ja die Recherche zu Pavlovic übernehmen.«

Johann nickte und stand auf. »Können wir so machen.« Er ging zur Tür und sah sich noch einmal um. »Ist alles in Ordnung mit dir? Du wirkst etwas abwesend.«

»Alles gut. Ich habe nur wenig und auch noch schlecht geschlafen.«

Lena ging zum Fenster und öffnete es. Johann hatte recht, sie stand immer noch neben sich. Inzwischen hatte Regen eingesetzt. Als ihr durch eine plötzliche Windböe ein Schwall

Wassertropfen ins Gesicht geweht wurde, schloss sie das Fenster und setzte sich hinter ihren Schreibtisch.

Ole hatte ihr und Johann das Foto von Wanja Pavlovic per Mail zugeschickt. Auch wenn es sich um eine der typischen Aufnahmen der Polizei handelte, auf denen der Fotografierte mürrisch in die Kamera blickte, war zu sehen, dass Pavlovics Äußeres viele Frauen ansprechen würde. Dunkle, etwas gewellte Haare, Dreitagebart, leicht feminine Gesichtszüge, große braune Augen.

Lena suchte zunächst nach der aktuellen Adresse von Pavlovic und bekam einen Eintrag aus Flensburg. Sie suchte nach weiteren Personen, die in der Wohnung gemeldet waren, und fand zwei junge Männer und eine Frau. Lena griff nach dem Telefon und wählte eine Nummer in Flensburg.

»Hallo, Ben«, sagte sie, als sich ihr Kollege gemeldet hatte.

»Lena?«

»Ja. Immerhin hast du meine Stimme erkannt.« Lena hatte Ben vor Jahren auf einer Fortbildung kennengelernt. Sie hatten damals einige Nächte zusammen verbracht und sich später noch einmal bei einem Fall auf Föhr wiedergesehen.

»Na ja, es ist schon eine Weile her, dass du dich bei mir gemeldet hast. Ich vermute mal, dass es auch diesmal dienstlich ist?«

»Im Prinzip schon. Ich werde übrigens im nächsten Monat heiraten.«

»Deinen Amrumer?«

»Ja, Erck. Wir leben seit einiger Zeit in Husum zusammen.«

»Gratulation. Zur Heirat, aber auch zu Husum. Dann wirst du ja jetzt endlich sesshaft?«

»Sieht ganz danach aus.«

»Aber du bleibst bei der Truppe? Oder heuerst du jetzt bei den Husumern an? Hühnerdiebe jagen?«

Lena lachte. »Ach, so beschaulich ist Husum auch nicht.«

Ben schwieg.

»Du kannst mir vielleicht helfen«, fuhr Lena fort. »Es geht um einen gewissen Wanja Pavlovic.« Sie nannte ihm seine Straße und Hausnummer.

»Kenne ich nicht. Was ist mit dem?«

Lena erklärte ihm die Zusammenhänge. »Könntest du vielleicht auf dem kleinen Dienstweg dort vorbeischauen und sehen, ob er da nur gemeldet ist oder auch tatsächlich dort wohnt?«

»Jetzt?«

»Irgendwann heute reicht. Falls er da nicht mehr anzutreffen ist, würde mich natürlich interessieren, wo er abgeblieben ist.«

»Schon klar. Ich denke, ich fahre nachher mal vorbei. Ich habe sowieso noch einen Außentermin.«

»Danke! Und sonst? Alles gut bei dir?«

»Scheidung ist endlich durch. So langsam läuft es auch rund mit den Kindern. Ansonsten lebe ich mehr für den Job. Aber das kennst du ja.«

»Keine Frau in Sicht?«

»Keine, die so ist wie du. Oder durfte ich das jetzt nicht sagen?«

Lena atmete einmal tief durch, bevor sie Ben antwortete: »Es hat nicht sollen sein. Das weißt du, Ben. Und du darfst alles sagen. Erst recht, wenn es ein Kompliment ist.«

»Bist du glücklich? Mit deinem Bald-Ehemann?«

»Erck. Der Name ist doch nicht so schwer, oder?«

»Nein, entschuldige. Und? Bist du glücklich mit Erck?«

»Ja, das bin ich. Sehr sogar.«

»Gut, das ist gut. Ja, du hast recht, es hat nicht sollen sein. Ich habe es damals übrigens gleich gespürt und später auch auf Föhr.« Er seufzte. »Dann mache ich mich mal wieder an die Arbeit. Ich melde mich.«

»Danke, Ben!«

Lena legte nachdenklich den Hörer auf. Sie mochte Ben und während der Fortbildung hatten sie sich gut verstanden. Aber mehr hatte sich zwischen ihnen nie entwickelt. Falsche Zeit, falscher Ort. Sie strich sich intuitiv über den Bauch und musste an Erck denken. Was würde er sagen, wenn sie ihm von der Schwangerschaft erzählte? Ihr fiel der Vertrag ein, den er heute oder morgen unterschreiben wollte. Hatte Erck geahnt oder gehofft, dass sie schwanger werden würde und genau für diesen Fall bereits vorgesorgt? Lena musste unwillkürlich lächeln.

Sie zog den Laptop zu sich heran und ging die Daten durch, die sie über Wanja Pavlovic gefunden hatte. Die Zeit, in der Pavlovic von seinem Bewährungshelfer betreut worden war, war seit einem halben Jahr abgelaufen. Trotzdem griff Lena zum Telefonhörer und wählte die angegebene Nummer.

»Gilles!«

»Guten Tag, Herr Gilles. Lena Lorenzen, LKA. Haben Sie ein paar Minuten Zeit für mich?«

»Immer doch! Was kann ich Gutes für Sie tun?«

»Wanja Pavlovic. Sie erinnern sich an den jungen Mann?«

Axel Gilles stöhnte leise. »Durchaus, durchaus. Ist er rückfällig geworden?«

»Ich ermittle in einem Tötungsdelikt an einer jungen Frau. Herr Pavlovic ist unter Umständen vor seiner Haft mit ihr in Kontakt gewesen.«

»Sicher nicht nur mit ihr«, murmelte der Bewährungshelfer, um gleich darauf hinzuzufügen: »Entschuldigen Sie, das war eine sehr subjektive Bemerkung. Was genau wollen Sie wissen?«

»Sie haben schon den Kern meiner Frage vorweggenommen. Mir geht es um den Charakter von Herrn Pavlovic und inwieweit er auch bereit und in der Lage ist, eigene Schuld zu erkennen und sein Verhalten zu ändern.«

»Darf ich raten? Sie vermuten, dass Pavlovic eine toxische Beziehung mit der toten jungen Frau geführt hat?«

»So könnte man es formulieren. Eventuell auch noch etwas härter. Und ja, bisher ist es lediglich ein diffuser Verdacht.«

»Nun gut. Pavlovic ist einer von denen – und das ist meine ganz persönliche Einschätzung, die Sie so in keinem meiner Berichte finden werden –, die ihr Leben lang von einer Haftstrafe in die nächste gleiten werden. Je nachdem, wie gut Sie und Ihre Kollegen arbeiten.«

»Schuld sind immer die anderen?«

»Definitiv! Die Drogen wurden ihm untergeschoben. Niemand hat ihm geglaubt. Alle sind Rassisten, die ihn wegen seiner Herkunft verurteilen. Er ist der Klügste unter der Sonne, keiner kann ihm das Wasser reichen. Soll ich fortfahren?«

»Nein, es reicht fürs Erste. Wie ist sein Verhältnis zu Frauen?«

»Na ja, das habe ich ja schon zu Beginn unseres Gesprächs angedeutet. Sagen wir es so, ich würde meiner Tochter strikt untersagen, auch nur eine Cola mit ihm zu trinken. Allerdings bitte ich, meine Aussagen nur als private Meinungsäußerung zu nehmen. Natürlich habe ich Pavlovic genauso unvoreingenommen und mit gleicher Energie betreut wie alle anderen.«

»Keine Angst, Ihre Informationen werde ich absolut vertraulich behandeln. Wissen Sie, wo ich Herrn Pavlovic erreichen kann?«

»Er hat eine Adresse hier in Flensburg genannt. Aber ich war mir nie sicher, ob er da auch gewohnt hat oder sie nur angegeben hat, um keinen Ärger zu bekommen.«

»War das nur eine Vermutung oder mehr?«

Axel Gilles lachte. »Sie sind die Kommissarin. Das ist Ihr Metier.«

»Stimmt schon, aber ich vermute, Sie sagen so etwas nicht einfach so. Was ist passiert?«

Er stöhnte theatralisch. »Euch Kriminalern kann man aber auch nichts verheimlichen. Also gut: Zu meiner Arbeit gehören auch Hausbesuche. Das Umfeld einer Person ist nun mal wichtig, wenn es um Resozialisierung geht. Als ich vor Ort war, kam mir sein Zimmer, in das ich einen Blick geworfen habe, überhaupt nicht vor wie sein Stil. Nicht nur, dass es aufgeräumt war, auch die Möbel passten alle zueinander und die Bilder an der Wand waren von Horst Janssen. Sie kennen den Zeichner?«

»Ja, ich habe auch zwei Drucke von seinen Zeichnungen.«

»Na, dann wissen Sie ja, was ich meine. Und dann standen noch Bücher im Regal. Romane. Nein, das war garantiert nicht sein Zimmer. Allerdings war es nicht meine Aufgabe, das zu hinterfragen. Wir saßen später in der Küche und haben uns über seine Fortschritte bei der Arbeitssuche unterhalten. Alles heiße Luft. Er hat Bewerbungen geschrieben, sich aber nicht im Mindesten persönlich bemüht.«

»Sie wissen also nicht, wo er sich im Moment aufhält?«, fragte Lena.

»Nein. Er kann überall sein, aber wenn Sie mich fragen, wird er sich irgendwo in Schleswig-Holstein aufhalten. Wegen der alten Kontakte. Die, die er eigentlich meiden sollte.«

»Dann sage ich erst mal Danke. Sie haben mir sehr geholfen.«

»Husum oder Kiel, würde ich tippen. Vermutlich eher in Kiel«, sagte Axel Gilles unvermittelt.

»Ja, das habe ich auch schon vermutet. Falls Ihnen noch etwas einfällt, rufen Sie mich gerne an. Auch auf dem Handy.« Lena nannte ihm die Mobilnummer. »Vielen Dank, Herr Gilles.«

Dreiundzwanzig

Lena war vertieft in die Recherche um Wanja Pavlovic und ging gerade noch einmal die vorhandenen Daten durch, als Johann anklopfte und gleich darauf in ihrem Büro stand.

»Hast du kurz Zeit?« Als Lena nickte, fuhr er fort: »Ich habe mit Rosa Paulsen gesprochen, nachdem ich ihr das Foto zugeschickt hatte.«

»Und?«

Johann war in der Tür stehen geblieben. »Du weißt ja, wie schwierig es mit ihr bei dem Phantombild war. Zunächst hat sie spontan bejaht, dann kam ein Dementi und sie war sich unsicher. Vor Gericht würde sie jeder Verteidiger auseinandernehmen, aber unter uns: Sie hat ihn wiedererkannt, Pavlovic ist unser Mann.«

»Hast du mit ihr auch über einen möglichen Missbrauch durch den Vater gesprochen?«

»Konkret darauf eingehen konnte ich ja nicht, aber ich habe sie noch einmal ausdrücklich nach der Zeit gefragt, als Maren zwischen zwölf und vierzehn Jahre war. Sie erinnert sich an eine Zeit, in der Maren sehr abgemagert war und sich damals noch mehr zurückgezogen hat. Tatsächlich sind da auch zeitweilig ihre Zensuren schlechter geworden, was wohl mehr aufgefallen ist als alles andere. Mehr war nicht aus ihr herauszuholen.«

Lena nickte und berichtete kurz über ihre Recherchen. »Ich warte noch auf Bens Anruf, aber ich fürchte, Pavlovic ist nicht so einfach zu finden.«

Johann zeigte mit dem Finger auf seine Armbanduhr. »Ich muss leider los. Jamina Henkel, die Nachbarin von Maren Witte.«

»Melde dich, wenn du wieder im Haus bist!«, rief Lena ihm hinterher.

Lenas Handy machte sich bemerkbar. Nach einem kurzen Blick aufs Display nahm sie das Gespräch an. »Ole, genau dich brauche ich.«

Ole Kotten lachte. »Das hört man doch gerne. Soll ich erst kurz berichten?«

»Erzähl!«

»Ich habe Bechler gefunden und sogar kurz mit ihm sprechen können.«

»Kurz?«

»Sehr kurz. Er ist einer dieser Typen, die unter verstärktem Verfolgungswahn leiden. Die Polizei ist für ihn ein rotes Tuch. Kurz und gut, er hat mir gerade einmal bestätigt, dass er seinerzeit mit Maren Witte in einer WG gewohnt hat. Mehr wollte er nicht sagen und hat mich rausgeworfen.«

»Er wohnt also wieder in Husum?«

»Ja, sogar mit eigenem Zimmer in einer WG. Das habe ich von dem Bewohner, der mich vor die Tür begleitet hat. Wollte wohl Ärger mit der Polizei vermeiden und machte einen auf Vermittler. Bechler habe schlimme Erfahrungen mit der Polizei gemacht und sei diesbezüglich etwas empfindlich.«

»Und nun?«

»Ich habe bereits eine Vorladung durch die Staatsanwaltschaft. Er wird morgen hier zur Zeugenvernehmung auftauchen müssen, oder ich lasse ihn holen.«

»Wann genau?«

»Elf Uhr vormittags. Die Vorladung ist schon überbracht worden. Kommst du nach Husum?«

»Ja, entweder heute Abend oder morgen ganz früh.« Lena berichtete Ole von den Recherchen am Vortag und der Suche nach Wanja Pavlovic.

»Dann hattest du ja wohl den richtigen Riecher. Gratulation.«

»So weit sind wir noch nicht. Erst mal muss ich ihn finden – und das scheint im Moment nicht so einfach zu sein.«

»Verstehe. Wie kann ich dir helfen?«

»Ich habe das Gefühl, als würde ich den Wald vor lauter Bäumen nicht sehen. Wir haben so viele Ermittlungsstränge und ich bekomme sie nicht zusammen.«

»Was haben wir?«, fragte Ole. »Erstens der Loverboy, dem du ja offensichtlich auf der Spur bist.«

»Maren ist vermutlich nicht zufällig von Husum nach Kiel gegangen. Ich tippe eher auf eine Art Flucht.«

»Die ihr nur gelungen ist, weil Pavlovic mit den Drogen aufgeflogen ist.«

Lena schlug sich mit der Hand vor die Stirn. »Oder war es umgekehrt?«

»Was meinst du? Dass sie daran beteiligt war?«

»Nein. Sag, wie ist Pavlovic aufgeflogen?«

»Augenblick. Ich habe die Akte hier noch liegen.« Nach einer kurzen Pause meldete sich Ole wieder. »Eine anonyme E-Mail. Dort wurde genau beschrieben, wann und wo Pavlovic die Drogen übernehmen würde. Da die Kollegen Pavlovic schon auf dem Kieker hatten, haben sie den Hinweis ernst genommen. Das Ergebnis kennst du.«

»Und wenn das Maren Witte geschrieben hat?«

»Du meinst, sie hatte so viel Einblick in seine Geschäfte?«, fragte Ole.

»Vielleicht hat sie es durch Zufall mitbekommen und dann ihre Chance genutzt, ihm dadurch zu entkommen. Ich glaube kaum, dass Pavlovic sie einfach so hätte gehen lassen. Kiel ist schließlich nicht aus der Welt und wir wissen nicht, wo er seinerzeit überall Kontakte hatte.«

»Das wäre allerdings ein Mordmotiv«, sagte Ole. »Vorausgesetzt, er ist das *Miststück*, von dem Maren Wittes Freundin in der Mail sprach.«

»Wenn er sie tatsächlich in Kiel gefunden hat, hat sich Maren wieder mit ihm eingelassen oder keinen Weg gefunden, ihn loszuwerden.«

»Und er hat erst später erfahren, dass sie mit seiner Verhaftung zu tun hatte. Hätte er sich nicht sonst gleich gerächt?«

Lena seufzte. »Ziemlich viele Fragezeichen, oder?«

»Behalten wir ihn doch mal als Täter im Hinterkopf«, schlug Ole vor. »Im Moment kommen wir damit nicht weiter. Welche Ermittlungsstränge haben wir noch? Die WG, allen voran Johannes Bechler. Der dritte Ermittlungsstrang geht nach Pellworm. Da sind zunächst die Eltern, dann der Jugendfreund, der Maren später wiedergetroffen hat, und vielleicht auch noch die Schulfreundin. Warum war Maren im Oktober auf der Insel? Was wollte sie von ihren Eltern?«

Lena stutzte. »Vielleicht ist Maren bewusst an dem Wochenende gekommen, als ihre Mutter in München war. Wollte sie nur mit ihrem Vater sprechen? Ging es um Geld für ihr zukünftiges Leben?«

»Aber Maren wusste doch um die Einstellung ihres Vaters. Konnte sie wirklich hoffen, dass er ihr – wenn auch nur für eine bestimmte Zeit – finanziell unter die Arme greifen würde?«

»Gute Frage«, sagte Lena. »Ich bin mir ziemlich sicher, dass er nichts von ihrer Schwangerschaft wusste. Wäre das nicht eigentlich ein Argument für die Unterstützung der Eltern gewesen? Warum hat sie nicht davon erzählt?«

»Das Verhältnis zwischen Eltern und Tochter und besonders zwischen Vater und Tochter war doch letztendlich unwiederbringlich zerstört. Oder sehe ich das falsch?«

»Maren war in einer schwierigen Situation. Ich gehe davon aus, dass sie ihre Arbeit – was immer es auch zu der Zeit gewesen ist – nicht mehr weitermachen wollte. Eine Ausbildung hatte sie nicht. Irgendein schlecht bezahlter Job hätte sie kaum über Wasser gehalten. Ganz davon abgesehen hätte sie Baby und Arbeit nur schwer miteinander in Einklang bringen können.«

»Was wollte sie also von ihren Eltern oder auch nur vom Vater?«, fragte Ole. »Einen Schlussstrich ziehen?«

»Du meinst, bevor sie ihr Leben vollkommen neu ordnen wollte?«

»Zum Beispiel.«

»Schlussstrich und Neuanfang auch mit ihren Eltern?«, fragte Lena.

»Wie gesagt, ich glaube nicht daran. Es sieht alles nach endgültiger Trennung aus. Ich weiß, dagegen spricht, dass sie in offenbar höchster Not nach der Geburt zurück nach Pellworm gefahren ist.«

»Genau! Da passt etwas nicht zusammen. Was wollte sie dort? Zu ihren Eltern?«

»Was haben wir noch für einen Ermittlungsstrang?«, fragte Ole.

»Luna in Hamburg. Maren war in den Wochen vor der Geburt vermutlich bei ihr. Eventuell hat sie auch in einer Hamburger Klinik das Kind geboren und ist dann nach Kiel zurück. Bisher haben wir nicht den geringsten Anhaltspunkt, wie wir Luna finden sollen. Wir kennen ja nicht einmal ihren wirklichen Namen.«

»Die Frau ist eine zentrale Figur im ganzen Spiel«, sagte Ole. »Sie kennt Maren Witte aus der Zeit im Laufhaus und wird vermutlich auch über ihre Vergangenheit Bescheid wissen.«

»Das ist mir klar, Ole. Hast du eine Idee, wie wir sie finden können?«

»Einen Beschluss erwirken, damit ihr die Unterlagen des Laufhauses einsehen könnt. Irgendwo muss doch ihr Name vermerkt sein.«

»Den bekomme ich nicht durch.«

»Fragen kostet nichts«, warf Ole ein.

»Ich spreche mit der Staatsanwältin darüber. Aber zuerst hoffe ich auf die Handydaten. Der Provider lässt sich extrem viel Zeit, aber mit Glück haben Maren und Luna telefoniert und dann sollte es kein großes Problem sein, sie zu finden.«

»Okay, dann last, but not least …«, begann Ole.

»Christina Meier und Roland Gries. Und der Mann im Hintergrund, falls es ihn geben sollte. Damit verbunden Marens Zeit im Laufhaus. Gibt es einen Zusammenhang zwischen dem Anschlag auf Christina Meier und dem, was Maren passiert ist? Was weiß Frau Meier und warum hat sie uns das verschwiegen?«

»Der Kollege aus Kiel ist an der Sache dran?«, fragte Ole.

»Ja, er weiß im Detail Bescheid und kennt sich darüber hinaus in der Szene bestens aus. Ich bin mir sehr unsicher, ob der Anschlag mehr als nur zeitlich mit unserem Fall zusammenhängt.«

»Und was ist mit der Zeit zwischen Laufhaus und Schwangerschaft?«, fragte Ole. »Da ist noch gar nichts geklärt. Oder sehe ich das falsch?«

Lena stöhnte leise. »Nein, das siehst du vollkommen richtig.«

»Dein Fall ist mehr als verworren. Es fehlen noch etliche Puzzleteile, um langsam, aber sicher ein klareres Bild zu bekommen.«

»Ich weiß, Ole. Aber was soll ich machen? Einen Schritt nach dem anderen. Danke erst mal. Ich melde mich, ob ich morgen bei der Befragung dabei bin. Eigentlich sollte es klappen.«

Vierundzwanzig

Am frühen Nachmittag stürzte Johann in Lenas Büro, in der Hand mehrere Ausdrucke. »Die Handydaten.« Außer Atem ließ er sich auf einen der Stühle am Besprechungstisch fallen.

Lena stand auf und setzte sich zu ihm. »Und?«

»Ich habe noch nicht alle überprüft, aber eine Handynummer könnte es sein.« Er schob eine der Seiten zu Lena hinüber. »Dreimal hat Maren Witte da angerufen. Umgekehrt gab es keine Anrufe. Die Zeiten würden passen.«

»Du hast aber noch mehr?«

Johann grinste. »Sieht man mir das an?«

»Raus damit!«

Johann legte einen weiteren Ausdruck vor. »Das ist ein Screenshot einer Internetseite, auf der es Anzeigen von Prostituierten gibt. Und jetzt schau dir mal die rot unterstrichene Anzeige an.«

Lena las. Eine *Luna* bot ihre Dienste an, die Telefonnummer war identisch mit der Nummer auf der Liste.

»Bingo!«, sagte Johann triumphierend.

»Wie schnell bekommen wir über den Provider ihre persönlichen Daten?«

Johann schüttelte den Kopf. »Genau hier liegt das Problem. Das ist eine polnische Prepaidkarte ohne Registrierung. Ich fürchte, da kommen wir auf dem herkömmlichen Weg nicht weiter.«

Lena schlug mit der flachen Hand auf den Tisch. »Verdammt.«

»Ich hätte da eine Idee. Wie wäre es, wenn ich Luna anrufe und sie darum bitte, zu mir nach Kiel zu kommen? Ich buche sie für zwei Tage, gebe ein Hotel an und dann warten wir halt dort auf sie.«

Lena schmunzelte. »Nicht ganz ordnungsgemäß, aber wenn wir sie finden wollen, bleibt uns wohl kein anderer Weg. Ich glaube kaum, dass sie mir am Telefon zuhören wird, wenn ich mich als Polizistin zu erkennen gebe.«

»Und wenn sie auch hier nicht mit uns sprechen will?«

»Können wir zumindest ihre Personalien aufnehmen und sie dann offiziell zur Zeugenbefragung vorladen. Dauert etwas länger, aber mir fällt auch nichts anderes ein.« Lena warf Johann einen skeptischen Blick zu. »Du hast eine ziemlich junge Stimme. Ich weiß nicht, ob sie dir das abnimmt.«

»Hatte ich dir nie erzählt, dass in der Schule meine Stimmenimitationen immer der Hit waren?«

Lena musste unwillkürlich lachen. Johann hatte perfekt die Stimme ihres ehemaligen Chefs Warnke nachgemacht. »Klingt gut. Willst du sie mit deinem Handy anrufen? Wenn du die Rufnummer unterdrückst, wird sie wohl nicht drangehen.«

»Was soll's. Ich frage, ob sie schon heute Abend kommen kann?«

Als Lena nickte, griff Johann zum Handy und wählte die Nummer.

»Hallo, Luna!«, hauchte er. »Hier ist Martin. Erinnerst du dich noch an mich?« Johann horchte und seufzte schließlich.

»Ich war doch einige Male bei dir. Das ist schon eine Weile her. Ich bin dann nach Flensburg versetzt worden.«

Wieder hörte Johann zu.

»Und jetzt bin ich in Kiel und dachte«, er brach ab und wartete einen Moment, bevor er weitersprach, »ich dachte, ich könnte dich vielleicht für zwei Tage buchen.«

Erneut schwieg Johann.

»Ach, du bist nicht mehr in Kiel? Hamburg, sagst du? Kein Problem. Ich bezahl dir die Anreise. Zwei Tage und zwei Nächte?«

Johann lauschte seiner Gesprächspartnerin.

»Okay, tausendfünfhundert plus Fahrt. Aber bitte kein Taxi. Das würde mir …« Er brach mitten im Satz ab. Lena hörte, wie Luna lachte.

»Fantastisch! Kannst du noch heute?« Johann nannte ihr eines der großen Viersternehotels. »Achtzehn Uhr. Klasse. Sobald ich im Hotel bin, gebe ich dir per SMS meine Zimmernummer durch. Ich freue mich, Luna.«

Johann legte sein Handy auf den Tisch. »Na, wie war ich?«

Lena schmunzelte. »Ich fürchte, ich wäre auch auf dich reingefallen.«

»Danke!«

»Sie war nicht misstrauisch?«

Johann schüttelte den Kopf. »Nicht wirklich. Sie konnte sich natürlich nicht an mich erinnern, hat aber schnell umgeschaltet, als ich von den zwei Tagen sprach. Sie kommt, da bin ich mir sicher.«

»Das wäre gut. Ich erhoffe mir einige Infos von ihr.« Lena hielt kurz inne. »Was ist mit den weiteren Anrufen?«

»Die Liste reicht ja nur drei Monate zurück. Sie hat kaum mit dem Handy telefoniert oder wurde dort angerufen. Bis auf eine Nummer habe ich alle identifiziert. Anrufe beim Frauenarzt, bei einer Apotheke und beim Friseur. Die

Nummern habe ich alle im Internet gefunden. Dazu kommen noch Anrufe bei Hotlines, zum Beispiel beim Internetprovider. Nur eine Nummer scheint ein privater Anschluss zu sein. Da werden wir wohl einen Beschluss brauchen. Oder wollen wir da direkt anrufen?«

»Kann es die Nummer von einer der Nachbarinnen sein?«

»Muss ich nachfragen.« Johann notierte sich etwas. »Und wenn nicht?«

»Brauchen wir einen Beschluss. Ich will das Risiko nicht eingehen, dass wir jemanden warnen. Wenn wir davon ausgehen, dass Maren vor ihrer Schwangerschaft nur einen Kunden hatte, könnte das unser großer Unbekannter sein.«

Johann nickte. »So, dann kommen wir zu Marens Nachbarin, Jamina Henkel. Sie war übrigens sehr auskunftsfreudig.« Johann zog ein kleines Notizbuch aus der Tasche und schlug es auf. »Sie und ihr Mann wohnen erst seit eineinhalb Jahren in dem Haus. Ihr Mann ist ziemlich oft auf Geschäftsreise, von daher hat Jamina schon früh Kontakt im Haus gesucht. Mit Nicole Kruse konnte sie nicht viel anfangen, hat sich aber mit Maren Witte angefreundet. Es ist so, dass Jamina Henkel seit geraumer Zeit versucht, schwanger zu werden, und es wohl nicht so recht funktioniert.« Johann zuckte mit den Schultern. »Ich denke mal, das war wohl ein Grund, weshalb sie sich zu Maren Witte hingezogen fühlte.«

»Sie hat dir das mit dem Schwangerschaftswunsch erzählt?«, fragte Lena erstaunt.

»Ja, das war ein ganz lockeres Gespräch und da ist sie irgendwann auf das Thema gekommen. Ich habe dann – das war wohl etwas naiv – gefragt, ob sie auch plant, Kinder zu bekommen.«

Lena zog die Augenbrauen hoch und räusperte sich leise.

»Ja, ich weiß, das war etwas unsensibel. Jamina war auch erst – wie soll ich sagen – leicht irritiert. Aber dann, im Laufe des Gesprächs, hat sie halt mehr oder weniger deutlich durchblicken lassen, was ich eben gesagt habe. Nun gut. Sie hat Maren während der letzten Schwangerschaftsmonate sehr häufig besucht. Sie haben Tee zusammen getrunken, waren zusammen shoppen und haben lange Spaziergänge gemacht.«

Lena nickte. »Wie hat sie Maren beschrieben?«

»Es sei ein ständiges Auf und Ab gewesen, meinte Jamina. Mal habe sie Maren in bester Laune vorgefunden und wenige Tage später zutiefst betrübt. Jamina hat das auf die Schwangerschaft geschoben, war sich aber am Schluss nicht mehr so sicher.«

Johann legte das Foto von Wanja Pavlovic auf den Tisch. »Jamina hat ihn zu hundert Prozent identifiziert.«

»Kein Zweifel?«

»Nein. Schon bevor ich ihr das Foto gezeigt habe, hat sie mir Pavlovic genau beschrieben.«

»Wann ist er aufgetaucht?«, fragte Lena.

»Fünf bis sechs Wochen vor dem errechneten Geburtstermin. Von einem Tag auf den anderen hat Maren nicht mehr die Tür geöffnet, wenn Jamina bei ihr geklingelt hat. Sie hat weder auf Anrufe geantwortet noch ist Jamina ihr im Treppenhaus oder draußen vor dem Haus begegnet. Sie wollte schon die Polizei rufen, als sie Maren schließlich mit Pavlovic zusammen gesehen hat. Jamina war gerade mit dem Auto von der Arbeit gekommen und suchte noch etwas in ihrer Handtasche, als die beiden, also Maren und Pavlovic, aufs Haus zugingen. Jamina meint, dass Maren vollkommen verändert ausgesehen hätte. Blass, unscheinbar, verängstigt. Sie hat sie im ersten Augenblick gar nicht wiedererkannt.«

»War Pavlovic ständig in der Wohnung beziehungsweise ständig in Marens Nähe?«

»Jamina meint, nein. Wenn sie in den Folgetagen gehört hat, dass sich im Flur etwas tat, hat sie durch den Spion geschaut. Pavlovic ist mehrfach alleine aus dem Haus gegangen. Auch scheint er nicht jede Nacht bei Maren gewesen zu sein.«

»Hat Jamina denn versucht, Kontakt mit Maren aufzunehmen?«

Johann nickte. »Zuerst hat sie ihr nicht geöffnet, aber als Jamina nicht lockergelassen hat, hat Maren sie irgendwann reingelassen. Zunächst war Maren vollkommen verschlossen, später hat sie erzählt, dass sie Pavlovic von früher kennt und er für ein paar Wochen bei ihr wohnen würde. Mehr hat Jamina nicht erfahren.«

»Das passt aber alles ins Bild«, sagte Lena. »Wusste Jamina, wo Maren in den zwei Wochen vor der Geburt war?«

»Nein, sie war von einem Tag auf den anderen nicht mehr da. Jamina hat Pavlovic beobachtet, wie er fluchend vor der Tür stand und trotz Schlüssel nicht reinkam. Sie vermutet, dass Maren das Schloss hat auswechseln lassen.«

»Ist er wiedergekommen?«

Johann zuckte mit den Schultern. »Sie arbeitet halbtags. Kann natürlich sein, dass er noch einmal da war, aber ich denke nicht. Ihm muss doch klar gewesen sein, dass sie nicht nur das Schloss ausgetauscht hat, sondern auch aus Kiel geflohen ist. Meinst du, ihm ist spätestens da aufgegangen, was damals in Husum passiert ist? Sprich, dass Maren ihn verpfiffen hat?«

»Gute Frage! Vielleicht weiß Luna mehr über die Zeit und Pavlovic.«

»Wenn sie denn mit uns redet«, warf Johann ein. Er schaute auf die Uhr. »Wie gehen wir nachher vor?«

»Wie geht es dir?«, fragte Erck, der Lena, kurz nachdem Johann das Büro verlassen hatte, anrief.

»Viel Arbeit«, antwortete Lena und zögerte. Sollte sie Erck von der Schwangerschaft erzählen oder warten, bis sie sich in Husum trafen? »Aber wir kommen voran. Das ist ja das Wichtigste.«

»Du klingst etwas erschöpft.«

Lena schluckte. Erck hatte im Laufe ihrer vielen Telefongespräche ein Gespür dafür bekommen, wie es ihr in dem jeweiligen Augenblick ging. Es war nicht das erste Mal, dass er mit einer Bemerkung den Nagel auf den Kopf getroffen hatte.

»Ich habe wenig und schlecht geschlafen. Heute lege ich mich eher ins Bett. Und bei dir?«

»Ich treffe mich gleich mit dem Interessenten. Wir wollen noch ein paar Einzelheiten besprechen und spätestens morgen den Vertrag abschließen.«

»Klingt doch gut. Fährst du dann morgen schon nach Hause?«, fragte Lena.

»Wenn alles gut geht, sonst übermorgen mit der ersten Fähre. Und du?«

»Ich bin morgen in Husum, weil ich mit Ole jemanden befragen muss. Später fahre ich noch einmal nach Pellworm. Vielleicht schon morgen.«

»Klingt nach viel Arbeit. Pass auf dich auf! Versprochen?«

Lena lachte und hoffte, dass es nicht zu gekünstelt wirkte. »Mache ich doch immer. Oder fast immer. Meldest du dich, wenn du schon morgen kommst?«

»Natürlich.«

»Ich muss jetzt gleich los, Erck. Vielleicht telefonieren wir ja heute Abend noch mal.«

»Ja, warum nicht.«

Lena horchte. Hatte Erck etwas bemerkt? Sie beschloss, noch einen weiteren Schwangerschaftstest aus der Apotheke zu holen, den sie dann am nächsten Tag in Husum machen würde.

»Bis dann, Lena. Ich melde mich«, sagte Erck.

»Bis später, Erck.«

Fünfundzwanzig

Lena bedankte sich beim Geschäftsführer des Hotels, der ihr die Schlüsselkarte eines Zimmers im vierten Stock zur Verfügung gestellt hatte.

»Die Karte können Sie später an der Rezeption abgeben«, sagte der Geschäftsführer. »Werden Sie sich lange im Zimmer aufhalten?«

»Allenfalls eine Stunde. Unter Umständen auch gar nicht.«

»Ist in Ordnung. Ich markiere das Zimmer im System als besetzt. Dann sind Sie ungestört.«

Lena verabschiedete sich von ihm. In der Lobby wartete Johann auf sie.

»Zimmer vierhundertzwölf«, teilte ihm Lena mit, während Johann bereits nach seinem Handy griff und Luna eine Nachricht schrieb.

»So, jetzt haben wir noch eine Stunde. Hier in der Nähe ist ein Imbiss. Stört es dich, wenn ich mir da kurz etwas zum Essen hole?«

»Natürlich nicht. Ich komme mit.« Lena strich sich über ihren Bauch. »Der ist vollkommen leer.«

Kurz darauf saßen sie zusammen an einem Tisch, Johann hatte sich einen Hamburger geholt, während Lena sich mit einer Portion Pommes begnügte.

»Wenn Luna, oder wie auch immer sie tatsächlich heißen mag, heute bestätigt, dass Pavlovic unser Mann ist, schreiben wir ihn dann zur Fahndung aus?«, fragte Johann.

»Mit welcher Begründung?«

»Er hat mutmaßlich die minderjährige Maren Witte in die Prostitution getrieben.«

»Hast du Beweise? Das ist bisher alles nur Hörensagen. Damit bekommen wir keinen Haftbefehl. Von einem späteren Prozess mal ganz abgesehen.«

»Was dann?« Johann biss in seinen Hamburger und sah Lena fragend an.

»Wir müssen ihn so finden.« Lena hob ihre Hände. »Ich weiß, leichter gesagt als getan.«

»Wo wird er sich aufhalten? Doch vermutlich hier in Kiel, oder? Sollten wir nicht die Kollegen, die in unserer schönen Landeshauptstadt mit der Drogenszene zu tun haben, einbeziehen?«

Lena nickte. »Ich rufe am besten gleich mal Florian Jungmann an.« Sie steckte sich die zwei letzten Fritten in den Mund und stand auf. »Bezahlst du? Ich gebe dir das Geld später wieder.«

»Geschenkt, du bist eingeladen.«

Lena suchte vor dem Imbiss einen ruhigen Hauseingang und wählte die Nummer ihres Kieler Kollegen.

»Moin, Lena. Ich habe leider noch nichts Neues für dich.«

»Deshalb rufe ich nicht an. Hatte ich dir von unserer Loverboy-Idee erzählt? Meine Kollegen und ich sind einem jungen Mann auf der Spur, der die minderjährige Maren seinerzeit in die Prostitution getrieben hat. Zumindest gibt es dafür von mehreren Seiten Hinweise.«

»Ich glaube, du hast das kurz in einem Nebensatz erwähnt. Was hat die Sache von damals mit dem Tötungsdelikt zu tun?«

»Wanja Pavlovic ist nach Zeugenaussagen bei Maren Witte in Kiel aufgetaucht und hat – zumindest mehrfach – bei ihr übernachtet.«

»Klingt nicht gut. Was kann ich da für dich tun?«

»Pavlovic ist in Flensburg gemeldet. Ein Kollege von mir hat da vorbeigeschaut. Er wohnt da nicht wirklich und ich vermute jetzt, dass er sich in Kiel aufhält. Kannst du dich mit deinen Kollegen kurzschließen, ob ihn jemand kennt und ihn eventuell sogar gesehen hat?«

»Klar, kein Thema. Schickst du mir die Daten?«

»Gehen gleich raus. Ist eine kurze Zusammenfassung über Pavlovic mit Foto.«

»Ich melde mich.«

Lena öffnete ihren Mailaccount und verschickte die vorbereitete Mail an ihren Kollegen.

Lena sah auf die Uhr. In den nächsten zehn Minuten erwarteten sie Luna. Johann hielt sich in der Nähe der Fahrstühle auf und würde, sobald er eine Frau sah, die Luna sein könnte, vorsichtig hinter ihr hergehen, während Lena im Hotelzimmer wartete.

Ihr Handy vibrierte. Eine Nachricht von Johann:

Sie kommt!

Lena öffnete die Tür einen Spaltbreit und trat hinter einen Wandvorsprung zurück. Wenig später klopfte jemand an die Tür und rief halblaut: »Martin?«

Als Lena hörte, wie die Tür leise zuschnappte, kam sie aus ihrem Versteck.

»Hallo!«, sagte Lena.

Die Frau schreckte zurück. »Wer …? Was?« Ihr Mantel, den sie über den Arm gelegt trug, fiel zu Boden. Sie senkte ihren Blick, sah aber gleich wieder zu Lena auf.

»Lena Lorenzen, LKA.« Lena zeigte der Frau ihren Ausweis. »Ich würde gerne mit Ihnen über Maren Witte sprechen.«

Die Frau machte einen Schritt nach hinten und stand jetzt direkt vor der Tür. »Warum? Was soll das hier alles? Ich … erwarte hier einen Bekannten.«

»Der wird nicht kommen«, sagte Lena. »Wollen wir uns setzen?« Sie trat zur Seite, um der Frau den Vortritt zu lassen.

»Nein. Ich will erst wissen, was das hier alles soll. Ich kenne keine …«

»Maren Witte ist tot«, unterbrach Lena sie. »Wir ermitteln in einem Tötungsdelikt.«

»Tot?« Die Frau sah Lena entsetzt an. »Und das«, sie schluckte schwer, »das Baby?«

»Ihr Kind lebt. Wollen wir uns nicht setzen?«

Weder rührte sich die Frau noch schien sie Lena gehört zu haben.

Lena trat einen Schritt auf sie zu und berührte sie sanft an der Schulter. »Wollen wir uns vielleicht setzen? Möchten Sie etwas trinken?«

Nach einer gefühlten Ewigkeit nickte die Frau und ließ sich von Lena ins Zimmer führen. Lena schenkte ihr ein Glas Wasser ein und setzte sich zu ihr an den kleinen Tisch. Zuvor hatte sie Johann eine Nachricht geschickt, dass alles in Ordnung sei.

»Wie darf ich Sie anreden?«, fragte Lena, nachdem die Frau einen Schluck Wasser getrunken hatte.

Die Frau sah sie verständnislos an.

»Wie ist Ihr Name?«

»Kim«, presste sie schließlich hervor. »Kim Buchner.«

»Frau Buchner, haben Sie verstanden, was ich Ihnen vorhin gesagt habe? Maren Witte ist tot, ihr Kind lebt.«

Kim Buchner sah auf. »Wann ist das …? Wo? Wer?«

»Maren ist tot in der Nordsee aufgefunden worden. Sie hatte eine Woche zuvor ihr Baby in einem Krankenhaus abgegeben. Es ist jetzt bei Pflegeeltern untergebracht.«

Kim Buchner nickte. »Nordsee? Hat Maren sich umge…« Sie brach ab.

»Nach unseren bisherigen Erkenntnissen war es kein Suizid. Darf ich Ihnen ein paar Fragen stellen?« Lena hatte inzwischen Johann den Namen von Kim Buchner geschickt. Er würde ihn direkt überprüfen.

Kim Buchner zuckte unsicher mit den Schultern.

»Seit wann kennen Sie Maren Witte?«

Stockend begann Kim Buchner zu erzählen. Wie Lena bereits vermutet hatte, kannten sich die beiden jungen Frauen aus dem Laufhaus in Kiel. Luna hatte zu dem Zeitpunkt, als Maren dort anfing, bereits zwei Jahre in dem Haus gearbeitet. Sie freundeten sich an und Luna nahm Maren unter ihre Fittiche. Maren wohnte damals in einer Einzimmerwohnung in Kiel-Gaarden und fuhr jeden Tag mit dem Fahrrad die zehn Kilometer zum Laufhaus und zurück. Später trafen sich die beiden jungen Frauen auch privat. Maren war, was ihre Vergangenheit anging, ausgesprochen verschlossen, während Kim ihr freimütig ihre ganze Lebensgeschichte erzählte. Wo und wovon Maren lebte, nachdem sie das Laufhaus verlassen hatte, wusste Kim Buchner nicht.

»An einem Abend, wir waren zusammen tanzen, hatte Maren ein paar Cocktails zu viel getrunken«, sagte Kim Buchner. »Sie fing dann einfach so an, von ihrer Familie zu erzählen. Sie wissen, dass sie auf dieser komischen Insel aufgewachsen ist?«

»Auf Pellworm. Ja, ich habe auch mit ihren Eltern gesprochen.«

»Und? Was haben die erzählt? Friede, Freude, Eierkuchen?«

Lena schwieg bewusst und wartete, bis Kim Buchner fortfuhr.

»Ich glaube, Maren ist immerzu vor ihrer Vergangenheit davongelaufen. Dieser Vater muss sie quasi in den Wahnsinn getrieben haben. Ich kenne solche Menschen, die dir alles vorschreiben und es trotzdem so aussehen lassen können, als wenn du es selbst wolltest. Maren sagte mir an diesem Abend, dass sie nie das Kind gewesen wäre, das sich ihr Vater gewünscht hat.«

»Was meinte sie damit?«, fragte Lena.

»Da kann ich nur raten. Wie gesagt, Maren war eigentlich sehr verschlossen. Nur wenn sie zu viel Alkohol getrunken hatte, fing sie an zu reden. Ich glaube, sie hat ihren Vater geliebt, konnte es ihm aber nie recht machen. Sie war nicht das toughe Mädchen, das sie allen vorgespielt hat. Ganz und gar nicht. Sie war voller Angst und Selbstzweifel. Deshalb ist sie auch diesem Mistkerl auf den Leim gegangen.«

»Mistkerl?«

»Das war nicht ihr erster Job in Kiel. Obwohl sie doch gerade erst volljährig war, als sie bei uns anfing. Das habe ich gleich gemerkt, aber wenn man sie fragte, hat sie immer gleich abgeblockt.« Kim Buchner seufzte. »Aber irgendwann hat sie es mir erzählt. Das war in Husum, wo sie alleine zur Schule gegangen ist. Der Typ war älter als sie, vier oder fünf Jahre, hat sie umgarnt und ihr die große Liebe vorgespielt. So gehen diese Mistkerle alle vor. Dabei haben die nur ein Ziel: Du sollst für sie anschaffen gehen. Sie war da noch nicht einmal siebzehn und sah mindestens zwei bis drei Jahre jünger aus. Ich habe ein Foto von ihr aus der Zeit gesehen. Eine Goldgrube für diesen Typen, der sie dann an alte Säcke verkauft hat. Und bevor Sie fragen, nein, dieser Mistkerl hat sie nicht geschlagen oder ihr irgendwie gedroht. Nein, die haben ihre Masche, sie quatschen und quatschen. Wissen Sie, was ich glaube?«

Lena schüttelte den Kopf. »Nein.«

»Ich glaube, dass ihr Erzeuger es genauso gemacht hat. Maren war sozusagen vorgeschädigt. Der hat die Grundlagen dafür gelegt, dass die Kleine auf diesen miesen Typen reingefallen ist. Der ist schuld. Der hat sie in den Abgrund gezogen. Maren war doch vollkommen unfähig, einen klaren Gedanken zu fassen. Wenn Sie verstehen, was ich meine. Sie war schon als Kind nur eine Marionette. Genau mit den Worten hat sie von ihrer Kindheit gesprochen. Fäden an Armen und Beinen und über ihr saß dieser Möchtegernvater und hat ihr in den Kopf geschissen.« Kim sah wütend auf. »Tut mir leid, wenn ich das so deutlich sage, aber genauso hat Maren mir das gesagt.«

»Hat Maren Ihnen erzählt, ob ihr Vater noch weiter ging?«

Kim Buchner zog die Augenbrauen zusammen. »Was meinen Sie damit? Ob er sich an ihr vergangen hat? Ob er einer dieser ekelhaften Pädophilen ist, die sich sogar an ihren eigenen Kindern vergreifen?«

»Zum Beispiel«, sagte Lena zurückhaltend.

Kim Buchner zögerte lange. »Sie meinen ...« Sie schloss die Augen und stöhnte leise. »Daran habe ich noch gar nicht gedacht. Ich sagte ja schon, Maren war sehr verschlossen. Nur manchmal hat sie ... aber das wissen Sie ja schon. Vielleicht hat sie Andeutungen in der Richtung gemacht. Ich muss gestehen, dass ich darauf nicht so geachtet habe.«

»Sie kennen den Mann, den Maren Witte in Husum kennengelernt hat?«

Kim Buchner rollte mit den Augen. »Nett ausgedrückt. Es war etwas mehr als ein Kennenlernen. Ich bin diesem Miststück nie begegnet, wenn Sie das meinen. Aber Maren hatte ein Foto von ihm.«

»In ihrer Wohnung? Wir haben dort kein Foto eines jungen Mannes gefunden.«

Kim Buchner lachte kurz auf. »Das konnten Sie auch nicht. Das Foto haben Maren und ich feierlich verbrannt. Sozusagen.

Als ich bei ihr zu Besuch war, habe ich es entdeckt, und als ich dann hörte … na ja, Sie können sich vorstellen, dass ich nicht begeistert war, dass sie immer noch das Foto mit sich herumschleppte.«

Lena nickte. »Verstehe. Würden Sie den Mann wiedererkennen?«

»Kommt auf einen Versuch an. Ist ja schon eine Weile her, dass ich das Foto gesehen habe.«

Lena zog die Aufnahme von Pavlovic aus ihrer Mappe und legte es Kim Buchner vor. Sie musterte es eine Weile und nickte schließlich.

»Definitiv, das ist er.« Sie warf Lena einen erschrockenen Blick zu. »Muss ich das jetzt etwa vor Gericht aussagen? Erfährt er das?«

»Keine Sorge, der Mann wurde schon durch mehrere Zeugen identifiziert. Eine Anklage im Zusammenhang mit der Zeit in Husum wird es vermutlich nicht geben. Maren kann nicht mehr aussagen und alles andere ist letztlich Hörensagen.«

Kim Buchner atmete erleichtert aus. »Der Typ ist gefährlich. Glauben Sie mir.«

»Wissen Sie, wo sich Maren während der zwei Wochen vor der Geburt ihres Kindes aufgehalten hat?«

Kim Buchner nickte. »Ja, sie war bei mir. Ich habe sie ins Krankenhaus gebracht, als ihre Fruchtblase geplatzt ist.«

»Welches Krankenhaus?«

Kim Buchner zögerte.

»Sie haben nichts zu befürchten, Frau Buchner«, sagte Lena. »Und Sie wollen doch auch, dass der Mörder von Maren gefasst wird, oder?«

»Ja, natürlich.« Sie seufzte leise. »Maren wollte unbedingt in ein Krankenhaus, in dem die Geburt auch ohne das ganze Drumherum begleitet wird.«

»Eine anonyme Geburt?«

»Ja, genau, so heißt das wohl. Am nächsten Tag habe ich sie wieder abgeholt.« Kim Buchner nannte Lena den Namen des Krankenhauses. »Dann sind die beiden noch fast eine Woche bei mir geblieben.«

»Wissen Sie, wo Maren hinwollte?«

»Nein, das wollte sie mir nicht verraten. Sie hat sich wieder in ihr Schneckenhaus zurückgezogen. Vor der Geburt, also die zwei Wochen bei mir, ist sie von Tag zu Tag mehr aufgetaut, hat mir von diesem Wanja … Sie kennen seinen Namen?«

»Ja, der ist bekannt«, sagte Lena.

»Haben Sie ihn denn schon verhaftet? Der hat doch was damit zu tun, da bin ich mir so was von sicher.«

»Wir kennen seinen Aufenthaltsort noch nicht. Aber das wird sich sicher bald ändern. Maren hat Ihnen also von Wanja erzählt?«

»Ja, nicht die Sachen von früher, da wusste ich ja schon genug. Nein, wann er wiederaufgetaucht ist und dass sie sich nicht wirklich wehren konnte. Ich konnte das zwar verstehen, aber habe trotzdem auf sie eingeredet, dass sich dieser Typ nicht einfach in Luft auflösen würde, nur weil sie das Schloss in ihrer Wohnung ausgewechselt hat. Ich habe geglaubt, dass Maren es irgendwann kapiert hätte. Aber dann ist sie stiller geworden, hat sich nur noch um ihr Baby gekümmert und …« Kim Buchner zuckte mit den Schultern. »Ich war am Ende mit meinem Latein. Was sollte ich noch machen? Ich hatte die ganzen Wochen schon nicht richtig gearbeitet. Immer war irgendwas. Verdammt, ich hätte sie nicht alleine lassen dürfen.«

»Was ist passiert?«, fragte Lena, als Kim Buchner nicht weitersprach.

»Nichts!«, antwortete Kim mit leicht genervter Stimme. »Oder doch, sie war plötzlich verschwunden, als ich wieder nach Hause kam. Da lag nur ein Zettel. Da hatte sie ein Herz draufgemalt, in dem *Danke!* geschrieben stand. Mehr nicht.«

»Wie ist Maren nach Hamburg gekommen?«

»Mit der Bahn, glaube ich. Warum?«

»Ist sie auch mit der Bahn zurück?«

»Weiß ich nicht. Sie hat mit mir nicht darüber gesprochen. Aber wie gesagt, in den Tagen bevor sie verschwunden ist, war sie nur am Grübeln. Ich bin einfach nicht mehr an sie herangekommen.« Sie schloss die Augen. »Vielleicht hatte ich auch nicht mehr die Kraft dazu.«

»Wissen Sie, wer der Vater des Kindes ist?«

Kim Buchner schüttelte den Kopf. »Nein, das wollte sie mir nicht sagen.«

»Hat Maren in den drei Wochen nie darüber gesprochen, wie es weitergehen sollte?«, fragte Lena.

»Nein, oder wenn, haben wir herumgeträumt. Eine große Wohnung für uns drei, einen ganz normalen Job für Maren und vielleicht auch für mich. Eine kleine Familie, Mutter, Tochter, Tante. Was für ein blöder Traum, der doch nie in Erfüllung gehen konnte. Zwei Huren, die zusammen ein Kind aufziehen. Was für eine Lachnummer.«

»Hatte Maren die«, Lena malte Anführungszeichen in die Luft, »Idee, dass Sie sich zu einer Familie zusammenschließen?«

Kim Buchner nickte. »Ja, und ich albernes Huhn war sofort Feuer und Flamme.«

Lena wiegte den Kopf hin und her. »Wenn Sie mich persönlich fragen, ich hätte es für eine gute Idee gehalten.«

Sechsundzwanzig

Nach dem Gespräch mit Kim Buchner fuhr Lena die Frau zum Bahnhof und verabschiedete sich dort von ihr. Im Büro wartete Johann auf sie.

»Und?«, fragte er. »Was hast du erfahren? Ihr habt ja ziemlich lange zusammengesessen.«

Lena gab ihm einen kurzen Bericht. »Wir lagen mit vielen Vermutungen schon richtig.«

»Pavlovic ist also definitiv unser Loverboy?«

»Ja, ich spreche mit der Staatsanwältin. Ob sie ihn zur Fahndung ausschreibt, würde ich allerdings bezweifeln. Bisher haben wir keinerlei Hinweise, dass er etwas mit dem Tod von Maren Witte zu tun hat. Zumindest unmittelbar.«

»Klingt nicht so, als ob du ihn für den Täter hältst«, warf Johann ein. »Bis jetzt haben wir zumindest keinen besseren.«

»Pavlovic ist verdächtig, keine Frage. Für die Zeit in Husum haben wir aber keinerlei Beweise. Selbst die Annahme, dass Maren Witte ihn bei den Kollegen angezeigt hat, ist nur eine Vermutung. Wir können Pavlovic nichts nachweisen.«

»Er ist nicht ordnungsgemäß gemeldet«, sagte Johann. »Lass ihn durch die Staatsanwaltschaft vorladen, er wird in der Wohnung nicht angetroffen oder besser noch, die Kollegen stellen fest, dass er dort lange nicht mehr gesehen wurde und faktisch dort nicht mehr wohnt. Dann wird die Staatsanwältin schon einen Haftbefehl erwirken.«

»Ist mir klar, Johann. Aber das dauert Tage, wenn nicht Wochen. Der Erfolg ist auch nicht absehbar. Pavlovic würde von dem Haftbefehl erfahren – du weißt doch, wie schnell solche Informationen durchsickern – und noch weiter abtauchen.« Lena sah auf die Uhr. »Wir machen Feierabend. Morgen früh um acht?«

»Wie geht es dir?«, fragte Erck, den Lena später am Abend von ihrer Wohnung aus anrief.

»Inzwischen besser«, sagte Lena. Sie lag auf dem Sofa, hörte Musik und aß dazu Pizza, die sie sich vom Italiener um die Ecke geholt hatte.

»Ich frage jetzt mal nicht, ob du was gegessen hast.«

Lena lachte. »Ein Stück Pizza ist noch übrig. Soll ich dir ein Foto schicken?«

Erck stöhnte. »Ich bin ein fürchterlicher Kontrollfreak, entschuldige. Ich werde mich bessern, versprochen.«

»Alles gut, Erck. Du meinst es ja nur gut. Ich ruhe mich jetzt aus, trinke noch eine gute Tasse Tee und dann gehe ich früh ins Bett. Und bei dir? Bist du mit dem Vertrag durch?«

»Per Handschlag ist alles besiegelt. Nächste Woche haben wir in Niebüll einen Termin beim Notar und dann …« Er brach ab.

»Schwingt da doch etwas Wehmut mit?«

»Ein ganz klein wenig«, gab Erck zu. »Aber es ist ja kein Abschied für immer. Wir werden sicher hin und wieder auf Amrum sein.«

»Nicht nur hin und wieder. Amrum ist mir auch wichtig, und das nicht nur weil Beke und mein Vater da leben.«

»Und ich werde das Haus behalten. Wer weiß, wenn wir älter sind, wollen wir ja vielleicht zurück.«

Lenas Blick wanderte unwillkürlich zu dem Schwangerschaftstest-Stäbchen, das neben dem Sofa auf dem Beistelltischchen lag. Sie atmete tief durch und antwortete: »Wer weiß, vielleicht gewinnen wir auch im Lotto und hören beide auf zu arbeiten.«

Erck lachte. »Also ich habe mir noch nie einen Schein gekauft. Du etwa?«

»Werde ich morgen mit anfangen.«

»Ist das dein Ernst?«

»Nein, oder vielleicht überlege ich es mir noch. Ein paar Millionen auf der hohen Kante wären doch ganz beruhigend.«

»Lena Lorenzen, weißt du überhaupt, wie ein Lottoschein aussieht?«

»Haben die sich denn großartig verändert? Das ist doch einfach eine Reihe von kleinen Kästchen, von denen man ein paar ankreuzen muss.«

»Ja, so ungefähr. Mein Vater hat sein Leben lang gespielt und nie etwas gewonnen. Ich möchte nicht wissen, was er alles mit dem Geld hätte anfangen können.«

»Wir haben mehr Glück«, warf Lena ein.

»Das stimmt, aber aufs Lotto würde ich das nicht beziehen.«

»Sondern?«

»Wir haben uns beide und, wer weiß, vielleicht ja auch irgendwann noch ein, zwei Schreihälse, die uns beide auf Trab halten.«

Lena schwieg. Wie waren sie nur auf das Glücksspielthema gekommen? Hatte sie mit der Flachserei angefangen, um genau das zu vermeiden, was jetzt geschehen war?

»Was ist?«, fragte Erck. »Durfte ich das jetzt nicht sagen?«

»Doch, natürlich. Ich weiß doch, wie sehr du dir Kinder wünschst. Warst du eigentlich bei Beke?«

»Ja, kurz zum Tee.« Erck erzählte von Lenas Tante, die sich auf die Hochzeit freute.

»Beke soll ja nicht auf die Idee kommen, Kuchen backen zu wollen oder sonst was«, sagte Lena. »Ich habe hier eine kleine Bäckerei, oder vielmehr Luise hat sie gefunden, die uns einen fantastischen Kuchen macht. Luise bringt ihn dann mit nach Amrum.«

Sie unterhielten sich noch eine Weile über die Hochzeitsfeier, bis Lena hörte, dass ein zweiter Anrufer bei ihr anklingelte. Sie schaute aufs Display: Florian Jungmann.

»Erck, ein Kollege ruft mich an. Wahrscheinlich hat er noch Neuigkeiten für mich. Ist es schlimm, wenn …«

»Kein Problem. Wir sehen uns ja vielleicht schon morgen.«

Sie verabschiedeten sich hastig, Lena nahm das Gespräch ihres Kollegen an.

»Moin, Florian! So spät noch am Arbeiten?«

»Immer doch! Ich glaube, ich habe ihn.«

»Pavlovic?«, fragte Lena und richtete sich im Sofa auf.

»Ja. Ein Kollege hat mir einen Tipp gegeben, ich habe die Wohnung observiert und vor fünf Minuten ist hier jemand vorbeigekommen, der dem Mann auf dem Foto verdammt ähnlich sieht.«

»Und jetzt?« Lena stand inzwischen und klopfte sich das Sweatshirt ab, das mit Pizzakrümeln übersät war.

»Genau das wollte ich dich fragen.«

»Wo bist du?«, fragte Lena, die bereits im Flur ihrer Wohnung stand.

Florian gab seinen Standort durch.

»Ich bin in einer Viertelstunde bei dir.«

Lena schlüpfte in die Schuhe und griff nach ihrer Jacke. Als sie bereits die Klinke der Wohnungstür in der Hand hatte, drehte sie sich abrupt um und lief ins Schlafzimmer. Seit dem Zwischenfall in ihrer Wohnung hatte sie sich eine zusätzliche

Schutzweste angeschafft. Sie zog ihre Jacke wieder aus, holte die Weste aus dem Schrank und zog sie an. Kurz darauf hastete sie die Treppe hinunter und lief auf ihren Wagen zu.

Lena parkte drei Fahrzeuge hinter dem ihres Kieler Kollegen, blieb kurz sitzen und schaute sich um, bevor sie ausstieg.

»Ist er noch drin?«, fragte Lena, als sie auf dem Beifahrersitz saß.

Florian Jungmann nickte und zeigte auf ein dreistöckiges Mietshaus. »Zwölf Namen stehen neben den Klingelknöpfen.« Er hob ein Fernglas hoch. »Vermutlich ist er bei jemandem in der Wohnung, den die Kollegen schon länger im Verdacht haben, Drogen als Mittelsmann weiterzugeben.«

»Dann wird Pavlovic sicher bald wieder rauskommen. Wie lange ist er jetzt drin?«

Florian Jungmann warf einen Blick auf die Uhr. »Dreiundzwanzig Minuten. Eigentlich schon zu lange für eine reine Übergabe.«

In diesem Augenblick wurde die Tür geöffnet, ein Mann trat auf den Gehweg und sah sich um. Florian Jungmann reichte Lena das Fernglas.

»Das ist er. Definitiv«, sagte Lena.

Pavlovic entfernte sich von ihnen. Lena öffnete die Autotür. »Ich gehe ihm nach, du bleibst im Auto und folgst uns.« Sie hatte sich zuvor ihre Bluetooth-Kopfhörer ins Ohr gesteckt. »Wir bleiben permanent über Handy in Kontakt.«

Ohne Florian Jungmanns Zustimmung abzuwarten, stieg Lena aus und verfolgte Pavlovic. Der junge Mann lief die Straße hinunter Richtung Innenstadt.

»Er scheint tatsächlich zu Fuß unterwegs zu sein«, sagte Lena. »Hörst du mich?«

»Ja, Empfang ist gut«, antwortete Florian Jungmann. »Wollen wir ihn stoppen?«

»Hör zu: Er geht gerade in die Thomasgasse. Kennst du die?«

»Ja!«

»Fahr um den Block herum und komm uns entgegen. Kurz bevor du auf ihn triffst, spreche ich ihn an.«

»Okay!«

Lena folgte Pavlovic in die Nebenstraße und rückte näher auf. Der junge Mann schien sich sehr sicher zu fühlen, er schaute weder zur Seite noch zurück. Als Lena den Wagen von Florian Jungmann bemerkte, lief sie die letzten Meter hinter Pavlovic her. Erst jetzt wandte er sich um.

»Polizei. LKA. Können Sie sich bitte ausweisen?«

Pavlovic griff fast im selben Moment mit der rechten Hand nach hinten und zog eine Pistole aus dem Hosenbund hervor. Lena wich instinktiv einen Schritt zurück, zog im selben Augenblick ihre Waffe und schrie: »Fallen lassen! Auf den Boden!«

Aus dem Augenwinkel nahm Lena wahr, dass Florian Jungmann aus dem Fahrzeug gesprungen war und mit gezückter Waffe auf sie zulief, während ihre Konzentration auf Pavlovic gerichtet blieb.

»Waffe runter!«, schrie Lena ihn ein weiteres Mal an.

In dem Augenblick schoss Pavlovic auf den Gehweg und ließ sich im selben Moment fallen, rollte sich zur Seite und sprang wieder auf, um gleich darauf auf einen Hauseingang zuzurennen.

Lena war erschrocken zurückgewichen. Die Kugel war von den Gehwegsteinen abgeprallt und hatte sie nur knapp verfehlt.

»Alles klar?«, rief ihr Florian Jungmann zu, der sich nach Lenas Nicken abrupt umdrehte und dem Flüchtenden hinterherlief.

»Florian!«, rief Lena ihm nach. »Stopp!«

Er blieb stehen, Lena erreichte ihn. »Wir fordern das SEK an.«

»Quatsch, wir holen ihn uns.«

»Du hast nicht einmal eine Schutzweste an.« Lena hatte bereits ihr Handy am Ohr. Mit kurzen Worten schilderte sie ihren Kollegen die Situation und bat um Unterstützung.

»Sollten wir nicht zumindest sicherstellen, dass er nicht nach hinten raus ist?«, fragte Florian Jungmann.

»Ich kenne diese Art von Häusern. Es gibt keinen Hinterausgang.«

Florian Jungmann zog sich kopfschüttelnd zurück. »Dann fahre ich mal das Auto zur Seite. Du kommst hier alleine zurecht?«

Nach einer guten Viertelstunde stoppten zwei schwarze Vans auf der Straße, acht SEK-Beamte sprangen aus den Wagen, einer von ihnen kam auf Lena und Florian Jungmann zu.

»Carsten Vogler. Ich leite die Einheit«, stellte er sich vor.

Lena hielt ihm ihren Ausweis hin und zeigte auf den Hauseingang. »Wanja Pavlovic. Wir«, sie zeigte auf Florian Jungmann, »wollten mit ihm sprechen. Er hat seine Waffe gezogen und auf mich geschossen. Das ist jetzt genau zwanzig Minuten her.«

Der SEK-Einsatzleiter nickte und reichte Lena und Florian Jungmann ein Funkgerät mit Kopfhörer. »Wir fangen in den Kellerräumen an. Zwei Mann lasse ich hier zurück. Und Sie beide halten sich bitte im Hintergrund.«

Die Haustür war angelehnt, die Männer betraten hintereinander den Flur, der erste trug einen großen Schutzschild mit Sichtfenster. Lena und Florian warteten vor der Tür, bis sie über Funk die Meldung bekamen, dass der Keller *sauber* sei. Dann folgten sie dem SEK-Trupp mit etwas Abstand ins Treppenhaus.

Auf jedem Stockwerk des vierstöckigen Gebäudes befanden sich drei Wohnungstüren. In der ersten Wohnung öffnete eine alte Dame, die drei Beamte in ihre Wohnung ließ. Gleichzeitig hatte sich das zweite Team die nächste Wohnung vorgenommen. Als niemand öffnete, klingelten sie an der dritten Tür. Ein Mann um die fünfzig ließ sie nach einer kurzen Erklärung herein und wartete, wie seine Nachbarin, auf dem Flur.

Beide Teams kamen nach wenigen Minuten zurück, bei der dritten Wohnung wurde ein weiteres Mal geklingelt, und als niemand öffnete, machte sich einer der Männer daran, die Tür mit Spezialwerkzeug zu öffnen. Nach wenigen Sekunden trat er zur Seite, drei seiner Kollegen arbeiteten sich langsam in die Wohnung vor.

Lena blieb an der Tür stehen, hörte, wie ein Zimmer nach dem nächsten freigegeben wurde, bis die SEK-Beamten wieder in der Wohnungstür erschienen.

Vogler zeigte auf die Treppe. »Der erste Stock.«

Wieder ging der Polizist mit dem Schutzschild vor, die anderen folgten ihm. Die ersten beiden Wohnungen waren schnell durchsucht, bei der dritten öffnete eine Frau um die fünfzig.

»Ja, bitte?«, fragte sie.

Lena trat, als sie die Stimme hörte, sofort einen Schritt zur Seite, um die Frau besser sehen zu können.

»Frau Hansen?«, fragte Vogler und lächelte die Frau an.

»Ja«, sagte die Frau kaum hörbar.

»Wir führen hier eine polizeiliche Aktion durch und müssten Ihre Wohnung kurz sichten. Sie sind alleine?«

»Mein Mann«, sie brach ab, fügte aber dann hinzu: »Mein Mann ist nicht da.«

»Können wir kurz Ihre Woh…«

»Nein, das geht nicht. Da müssen Sie schon warten, bis mein Mann zurück ist.«

Lena hatte sich inzwischen nach vorne gedrängelt und stand jetzt neben Carsten Vogler. »Hat Ihr Mann Spätschicht?«

Frau Hansen sah Lena verwirrt an. »Spätschicht?« Sie schüttelte sich leicht. »Ja, ja. So ist das. Er kommt erst später. Viel später. Können Sie nicht morgen wiederkommen?«

Lena warf dem SEK-Einsatzleiter einen warnenden Blick zu, er nickte. Lena beugte sich zu Frau Hansen vor und flüsterte ihr ins Ohr. »Ist Ihr Mann in der Wohnung?«

Die Frau hielt die Luft an und starrte Lena an.

»Wir können Ihnen helfen. Wird er von jemandem festgehalten?«

Frau Hansen nickte kaum merkbar.

»Im Wohnzimmer?«

Wieder eine vorsichtige Kopfbewegung, die Lena als Nicken interpretierte. Sie drehte sich zu Vogler um, sprach leise mit ihm und fragte anschließend, wieder zu Frau Hansen gewandt, deutlich hörbar: »Wann kommt Ihr Mann zurück?« Gleichzeitig zog sie die Frau zu sich her und machte damit Platz für Vogler und seine Leute.

Frau Hansen schlug mit entsetzten Augen die Hand vor den Mund, während Lena laut sagte: »Also in zwei Stunden?« Sie machte eine kurze Pause. »Dann kommen wir noch einmal zurück.« Einer der SEK-Männer, die auf dem Flur standen, hatte inzwischen Frau Hansen zu sich geholt und brachte sie in Sicherheit.

Lena horchte in die Wohnung hinein, machte zwei Schritte vor und lauschte erneut. Als sie um die Ecke trat, gab Carsten Vogler gerade ein Zeichen. Einer der SEK-Männer riss die Tür auf, zwei seiner Kollegen stürmten ins Zimmer, Vogler folgte als Letzter.

»Ein Verletzter«, rief einer der SEK-Beamten.

Vogler kam aus dem Zimmer, sah Lena und schüttelte den Kopf. Er sprach währenddessen mit seinen Leuten vor dem Haus. Pavlovic schien aus dem Fenster entkommen zu sein. Lena drehte sich hastig um und rannte aus der Wohnung die

Treppe hinunter, vorbei an dem verdutzten Florian Jungmann, nahm zwei bis drei Stufen auf einmal und stand wenig später schwer atmend vor dem Haus. Die beiden SEK-Männer hatten sich getrennt, jeder von ihnen stand an einer Hausecke und sah nach oben. Lena schloss kurz die Augen, um sich zu orientieren. Das Wohnzimmer musste Fenster nach Süden haben. Sollte Pavlovic aus dem Fenster geflüchtet sein, wäre er auf der Rückseite des Hauses angelangt. Lena hatte zuvor aus einer der Wohnungen gesehen, dass hier nur ein kleiner Rasenstreifen an das Nachbargrundstück grenzte. Die Häuser hier hatten eine größere Gartenfläche. Ob es dort Durchgänge zur Straße gab, wusste Lena nicht.

Im nächsten Augenblick rannte sie los, umrundete den Häuserblock und stand wenig später nach Atem ringend in der parallel zur Thomasgasse verlaufenden Straße. Am anderen Ende der Straße lief ein Mann von der Statur Pavlovics auf die Hauptstraße zu. Im Laufen informierte sie Vogler und blieb kurz vor Ende der Straße mit schmerzenden Seitenstichen stehen. Langsam ging sie in die Knie.

Kurz darauf kam ihr einer der schwarzen Vans entgegen und hielt neben ihr, Vogler sprang raus und half ihr auf.

»Er ist wie vom Erdboden verschluckt«, sagte der SEK-Einsatzleiter. »Meine Leute sind ausgeschwärmt, aber ich fürchte …« Er zuckte mit den Schultern. »Dumm gelaufen.«

»Wie geht es dem Mann in der Wohnung?«

»Er hat eine Kopfverletzung, Ihr Kollege ist bei ihm. Der Rettungswagen müsste jeden Augenblick eintreffen.«

Lena nickte und zeigte auf den Van. »Kann ich mit zurückfahren?«

Siebenundzwanzig

Erst kurz nach Mitternacht verließen Lena und Florian Jungmann das Mietshaus. Die Kriminaltechniker hatten die Spuren gesichert. Auf der Straße fanden sie die Kugel, die um ein Haar Lena getroffen hätte, in der Wohnung nahmen sie Fingerabdrücke und suchten nach DNA-Spuren. Spätestens morgen Vormittag würden sie mit Sicherheit wissen, ob sie Wanja Pavlovic verfolgt hatten oder jemanden, der ihm ähnlich sah.

Florian Jungmann fuhr Lena zurück zu ihrem Auto. Bevor Lena ausstieg, warf sie ihrem Kieler Kollegen einen letzten Blick zu. »Nicht ganz so gelaufen, wie wir uns das erwünscht hätten. Aber wir kriegen ihn.«

»Du hattest recht mit den SEK-Kollegen. Das hätten wir nicht alleine geschafft. Sorry!«

»Alles gut, Florian. Ich wäre auch um ein Haar ins Haus gelaufen. Ich melde mich morgen bei dir. Danke erst mal für deine tolle Unterstützung. Man kann nicht immer gewinnen.«

Florian Jungmann lächelte. »Leider! Vielleicht wäre er sogar mein Mann gewesen. Vielleicht hat er ja auch Christina Meier zusammengeschlagen.«

Lena seufzte. »Lass uns da morgen drüber sprechen. Ich bin hundemüde und kann keinen klaren Gedanken mehr fassen.«

Lena drehte sich zum gefühlt hundertsten Mal auf die andere Seite. Seit einer Stunde versuchte sie einzuschlafen. Immer wieder sah sie die Szene vor sich: Pavlovic griff nach hinten, zog seine Waffe und richtete sie auf sie. War der Schuss auf die Steine gewollt gewesen oder ein Versehen? War eigentlich sie das Ziel gewesen und Pavlovics Waffe war nur zu früh losgegangen? Hätte sie selbst vorher reagieren und einen Schuss auf Pavlovic abgeben sollen? Erst als sie zurück in ihrer Wohnung war und langsam zur Ruhe kam, war ihr bewusst geworden, in welcher Gefahr sie geschwebt hatte. Und ihr ungeborenes Kind. War sie zu unvorsichtig gewesen? Hätte sie sich längst von der Arbeit freistellen lassen sollen? Was würde Erck sagen, wenn er von dem Vorfall hörte?

Lena stand auf und öffnete das Fenster. Kalte Nachtluft strömte ihr entgegen, sie schloss die Augen. Ab sofort würde sie sich von jedem Einsatz fernhalten, der auch nur im Entferntesten nach Gefahr roch. Sie schloss das Fenster und legte sich zurück ins Bett.

Auf dem Weg zum LKA hielt Lena an einer Apotheke und kaufte einen weiteren Schwangerschaftstest. Bevor Erck am Abend zurück in Husum sein würde, wollte sie den zweiten Test machen und ihn damit überraschen.

»Guten Morgen!«, begrüßte Johann Lena, als sie in seinem Büro vorbeischaute. »Ich habe das mit gestern Abend schon gehört. Heftige Sache. Und Pavlovic ist jetzt auf der Flucht?«

Lena griff nach einem an der Wand stehenden Stuhl und setzte sich vor Johanns Schreibtisch. »Alles halb so wild.« Sie hielt inne. »Ich muss dich da um was bitten. Kein Wort zu Erck über gestern Abend.«

»Aber …« Johann zog die Augenbrauen zusammen. »Bist du dir sicher? Ich meine, so schlimm war es doch nicht, hast du gerade gesagt.«

»Er macht sich seit der Sache in meiner Wohnung zu viele Gedanken. Du kennst ihn doch. Es ist besser, wenn er nichts weiß. Johanna solltest du das auch nicht erzählen.«

»Okay, ich schweige. Im Grunde genommen dürfen wir ja auch gar nicht mit Außenstehenden über Interna sprechen.«

»Danke.«

»Ich habe übrigens die letzte Nummer auf Maren Wittes Handyliste identifiziert. Für unsere Ermittlungen nicht wichtig. Was mir allerdings aufgefallen ist: Nachdem Maren Witte aus Kiel nach Hamburg geflohen war, gab es keine weiteren Anrufe, weder von ihr noch zu ihr. Kann es sein, dass sie noch ein zweites Handy besaß? Eventuell auch ein nicht registriertes wie Kim Buchner?«

Lena nickte. »Darüber habe ich auch schon nachgedacht. Nur, wie sollen wir das finden, sollte es eins geben oder gegeben haben?«

»Sie hat ja zumindest den Hamburger auf Pellworm angerufen. Wie war noch sein Name?«

»Janto Knudsen.«

»Genau«, sagte Johann. »Können wir ihn nicht fragen, ob er die Nummer gespeichert hat?«

»Kannst du das übernehmen? Seine Daten stehen im Protokoll. Hast du schon den Beschluss wegen der Rechnung von Marens Küche?«

Johann schüttelte den Kopf. »Beantragt. Heute oder morgen können wir damit rechnen.«

»Ich spreche nachher noch mit Kollege Jungmann, dann schreibe ich die fehlenden Berichte und mach mich dann auf den Weg nach Husum, um mit Ole Johannes Bechler zu vernehmen. Morgen werde ich dann vermutlich nach Pellworm weiterfahren.«

»Wieder alleine?«

»Ja, ich glaube, das ist besser, als wenn wir da zu zweit auflaufen. Wenn ich Unterstützung brauche, ist Kollege Eben immer sehr hilfsbereit. Und er kennt fast jeden auf der Insel.«

Johann nickte. »Dann halte ich hier die Stellung. Wer weiß, vielleicht wird Pavlovic ja bald aufgegriffen.«

Lena stand auf. »Dann würde ich sofort zurückkommen.«

»Ich halte dich auf dem Laufenden.«

Bevor Lena Kiel Richtung Husum verließ, schaute sie bei Florian Jungmann vorbei.

»Gut geschlafen?«, fragte Lena nach der Begrüßung.

»Schon bessere Nächte gehabt«, murmelte ihr Kollege. »Die Fahndung läuft aber auf Hochtouren. Wenn Pavlovic noch in Kiel ist, sollten wir ihn in ein paar Tagen haben. Es sei denn, er verkriecht sich in irgendeinem dunklen Loch.«

»Ich fahre heute nach Husum und anschließend nach Pellworm. Du kannst mich jederzeit auf dem Handy erreichen. Ansonsten ist mein Kollege Johann Grasmann hier in Kiel. Wir arbeiten gemeinsam an dem Fall.« Sie reichte ihm Johanns Visitenkarte.

»Okay. Sollten wir Pavlovic finden, ist Untersuchungshaft sicher kein Problem. Wir hätten also auch reichlich Zeit, ihn zu vernehmen.«

Lena nickte. »Ich melde mich bei dir, wenn ich zurück bin.«

Auf dem Weg nach Husum klingelte Lenas Handy. Sie nahm das Gespräch an. »Lena Lorenzen, LKA.«

»Bist du im Auto?«, fragte Erck.

»Ja, entschuldige. Mit der Freisprechanlage sehe ich den Namen nicht. Wo bist du?«

»Auf Amrum«, antwortete er und Lena erahnte am Klang seiner Stimme, was kommen würde. »Ich kann heute noch nicht fahren. Tut mir schrecklich leid.«

»Was ist passiert? Ist etwas mit Beke?«

»Nein, dann hätte ich dich längst angerufen. Ihr geht es gut. Es gibt Probleme mit einem Ferienhaus. Ich muss morgen früh auf die Handwerker vom Festland warten und die Reparaturen mit ihnen durchsprechen. Gegen Mittag kann ich aber fahren.«

»Schade. So wie es im Moment aussieht, bin ich morgen auf Pellworm. Ich hatte eigentlich geplant, dort zu übernachten.«

»Und wenn du die letzte Fähre nimmst? Lass doch einfach dein Auto auf der Insel stehen. Ich hole dich auf Nordstrand ab und bringe dich am nächsten Tag wieder hin. Was meinst du?«

»Das hängt davon ab, wann ich mit den Zeugen sprechen kann. Erck, lass uns das morgen besprechen. Dann weiß ich sicher mehr.«

»Okay.« Ercks Stimme klang enttäuscht.

»Ich denke, der Fall ist bald abgeschlossen. Anschließend nehme ich mir ein paar Tage frei. Was hältst du davon?«

»Klingt gut.«

»Hey Erck! Jetzt mach es mir nicht so schwer. Das ist mein Job. Ich kann es mir nicht immer aussuchen, wann ich wo bin und ob ich vor Ort übernachten muss.«

»Ich weiß doch, Lena. Vielleicht telefonieren wir noch heute Abend?«

»Machen wir. Ganz sicher. Ich bin spätestens um zwanzig Uhr zu Hause. Allerspätestens.«

»Meldest du dich dann?«

»Ja, ganz bestimmt.« Lena schickte einen Kuss durchs Telefon und verabschiedete sich mit einem Kloß im Hals von Erck.

»Alles gut bei dir?«, fragte Ole, als Lena sich zu ihm an den Tisch setzte.

»Du hast es schon gehört?«

»Ja, die Buschtrommel ist schnell, das weißt du doch. Pavlovic ist euch entwischt? War Johann eigentlich dabei?«

Lena berichtete Ole von den Ereignissen des letzten Abends und bat auch ihn, gegenüber Erck Stillschweigen zu bewahren.

Ole warf ihr einen erstaunten Blick zu, schien etwas sagen zu wollen, nickte aber schließlich.

Lena seufzte. »Ich erzähle es Erck ja, aber ich muss dafür den richtigen Augenblick finden.«

Ole nickte. »Wollen wir über unsere Strategie für Bechler sprechen?«

»Ja, was haben wir?«

Lena betrat nach Ole den Vernehmungsraum. Am Tisch saß ein Mann Ende zwanzig mit schulterlangen schwarzen Haaren, ungepflegtem Bart und dunklen Augenringen.

»Guten Tag, Herr Bechler«, begann Ole. »Vielen Dank, dass Sie gekommen sind.«

Bechler rollte mit den Augen. »Können wir endlich loslegen? Ich habe noch anderes zu tun.«

»Gerne«, sagte Ole, stellte Lena vor und startete die Bandaufnahme. Nach der Belehrung und Nennung von Ort, Uhrzeit und Anwesenden stellte Ole die erste Frage.

»Sie haben vor einigen Jahren hier in Husum gewohnt. In dem Haus, in dem Sie gemeldet waren, lebten weitere Personen.«

»Sehr gut recherchiert, Herr Kommissar«, warf Johannes Bechler unaufgefordert ein.

»Unter anderem wohnte dort mit Ihnen zusammen ein junges Mädchen, das hier in Husum aufs Gymnasium ging. Maren Witte. Ist das richtig?«

»Kann sein. So genau erinnere ich mich nicht.«

»Sie erinnern sich nicht an Maren Witte?«

Bechler warf Ole einen spöttischen Blick zu. »Muss ich das?«

»Beantworten Sie doch bitte einfach meine Fragen«, entgegnete ihm Ole mit ruhiger Stimme.

»Kann sein, kann nicht sein.«

»Ich würde vorschlagen, Sie denken noch einmal darüber nach«, sagte Ole und beugte sich zum Mikrofon vor. »Die Befragung wird unterbrochen.« Er stoppte die Aufnahme und stand auf. Lena folgte ihm. »Möchten Sie etwas trinken? Wasser, Kaffee, Tee?«

Als Johannes Bechler nicht antwortete, wandte sich Ole ab und ging zusammen mit Lena aus dem Vernehmungsraum.

»Kaffee?«, fragte Ole, als sie in seinem Büro saßen.

»Wasser wäre gut.«

Ole reichte ihr ein Glas und öffnete eine Flasche. »Bitte. Seit wann trinkst du keinen Kaffee mehr?«

Lena seufzte in Gedanken. Ole Kotten war ein guter Beobachter. Er hatte vermutlich schon die wenigen Puzzleteile zusammengefügt und ahnte, dass sie schwanger war. Lena schenkte sich ein und trank einen Schluck. »Werden wir Bechler knacken?«

Der Anflug eines Schmunzelns erschien auf Oles Gesicht, aber er ging auf ihre Frage ein. »Ich denke schon. Ich kenne diese Typen.«

»Weiß er, dass Maren Witte tot ist?«

»Ich glaube nicht. In den Zeitungen stand kein Name, er hat keinen Bezug zu Pellworm. Nein, er kann es eigentlich nicht wissen.«

Achtundzwanzig

Ole zog den Stuhl vor und wartete, bis Lena sich gesetzt hatte, bevor er das Aufnahmegerät startete und Uhrzeit und Anwesende nannte.

»Haben Sie noch einmal über meine Frage nachgedacht, Herr Bechler?«

Johannes Bechler tat so, als wenn er die Frage nicht gehört hätte, und sah sich im Raum um.

»Herr Bechler!«

»Sie nerven! Und wenn ich sie kenne, was dann? Ich verstehe die ganze Prozedur hier nicht. Darf man inzwischen mit niemandem mehr bekannt sein?«

»Maren Witte ist tot aufgefunden worden«, sagte Lena. »Das LKA ermittelt mit Unterstützung der Husumer Polizei.«

»Wollen Sie mich verarschen?«

»Nein, Herr Bechler. Maren ist tot und es war weder ein Unfall noch Suizid.«

»Mord?« In seinen Augen spiegelte sich Entsetzen wider. »Wer sollte Maren ermorden?«

»Sie kannten also Maren Witte?«

»Ja, verdammt. Das wissen Sie doch längst. Maren hat bei uns in der WG gewohnt. Und? Das haben viele.«

»Sie waren eng mit ihr befreundet?«, fragte Lena weiter.

»Das war eine WG, natürlich kennt man sich da.«

Lena nickte. »Erzählen Sie mir etwas über Maren, als sie von Pellworm zu Ihnen nach Husum zog?«

»Ich glaube kaum, dass dich das etwas angeht«, fuhr Bechler Lena an. »Kann ich jetzt gehen?«

Ole beugte sich vor. »Nein, Herr Bechler. Wir sind noch nicht fertig.«

Bechler lehnte sich auf dem Stuhl zurück und verschränkte seine Arme. »Ich schon!«

Ole schlug die Mappe auf, die er vor sich liegen hatte, und zog ein bedrucktes Blatt heraus. »Wie ich hörte, haben Sie in Flensburg Ärger mit den Kollegen von der Drogenfahndung?« Er schob das Blatt zu Bechler hinüber. »Sie suchen händeringend nach Ihnen. Ich habe gestern mit dem zuständigen Staatsanwalt gesprochen.«

Bechler warf einen Blick auf das Dokument, das Ole ihm über den Tisch geschoben hatte, und erstarrte.

»Ein Haftbefehl«, sagte Ole ohne Häme in der Stimme. »Wussten Sie das nicht?«

Bechler schüttelte mechanisch den Kopf.

»Wie gesagt, ich habe mit dem Flensburger Staatsanwalt gesprochen. Er wäre unter Umständen bereit, den Haftbefehl außer Kraft zu setzen. Vorausgesetzt, Sie melden sich innerhalb der nächsten vierundzwanzig Stunden in Flensburg.«

Bechler zögerte. »Und wenn nicht?«

»Dann werde ich Sie gleich vorläufig festnehmen und nach Flensburg überführen lassen. Allerdings glaube ich nicht, dass das heute noch passieren kann. Vielleicht sogar nicht einmal morgen. Wir sind im Moment ausgesprochen unterbesetzt.«

»Wollen Sie mir drohen?«, fuhr Bechler Ole an. Lena spürte aber, dass sein Widerstand nachließ und er über Oles Vorschlag nachzudenken schien.

»Aber nein, Herr Bechler. Das dürfen wir nicht, und ganz ehrlich, das haben wir auch nicht nötig. Allerdings habe ich noch eine Nachricht vom Staatsanwalt. Er könnte sich, sollten Sie mit uns bezüglich Maren Witte kooperieren, durchaus vorstellen, Ihnen einige Pluspunkte anzurechnen.«

Bechler atmete tief durch. »Was wollen Sie wissen?«

»Ich fragte vorhin nach Maren, als sie zu Ihnen in die WG zog«, sagte Lena. »Wie kam es überhaupt dazu? Was für einen Eindruck hatten Sie von ihr? Hat Maren von ihrer Vergangenheit erzählt?«

Johannes Bechler legte den Kopf in den Nacken. »Fragen über Fragen. Wo soll ich anfangen? Okay, es war ein Zufall, dass Maren bei uns in der WG anfragte. Wir hatten ein Zimmer frei, ein kleines Zimmer, und einer von uns hatte das im Netz gepostet. Maren hat das zufällig gesehen und ist dann vorbeigekommen. Wie gesagt, das Zimmer war nicht groß und es war schwierig, dafür jemanden zu finden. Deshalb war die Auswahl an Leuten nicht so groß.«

»Hatten ihre Eltern keine Bedenken?«

»Keine Ahnung. Ich habe ihre Alten nie gesehen. Maren hat gesagt, dass alles okay wäre, und keiner hat gemeckert. Warum auch, so waren wir nicht drauf. Sie hat bezahlt, oder ihre Alten, und gut war's.«

»Maren war die Jüngste bei Ihnen?«, fragte Lena weiter.

»Warum fragen Sie das, wenn Sie es schon wissen. Sagen Sie doch einfach, worauf das hier hinausläuft. Bin ich etwa verdächtig?«

»Nein, wir vernehmen Sie als Zeuge«, sagte Ole. »Erzählen Sie uns doch einfach etwas über Maren. Wie war sie?«

Bechler zögerte lange, bevor er sich schließlich mit der Hand durch die Haare fuhr. »Jung und naiv, wie wir alle mal waren. Sie war total verletzlich, hat aber auf cool gemacht.«

»Sie haben sich mit ihr angefreundet?«, fragte Lena.

Johannes Bechler warf ihr einen misstrauischen Blick zu. »Wollen Sie mir was anhängen? Ich weiß, dass Maren am Anfang noch keine sechzehn war. Ich habe nichts mit ihr gehabt, weder am Anfang noch später. Sie sah doch wie eine Vierzehnjährige aus. Auf so was stehe ich nicht und habe ich auch nie gestanden.«

»Das hat auch niemand von uns vermutet, Herr Bechler. Auch wenn Sie keine sexuelle Beziehung zu Maren hatten, waren Sie sehr gut mit ihr befreundet. Ist das richtig?«

»Wenn Sie es unbedingt wissen wollen, ja, Maren war in mich verknallt. Ich wollte nichts von ihr, aber sie hing oft bei mir rum und da haben wir halt viel miteinander gequatscht. Wir lagen auf einer Wellenlänge, keine Ahnung, warum. Im Kopf war sie viel älter als sechzehn. Ja, wir waren befreundet. Maren würde wahrscheinlich sagen, ziemlich dicke befreundet. So was hängt doch nicht vom Alter ab.«

»Was hat sie so erzählt? Worüber haben Sie mit ihr gesprochen?«, versuchte Lena es weiter. Johannes Bechler war ein schwieriger Gesprächspartner und schien bei jeder Frage eine ihm gestellte Falle zu vermuten. Oder lenkte er bewusst ab, um nicht in schwierige Fahrwasser zu kommen?

»Alles und jedes. Sie ist öfters mal nicht in die Schule gegangen. Da hatte sie Zeit und war bei mir auf dem Zimmer. Worüber haben wir gesprochen? Sie wusste nicht so recht was mit ihrem Leben anzufangen. Auf Schule hatte sie eigentlich keinen Bock, aber ihre Eltern haben sie wohl mehr oder weniger dazu gezwungen. Studieren wollte sie auch nicht, sie hat ja dann auch mit der Schule aufgehört. Aber das wissen Sie ja sicher.«

»Sie haben mit Maren über ihre Eltern gesprochen?«

»Eigentlich nicht. Maren war da mehr so verschlossen. Aber wenn sie«, er schluckte, »wenn sie was getrunken hatte, verfluchte sie ihre Alten, dass die Wände wackelten. Ihr Erzeuger ist so ein Altachtundsechziger, aber nur im Kopf. Und die Mutter, keine Ahnung, darüber hat Maren nie gesprochen.«

»Was hat sie noch von ihrem Vater erzählt?«, fragte Lena.

Bechler warf Lena einen erschrockenen Blick zu. »Ach verdammt, ich habe das nie geglaubt. Ist das etwa wahr?«

»Was genau meinen Sie?«

»Jetzt tun Sie nicht so, als wenn Sie davon noch nichts gehört hätten. Ihr Erzeuger hat sie missbraucht. Das laberten damals doch fast alle. Das war so eine Masche.«

»Was genau hat Maren gesagt?«

»Er hat ihr sicher ins Gehirn geschissen, aber sie angefasst? Das waren doch Geschichten.«

»Können Sie uns trotzdem die Geschichten erzählen?«, bohrte Lena nach.

»Wenn Sie das unbedingt hören wollen. Himmel, da muss ich nachdenken. Wie war das denn noch? Ihr Alter hat sie mit nach Kiel geschleppt. Stimmt. Von zu Hause, also da auf der Insel, hat sie nie gesprochen.«

»Wie alt war Maren zu dem Zeitpunkt?«

Johannes Bechler zuckte mit den Schultern. »Ich glaube, das wusste sie selbst nicht mehr so genau. Mal hat sie davon gesprochen, dass sie klitzeklein war, dann wieder war sie bestimmt über zehn. Was weiß ich, zwölf oder vielleicht auch mehr.«

»Woran haben Sie das festgemacht?«

»Weiß ich auch nicht mehr. Vielleicht hat sie von der Schule gesprochen oder von anderen Dingen. Ich hatte auf jeden Fall den Eindruck, sie sei zwölf oder so gewesen.«

»Warum haben Sie ihr nicht geglaubt?«, fragte Ole.

»Ist das jetzt auch schon ein Verbrechen?«, platzte Johannes Bechler heraus. Er hatte sich dabei etwas vom Stuhl gehoben, sank aber gleich wieder zurück. Lena spürte, dass er stärker unter Druck stand, als er zugeben wollte.

»Nein, es geht hierbei nicht um Sie«, sagte Lena. »Um ehrlich zu sein, Sie sind nicht der Erste, der uns davon berichtet. Umso wichtiger ist es für uns, Fakten sammeln zu können. Es kommt nicht selten vor, dass Tötungsdelikte mit Dingen aus der Vergangenheit zu tun haben.«

»Wenn Sie meinen …«

»Dann wiederhole ich noch einmal die Frage meines Kollegen. Wieso ha…«

»Schon gut«, schnitt Bechler Lena das Wort ab. »Ich habe es ja verstanden.« Er raufte sich die Haare und atmete einmal tief durch. »Warum habe ich ihr nicht geglaubt? Sie rückte ja nicht so richtig damit raus, nur wenn sie einen intus hatte. Okay, vielleicht ist Maren tatsächlich von ihrem Erzeuger missbraucht worden. Ich bin keiner dieser Psychoheinis. Woher sollte ich das wissen?«

»Das konnten Sie nicht«, beruhigte Lena Johannes Bechler. »Erzählen Sie trotzdem.«

»Keine Ahnung. Es kam immer so stoßweise bei Maren, ich meine diese Storys über ihren Alten. Ich habe damals wohl gedacht, dass sie einfach von ihm enttäuscht worden ist. Keine richtige Liebe, nur diese vorgegaukelte. Machen doch viele aus der Generation. Dann hat sie immer wieder die Zeiten durcheinandergebracht. Mal Baby, mal Teenie, wer soll das denn glauben? Und wenn man nachgefragt hat, was denn genau abgelaufen ist, war es so, als würde sie aus einem Traum erwachen. Manchmal lachte sie dann und tat so, als ob sie mich verarscht hätte. Ein anderes Mal ist sie fuchsteufelswild geworden. Fast ausgerastet. Ich habe das auf das miese Dope geschoben. Vielleicht war das ja falsch.«

»Maren hat also konkret davon gesprochen, dass ihr Vater sie missbraucht hat?«, fragte Ole.

»Verdammt, hätte ich gewusst, dass das mal wo wichtig ist, hätte ich es mir besser gemerkt. Im Prinzip hat sie schon davon gesprochen, hat ihren Alten verflucht und zum Teufel gewünscht. Da war aber noch mehr. Es kam so rüber, als wäre sie immer noch in ihn verschossen. Klar, klingt idiotisch, aber so war es irgendwie.«

Ole Kotten sah Bechler fragend an.

»Ja, ich denke, Maren hat mit dem Finger auf ihren Erzeuger gezeigt. Aber ich glaube, er war das nicht alleine. Nur so eine Ahnung. Und mehr kann ich dazu auch nicht sagen.«

»Gut, stellen wir das Thema erst mal zurück«, sagte Lena und zog das Foto von Wanja Pavlovic aus der Mappe. »Kennen Sie diesen Mann?«

Johannes Bechler warf einen kurzen Blick auf die Aufnahme und stöhnte. »Klar kenn ich den. Wanja Arschloch. Was ist mit dem?«

»Woher kennen Sie ihn?«

Er rollte mit den Augen. »Das wissen Sie doch auch längst. Er hat Maren angebaggert und ihr ins Gehirn geschissen. Wahrscheinlich bin ich sogar schuld.«

»Warum Sie?«

»Himmel, ich mochte Maren wirklich, aber so mehr auf eine brüderliche Art.« Bechler sah zwischen Lena und Ole hin und her. »Ja, ich seh schon, das glauben Sie mir nicht. Aber es war so. Hab ich nicht schon gesagt, dass Maren in mich verschossen war?«

»Ja, das haben Sie«, bestätigte Lena.

»Genau, dann ist sie halt, also Maren, immer mal wieder zu mir ins Bett gekrochen. Ich habe mir nichts dabei gedacht. Sie hatte schlecht geträumt oder konnte nicht einschlafen. Oft habe ich es auch gar nicht bemerkt, wenn sie gekommen ist. Oder nur so im Halbschlaf, und dann war sie morgens auch wieder weg.«

»Aber dabei blieb es nicht?«, fragte Lena.

»So ist es leider. Sie kam eines Nachts vollkommen nackt zu mir ins Bett. Ich bin nicht prüde, eher das Gegenteil. Hab natürlich wieder geschlafen und bin dann aufgewacht. Bevor ich überhaupt klar denken konnte, war ihre Hand in meiner Hose. Verdammt, mein Pimmel ist dann auch noch hart geworden. Das passiert doch automatisch. Da dachte sie wohl …« Bechler verstummte.

»Was ist dann passiert?«, fragte Lena nach einer Weile des Schweigens.

»Nichts. Ich habe erst vorsichtig versucht, ihr klarzumachen, dass sie gehen soll. Ich wusste doch, wie empfindlich sie ist. Aber sie ließ nicht locker. Da bin ich halt deutlicher geworden. Ich habe nicht geschrien oder so. Ich habe ihr gesagt, dass ich sie mag, sogar sehr, aber dass das mit uns nichts wird. Sie hat das wohl nicht verstanden und ist dann irgendwann heulend aus meinem Zimmer gerannt. Das war das letzte Mal, dass sie bei mir im Bett war.«

»Haben Sie später noch einmal mit Maren darüber gesprochen?«

Johannes Bechler schüttelte den Kopf. »Nein, Maren ist dann wieder mal abgetaucht für ein paar Wochen. Und dann …« Bechler klopfte mit dem Finger auf das Foto von Wanja Pavlovic. »Dann kam dieses Arschloch. Keine Ahnung, wie Maren auf diesen schleimigen Typen reinfallen konnte. Er hat ihr wohl die ewige Liebe geschworen und …« Johannes Bechler schluckte schwer.

»Ihr Verhältnis zu Maren hat sich nicht wieder verbessert?«, fragte Lena.

»Nicht wirklich. Als dieser Mistkäfer auftauchte, war ich erst mal vollkommen abgemeldet. Ja, ich war damals etwas eingeschnappt, als Maren mich so links liegen gelassen hat. Kindische Reaktion, aber so war das halt.«

»Warum war Marens Verhältnis zu Wanja für Sie so problematisch?«, fragte Lena weiter.

»Ich hatte das verdammte Gefühl, dass er sie auf den Strich schickt. Diesem kleinen Wichser ging es doch nur ums Geld. Und bevor Sie fragen, nein, ich habe keine Beweise. Bin ich die Polizei? Warum kümmert die sich nicht um so was? Wenn man etwas Gras in der Tasche hat, wird man hopsgenommen, aber wenn Kinder auf den Strich geschickt werden, ist niemand weit und breit zu sehen.«

»Hätte Maren ihn angezeigt, wäre er nicht so schnell wieder freigekommen«, sagte Ole. »Wir können nicht überall sein.«

Lena nickte. »Leider. Können Sie uns noch etwas über Wanja erzählen?«

»An eine Sache erinnere ich mich noch wie heute. Wir hatten von der WG eine große Feuerschale im Garten. Eines Nachts habe ich aus meinem Fenster Maren und diesen Mistkerl gesehen. Sie verbrannten Fotos und Marens Tagebuch.«

Lena horchte auf. »Ein Tagebuch?«

»Ja, Maren schrieb für ihr Leben gern. Das Tagebuch war ihr Ein und Alles. Dem durfte niemand zu nahe kommen. Es wäre vor Wanja Arsch undenkbar gewesen, dass Maren das Buch vernichtet. Da wären alle ihre Gedanken und Gefühle drin, hat sie mir mal gesagt. Ich habe am nächsten Tag nachgesehen. Das Buch war verbrannt. Der Umschlag war noch gut zu sehen, deshalb bin ich mir auch so sicher, dass es ihr Tagebuch war.«

Neunundzwanzig

»Und?«, fragte Ole. »Hat dich die Vernehmung jetzt weitergebracht?«

Sie saßen nach der Befragung zusammen in Oles Büro. Johannes Bechler war mit der Auflage entlassen worden, sich am nächsten Tag in Flensburg zu melden.

»Du kennst doch das Spiel. Ein Puzzleteil kommt zum nächsten. Ja, mir ist so einiges klar geworden. Bechler scheint nicht unser Mann zu sein. Im Gegenteil, wenn du mich fragst, hat er sich in den letzten Jahren reichlich Vorwürfe gemacht.«

»Maren hat nie wieder Kontakt zu ihm aufgenommen«, warf Ole ein.

»Ja, das Band zwischen den beiden war wohl zerrissen. Allerdings hatten auch wir Schwierigkeiten, Bechler zu finden. Vielleicht hat sie es ja versucht.«

»Wie geht es weiter? Soll ich noch die beiden anderen WG-Mitglieder befragen?« Bechler hatte ihnen die Telefonnummern von Gitta und Moni gegeben, die eine wohnte in Bremen, die andere in Berlin.

»Wenn du die Zeit hast, wäre es gut, wenn du sie telefonisch befragen könntest. Wenn die beiden Bechlers Aussage im

Großen und Ganzen bestätigen, können wir ihn komplett von der Liste streichen.«

»Geht in Ordnung. Und du? Fährst du nach Pellworm?«

»Das war eigentlich mein Plan, vor allem, da immer mehr Hinweise auftauchen, dass Claus Witte Maren missbraucht hat.«

Ole wiegte den Kopf hin und her. »Dir ist schon klar, dass der Vater ohne die persönliche Aussage von Maren Witte niemals angeklagt wird? Selbst wenn dieses Tagebuch nicht verbrannt wäre und alle Einzelheiten dort zu finden gewesen wären, würde ein Verfahren irgendwann eingestellt werden.«

»Schon, Ole. Was wäre, wenn Maren ihren Vater erpressen wollte? Mit ihrer Aussage wäre es auf jeden Fall zu einer Anklage gekommen.«

»Du hast den Vater als Täter in Verdacht?«

»Ich bin zwiegespalten. Auf der einen Seite sehe ich den trauernden Vater und nehme ihm seinen Schock über den Tod seiner Tochter ab, auf der anderen Seite häufen sich die Hinweise auf sexuellen Missbrauch. Wie und ob das zusammenhängt, kann ich dir noch nicht sagen.«

»Das klingt nach einem schweren Weg«, sagte Ole und zog dabei die Augenbrauen hoch.

Unausgesprochen hörte Lena den Nachsatz *und das in deinem Zustand*. Sie stand auf. »Einen Versuch ist es wert. Solange wir Pavlovic nicht haben, werde ich dieser Spur nachgehen.«

Auf der kurzen Fahrt vom Husumer Polizeirevier nach Hause rechnete Lena nach, wie lange sie jetzt schon von ihrer Schwangerschaft wusste. Gefühlt waren es Wochen, tatsächlich nicht einmal zwei Tage. Ahnte Ole wirklich etwas? Lena war sich sicher, dass er schweigen würde, so wie er über den gestrigen Vorfall kein Wort verlieren würde. Als sie vor ihrem Haus parkte, blieb sie eine Weile sitzen und dachte darüber nach, ob sie Erck gleich von der Schwangerschaft hätte erzählen sollen. War das ein schlechter Start für ihren gemeinsamen neuen Lebensabschnitt? Eine kleine Notlüge, sagte Lena sich, die niemandem wehtat. Trotzdem würde sie sich entscheiden müssen. Entscheiden zwischen Beruf und Familie, zumindest für einen festgelegten Zeitraum. Der Schuss am Vortag hatte ihr klargemacht, dass alles andere Augenwischerei wäre. Sie konnte keine drei Monate verstreichen lassen, bevor sie ihre Schwangerschaft bei Nielsen meldete. Gab es einen anderen Ausweg? Sie konnte sich krankschreiben lassen. Nach all den Jahren harter Arbeit fürs LKA würde sich niemand deshalb empören. Aber entsprach das ihrer Art von Arbeitsauffassung? Nein, es musste eine andere Lösung geben.

Lena duschte, aß etwas und legte sich anschließend mit einem Buch aufs Sofa. Kaum hatte sie die erste Seite gelesen, klingelte ihr Handy. Sie schaute aufs Display und nahm das Gespräch an.

»Hallo, Florian, gibt es etwas Neues?«

»Pavlovic ist bisher nicht aufgetaucht. Sein Foto liegt in allen Streifenwagen und auf allen Schreibtischen in Kiel. Da müssen wir warten. Aber deshalb rufe ich nicht an. Christina Meier ist aus dem künstlichen Koma zurückgeholt worden. Aber ich kann noch nicht mit ihr sprechen.«

»Wann?«

»Frühestens morgen Nachmittag. Sollten allerdings Komplikationen auftreten, kann es länger dauern. Der behandelnde Arzt hat mir ehrlich gesagt keine großen Hoffnungen gemacht.«

»Okay, ich weiß Bescheid. Sonst gibt es keine Neuigkeiten?«

»Leider nein.«

»Wie gesagt, ich bin rund um die Uhr auf dem Handy zu erreichen.«

Lena verabschiedete sich von ihrem Kieler Kollegen und legte das Handy zur Seite. Sie stand auf, überlegte, ob sie noch einen Spaziergang machen sollte, entschied sich erst dagegen und wenig später dafür.

Lena sog die frische Abendluft tief ein. Die Sonne näherte sich orangegelb dem Horizont, zwei Möwen schossen über sie hinweg Richtung Nordsee. An den letzten zwei Tagen war sie kaum zur Ruhe gekommen und von einer Befragung zur nächsten Observation oder Besprechung gehastet. Als Nächstes stand ihr zweiter Pellworm-Einsatz an. Sie hatte zwar auf der Fahrt nach Husum mit Thomas Eben gesprochen und ihn gebeten, ein Zimmer für sie zu buchen, aber auf seine Frage, wen sie treffen und befragen wolle, hatte sie keine richtige Antwort gefunden. Würde Claus Witte überhaupt mit ihr sprechen? Und wenn, würde er das Gespräch nicht sofort abbrechen, wenn auch nur im Entferntesten die Sprache auf einen möglichen sexuellen Missbrauch an seiner Tochter käme? Und Bettina Witte? Hatte sie tatsächlich in all den Jahren – vorausgesetzt, Maren wurde von ihrem Vater missbraucht – nichts bemerkt? Hatte sie weggesehen? Würde sie jetzt reden? Und Leefke Theemann? Sie hatte Maren fast genauso nahegestanden wie die Eltern. Ja, Leefke war im gleichen Alter wie Maren gewesen. Konnte man von einem Kind verlangen, dass es die Symptome richtig deutete? Wohl kaum. Konnte es trotzdem sein, dass Leefke etwas bemerkt hatte, was sie im Nachhinein vergessen oder verdrängt hatte? Und Jan Krönke? Lena mochte den wortkargen Fischer, wurde aber nicht schlau aus ihm. Hatte er mehr Kontakt zu Maren gehabt, als er bisher zugegeben hatte? Immerhin schien er der Einzige auf Pellworm zu sein, dem Maren von ihrer Schwangerschaft erzählt hatte.

Lenas Handy klingelte. »Hallo, Erck!«

»Hallo! Tut mir leid, dass ich mich erst jetzt melde. Ein Riesenchaos, das sage ich dir. Ich bin nicht mal sicher, ob ich hier morgen wegkomme.«

»So schlimm?«

»Ich musste erst mal eine Unterkunft für die drei Handwerker besorgen. Wären sie auch noch zurückgefahren, dann … Ach, lass uns über etwas anderes sprechen. Bist du draußen?«

»Ja, ich habe einen kleinen Spaziergang gemacht, um den Kopf etwas freizubekommen.«

»Ich liege hier vollkommen fertig auf dem Bett. Vielleicht schleppe ich mich gleich noch in die Dusche. Sag, dir geht es gut?«

»Ja, Erck! Hör auf, dir immer Sorgen zu machen. Ich bin schon erwachsen.«

»Entschuldige, ich versuche doch schon, mich etwas zurückzuhalten. Immer klappt es halt nicht.«

»Alles gut, Erck. Ruh dich jetzt aus und morgen sehen wir weiter.«

Lena, die früh am nächsten Morgen zwei Stunden vor Abfahrt der Fähre eintraf, lief im Hafenbereich herum und zeigte dort das Foto von Wanja Pavlovic vor. Keiner der Hafenmitarbeiter hatte ihn am fraglichen Tag gesehen. Lena verteilte Visitenkarten und bat um Rückruf, sollte jemandem noch etwas einfallen.

Auf der Fähre führte sie ihre Befragung fort.

»Erinnern Sie sich an den Tag vor ungefähr drei Wochen, an dem so plötzlich Seenebel aufkam?«, fragte sie einen der Fährmitarbeiter, einen jungen Mann Anfang zwanzig.

»Klar! Worum geht's?«

Lena zeigte ihm das Foto. »War an dem Tag dieser Mann auf der Fähre?«

Er musterte die Aufnahme und zuckte mit den Schultern. »Ich bin hier nicht der mit dem guten Gedächtnis.« Er kratzte sich am Kopf. »Ja, der Typ kommt mir vage bekannt vor, aber beschwören könnte ich es auf keinen Fall. Was hat er denn gemacht? Hängt das mit der Frau zusammen, die von unserer Fähre ins Wasser gesprungen ist?«

»Das kann ich Ihnen nicht beantworten. Wer in der Crew hat denn ein besseres Personengedächtnis?«

»Fragen Sie mal Hannah. Die erinnert sich immer an alles. Sie müsste gleich im Kiosk sein.«

Lena nickte und machte sich auf den Weg. Am Kiosk wartete sie fünf Minuten, bis die Rollläden hochgezogen wurden. Eine Frau Anfang zwanzig lächelte sie an. »Was darf es sein?«

Wieder nannte Lena ihren Namen und fragte nach dem Tag des Seenebels, an den sich Hannah Rother gut erinnern konnte. Sie legte ihr das Foto vor und bat sie, es sich in Ruhe anzuschauen.

»Klar, den kenne ich. Der war an diesem Tag hier. Das war die Fähre um zehn, mit der wir später da auch in der dicken Suppe gelandet sind.«

Lena stockte der Atem. Sollte es so einfach sein? »Sie waren an diesem Tag auch im Kiosk?«

Hinter Lena räusperte sich jemand. Sie trat zur Seite und wartete, bis Hannah den Mann bedient hatte.

»Ja«, sagte Hannah schließlich. »Ich habe ihn hier getroffen. Er wollte ein Bier, aber Alkohol geben wir hier nicht aus. Da hat er rumgemosert und schließlich eine Cola genommen.«

»Schauen Sie sich das Bild noch einmal gründlich an. Es ist sehr wichtig.«

Hannah zuckte mit den Schultern. »Muss ich nicht. Aber wenn Sie es unbedingt wollen.« Sie griff nach dem Foto und betrachtete es noch einmal. »Etwas jünger ist er hier. Kann das sein?«

»Vier Jahre«, bestätigte Lena.

»Hätte ich jetzt auch mal geschätzt. Kann ich noch was für Sie tun?«

Lena zeigte ihr das Foto von Maren Witte. »Nee, kenne ich nicht.«

Sie nahm die Personalien von Hannah Rother auf und bat sie, am nächsten Tag nach Husum aufs Polizeirevier zu kommen, um das Protokoll zu unterschreiben. »Fragen Sie nach Hauptkommissar Ole Kotten.«

»Kein Thema. Ich habe morgen frei und wohne ja in Husum.«

Lena bedankte sich, suchte sich eine ruhige Ecke und rief Florian Jungmann an.

»Verdammt, vielleicht hängt echt alles zusammen«, sagte er, nachdem Lena ihm einen kurzen Bericht gegeben hatte. »Pavlovic hat nicht nur Maren Witte über Bord geworfen, sondern auch Christina Meier angegriffen. Vielleicht wusste sie von der Verbindung zwischen Witte und Pavlovic und wollte ihn erpressen.«

»Wäre bei ihm etwas zu holen gewesen?«

»Vielleicht schon. Ich hätte dich auch gleich angerufen. Die Kriminaltechnik hat sich gemeldet. Bei der Durchsuchung der Wohnung, über die Pavlovic geflüchtet ist, haben sie Kokainrückstände an der Toilette gefunden. Außerdem wurde eine Plastiktüte runtergespült beziehungsweise der Versuch gemacht. Die Tüte ist nicht weit gekommen, die Kollegen haben sie weiter unten aus dem Abfluss rausgefischt. Ebenfalls Rückstände. Der Größe nach zu urteilen hatte Pavlovic an dem Tag einen größeren finanziellen Verlust. Wir tippen auf zehntausend Euro, eventuell mehr.«

»Deshalb ist er geflüchtet, als ich ihn angesprochen habe.«

»Bei seiner Vorstrafe ein guter Grund. Und als er geschossen hatte, blieb ihm nur noch die weitere Flucht aus der Wohnung.«

»Wir brauchen ihn unbedingt lebend«, sagte Lena.

»Hey, was denkst du von unseren Leuten?«

»War nicht so gemeint, Florian. Ich habe nur laut gedacht. Wenn Pavlovic bei seiner Verhaftung wieder die Waffe zieht …«

»Schon klar. Ich veranlasse auf jeden Fall, dass ich sofort benachrichtigt werde, wenn Pavlovic gesichtet wird. Vielleicht ist er ja schon nicht mehr in Deutschland. Wer weiß.«

»Glaube ich nicht. Erstens muss er für den Verlust des Kokains geradestehen und zweitens hat er anderorts nicht die Kontakte wie in Kiel.«

»Wir werden sehen.«

Lena verabschiedete sich von Florian Jungmann und schickte Johann und Ole eine Textnachricht mit der Bitte, gegen neun Uhr ein Videomeeting mit ihr einzuplanen.

Als Lena gerade zum Unterdeck zu ihrem Auto gehen wollte, rief ihr jemand hinterher. Sie wandte sich um, Hannah Rother kam auf sie zugelaufen.

Sie blieb schwer atmend vor ihr stehen. »Ich muss mal wieder etwas für meine Fitness tun.« Sie beugte sich vor und stützte sich mit den Händen auf ihre Knie. »Mir ist noch etwas eingefallen.«

Lena deutete auf eine ruhige Ecke. »Lassen Sie uns dorthin gehen.«

»Also«, begann Hannah Rother, als sie weit genug vom Strom der anderen Fahrgäste entfernt standen. »Dieser Typ auf dem Foto, ich habe ihn auf der Rückfahrt gesehen. Er stand oben an der Reling. Ich habe mich noch gewundert, weil es regnete.«

»Wann war das?«

»Das ist ja das Komische. Er scheint mit der gleichen Fähre zurückgefahren zu sein.«

Ein weiteres Puzzleteil rückte an die richtige Stelle. »Das ist eine wichtige Information. Danke. Ich nehme es ins Protokoll auf. Sie haben mir wirklich geholfen.«

»Wird der jetzt verhaftet?«

Lena lächelte. »Dazu darf ich nichts sagen, Frau Rother.«

»Schon okay. Vielleicht lese ich ja bald was in der Zeitung darüber.«

»Machen Sie's gut«, verabschiedete sich Lena von der jungen Frau.

Dreißig

Thomas Eben begrüßte sie herzlich und bot ihr eine Tasse Tee an.

»Ich habe noch niemanden informiert, dass Sie wieder auf der Insel sind«, sagte Eben. »Claus Witte und seine Frau sollten allerdings zu erreichen sein.«

»Ich wollte zuerst mit Leefke und Jan sprechen. Können Sie vielleicht nachfragen, wo ich sie finde?«

Eben nickte und schenkte Lena Tee ein.

Lena öffnete ihren Laptop. »Ich müsste kurz mit meinen Kollegen sprechen. Sie können gerne dabeibleiben, dann sind Sie gleich auf dem neuesten Stand.«

Lena wählte sich ein, bisher war weder Johann noch Ole auf der Seite. Sie goss Sahne in den Tee und trank einen Schluck.

»Was sagt die Gerüchteküche?«, fragte sie Thomas Eben.

»Es wird viel Unsinn geredet. Natürlich hat sich inzwischen herumgesprochen, dass Marens Tod kein Suizid war. Jetzt wird heftig spekuliert, was das Ganze mit Pellworm zu tun haben könnte.«

»Und? Spielt Claus Witte dabei eine Rolle?«

Der Inselpolizist wiegte den Kopf. »Zumindest insofern, als Claus sich mehr um seine Tochter hätte kümmern sollen. Das Übliche halt, im Nachhinein wissen die Leute es immer besser.«

»Gibt es noch Konkreteres?«

»Was meinen Sie genau?« In Ebens fragendem Blick erkannte Lena auch seine Sorge um Pellworm.

»Ich will ehrlich sein. Wir haben inzwischen von verschiedenen Seiten Hinweise, die auf einen sexuellen Missbrauch von Maren Witte hinweisen.«

Eben sah erschrocken auf. »Claus? Das ist aber jetzt nicht Ihr Ernst.«

»Leider schon. Das ist einer unserer Ermittlungsansätze.«

»Das ist ...« Thomas Eben schluckte schwer. »Bettina hätte das niemals zugelassen.«

»Es wird also nichts in dieser Hinsicht geredet?«

»Nein, da bin ich mir ganz sicher.«

Johann meldete sich, gleich darauf Ole.

»Hallo, ihr beiden. Kollege Eben sitzt hier bei mir. Ich habe ihm gerade von unserem Verdacht des sexuellen Missbrauchs berichtet.«

Johann und Ole nickten. Lena erzählte von ihren Befragungen vor und auf der Fähre und der Zeugenaussage von Hannah Rother.

»Damit wäre wohl der Sack zu«, sagte Johann.

Lena wiegte zweifelnd den Kopf.

»Du bist nicht so davon überzeugt, Lena?«, fragte Ole.

»Pavlovic war sicher nicht zufällig auf der Fähre. Was genau vorgefallen ist und wie es zu dem Aufeinandertreffen kam, werden wir noch herausbekommen. Wir sollten erst mal weitermachen wie abgesprochen. Und Johann, bitte noch keine Info über die neue Entwicklung an Nielsen.«

»Die Chefin hat mich heute Morgen schon angesprochen«, sagte Johann. »Ich habe ihr gesagt, dass du wieder auf Pellworm bist. Ich soll dir sagen, dass sie einen Bericht wünscht. Heute noch.«

Lena rollte mit den Augen. »Sie wird sich schon wieder beruhigen.«

»Der Beschluss wegen der Küchenrechnung ist noch nicht da«, sagte Johann. »Ich hake noch einmal nach.«

»Kannst du bitte auch Roland Gries noch einmal gründlich unter die Lupe nehmen?«, fragte Lena. »Ich werde das Gefühl nicht los, dass er mehr mit der ganzen Sache zu tun hat.«

Johann nickte.

»Und außerdem bitte vor allem Claus Witte«, fügte Lena hinzu. »Ich will alles wissen, egal wie lange es her ist.«

»Notiert!«

»Okay, dann an die Arbeit. Ich melde mich.« Lena hob kurz die Hand zum Abschiedsgruß und beendete die Videoschalte.

»Wer ist dieser Pav…«, fragte Thomas Eben.

»Wanja Pavlovic. Maren hat ihn während ihrer Husumer Schulzeit kennengelernt. Er hat sie zur Prostitution gezwungen.«

»Aber …« Der Inselpolizist schluckte schwer.

»Ja, sie war noch minderjährig. Später ist Maren nach Kiel geflüchtet und hat dort als Sexarbeiterin in einem Laufhaus gearbeitet.«

»Wissen das Claus und Bettina schon?«, fragte Eben mit gedämpfter Stimme, als befürchte er, jemand könnte sie hören.

»Nein. Und bitte geben Sie die Information an niemanden weiter.«

Thomas Eben sah sie leicht empört an. »Selbstverständlich nicht.«

Lena nickte. »Wir wissen auch noch nicht, ob diese und andere Informationen aus Marens Vergangenheit überhaupt eine Rolle für den Fall spielen.« Sie hielt kurz inne. »Könnten Sie jetzt kurz wegen Leefke und Jan nachfragen?«

Lena parkte vor dem Schulgebäude und betrat den Kindergarten. Leefke Theemann empfing sie im Flur und führte sie wieder in den Aufenthaltsraum der Mitarbeiter.

»Sie haben noch Fragen wegen Maren?«

Lena nickte. »Wir haben inzwischen Hinweise bekommen, die Marens Vergangenheit betreffen.«

»Über Husum und Kiel weiß ich nichts. Da hat Maren nie wirklich was erzählt.«

»Es geht mir mehr um die Zeit, als Sie gemeinsam hier zur Schule gingen. Sagen wir, als Sie zwischen elf und vierzehn Jahre alt waren.«

»Ja?«

»Kann ich auf Ihre Verschwiegenheit zählen?«, fragte Lena, die beschlossen hatte, sich vorsichtig an das Thema heranzutasten. Einer Zeugin so wichtige Details wie den Verdacht auf Kindesmissbrauch mitzuteilen war eine Gratwanderung, die Lena eine Dienstaufsichtsbeschwerde einbringen konnte.

»Ja, natürlich. Ich habe auch niemandem von unserem ersten Gespräch erzählt.«

»Danke. Nach unseren Informationen muss in diesen zwei oder drei Jahren etwas sehr Prägendes für Maren vorgefallen sein. Ist Ihnen etwas aufgefallen?«

Leefke Theemann zögerte lange, bis sie stockend anfing zu antworten. »Ich hätte … Sie auch … noch angerufen. Ich habe lange … also nach unserem Gespräch habe ich viel über … ja, über Maren nachgedacht. Ich war damals auch ein Kind und … ich glaube, ich habe die ganze Sache einfach verdrängt.«

»Erzählen Sie es einfach so, wie Sie es in Erinnerung haben.«

»Es gab eine Zeit … so im Nachhinein weiß ich nicht mehr so genau, in welchem Schuljahr wir waren. Aber zwölf könnten wir beide wohl gewesen sein.«

Leefke Theemann schloss ihre Augen und schwieg eine Weile.

»Was ist damals passiert?«, fragte Lena mit zurückhaltender Stimme.

Leefke schlug die Augen wieder auf und schien in die Gegenwart zurückzukommen. Sie atmete flach, ihre Hand zitterte. »Maren hat plötzlich abgenommen. Was Magersucht ist, wusste ich damals noch nicht. Erst fand ich es sogar gut …« Sie lächelte matt. »Ich hatte schon immer Probleme mit der Figur, auch wenn ich mir zu der Zeit noch nicht wirklich viele Gedanken darüber gemacht habe. Ich dachte, sie will abnehmen, und habe sie auch immer wieder gefragt, wie sie das macht. Wie Kinder in dem Alter halt sind. Schrecklich naiv.«

»Was hat Maren geantwortet?«, fragte Lena, als Leefke Theemann wieder in ihre Gedanken versunken schien.

»Sie hätte keinen Hunger, ihr Bauch täte weh und solche Sachen. Aber es war nicht nur die Gewichtsabnahme. Sie war plötzlich nicht mehr so wie vorher. Heute würde ich sagen: Sie hatte Depressionen. Damals fand ich es komisch, dass sie nicht mehr die Klassenbeste war, keine Lust mehr hatte, stundenlang mit mir zu quatschen. Natürlich habe ich das dann erst mal auf mich bezogen, habe versucht, etwas an meinem Verhalten zu ändern. Das hat aber nicht geklappt.«

»Und was passierte dann?«, fragte Lena.

»Es wurde wieder besser, normaler, auch wenn Maren immer noch nicht die Alte war. Aber wir haben wieder über alles gesprochen und Maren hat auch hin und wieder bei mir übernachtet. Dabei hat sie es mir dann erzählt.«

Leefke Theemann schloss wieder die Augen und schien in die Zeit zurückzukehren, als sie elf oder zwölf Jahre gewesen war. Lena wartete, bis sie weitersprach.

»Sie müssen wissen, dass ich zu der Zeit noch nicht wirklich aufgeklärt war. So ungefähr war mir klar, was zwischen Mann und Frau passiert, aber mehr auch nicht.«

Lena nickte.

»Ja, und Maren machte dann so Andeutungen, die ich überhaupt nicht verstanden habe. Sie sprach von Männern und von dem Ding zwischen den Beinen. Ich habe nachgefragt, ganz naiv. Sie hat es dann als Scherz oder so abgetan, aber Wochen später, Maren hatte erneut bei mir übernachtet, sprach sie wieder davon. Es würde wehtun, schrecklich weh. Aber sie hätte Creme und dann … So genau kann ich die Gespräche nicht wiedergeben. Und ich weiß auch nicht, ob ich da inzwischen etwas hinzudichte.« Leefke Theemann sah Lena an. »Sie verstehen, was ich meine? Als Erzieherinnen sind wir ja angehalten, darauf zu achten, ob Kinder Anzeichen von … sexuellem Missbrauch zeigen. Heute weiß ich das, aber damals …«

»Sie müssen sich absolut keine Vorwürfe machen, Frau Theemann. Sie waren ein Kind. Und Marens Freundin.«

Leefke Theemann nickte. »Ja, das war ich. Ihre beste Freundin. Und inzwischen frage ich mich, ob ich versagt habe, als Freundin. Wie konnte es nur so weit kommen?«

Lena legte Leefke eine Hand auf die Schulter. »Sie waren ein Kind«, wiederholte sie.

»Gibt es nicht für alles Entschuldigungen? Spätestens im Herbst letzten Jahres hätte ich für Maren da sein müssen. Jan hat mir gesagt, dass Maren ihm von der Schwangerschaft erzählt hat. Warum hat sie mir nichts gesagt?«

»Das weiß ich nicht, Frau Theemann. Nach meinen Recherchen war Maren ausgesprochen vorsichtig. Davon waren selbst gute Freundinnen nicht ausgenommen.«

Leefke Theemann nickte. »Ja, das mag sein.«

»Können wir noch einmal zu der Zeit zurückkehren, in der Maren Ihnen von einem möglichen sexuellen Missbrauch erzählt hat?«

»Wo war ich denn stehen geblieben?« Leefke legte den Kopf in den Nacken. »Ja, stimmt. Ich habe von Maren erzählt, die zu der Zeit häufiger bei mir übernachtet hat. Es gab dann, als wir nachts zusammen in einem Bett lagen und uns unterhielten, diese Andeutungen.«

»Kam Marens Vater auch in den Erzählungen vor?«, fragte Lena.

»Genau über diese Frage habe ich mir in den letzten Tagen den Kopf zerbrochen. Heute ist mir natürlich klar, dass in diesen Fällen häufig Familienangehörige die Täter sind, aber damals …« Leefke atmete tief durch. »Wenn wirklich etwas passiert ist, dann müssen doch die Eltern etwas damit zu tun haben, oder?«

Lena ließ die Frage unbeantwortet. »Konkret benannt hat Maren ihren Vater aber nicht?«

Leefke Theemann warf ihr einen ängstlichen Blick zu. »Würde es denn jetzt, wo Maren tot ist, noch zu einem Prozess kommen? Und müsste ich da aussagen?«

»Das halte ich für ausgesprochen unwahrscheinlich. Bisher lassen sich die Vorwürfe nicht beweisen. Sie beide waren noch Kinder, niemand kann von Ihnen verlangen, dass Sie sich wortwörtlich an Gespräche erinnern, die weit über zehn Jahre her sind.«

Leefke Theemann sah Lena erstaunt an. »Haben andere auch davon berichtet?«

»Tut mir leid, dazu darf ich nichts sagen.«

»Also ja.« Leefke sprang auf und lief zum Fenster und zurück, ohne es geöffnet zu haben. »Bin ich also doch nicht verrückt. Hat er Maren das angetan?«

Lena zeigte auf den Stuhl. »Setzen Sie sich doch bitte wieder.«

Leefke zögerte kurz, zog aber dann den Stuhl vor und setzte sich.

»Ich würde Sie noch einmal bitten, Stillschweigen über unser Gespräch zu bewahren.«

Leefke schüttelte ärgerlich den Kopf. »Was könnte man einem Kind Schlimmeres antun als das?«

»Frau Theemann …«

»Ja, ich werde nichts sagen. Auch wenn es mir schwerfällt. Sehr schwer sogar.«

»Darf ich noch einmal fragen, ob Maren ihren Vater konkret benannt hat?«

»Ich weiß es nicht mehr. Vielleicht wollte ich es damals auch nicht hören, weil ich doch Claus Witte kannte. Kinder schützen sich doch automatisch vor Bedrohungen.«

»Hat Maren davon gesprochen, wo das passiert ist?«

»Nicht auf Pellworm.«

»Hat sie das gesagt?«, hakte Lena nach.

Leefke Theemann rieb sich mit der flachen Hand mehrfach über die Stirn. »Das weiß ich gar nicht. Meine Antwort war ganz spontan. Ich habe gar nicht darüber nachgedacht. Es muss ja fast so sein, oder? Sie war auch immer mal wieder mit ihrem Vater unterwegs. Alleine konnte sie ja nicht bleiben, wenn ihre Mutter auch nicht zu Hause war.«

Lena saß im Auto vor der Schule. Leefke Theemann war vor ein paar Minuten von ihrem Vater mit dem Auto abgeholt worden. Lena hatte noch eine Viertelstunde versucht, mehr von ihr zu erfahren, hatte dann aber abgebrochen, weil sich Leefke sichtbar schlecht gefühlt hatte.

Lenas Handy machte sich bemerkbar. Thomas Eben rief an.

»Hallo, Kollege. Haben Sie Jan Krönke erreicht?«

»Nur seinen Vater. Er erwartet Jan in ungefähr zwei Stunden zurück. Sie können ihn dann wieder am Hafen bei seinem Kutter treffen.«

»Danke.«

»Noch etwas. Ich habe vorhin erfahren, dass Claus Witte auf dem Festland ist. Seine Frau sollte aber zu Hause sein.«

»Noch einmal danke. Dann werde ich zuerst zu ihr fahren.«

Einunddreissig

Lena ging auf das Anwesen der Wittes zu, als sich die Tür öffnete und Bettina Witte aus dem Haus trat. Sie hatte eine Jacke an und einen Regenschirm in der Hand. Als sie Lena sah, blieb sie mit erstauntem Gesichtsausdruck stehen.

»Guten Tag, Frau Witte. Ich würde Sie gerne noch einmal sprechen.«

Bettina Witte zögerte, nickte aber schließlich. »Ich wollte gerade einen Spaziergang machen. Wenn Sie mitkommen, können wir gerne sprechen.«

Sie verließen das Grundstück und gingen Richtung Deich.

»Haben Sie etwas herausgefunden?«, fragte Bettina Witte, nachdem sie eine Weile schweigend nebeneinander hergegangen waren.

»Ja, aber das bleibt nicht aus, wenn man das Leben eines Menschen untersucht.«

»Sie sind aber nicht hier, um mir zu erzählen, wer das meiner Tochter angetan hat?«

»So weit sind wir noch nicht.« Lena hielt kurz inne. »Wie geht es Ihnen, Frau Witte?«

»Wie soll es jemandem gehen, der gerade seine Tochter zum zweiten Mal verloren hat?«

»Das erste Mal war nach dem Schulabbruch?«

»Eigentlich schon vorher. Ein halbes Jahr nachdem Maren nach Husum aufs Gymnasium gegangen war, hat sie sich immer mehr von uns abgewendet.«

»Von Ihnen beiden?«

Bettina Witte blieb stehen. »Ja, mehr von meinem Mann als von mir, aber letztlich habe ich sie auch verloren.« Sie sah auf. »Ich werde mich von meinem Mann trennen. Er weiß es schon, ich bin bereits am Packen.«

»Ist er deshalb auf dem Festland?«, fragte Lena.

Bettina Witte hob die Augenbrauen. »Sie sind nicht besonders erstaunt darüber?«

»Es steht mir nicht zu, Ihre Ehe zu kommentieren. Sie werden Ihre Gründe haben.«

»Mehr als genug.« Bettina Witte zeigte auf den Deich. »Lassen Sie uns hochgehen. Ich brauche etwas Wind um die Ohren.«

Sie gingen die im Deich eingelassene Treppe hinauf und standen eine Weile oben auf der Deichkrone. Das Wasser war fast vollständig aufgelaufen. »Das werde ich vermissen. Diesen Blick, diese Ruhe hier auf Pellworm, das langsame, aber trotzdem intensive Leben.«

»Ich bin auf Amrum aufgewachsen.«

Bettina Witte lächelte. »Dann wissen Sie ja, was ich meine.« Sie seufzte. »Ich werde erst mal zu einer Freundin ins Alte Land ziehen. Sie hat dort ein Bauernhaus umgebaut. Sie töpfert auch. Ihre Werkstatt ist in den ehemaligen Ställen untergebracht.«

Sie gingen jetzt auf der Deichkrone Richtung Westen. Von Weitem war die Alte Kirche mit der Turmruine zu sehen.

»Hat Ihre Trennung etwas mit Marens Tod zu tun?«

Bettina Witte blieb stehen und sah aufs Meer. »In gewisser Weise schon. Maren ist nicht mehr da und meine Hoffnung, dass sie zurückkommt und ihren Frieden mit uns, mit mir schließt, ist endgültig gestorben. Claus würde sagen, im wahrsten Sinne des Wortes.«

»Sie müssen Ihre Tochter nicht mehr beschützen?«

Bettina Witte lächelte matt. »Sie sind eine kluge Frau. Ja, wahrscheinlich ist es genau das, was mich hier bei meinem Mann gehalten hat.«

»Ich habe von mehreren Seiten gehört, dass Maren mit zwölf eine Phase hatte, in der sie über die Maßen abgemagert ist. Ist das richtig?«

»Wer hat Ihnen das erzählt? Leefke?«

Lena schwieg und wartete, dass Bettina Witte ihr auf die Frage antwortete.

»Ja, das ist richtig. Es war wohl eine Art Depression. Ich war bei mehreren Ärzten mit ihr, aber keiner konnte uns helfen. Nach ein paar Monaten, vielleicht war es ein halbes Jahr, wurde es wieder besser.«

»Sie haben sich später nie Gedanken darüber gemacht, was passiert war?«

Bettina Witte warf ihr einen irritierten Blick zu. »Was wollen Sie damit sagen?«

»Es gibt viele Ursachen für Magersucht.«

Bettina Witte starrte Lena mit versteinerter Miene an. »Ich traue Claus viel zu, aber dass er unserer Tochter etwas angetan hat, gehört sicher nicht dazu.«

Lena zeigte auf den Weg. »Wollen wir weitergehen?«

Eine Weile schwiegen sie. Lena hatte nicht mit einem derart energischen Eintreten von Bettina Witte für ihren Mann gerechnet. Als sie gehört hatte, dass sie sich von ihrem Ehemann trennen würde, hatte sie auf mehr Kooperation gehofft.

»Sie sagten mir, dass Sie häufig auf dem Festland sind und waren. War das zu der Zeit nicht so?«

Bettina Witte wandte ihren Blick ab und antwortete Lena nicht.

»Sie wissen oder ahnen, womit Ihre Tochter ihr Geld verdient hat, oder?«, fuhr Lena fort.

Bettina Witte nickte nach einer Weile.

»Ein junger Mann hat sie seinerzeit in Husum – nach allem, was wir bisher wissen – in die Prostitution gezwungen. Sie ist später vor ihm nach Kiel geflohen und hat dort als Sexarbeiterin gearbeitet.«

Bettina Witte blieb abrupt stehen und sah Lena wütend an. »Warum wühlen Sie in Marens Vergangenheit herum? Was hat das alles mit ihrem Tod zu tun? Und warum unterstellen Sie meinem Mann diese abscheulichen Dinge?«

»Frau Witte, ich habe Ihrem Mann bisher nichts unterstellt, sondern lediglich Fragen gestellt. Die Schlussfolgerungen haben Sie gezogen. Und was die Vergangenheit Ihrer Tochter angeht, sie scheint unmittelbar mit ihrem Tod zu tun zu haben.«

Bettina Witte senkte den Kopf. »Ist das sicher?«, fragte sie leise.

»Das werden die weiteren Ermittlungen zeigen. Wie gesagt, im Moment weist alles darauf hin.«

»Und das, was Sie Claus unterschieben wollen?«

»Glauben Sie mir, ich schiebe niemandem etwas unter und vor allem ermittle ich gründlich. Sollte Ihr Mann etwas mit dem Tod Ihrer Tochter zu tun haben, werde ich es herausfinden. Bis dahin gilt für ihn selbstverständlich die Unschuldsvermutung.«

»Claus hat sie abgöttisch geliebt. Er hätte sich lieber einen Arm ausgerissen, als Maren … Claus hat keinerlei Bedürfnisse in dieser Richtung. Das können Sie mir glauben. Wir haben eine offene Ehe geführt, Claus hatte unzählige Affären. Keine der Frauen war auch nur unter dreißig.«

Lena nickte. »Danke für Ihre Offenheit. Das weiß ich zu schätzen. Trotzdem muss ich allen ernsthaften Hinweisen nachgehen. Das verstehen Sie sicher.«

Nach einer Stunde erreichten sie wieder den Witte-Hof. Lena verabschiedete sich und fuhr Richtung Hafen.

Während des Gesprächs hatte Lena mehrfach versucht, über Marens Kindheit und Jugend zu sprechen, aber Bettina Witte war nicht bereit, ihr mehr zu erzählen. Sie sprach von ihrer Ehe, die sie anfangs als Befreiung beschrieb und die sie später, als Maren zur Welt kam, als Glück und im Laufe der weiteren Jahre als zunehmende Last empfunden hatte. Claus Witte hatte über viele Jahre Alkoholprobleme. Mehrfach seien sie vom wirtschaftlichen Bankrott bedroht gewesen, verriet Bettina Witte, aber sie hätten es jedes Mal gemeinsam geschafft, aus dem Tief wieder herauszukommen.

Am Hafen besorgte sich Lena zum dritten Mal ein Fischbrötchen und aß es auf einer Bank am Kai. Sie wartete eine Stunde auf Jan Krönkes Kutter, rief anschließend Thomas Eben an, der sich wiederum bei Jan Krönkes Vater erkundigte. Der Kutter hatte Maschinenprobleme gehabt und die Ankunft würde sich noch um eine weitere Stunde verzögern. Lena entschloss sich zu einem Spaziergang am Deich entlang, vorbei an mehreren Windrädern bis zur Nordspitze der Insel. Auf dem Rückweg klingelte ihr Handy.

»Hallo, Erck. Wie sieht es bei dir aus?«

»So weit, so gut. Ich werde die Nachmittagsfähre nehmen und gegen Abend zu Hause sein. Und du?«

»Ich hatte eigentlich das Gleiche geplant, aber ein Zeuge ist nicht rechtzeitig zurück. Er ist Fischer. Ich weiß nicht, ob ich die letzte Fähre schaffe.«

»Das wäre schade.«

»Auf jeden Fall nehme ich morgen die Fähre um kurz vor acht. Dann bin ich doch auch zum zweiten Frühstück bei dir.« Lena griff unwillkürlich in ihre Tasche. Wo hatte sie den zweiten Schwangerschaftstest gelassen? Lag er in ihrer Reisetasche oder hatte sie ihn in Husum vergessen? Was, wenn Erck ihn finden würde?

»Und dann bleibst du morgen hier?«, fragte Erck.

»Wenn nichts Unvorhersehbares passiert, auf jeden Fall. Vielleicht kann ich dann auch Freitag freimachen und wir hätten dann vier Tage für uns.«

»Klingt verlockend.«

Lena hörte, wie jemand nach Erck rief.

»Ich muss leider wieder«, sagte er. »Melde dich doch wegen der Fähre.«

Wieder am Hafen angekommen, wartete Lena weitere eineinhalb Stunden auf den Kutter. Als Jan Krönke endlich vor ihr stand, bat er darum, zwei Stunden später ins Büro von Thomas Eben kommen zu dürfen.

»Ich hoffe, mit Ihrem Kutter ist so weit alles in Ordnung?«, fragte Lena, als Jan Krönke vor ihr am kleinen Besprechungstisch in der Polizeistation saß.

»Ist nicht so ganz klar«, murmelte Jan Krönke. »Der Motor macht schon länger Zicken. Erst mal habe ich es hinbekommen.«

Lena schenkte Krönke eine Tasse Tee ein und reichte ihm die Sahne. »Danke, dass Sie trotzdem Zeit für mich haben.«

Jan Krönke nickte und trank einen Schluck Tee.

»Ich habe inzwischen mit vielen Menschen gesprochen, die Maren kannten. Mich interessiert, ob Sie sich jemals mit Maren über ihre Kindheit unterhalten haben. Es geht da um die Zeit, als Maren elf beziehungsweise zwölf gewesen ist.«

»Da hatte ich mit Maren noch nichts zu tun. Sie war wohl in meiner Klasse, aber …« Er brach ab.

»Das habe ich mir schon gedacht, aber später waren Sie Maren ja sehr nahe. Haben Sie über diese Zeit mit ihr gesprochen? Oder im Oktober, als Maren auf Pellworm war?«

»Was hat das alles mit Marens Tod zu tun?«

»Das darf ich Ihnen leider nicht sagen. Haben Sie mit ihr über die Zeit gesprochen?«

»Das kann sein. Wir haben über so vieles geredet. Was genau wollen Sie wissen?«

»Maren ist zu der Zeit abgemagert, ist in der Schule schlechter geworden und hat sich wohl auch in ihrer Persönlichkeit verändert.«

Jan Krönke nickte. »Ja. Das haben wir damals alle bemerkt.« Er fuhr sich mit der Hand durch seine dichten Haare. »Im Oktober hat sie davon erzählt. Ich habe nicht alles verstanden. Aber da war wohl eine üble Sache mit ihrem Vater. Das war wohl der Anfang von …« Krönke stutzte und warf Lena einen erschrockenen Blick zu. »Hat er sich etwa an ihr vergriffen?« Er atmete schwer und schien sich nur mit Mühe auf seinem Stuhl halten zu können.

»Beruhigen Sie sich bitte, Herr Krönke.« Lena wartete, bis der junge Mann einmal tief durchgeatmet hatte und nickte. »Ich habe keinesfalls gesagt, dass Maren von ihrem Vater missbraucht wurde.«

»Was wollten Sie denn sonst damit sagen?«, presste Krönke heraus.

»Ich suche nach einschneidenden Erlebnissen in Marens Vergangenheit, die prägend auf sie gewirkt haben könnten. Wir ermitteln dabei immer in alle Richtungen.«

Jan Krönke starrte vor sich hin. »Maren hat ihn nicht direkt beschuldigt, wegen was auch immer. Es waren nur Andeutungen, mit denen ich nicht viel anfangen konnte.«

»Erinnern Sie sich, was Maren gesagt hat?«

Jan Krönke zuckte mit den Schultern. »Es war schlimm – sie konnte sich nicht wehren – sie hatte Angst, dass ihr Vater sie nicht mehr liebt – sie wollte nicht mehr leben – sie hat sich gehasst und nächtelang durchgeweint. Hilft Ihnen das weiter?«

»Ja, vielleicht«, sagte Lena. »Hat sie in diesem Zusammenhang einmal über Kiel gesprochen?«

»Kiel? Da hat Maren doch gewohnt.«

»Mir geht es um die Zeit, als Maren zwölf war.«

»Sie hat mal erzählt, dass sie häufig mit ihrem Vater in Kiel war. Ich glaube, dabei ging es um seine Bilder. Irgendwas mit einer Galerie. Da war er häufiger. Maren hat es gehasst mitzufahren.«

»Warum ist sie nicht zu Hause geblieben?«, fragte Lena.

»Ihre Mutter war doch auch ständig unterwegs. Man lässt doch ein zwölfjähriges Mädchen nicht alleine zu Hause.«

»Nein, natürlich nicht.« Jan Krönke schien nicht mehr zu wissen, als Lena ihn bisher gefragt hatte. Sie klappte ihr Notizbuch zu.

Jan Krönke beugte sich leicht vor. »Darf ich Sie etwas fragen?«

»Selbstverständlich.«

»Wann ist Marens Mädchen geboren worden? Ich habe schon Leefke gefragt, aber sie wusste es auch nicht genau.«

Lena horchte auf. Warum wollte der junge Mann das wissen? Es gab eigentlich nur einen Grund, weshalb er danach fragte. Sie sah ihn direkt an. »Haben Sie Maren im letzten Jahr doch noch einmal in Kiel getroffen?«

Jan Krönke schwieg und senkte den Kopf.

»Haben Sie vielleicht das Jahr verwechselt? War es letztes Jahr, als Sie Maren auf der Kieler Woche getroffen haben?«

Jan Krönke schüttelte den Kopf. »Nein, das mit der Kieler Woche stimmt schon.«

»Aber?«

»Ende Juli war ich in Kiel. Ein zweites Mal habe ich bei Maren vor der Tür gewartet.«

»Dieses Mal kam Maren?«, fragte Lena, als Jan Krönke nicht weitersprach.

»Ja. Ich bin mit rauf in die Wohnung.«

»Sie haben miteinander geschlafen?«

Jan Krönke nickte.

»Und jetzt überlegen Sie, ob Sie der Vater sein könnten?«

Wieder nickte Jan Krönke.

Lena griff nach ihrem Handy und suchte eine App, die sie vor Wochen heruntergeladen hatte. Sie gab den Geburtstermin des Kindes ein, der wahrscheinlichste Zeugungstermin wurde angezeigt.

»Wissen Sie noch den genauen Tag?«

»29. Juli. Ich bin dann über Nacht geblieben.«

»Was hat Maren Ihnen gesagt, als sie im Oktober bei Ihnen war?«

Jan Krönke sah auf. »Wegen dem Kind, meinen Sie?« Er seufzte leise. »Dass es nicht von mir ist, hat Maren gesagt. Sie sei erst ganz kurz schwanger. Das stimmt nicht, oder?«

Lena reichte ihm ihr Handy. »Ich habe den Geburtstermin eingetragen. Der wahrscheinlichste Zeugungszeitpunkt ist der 2. August, aber es gibt eine Spanne von einer Woche davor und danach.«

»Also könnte ich der Vater sein?«

Lena nickte. »Ich mache Ihnen einen Vorschlag.« Sie zog ein Plastikröhrchen aus ihrer Tasche. »Wir machen jetzt einen Abstrich bei Ihnen und ich lasse Ihre DNA analysieren. Dann wissen wir schnell, ob Sie der Vater sind.«

»Und was muss ich dafür tun?«

»Sie versprechen mir, dass Sie nichts unternehmen. Sie gehen nicht zu Claus Witte und suchen auch nicht in Husum oder Kiel nach Marens Mörder.«

»Gut«, sagte Jan Krönke nach kurzer Bedenkzeit. »Wann haben Sie das Ergebnis?«

»Wahrscheinlich Mitte nächster Woche.« Lena zog Latexhandschuhe an und fuhr ihm zweimal über die

Mundschleimhaut, bevor sie das Stäbchen zurück in das Röhrchen schob.

»Hat Maren Sie im Oktober etwas zu Pellworm gefragt?«

Jan Krönke sah sie erstaunt an. »Woher wissen Sie das?«

»Was hat sie gesagt oder gefragt?«

»Ob ich mir vorstellen könnte, jemals Pellworm zu verlassen …« Jan Krönke stöhnte leise auf. »Verdammt! Was bin ich für ein verdammter Idiot!«

Zweiunddreissig

Als Lena nach der Befragung auf die lange Zufahrt zum Kai fuhr, sah sie bereits, dass das Schiff abgelegt hatte. Sie wendete auf dem Parkplatz und fuhr zurück auf die Insel. Bei ihrem Hotel lieh sie sich ein Fahrrad aus, umrundete am Deich entlang Pellworm zur Hälfte und fuhr dann quer über die Insel zurück zum Hotel.

Nach einer langen Duschrunde rief sie erschöpft auf dem Bett liegend Erck an und berichtete von der Fähre, die ihr vor der Nase davongefahren war.

»Ich bin auch noch nicht zu Hause. Zwanzig Kilometer muss ich noch. Ich kaufe noch für uns ein und bringe das Haus etwas auf Vordermann. Was möchtest du zum Frühstück? Rührei mit Krabben? Oder etwas Süßes?«

»Dich! Nur dich. Alles andere ist nicht so wichtig.«

Erck lachte. »Das lässt sich einrichten.«

»Fahr vorsichtig. Bis morgen, Erck.«

Lena legte sich flach aufs Bett und streckte alle viere von sich. War sie heute weitergekommen? Zumindest von Leefke und Jan hatte sie Neues erfahren. Ob das zur Lösung des Falles beitragen würde, musste sich noch zeigen. Überrascht war Lena von Bettina Wittes vehementer Verteidigung ihres Mannes, obwohl sie kurz davor war, ihn zu verlassen.

Gegen zwanzig Uhr zog Lena sich an und aß etwas in dem kleinen Hotelrestaurant, bevor sie sich auf einen letzten Gang zur Nordsee aufmachte. Allein auf dem Deich verfolgte sie einen grandiosen Sonnenuntergang mit unzähligen Orangetönen und sah zu, wie die Sonne langsam in der Nordsee versank.

Lena hielt hinter zwei Fahrzeugen an, die ebenfalls mit der Fähre nach Nordstrand übersetzen wollten. Sie griff nach ihrem Handy und tippte auf die Kurzwahltaste für Ole Kotten.

»Guten Morgen, Lena. Wieder im Lande?«

»Noch nicht ganz. Ich warte gerade auf die Fähre. Ich habe hier einen DNA-Abstrich, der dringend nach Kiel muss. Kannst du das irgendwie in die Wege leiten?«

»Hast Glück. Wir haben eine Lieferung an die Gerichtsmedizin in Kiel. Wann kannst du hier sein?«

»In spätestens einer Stunde.«

»Klingel mich an, ich komme dann runter auf den Parkplatz. Du willst sicher schnell nach Hause, oder?«

»Ja, Erck wartet mit dem Frühstück auf mich.«

»Ich habe gestern übrigens mit den beiden Frauen aus der WG gesprochen. Die beiden haben letztendlich die Aussage von Bechler bestätigt. Sie konnten sich gut an Pavlovic erinnern und eine von ihnen hat Maren auf dem Straßenstrich gesehen, wie sie dort in recht freizügiger Kleidung posierte.«

»Hat sie Maren darauf angesprochen?«

»Ja, aber Maren hat gemeint, dass sie das nicht gewesen wäre. Damit war dann die Diskussion beendet.«

»Es deutet immer mehr auf Pavlovic hin«, sagte Lena.

»Was sagt deine Chefin dazu?«

»Nichts, weil ich noch nicht mit ihr gesprochen habe. Ich erledige das heute.«

»Du hast Angst, dass sie die Ermittlungen erst mal einstellt?«, fragte Ole.

»Ja.« Die Fähre hatte inzwischen angelegt und die ersten vier Fahrzeuge aufgenommen. »Ich muss jetzt los, Ole. Bis später.«

Kurz darauf beobachtete Lena von der Reling aus, wie die Fähre ablegte und sich langsam von Pellworm entfernte. Ihre Gedanken kehrten zu ihrer Schwangerschaft zurück. Am Morgen hatte sie den zweiten Test gemacht, der, wie zu erwarten gewesen war, das gleiche Ergebnis wie der erste gezeigt hatte. Anschließend hatte sie einen Termin beim Frauenarzt gemacht, um ganz sicherzugehen, dass mit der Schwangerschaft alles in Ordnung war.

Lena versuchte, sich vorzustellen, wie Erck auf die Nachricht reagieren würde. In etwas mehr als einer Stunde würde sie ihm den Test zeigen und mit ihm besprechen, wie es weitergehen sollte. Sie hob den Kopf in den Wind, ihre langen blonden Haare umwehten wild ihr Gesicht. Ihr war in den letzten Tagen klar geworden, dass sie eine Entscheidung treffen musste. Eine klare Entscheidung, ohne Wenn und Aber. Sie ließ den Blick über die Nordsee streifen und lächelte übers ganze Gesicht.

Ole wartete bereits auf dem Parkplatz und öffnete Lena die Autotür, sie fasste in ihre Tasche und wollte das DNA-Teststäbchen herausholen. Erst als sie es in der Hand hielt, bemerkte sie, dass sie nach dem Schwangerschaftstest gegriffen hatte.

Ole zog die Augenbrauen hoch. »Dann habe ich doch richtig getippt.«

Lena legte den Test zurück und holte stattdessen den DNA-Abstrich heraus. »Ich hoffe, du hältst dicht.«

Ole hob die Hand zum Schwur. »Großes Polizistenehrenwort!«

Lena lachte. »Ich melde mich bei dir, Ole.«

Erck wartete an der Haustür auf Lena. Er breitete die Arme aus, sie schmiegte sich an seine Brust und genoss die Umarmung.

»Das Frühstück steht auf dem Tisch«, flüsterte Erck ihr ins Ohr.

Lena löste sich von ihm und zog das Teststäbchen aus der Tasche. »Ich habe dir etwas mitgebracht.«

Erck starrte auf das Stäbchen und brauchte eine Weile, um zu verstehen, was Lena in der Hand hielt. Schließlich stieß er einen Freudenschrei aus, hob Lena hoch und wirbelte mit ihr einmal im Kreis herum. »Ist das wahr?«

Lena lachte. »Ja, ich bin schwanger.«

Erck raufte sich die Haare. »Schwanger«, murmelte er. »Wir bekommen ein Kind.« Er strahlte übers ganze Gesicht. »Ein Kind.« Er zog Lena mit ins Haus, nahm ihr die Tasche und die Jacke ab. »Das ist vollkommen verrückt.«

Lena zog einen Stuhl vom Küchentisch vor. »Lass uns frühstücken. Ich habe unglaublichen Hunger.«

Erck nickte eifrig und holte die volle Kaffeekanne. Dann zuckte er zurück. »Darfst du überhaupt noch Kaffee trinken? Soll ich dir vielleicht einen Kräutertee machen?«

Lena lachte. »Alles gut, Erck. Natürlich darf ich Kaffee trinken, vielleicht nur nicht ganz so viel wie vorher.«

Er schenkte ihr mit zitternder Hand ein. »Wann musst du denn zum Frauenarzt? Weißt du denn schon, wann es so weit ist? Ich meine, die Geburt? Wir müssen vielleicht ja etwas umbauen. Wir bleiben doch hier in Husum, oder?«

Lena legte ihm die Hand auf den Arm. »Den Termin habe ich schon gemacht, Erck. Alles andere besprechen wir in Ruhe. Ich habe beschlossen, heute und morgen freizunehmen. Und dann kommt das Wochenende. Wir haben viel Zeit.«

Erck reichte ihr den Brötchenkorb und stand auf. »Dann mache ich mal schnell Rührei. Da ist doch nichts gegen einzuwenden, oder?«

»Rührei ist super.«

Nach dem ausgiebigen Frühstück fuhren sie an die Küste und liefen am Deich entlang.

Nach einer Weile blieb Erck stehen. »Hast du es eigentlich schon deiner Chefin gesagt?«

Lena hatte schon früher mit der Frage gerechnet und seufzte jetzt leise. »Nein, das habe ich nicht. Sobald sie es erfährt, muss ich den Fall abgeben. Wir stehen kurz davor, den Täter zu fassen.«

»Aber …« Erck brach ab.

»Anschließend gehe ich zu Nielsen und rede mit ihr. Manche Kolleginnen merken erst viel später, dass sie ein Kind bekommen. Vorher machen sie auch ganz normalen Dienst. Zum Teil erheblich gefährlicheren als ich.«

»Ich weiß nicht. Wäre es nicht besser, gleich in den Innendienst zu wechseln? Sicher ist sicher.«

»Auch da kann ich die Treppe runterfallen oder irgendein Verrückter stürzt in mein Büro und überfällt mich. Erck, ein paar Tage machen den Kohl auch nicht fett. Vertrau mir. Und anschließend sitze ich nur noch hinter dem Schreibtisch oder in irgendwelchen langweiligen Meetings.«

»Aber du bist verdammt vorsichtig, versprochen?«

»Ja. Ich habe auch noch eine Idee, wie ich es vielleicht ruhiger angehen kann. Husum ist immer knapp mit dem Personal, vielleicht kann das LKA mich für die nächsten Monate ausleihen. Eine erfahrene Hauptkommissarin im Hintergrund ist sicher nicht schlecht.«

Erck war stehen geblieben. »Meinst du, das könnte klappen? Dann würdest du dir diese ganze Fahrerei ersparen.« Er hielt kurz inne. »Die ja auch nicht ungefährlich ist.«

»Erck, ich bin nicht krank, sondern nur schwanger. Natürlich wird das Fahren mit wachsendem Bauch schwieriger, aber das machen Millionen von Frauen jeden Tag. Ich schaff das schon.« Lena küsste Erck auf die Wange. »Lass uns weitergehen.« Sie lächelte. »Wann wollen wir es Beke sagen? Vielleicht fahren wir, wenn ich beim Frauenarzt war, für ein, zwei Tage nach Amrum und bringen ihr die Nachricht als Geschenk mit.«

»Gute Idee!«

Freitag früh wachte Lena vom Klingeln eines Telefons auf. Sie griff zum Beistelltisch, wo sie ihr Handy vermutete. Schließlich setzte sie sich aufrecht im Bett hin und lokalisierte die Quelle des Lärmes.

»Erck! Aufwachen! Dein Handy klingelt.«

Mit verschlafenen Augen blinzelte Erck sie an und richtete sich schließlich langsam auf. Als er sich rüber zum Tischchen beugte, verstummte das Gerät.

»Wer war das denn?«, murmelte Erck und sah auf dem Display nach. »Nicht schon wieder.«

Er stand auf, ging zur Tür und wandte sich erst dort zu Lena um. »Schlaf weiter. Das war Amrum, ich muss da kurz zurückrufen.«

Lena nickte und kuschelte sich wieder in ihr Kopfkissen.

»Tut mir schrecklich leid«, sagte Erck, als Lena eine Stunde später zu ihm in die Küche kam. »Ich habe alles probiert. Das Problem lässt sich so nicht lösen. Ich muss nach Amrum.«

Lena trat auf ihn zu und umarmte ihn. »Alles gut. Wie häufig ist mir das schon passiert.« Sie bemerkte den gedeckten Tisch. »Hast du noch Zeit zum Frühstücken?«

Erck nickte. »In einer halben Stunde muss ich los.«

Lena goss ihm Kaffee ein. »Dann werde ich wohl dieses Mal auf dich warten. Vielleicht ja ganz gut, wenn ich mich schon mal daran gewöhne.«

Erck sah sie fragend an.

»Ich denke, ich werde auf jeden Fall ein Jahr Elternzeit nehmen, vielleicht auch eineinhalb Jahre. Vorausgesetzt, wir können es uns finanziell leisten.«

»Wirklich?«, fragte Erck mit ungläubiger Miene. »Ich hatte schon befürchtet, du würdest zwei Monate nach der Geburt wieder anfangen zu arbeiten.«

»Soll ich?«

»Nein, auf keinen Fall«, sagte Erck. »Bis dahin habe ich genügend Kunden. Und Rücklagen haben wir auch noch. Bekommst du nicht auch einen Teil deines Gehalts während der Zeit ausbezahlt?«

»Ja, wenn wir etwas vorsichtig mit dem Geld sind, sollte das reichen.«

»Bist du ganz sicher? Ich meine, dass du ohne deine Arbeit auskommst?«

»Nein, bin ich nicht. Aber ich werde es versuchen. Mehr kann ich noch nicht versprechen. Es ist mein erstes Kind und meine erste Auszeit vom Job.«

Erck beugte sich vor und küsste sie. »Versuchen reicht mir allemal.«

Dreiunddreissig

Nachdem Erck gefahren war, räumte Lena die Küche auf und wollte gerade die Wäsche in die Maschine legen, als ihr Handy klingelte. Die Sprechstundenhilfe des Frauenarztes fragte, ob sie kurzfristig kommen könne, da zwei Patientinnen einen Termin abgesagt hätten. Lena sagte spontan zu und machte sich kurz darauf auf den Weg.

Der Arzt zog seine Latexhandschuhe aus. »Da bleibt mir nur noch, Ihnen zu gratulieren, Frau Lorenzen. Es sieht alles gut aus.«

Lena atmete erleichtert auf. »Danke.«

»Brauchen Sie ein Attest für Ihren Arbeitgeber? Erinnere ich mich richtig, dass Sie bei der Polizei sind?«

»Im Moment noch nicht. Ich komme darauf zurück.«

Der Arzt warf ihr einen erstaunten Blick zu, sagte aber nichts.

Lena räusperte sich. »Für wann soll ich den nächsten Termin machen?«

»In vier Wochen wird reichen. Bringen Sie doch den Vater des Kindes mit.«

Lena lächelte. »Das werde ich tun.«

Als Lena endlich die Wäsche aufgehängt hatte, machte sich ihr Handy bemerkbar. Nach einem Blick aufs Display nahm sie das Gespräch an. »Moin, Florian. Gibt es Neuigkeiten?«

»Das kann man wohl sagen.« Er klang aufgeregt, im Hintergrund hörte Lena hektische Stimmen. »Pavlovic hat heute Morgen eine Bank überfallen. Einer der Mitarbeiter hat den Alarm ausgelöst und innerhalb weniger Minuten standen die Kollegen vor der Bank. Kurz und gut: Er hat drei Geiseln genommen und fordert Geld und einen Fluchtwagen.«

»Verdammt! Ich habe geahnt, dass so was passiert. Seid ihr sicher, dass es Pavlovic ist?«

»Die Aufnahmen aus der Bank werden direkt in eine Cloud hochgeladen. Die Kollegen haben eine Gesichtserkennungssoftware drüberlaufen lassen. Er ist es.«

»Okay. Ich bin in Husum und fahre gleich los. Schick mir die Adresse aufs Handy.«

Zehn Minuten später startete Lena den Motor. Sicherheitshalber hatte sie sich Kleidung zum Wechseln eingepackt. Geiselnahmen konnten durchaus über mehrere Tage laufen, häufig waren sie aber nach kurzer Zeit beendet. Es war keinesfalls sicher, dass Pavlovic noch am Leben war, wenn Lena in Kiel ankommen würde.

Auf halber Strecke klingelte Lenas Handy. Sie nahm das Gespräch an, ohne aufs Display zu schauen. »Gibt es Neuigkeiten, Florian?«

»Du hast schon davon gehört?«, fragte Johann am anderen Ende der Leitung.

»Ach, du bist es. Ja, der Kieler Kollege hat mich vorhin angerufen. Ich bin bereits auf dem Weg nach Kiel.«

»Das SEK ist vor Ort und ein Experte für Geiselnahmen hat die Leitung übernommen. Mehr weiß ich auch noch nicht.«

»Florian informiert mich, sobald sich dort etwas tut. Hast du sonst noch was für mich?«

»Ja, ich weiß nicht, ob du gerade den Kopf dafür hast. An Roland Gries bin ich noch dran, aber zu Claus Witte habe ich einige Informationen.«

»Her damit!«

»Strafrechtlich liegt und lag nie etwas gegen ihn vor. Im Netz habe ich Infos über Ausstellungen in Kiel gefunden. Die waren immer in derselben Galerie, die immer noch existiert. Ich habe dann mit dem Galeristen gesprochen. Er vertritt Witte schon seit vierzehn Jahren nicht mehr. Ob er eine neue Galerie hat, wusste er nicht.«

»Warum haben die sich getrennt?«

»Wollte ich gerade erzählen. Das ging vom Galeristen aus. Claus Witte muss zu der Zeit sehr dem Alkohol zugesprochen haben und war«, Johann legte eine kleine Kunstpause ein, »spielsüchtig.«

»Interessant. Hat der Galerist mehr erzählt?«

»Oh ja! Witte hatte in sämtlichen Spielcasinos in erreichbarer Entfernung Hausverbot. Anschließend hat er sich bei illegalen Pokerrunden herumgetrieben. Kurz und schlecht: Irgendwann stand nicht nur der Gerichtsvollzieher beim Galeristen vor der Tür – und das auch noch kurz vor einer Ausstellungseröffnung –, sondern auch Schlägertypen, mit denen der Galerist überhaupt nichts zu tun haben wollte. Die letzte Formulierung ist O-Ton des Galeristen.«

»Was für Schlägertypen und was wollten sie?«, fragte Lena.

»Geldeintreiber. Witte hatte verloren und war offensichtlich nicht greifbar. Die Verbindung zur Galerie war ja öffentlich bekannt und da haben diese Leute sich halt an den Galeristen gehalten. Er hat ihnen wohl oder übel fünftausend Euro gegeben. Anschließend sind sie nicht wiedergekommen. Vermutlich hat Witte das irgendwie geregelt. Auf jeden Fall war das der Tropfen, der das Fass zum Überlaufen gebracht hat. Der

Galerist hat die Reißleine gezogen. Seitdem hat er nichts mehr mit Witte zu tun gehabt.«

»Wittes Frau hat zwar von Geldproblemen gesprochen, aber die Spielsucht hat sie wohlweislich verschwiegen«, sagte Lena.

»Bringen uns die Informationen weiter?«

»Ich weiß noch nicht, was ich damit anfangen soll. Jetzt konzentriere ich mich erst mal auf Pavlovic. Ich melde mich bei dir.«

Die Straße, an der die Bank lag, war weiträumig abgesperrt. Lena parkte, zog ihre Schutzweste an und zeigte dem Beamten an der Absperrung ihren Ausweis. Er rief über Funk die Einsatzleitung an und bekam nach einigem Hin und Her die Freigabe.

»Sehen Sie den schwarzen Transporter dort?«, sagte er und zeigte die Straße entlang. »Klopfen Sie einfach an die Tür. Ich gebe Bescheid, dass Sie kommen.«

Lena nickte und ging auf das Fahrzeug zu. Die Bank lag zwar in Sichtweite, aber Lena schätzte die Entfernung zum Einsatzwagen auf über hundert Meter. Auf ihr Klopfen wurde die Tür geöffnet. Florian Jungmann nickte ihr zu und trat zur Seite.

Drei Beamte saßen vor großen Monitoren, auf denen Livebilder der Bank aus verschiedenen Perspektiven zu sehen waren. Hinter ihnen stand ein etwa fünfzigjähriger Mann, der ein Headset aufhatte und jetzt Lena zunickte.

»Lena Lorenzen, LKA. Kollege Jungmann hat mich informiert.«

»Maik Fechner. Sie kennen Pavlovic?«

»Vernommen habe ich ihn noch nicht. Am Montag ist er uns«, Lena wandte sich Florian Jungmann zu, »nach einem Schusswechsel entwischt.«

»Habe ich gehört. Gut, halten Sie sich bitte im Hintergrund.«

Lena nickte und trat zurück. »Gab es schon Kontakt?«, fragte sie flüsternd Florian Jungmann.

»Nur kurz über ein Handy von einer der Geiseln. Der Empfang war aber schlecht. Vor ein paar Minuten hat eine Geisel ein Funkgerät reingeholt. Gleich geht es wohl los.«

»Weiß Pavlovic, dass wir ihn kennen?«

»Weiß ich nicht. Bis jetzt ist sein Name noch nicht gefallen.«

In diesem Augenblick fragte Fechner: »Hören Sie mich?«

»Ja«, sagte eine junge männliche Stimme.

»Sind alle Personen in der Bank wohlauf?«

»Bis jetzt noch. Und jetzt kein Gequatsche mehr. Haben Sie das Geld? Was ist mit dem Wagen?«

»Der Wagen steht bereit. Ein Audi A8, vollgetankt. Wie Sie es gewünscht haben.«

»Das Geld?«, schrie Pavlovic drohend.

»Wir sind in der Abstimmung mit der Staatsanwaltschaft. Sie können sich sicher vorstellen, dass es nicht so einfach ist, zwei Millionen Euro freigegeben zu bekommen.«

»Bullshit! Willst du mich verarschen?«

»Keinesfalls. Wie gesagt, wir sind in der Abstimmung mit der Staatsanwaltschaft. Ich gehe davon aus, dass wir in der nächsten Stunde eine Freigabe bekommen.«

»Und dann?«, zischte Pavlovic.

»Dann sollte es schnell gehen. Die zuständige Bank ist bereits informiert und bereitet die Auszahlung vor.«

»Noch einmal für dein dummes Hirn: Ich lasse mich nicht verarschen! Ist das jetzt klar?« Pavlovic hatte die letzten Worte ins Funkgerät gebrüllt.

»Selbstverständlich. Warten Sie, da ist gerade der Staatsanwalt auf der anderen Leitung.« Fechner legte das Funkgerät vor sich auf den Tisch und nahm es erst eine Minute später wieder auf.

»Was soll der Scheiß, Alter?«, fuhr Pavlovic ihn an, als er sich wieder meldete.

»Entschuldigen Sie bitte. Da musste ich ran. Der Staatsanwalt schlägt vor, dass Sie als Zeichen Ihres guten Willens eine Person freilassen.«

»Wer hat dem denn ins Gehirn geschissen, Meister? Ich bin doch nicht meschugge. So, ich sag dir was, eine Stunde und keine Sekunde länger. Dann will ich den Audi vor der Tür stehen haben. Der Fahrer steigt aus und legt die Tasche mit dem Geld hier vor die Tür. Alles verstanden, Loser?«

»Die Zeit wird nicht reichen, Herr Pavlovic.«

Fechner hatte Pavlovic zum ersten Mal beim Namen genannt. Eine bleierne Stille machte sich breit.

»Verdammt!«, schrie Pavlovic. »Woher weißt du …« Seine Stimme überschlug sich.

»Ich will Ihnen nichts vormachen, Herr Pavlovic. Wir spielen mit offenen Karten. Und das erwarten wir auch von Ihnen. Wenn Sie Frau Janker freilassen, wäre das ein starkes Zeichen an den Staatsanwalt. Da bin ich mir sicher.«

»Hör auf, diesen Unsinn zu quatschen. Hier leben alle noch. Und wenn du dich beeilst, bleibt es auch so. Und jetzt Ende.«

Maik Fechner wartete kurz, bevor er das Funkgerät ablegte und auf Lena zukam. »Der junge Mann hält sich für unbesiegbar. Im Moment zumindest. Ich vermute, dass er Drogen intus hat.«

Es klopfte an der Tür, Florian Jungmann öffnete und ließ einen SEK-Beamten ins Fahrzeug.

»Und?«, fragte Fechner ihn. »Hat es geklappt?«

»Ich hoffe«, sagte der SEK-Mann und ging auf einen der Bildschirme zu, der gerade schwarz geworden war. Jetzt flackerte er leicht und gab schließlich den Blick in einen großen Raum frei. »Bingo! Wir haben ein Bild«, sagte Fechner. »Was ist mit dem Ton?«

Der Beamte, der vor dem Bildschirm saß, klickte einige Male auf die Maus und nickte schließlich.

»Können wir die Kamera schwenken?«, fragte Fechner.

Der sitzende Beamte nickte und bewegte die Maus. Ein Bankschalterraum kam zum Vorschein. Auf dem Fußboden saßen drei Personen, zwei Männer und eine Frau. Vor ihnen lief Pavlovic auf und ab. Jetzt blieb er stehen und stieß einen der Männer mit dem Fuß in die Seite. »Hast du was gesagt, Loser?«

Der Mann schüttelte mit panischem Blick den Kopf.

»Will ich auch meinen.« Pavlovic näherte sich dem Mann und hielt ihm die Pistole vor den Mund. »Du warst doch vorhin der große Wortführer. Was ist? Stellst du dich freiwillig zur Verfügung? Einer von euch muss dran glauben, wenn die Karre nachher nicht vor der Tür steht. Na?« Er drückte dem Mann die Pistole auf den Mund, bis der ihn öffnete. Pavlovic lachte hämisch. »Geht doch.« Er stieß den Lauf in den Mund und schob den Kopf des Mannes hoch und runter. »Gut, du bist also einverstanden? Okay. Finde ich echt nobel. Wie nennt man so was? Führungsqualitäten?« Wieder lachte er auf und zog die Waffe aus dem Mund. »Keine Angst, das geht schnell.«

Pavlovic entfernte sich von den drei auf der Erde sitzenden Personen und ließ sich auf einen Stuhl fallen.

Fechner wandte sich ab. »Wie viele Schützen haben wir auf den Dächern?«

»Fünf«, sagte der SEK-Mann. »Drei vorne, zwei hinten. Aber bisher hatten wir nicht ein einziges Mal freie Sicht auf den Mann.«

»Wie groß sind die Chancen, ihn zu erwischen, wenn er ins Auto geht?«

»Kommt drauf an, wie clever er ist. Er könnte sich mit einer Geisel unter einer Decke verstecken und erst im letzten Augenblick ins Auto springen.«

»Und die Geisel?«

»Ich denke, mehr als eine Person wird er nicht mitnehmen. Und da tippe ich auf die Frau. Er wird die Frau auffordern, sich ins Auto ans Steuer zu setzen. Allerdings bräuchte er dann eine Sicherheit, dass sie nicht verschwindet. Entweder droht er, die anderen zu erschießen, oder er hat so etwas wie Sprengstoff dabei.«

»Die Geiselnahme war nicht geplant«, sagte Fechner. »Er kann keinen Sprengstoff dabeihaben.«

»Dann bleibt nur die Drohung.« Der SEK-Mann zeigte auf einen Monitor. »Wir kommen zum Glück mit dem Fluchtfahrzeug nicht nah genug an den Eingang der Bank. Weder vorne noch hinten. Das sind mindestens drei Meter.«

»Wie sicher können Sie ihn dabei ausschalten?«

»Wie gesagt, das hängt davon ab, wie er ins Auto kommt.«

»Ich habe Order von ganz oben. Sie wollen kein zweites Gladbeck«, sagte Fechner.

»Und keine tote Geisel. Schon klar. Aber zaubern können wir auch nicht. Im schlimmsten Fall ist er weg.«

»Fahrzeug blockieren?«

»Schon vorbereitet. Wir haben auch schon eine geeignete Stelle gefunden, die noch innerhalb des abgeriegelten Ringes liegt. Hundertprozentig ist das aber auch nicht. Wenn die Geisel fährt, wird er seine Waffe auf sie richten. Das Auto muss mehr oder weniger stehen, damit meine Männer den finalen Schuss setzen können.«

»Kommen Sie in die Bank rein?«

»Sieht schlecht aus. Die Lüftung wäre die einzige Möglichkeit gewesen. Für die Kamera hat's gereicht, aber ich bekomme da die Männer nicht durch. Andere Wege sind zu gefährlich. Bevor wir im Gebäude sind, hat er ausreichend Zeit, um alle Geiseln zu erschießen.«

Fechner nickte nachdenklich. »Ich versuche noch einmal, die Frau rauszuholen.«

»Es ist erst eine halbe Stunde rum«, donnerte Pavlovic, als Maik Fechner ihn ansprach.

»Es geht um einen kleinen Zwischenbericht. Das Auto steht vollgetankt hier bei mir. Der Staatsanwalt ist gerade bei den letzten Verhandlungen mit der Bank. Meine Leute stehen parat, um das Geld sofort abzuholen. Wir warten nur noch auf die finale Freigabe.«

»Die Uhr läuft.«

»Herr Pavlovic, ich muss noch einmal auf den Vorschlag des Staatsanwalts zurückkommen. Er besteht darauf, dass eine der Personen als Zeichen des guten Willens freikommt.«

»Ach! Der Herr besteht darauf. Dann sagen Sie diesem Arschloch, dass er in spätestens einer halben Stunde den Leichenwagen rufen kann, wenn das Auto mit den zwei Millionen nicht hier vor dem Haus steht.«

»Ich verstehe Ihre Position durchaus, aber ich bin weisungsgebunden. Können Sie mir nicht entgegenkommen? Dadurch würden wir den ganzen Prozess beschleunigen. Daran liegt Ihnen doch auch.«

Pavlovic schwieg. Auf dem Monitor sah Lena, wie er jetzt im Raum hin und her lief, immer mal wieder stehen blieb, auf die Geiseln am Boden sah und weiterlief.

»Sind denn hier alle durchgeknallt?«, schrie er schließlich ins Funkgerät. »Wir machen es jetzt so: Du bist raus! Gefeuert! Bring mir die Schlampe vom Montag. Ich spreche nur noch mit ihr.«

»Mit wem möchten Sie sprechen?«

»Hör auf mit dem Scheiß.« Pavlovic rannte auf die Geiseln zu, packte die Frau von hinten an den Haaren und zog sie über den Boden. Sie schrie aus Leibeskräften um Hilfe, schluchzte und fing schließlich laut an zu weinen.

»Hörst du das, du Arsch? Du bist gefeuert. Ich will die Alte von Montag. Und erzähl mir jetzt nicht, dass du nichts davon weißt. Du hast zehn Minuten. Ist das klar?«

Vierunddreissig

Nach einem kurzen Anruf beim Staatsanwalt hatte Maik Fechner Lena zu sich gewinkt.

»Haben Sie so was schon mal gemacht?«

»Zweimal habe ich verhandelt, aber nie in einer Geiselsituation.«

»Ausbildung?«

»Ich habe zwei Fortbildungen gemacht.«

»Ihnen ist klar, warum er Sie will?«

»Ich bin eine Frau. Und er ist mir schon einmal entwischt.«

»Wir brauchen eine Geisel. Wenn er sie freigibt, erhalten wir vielleicht freies Schussfeld.«

»Er wird das nicht machen«, sagte Lena.

»Wenn Sie das jetzt schon denken, werden Sie gar nichts erreichen.«

Lena schaute auf die Uhr. »Ich sollte mich bei ihm melden. Wir haben noch eine Minute.«

Fechner reichte ihr das Funkgerät. »Viel Glück!«

Lena drückte auf den roten Knopf. »Hauptkommissarin Lena Lorenzen, Landeskriminalamt.«

»Sind Sie das?«

»Ja, wir beide sind uns am Montag begegnet.«

»Warum waren Sie da?«

»Wir hatten einen Tipp bekommen.«

»Wer war der Arsch? Wer?«

»Ein Informant. Ich kenne seinen Namen nicht.«

»Verarsch mich nicht«, fuhr Pavlovic Lena an.

»Das ist so bei uns. Nur eine Person kennt den jeweiligen Informanten. Aus Sicherheitsgründen.«

»Spielt sowieso keine Rolle mehr. Was ist jetzt mit dem Geld?«

»Sie wissen, was der Staatsanwalt fordert.«

»Scheiß auf dieses Arschloch. Ich will jetzt mein Geld oder …«

»Wo ist das Problem? Eine Geisel freigeben, bleiben immer noch zwei. Das ist eine Win-win-Situation. So kriegen wir die Kuh schnell vom Eis.«

»Ihr könnt alle nur quatschen. Verdammt, was soll …«

»Der Audi ist da, das Geld so gut wie«, fiel ihm Lena ins Wort. »Unter *Quatschen* verstehe ich was anderes.«

Pavlovic schwieg und hatte aufgehört, durch den Raum zu laufen. Nach einer Weile hörte Lena, wie er tief durchatmete. »Warum hast du am Montag nicht als Erste geschossen?«

»Ich bin Polizistin. Wir töten nicht, sondern retten Leben. Außerdem war mir klar, dass du nicht auf eine Frau schießen würdest.«

Pavlovic schwieg.

»Habe ich mich da geirrt?«, setzte Lena nach. Aus dem Augenwinkel sah sie Maik Fechner, der die Hand gehoben hatte und den Kopf schüttelte.

Pavlovic schwieg weiter.

»Schon gar nicht auf Frauen, die dir nichts getan haben, oder? Genau wie Beate. Du weißt, dass die Frau, die da bei dir ist, Beate heißt?«

»Ja.«

»Hat sie dir etwas getan?«, fragte Lena weiter. »Nein, ich denke, das war nicht so. Oder liege ich da falsch?«

»Das ist gar nicht das Thema, verflucht!« Pavlovics Stimme klang nicht mehr so aggressiv wie zuvor.

»Ich denke schon, Wanja. Beate hat schreckliche Angst. Das stimmt doch, oder?«

»Und wenn schon. Ich kann sie nicht freilassen.«

»Warum nicht? Das wäre das Zeichen, auf das mein Chef wartet. Wir alle hier vor Ort wollen, dass die Sache friedlich ausgeht. Du weißt doch, wie das ist mit den Chefs. Die setzen sich was in den Kopf und wir unten müssen das ausbaden. Lass uns das gemeinsam durchziehen. Du bringst Beate zur Tür und lässt sie laufen.«

»Was ist mit meinem Geld?«, fragte Pavlovic, dem Lena anhörte, dass er an Energie verlor.

»Ich habe gerade die Meldung bekommen, dass die Bank dabei ist, den Koffer zu packen. Es fehlt jetzt noch die Freiga...«

»Scheiß drauf. Die Tussi soll abhauen. Wehe, ich sehe auch nur einen von euch da draußen. Dann platzt unser Deal. Und zwar richtig. Hast du mich verstanden?«

»Ich habe dich verstanden. In fünf Minuten? Ich brauche kurz Zeit, um die Männer zurückzupfeifen. Fünf Minuten?« Wenige Meter von Lena entfernt sprachen Maik Fechner und der SEK-Beamte leise miteinander, bevor der SEK-Mann das Fahrzeug verließ.

»Fünf Minuten. Die Zeit läuft«, sagte Pavlovic. Auf dem Monitor war er jetzt von hinten zu sehen, vor ihm saß Beate Janker auf der Erde. Jetzt zog er sie hoch und beugte sich zu ihr hinüber, vermutlich flüsterte er ihr etwas ins Ohr. Die Frau nickte, Pavlovic zog sie von ihren beiden Kollegen weg, raus aus dem Blickwinkel der Kamera.

»Drei Minuten«, sagte Pavlovic.

»Ist in Ordnung«, bestätigte Lena, die zuvor von Maik Fechner ein zustimmendes Nicken bekommen hatte.

Lena starrte auf den großen Monitor, der den Haupteingang der Bank zeigte. Hinter den Glastüren schien sich etwas zu tun. Schatten huschten hin und her.

»Zwei Minuten«, rief Pavlovic. Lena hörte das Zittern in seiner Stimme. Sie atmete einmal tief durch, bevor sie sich meldete.

»So weit alles klar bei uns«, sagte sie. »Bist du bereit?«

Pavlovic schwieg.

»Eine Minute.«

»Öffne die Tür!«, sagte Lena. Fechner hatte ihr einen Zettel hingelegt, auf dem die Aufforderung stand.

Langsam glitt die automatische Tür auf. Im nächsten Augenblick sah Lena zwei Gestalten, die kleinere musste Beate Janker sein. Jetzt stieß die größere Person die kleinere nach vorne. Beate Janker machte den ersten Schritt, stolperte und fiel nach vorne. In dem Moment, in dem ihr Körper den Boden berührte, fiel der Schuss. Die Person hinter ihr sackte zusammen, je zwei SEK-Leute stürmten von den Seiten auf die Tür zu, zwei hoben Beate Janker hoch und zogen sie nach vorne, während die beiden anderen in die Bank sprinteten. Kurz darauf schrie jemand: »Sicher!«, und weitere SEK-Beamte liefen in die Bank. Ein Rettungswagen fuhr vor, der Notarztwagen folgte, die Autotüren wurden aufgerissen, der Notarzt war als Erster am Eingang.

Lena wandte sich von den Bildschirmen ab, öffnete die Fahrzeugtür und sprang hinaus. Maik Fechner schrie ihr etwas hinterher, aber Lena war bereits auf dem Weg zum Rettungswagen. Als sie die Bank erreichte, wurden gerade die beiden männlichen Geiseln aus dem Gebäude geführt. Ein SEK-Beamter hielt Lena auf, sie zeigte ihren Ausweis und wurde durchgelassen.

Pavlovic lag auf dem Rücken, die Kugel hatte ihn knapp oberhalb des Herzens getroffen. Der Notarzt versorgte ihn gerade mit einem Druckverband, während einer der Sanitäter an Pavlovics Arm einen Zugang legte.

Lena hielt sich zurück und wartete, bis Pavlovic so weit stabilisiert war, dass er auf die Trage gelegt werden konnte. Maik Fechner und der SEK-Einsatzleiter standen wartend neben dem Rettungswagen, als die Sanitäter Pavlovic brachten.

»Ich fahre mit«, sagte Lena, wartete nicht die Reaktion ihrer Kollegen ab und sprang in den Rettungswagen.

Nachdem der Notarzt eingestiegen war, wurden die Türen verschlossen. Kurz darauf fuhr der Rettungswagen langsam an, während der Notarzt Pavlovic eine Infusion anlegte. Pavlovic, der bisher bewusstlos gewesen zu sein schien, stöhnte auf, bewegte vorsichtig den Kopf und öffnete die Augen.

»Sie haben mir Ihr Wort gegeben«, presste er leise heraus, als er Lena bemerkte.

Lena warf dem Arzt einen Blick zu, er nickte. Sie beugte sich vor: »Das waren nicht meine Leute. Jemand anders hat geschossen.«

»Wer?«

»Das wissen wir noch nicht.«

Pavlovic schloss die Augen und verzerrte sein Gesicht vor Schmerz.

»Maren«, flüsterte er.

Lena beugte sich vor, bis ihr Ohr ganz nah an Pavlovics Mund war. »Das ist wegen Maren. Es war ein Unfall. Ich wollte …« Er holte Luft und schien starke Schwierigkeiten zu haben, die weiteren Worte zu formulieren. »Es war ein Unfall.«

»Wer könnte geschossen haben?«, fragte Lena.

»Er«, bekam Pavlovic mit letzter Mühe heraus. »Er hat Maren …« Sein Kopf sackte zur Seite.

»Die Schmerzmittel wirken«, sagte der Notarzt. »Lassen Sie ihn jetzt. Wir sind auch gleich da.«

Lena rückte ab und überließ dem Sanitäter ihren Platz. Kurz darauf hielt der Rettungswagen, die Tür wurde geöffnet, die Trage mit Pavlovic auf einen Rollwagen gestellt. Der Notarzt sprach mit seinem Kollegen, als sie den langen Flur entlangliefen. Lena hastete hinterher und wurde vor der Tür des Operationssaals zurückgehalten.

»Hat tatsächlich jemand anders geschossen?«, fragte der Notarzt Lena, als er kurz darauf bei ihr stand.

»Nein, es waren unsere Leute. Wird er durchkommen?«

»Schwer zu sagen. Ich gebe ihm eine fünfzigprozentige Chance. Er hat schon Glück gehabt, dass nicht sein Kopf getroffen wurde. Ich vermute, er hat sich in dem Moment aufgerichtet.«

»Mag sein.«

In diesem Augenblick kamen Maik Fechner und der SEK-Einsatzleiter auf sie zu. »Wie sieht es aus?«, fragte Fechner.

Der Notarzt wiederholte seine Prognose und verabschiedete sich.

»War das notwendig?«, fragte Lena den SEK-Mann.

Er hielt ihr die Hand entgegen. »Ich habe mich noch nicht vorgestellt. Entschuldigen Sie. Harald Borchert.«

»Lena Lorenzen, LKA.«

»Ich weiß. Und ja, wir haben keine andere Möglichkeit gesehen, die Geiseln zu retten.«

»Der Schuss hätte danebengehen können. Woher wussten Sie, dass das Pavlovic war? Es hätte genauso gut eine der anderen Geiseln sein können.«

»Das Risiko musste ich eingehen. Es ist ja alles gut gegangen.«

»Wie man's nimmt«, murmelte Lena und wandte sich an Maik Fechner. »Kann ich informiert werden, falls sich hier etwas ergibt?«

Er nickte. »Sie haben sich übrigens gut geschlagen. Gratulation!«

Fünfunddreissig

»Er hat also gestanden?«, fragte Kriminalrätin Nielsen, nachdem Lena ihr einen ausführlichen Bericht gegeben hatte. Lena war Nielsen bei ihrer Rückkehr ins LKA direkt in die Arme gelaufen und hatte keine Ausrede gehabt, um nicht mit ihr zu sprechen.

»Gerichtsfest ist das nicht, aber Wanja Pavlovic hat davon gesprochen, dass es ein Unfall war. Von der Fähre war keine Rede, aber letztendlich wird er das gemeint haben.«

»Das Motiv ist auch schlüssig, ich denke, der Fall ist mehr oder weniger geklärt. Wir warten jetzt, ob der junge Mann durchkommt und was er uns zu sagen hat.«

Lena wiegte zweifelnd den Kopf. »Es gibt da noch ein paar Unklarheiten, die wir näher untersuchen sollten.«

»Sie sprechen von dem Vater des Opfers?«

»Unter anderem. Nach allem, was wir bisher wissen, ist Maren Witte in ihrer Kindheit sexuell missbraucht worden.«

»Ich sehe keinen Zusammenhang zu ihrem Tod. Palo…« Nielsen sah Lena fragend an.

»Wanja Pavlovic«, half Lena ihr.

»Genau, dieser Pavlovic hat damit ja wohl kaum etwas zu tun. Er war zu der Zeit ja selbst noch ein Kind.«

»Die genauen Zusammenhänge kenne ich noch nicht, aber mein Bauchge…«

»Ihre Intuition in allen Ehren, aber der Fall scheint mir gelöst«, fiel Nielsen ihr ins Wort. »Sie haben hervorragende Arbeit geleistet. Nehmen Sie sich ein paar Tage frei und dann wird Pavlovic hoffentlich wieder ansprechbar sein.«

»Und jetzt?«, fragte Johann, dem Lena kurz nach ihrem Gespräch mit Nielsen berichtet hatte. »Akten für die Staatsanwältin fertig machen und vergessen?«

»Wie lange kennst du mich jetzt?«

Johann grinste. »Was machen wir als Nächstes?«

»Du wolltest Janto Knudsen nach der Nummer fragen, von der Maren ihn an ihrem Todestag angerufen hat.«

Johann hielt den ausgestreckten Zeigefinger hoch. »Habe ich nicht vergessen. Er war nur vorher nicht zu erreichen. Heute hatte ich Glück. Die Nummer habe ich, sie bringt uns nur nicht weiter. Es ist auch eine ausländische Prepaidkarte.«

»Das habe ich schon befürchtet. Da kommen wir also nicht weiter.« Lena stöhnte leise. »Hast du mit der Küchenrechnung wenigstens etwas erreicht?«

»Ja, Name und Adresse habe ich. Ein gewisser Alexander von Kleinstetten hat die Rechnung beglichen. Ich habe ihn schon gegoogelt. Schwerreicher Erbe. Wird sicher nicht leicht, wenn wir ihn befragen wollen.«

»Das könnte ein wichtiger Ansatzpunkt sein. Allerdings wird das heute nichts mehr. Lass uns das Montag anpacken. Hast du noch mehr zu Claus Witte?«

»Der Galerist hat auch positive Seiten von Witte herausgestellt. Witte sei, nachdem er seine spätere Frau kennengelernt habe, viel ruhiger geworden. Zuvor hatte er wohl unzählige Frauengeschichten am Laufen. Als dann seine Tochter geboren wurde, habe sich Witte zum Vorzeigepapa entwickelt.

Der Galerist hat trotz seines späteren Rückfalls in Alkohol und Glücksspiel lange zu Witte gehalten. Auch weil er ihn dafür bewundert hat, wie er mit der Familie umging. Und Witte sei immer großzügig gegenüber Freunden gewesen. Wenn ihn jemand um Geld bat, hat er nicht gezögert, etwas zu zahlen oder auch sonst wie Hilfestellungen zu leisten. Dass uns das jetzt weiterbringt, glaube ich zwar nicht, aber du hast ja immer gerne ein Gesamtbild der Persönlichkeit.«

»Hast du mit noch mehr Leuten über Claus Witte gesprochen?«

Johann nickte. »Ja, der Galerist hat mir die Namen von zwei Frauen gegeben. Sie kannten ihn aus der Zeit, als er noch nicht verheiratet war. Beide Künstlerinnen, die später keinen Kontakt mehr zu ihm hatten. Sie hatten kurze Affären mit ihm. Wenn er pädophil veranlagt ist, hat er es auf jeden Fall gut verschleiern können.«

»Gewalt in der Beziehung?«

»Nein, beide hatten ihn in guter Erinnerung. Von Gewalt war keine Rede.«

Lena nickte nachdenklich. »Seine Frau hat ihn auch vehement in Schutz genommen, als ich meinen Verdacht angedeutet habe.« Sie machte sich eine Notiz. »Hast du dich auch noch mit Roland Gries beschäftigen können?«

»Ja. Seine Vorstrafen kennst du. Sie sind ja fast zwanzig Jahre alt und man könnte sie fast noch als Jugendsünden bezeichnen. Da Gries viele Jahre oben im Norden gelebt hat, habe ich mit einem ehemaligen Kollegen aus Flensburg gesprochen. Er steht kurz vor der Pensionierung und konnte sich noch gut an Gries erinnern. Er hat seinerzeit gehört, dass er für einige Jahre im Ausland war. Französische Fremdenlegion. Anschließend soll er als Bodyguard in England gearbeitet haben. Der Kollege hat mitbekommen, dass Gries vor ungefähr zehn Jahren zurück nach Deutschland ist und eine Weile in Hamburg gelebt hat.

Dass er jetzt in Kiel«, Johann malte Anführungszeichen in die Luft, »tätig ist, wusste er allerdings nicht. In Flensburg ist er seines Wissens erst vor Kurzem wiederaufgetaucht. Mein Kollege hat das von einem Informanten, meint aber, dass es wohl nur ein kurzer Ausflug in die Vergangenheit gewesen sei. Er hat sich umgehört und keine Anzeichen gefunden, die auf Aktivitäten von Gries im Drogen- oder Rotlichtmilieu hinweisen.«

Lena horchte auf. »Flensburg? Wann war das?«

Johann schaute auf seine Notizen. »Vor drei bis vier Monaten. Ganz genau konnte das der Kollege nicht sagen. Warum?«

»Pavlovic war offiziell in Flensburg gemeldet und hat dort eine Zeit lang gelebt. Zeitlich könnte es hinkommen.«

»Was sollten die beiden miteinander zu tun haben?« Johann hatte *die beiden* besonders betont.

Lena zuckte mit den Schultern. »Weiß ich nicht.« Sie seufzte. »Noch nicht. Verdammt, wenn Pavlovic stirbt, stellt Nielsen das Ermittlungsverfahren ein.«

»Vielleicht ist es ja so einfach. Pavlovic hat zufällig herausgefunden, wer ihn seinerzeit verpfiffen hat, Maren Witte ist zu der Hamburger Freundin geflohen und …«

»Genau«, sagte Lena. »Warum ist sie zurück? Ihr muss doch klar gewesen sein, dass Pavlovic keine Ruhe gibt. Selbst wenn sie nicht wusste, dass er die Sache von damals herausgefunden hat. Was hatte sie in Kiel vor?«

»Schon richtig! Wo sollte sie auch ohne Geld und dann noch mit einem Neugeborenen hin?«, sagte Johann.

»Aber zurück nach Kiel? Wo Pavlovic unweigerlich auf sie warten würde?«

»Sie hätte ihn anzeigen können. Die Verjährungsfrist für Zwangsprostitution hätte zehn Jahre betragen, und sollte er sie vergewaltigt haben, noch länger. Er wäre für viele Jahre weg vom Fenster gewesen.«

»Und warum hat sie dann ihr Kind in der Babyklappe abgegeben?«, fragte Lena.

»Vielleicht hatte sie Angst, dass Pavlovic ihrem Kind etwas tut. Selbst wenn sie ihn angezeigt hätte, wäre er nicht sofort in Haft gekommen. So war ihr Kind erst mal in Sicherheit. Hast du nicht erzählt, dass Frauen ihr Kind auch schon wieder im Krankenhaus abgeholt haben? So schnell findet doch keine Adoption statt.«

Lena nickte. »Daran habe ich auch schon gedacht. Sie hoffte wohl, dass, wenn sie selbst die Sache nicht heil überleben sollte, zumindest das Kind gerettet wäre.«

»Und was hältst du davon, dass Pavlovic von einem Unfall gesprochen hat?«

»Selbst wenn er sie nicht töten wollte, hat er es zumindest billigend in Kauf genommen. So einfach fällt man nicht über die Reling ins Wasser. Vielleicht hat der Seenebel eine Rolle gespielt. Im schlimmsten Fall kann man nur noch einen halben Meter oder sogar weniger weit sehen. Es kam zu einer Auseinandersetzung, Pavlovic hat Maren bedrängt …« Lena schüttelte den Kopf. »Er muss sie schon gezwungen haben, auf die Reling zu steigen, oder er hat sie hochgehoben und damit gedroht, sie umzubringen. Die Größe und die Kraft hätte er dazu. Maren hat höchstens fünfzig Kilo gewogen.«

»Oder sie ist über die Reling gestiegen und hat damit gedroht zu springen, wenn er nicht verschwindet«, warf Johann ein.

»Sie ist auf Pellworm aufgewachsen und wusste, was das bedeuten würde«, sagte Lena. »Eher hat Pavlovic sie über oder auf die Reling gehoben und damit gedroht, sie fallen zu lassen, wenn sie nicht das macht, was er will.«

»Wir werden es nie erfahren, wenn er nicht durchkommt«, sagte Johann mit frustriertem Unterton.

In diesem Augenblick klingelte Lenas Handy. Sie sah aufs Display und nahm das Gespräch an. »Gibt es etwas Neues, Florian?«

»Die Operation ist so weit gut verlaufen. Jetzt kommt es auf die nächsten zwei Tage an, hat mir der Arzt gesagt. Mit ihm sprechen dürfen wir erst mal ohnehin nicht. Vielleicht in ein paar Tagen, meinte der Arzt.«

»Seine Chancen zu überleben sind also gestiegen?«

»So habe ich das mal interpretiert.«

»Sind die Geiseln wohlauf?«, fragte Lena.

»Rein körperlich ja. Ich habe kurz mit Beate Janker gesprochen, den Rest machen aber die Kollegen in den nächsten Tagen.«

»Hast du noch etwas von Christina Meier gehört?«

»Oh, das hätte ich bei der ganzen Aufregung fast vergessen. Sie ist inzwischen aus dem künstlichen Koma geholt worden. Es geht ihr den Umständen entsprechend gut. Der Arzt hat mir beziehungsweise uns erlaubt, am Montag eine Viertelstunde mit ihr zu sprechen.«

»Zumindest ein kleiner Lichtblick. Wollen wir uns vor dem Krankenhaus treffen? Wann ist die Visite durch?«

»Ab zehn Uhr dürfen wir kommen. Punkt zehn am Haupteingang?«

»Ja, so machen wir es. Danke, Florian. Dir ein schönes Wochenende.«

»Gleichfalls.«

Sechsunddreissig

Lena klopfte und trat ein, als sie ein »Herein« hörte. Dr. Frauke Simonsen, die für die Ermittlungen im Fall Maren Witte zuständige Staatsanwältin, war Anfang vierzig, hatte zwei schulpflichtige Kinder und einen Ehemann, der Richter am Amtsgericht war. Lena hatte in den vergangenen Jahren bei zwei Ermittlungen mit ihr zusammengearbeitet.

»Guten Tag, Frau Lorenzen«, begrüßte die Staatsanwältin sie. Sie zeigte auf einen Stuhl vor ihrem Schreibtisch. »Setzen Sie sich doch bitte.«

Lena zog den Stuhl vor und nahm Platz. »Sie haben von der Geiselnahme gehört?«

»Ja, vorhin im Radio. Betrifft das unseren Fall?«

Lena berichtete ihr von den Ermittlungen der letzten Tage.

»Verstehe. Sie sind sich sicher, dass Herr Pavlovic der Täter ist?«

»Ich weiß, sein Geständnis, oder wie immer man seine Einlassung bewertet, ist nicht gerichtsfest. Allerdings war sich die Zeugin auf der Fähre zu hundert Prozent sicher, dass sie Wanja Pavlovic gesehen hat. Und zwar sowohl auf der Hinfahrt als auch auf der direkten Rückfahrt.«

»Warten wir ab, was er aussagt. Auf jeden Fall beglückwünsche ich Sie schon mal zu der ausgezeichneten Ermittlungsarbeit.« Sie musterte Lena. »Um mir den Bericht persönlich vorzutragen, sind Sie aber nicht hergekommen, oder?«

Lena lächelte. »Ich möchte Sie bitten, ein Ermittlungsverfahren gegen den Vater von Maren Witte zu eröffnen.«

Frauke Simonsen nickte. »Das dachte ich mir schon. Haben Sie mehr, als Sie mir vorhin berichtet haben?«

»Nein.«

»Natürlich könnte ich ein Verfahren eröffnen. Ein Anfangsverdacht besteht allemal, aber Sie sind lange genug im Geschäft, um zu wissen, dass wir damit nicht sehr weit kommen. Die Hauptzeugin ist tot, die Mutter streitet vehement ab, dass es zum sexuellen Missbrauch gekommen ist, und weitere Zeugen haben Sie nicht. Zusätzlich liegt der mutmaßliche Missbrauch über zehn Jahre zurück. Eine Vernehmung von Herrn Witte wird enden wie das Hornberger Schießen. Wir würden uns auf ganzer Linie blamieren und kaum eine Chance haben, den Fall noch einmal aufzurollen. Wollen Sie das Risiko wirklich eingehen?«

»Wir könnten bei einer Hausdurchsuchung belastendes Material finden.«

»Erstens müsste ich erst mal einen Richter finden, der aufgrund der momentanen Beweislage einen Beschluss ausstellt, zweitens glaube ich kaum, dass Herr Witte jetzt noch belastendes Material im Haus hat. Er wird längst mitbekommen haben, in welche Richtung Sie ermitteln.«

»Wenn wir es nicht einmal versuchen, haben wir verloren, bevor wir angefangen haben.«

Die Staatsanwältin ließ sich Zeit für eine Antwort. »Glauben Sie mir, wenn ich nur eine minimale Chance sehen würde, einen sexuellen Missbrauch an einem Kind strafrechtlich zu verfolgen, würde ich das Risiko eingehen. Ich habe auch keine Angst, vor Gericht zu verlieren. Aber bis dahin müssen wir erst mal kommen. Im Moment sehe ich da keinen Ansatzpunkt. Bringen Sie mir mehr und ich bin sofort dabei.« Sie hielt kurz inne. »Mit ganzer Kraft!«

Lena schloss die Haustür auf. Auf dem Weg von Kiel nach Husum hatte sie mit Erck gesprochen. In spätestens einer halben Stunde würde er von seinem Amrum-Einsatz zurück sein. Sie warf ihre kleine Reisetasche achtlos in den Flur und zog die Jacke aus. In der Küche stellte sie den Wasserkocher an und goss sich eine Kanne Tee auf. Mit dem gefüllten Becher in der Hand trat Lena auf die Terrasse und starrte über die Felder. In der Ferne erhob sich der Deich, an dem Erck und sie gerne spazieren gingen. Nach dem Gespräch mit der Staatsanwältin hatte Lena minutenlang in ihrem Büro gestanden und überlegt, ob sie direkt zu Kriminalrätin Nielsen gehen sollte, um ihr die Schwangerschaft mitzuteilen. Erst der Anruf von Ole unterbrach ihre trüben Gedanken. Sie hatte ihm von den letzten Ereignissen berichtet, sein Optimismus machte ihr Mut. Nach dem Gespräch hatte sie kurz bei Johann vorbeigeschaut und sich ins Wochenende verabschiedet.

Die Sonne brach durch die Wolkendecke und schien Lena direkt ins Gesicht. Sie legte ihren Kopf in den Nacken und schloss die Augen. Die Wärme der tief stehenden Sonne tat gut. Sie spürte, dass sie bereit war für die ruhigen Monate, die bis zur Geburt ihres Kindes auf sie zukommen würden. Mit etwas Glück würde sie nach Husum »ausgeliehen« werden, sie hätte einen kurzen Anfahrtsweg und würde ihren Freund Ole Kotten jeden Tag sehen.

Lena hörte aus dem Haus ein Geräusch und kurz darauf legte Erck seine Arme von hinten um sie herum.

»Alles gut?«, fragte Erck.

»Ich glaube … nein, ich weiß, alles wird gut. Wäre es ganz schlimm, wenn du morgen schon wieder nach Amrum fahren würdest?«

»Nein, im Gegenteil.«

»Ich möchte Beke besuchen und ihr etwas erzählen.«

»Gute Idee. Sie wird sich freuen. So, wie ich Beke kenne, wird sie wahrscheinlich ein Tänzchen aufführen.« Er hielt inne. »Und dein Vater?«

Lena zögerte. »Ich würde gern noch etwas warten. Es kann immer noch etwas …« Lena schluckte.

»Du hast recht. Warten wir damit. Beke behält das Geheimnis bestimmt für sich, wenn wir sie darum bitten.«

»Und dann fahren wir auch zu deinen Eltern. Was meinst du?«

»Klingt nach einem perfekten Plan.«

Lena drehte sich um und küsste Erck. »Ich liebe dich!«

Beke war überrascht, als Lena sie von der Fähre aus anrief und ihren Besuch ankündigte. Später, als Lena ihr gesagt hatte, dass sie ein Kind erwartete, fragte sie mehrmals nach, ob alles in Ordnung sei und ob Lena sich auch ausreichend schonen würde. Mehrfach fragte Beke, ob sie bereits einen Namen ausgesucht hätten und wann genau das Kind zur Welt kommen würde. Aber erst am Nachmittag, nachdem Lena und Erck vom Besuch bei Lenas Vater zurückkehrten, schien Beke so richtig verstanden zu haben, was passiert war. Sie umarmte Lena immer wieder und küsste sie auf die Wange. Als sie am Abend in ihre Wohnung fuhren, bestand Beke darauf, dass sie am nächsten Morgen zum Frühstück zu ihr kommen und die Zeit bis zur Abfahrt der Fähre mit ihr verbringen sollten. Zum Abschied am Folgetag flossen bei Beke die Tränen. Sie umarmte Lena lange und flüsterte ihr ins Ohr, dass sie bald wiederkommen solle.

Auf der Fähre angekommen, zog Lena Erck mit aufs Oberdeck zur Reling. Dort standen sie während der gesamten Fahrt, hielten sich aneinander fest und schauten schweigend auf ihre Nordsee und die kleiner werdende Silhouette von Amrum.

Siebenunddreissig

Am Montagmorgen machte sich Lena früh auf den Weg nach Kiel. Kaum hatte sie Husum hinter sich gelassen, meldete sich Florian Jungmann bei ihr.

»Moin, Kollege!«, begrüßte ihn Lena. »Gibt es etwas Neues?«

»Moin! Eventuell. Ich habe gestern Abend mit Pavlovics Arzt im Krankenhaus gesprochen. Pavlovics Zustand ist stabil und morgen wollen die Kollegen ihn zum Banküberfall und zur Geiselnahme befragen.«

»Dann werden wir mindestens noch bis übermorgen warten müssen.«

»Deshalb rufe ich an. Ich konnte den Oberarzt überreden, dass wir heute Vormittag kurz mit Pavlovic reden können. Zehn Minuten, aber nur, wenn er einwilligt.«

»Das klingt mehr als gut. Ich hatte schon die Befürchtung, dass er mauert, wenn die Kollegen zuerst bei ihm waren.«

»Ich auch. Wann bist du in Kiel?«

»Wenn alles gut geht, stehe ich spätestens in einer Stunde vor dem Haupteingang der Klinik.«

»Perfekt! Ich bin da. Dann sprechen wir zuerst mit Pavlovic.«

Lena atmete erleichtert auf. Vielleicht würde der Tag doch noch die Wende bringen und neue Ansatzpunkte, um Marens Martyrium aufzuarbeiten. Wanja Pavlovic würde mit hoher Wahrscheinlichkeit Details aus Marens Kindheit kennen. Ihm hatte Maren zu ihrer Husumer Zeit vertraut. Wenn Christina Meier sich auch kooperativ verhalten würde, würden neue Puzzleteile ins Spiel kommen, die das noch reichlich löchrige Bild vervollständigen könnten.

Sie rief Johann an und teilte ihm mit, dass sie erst gegen Mittag ins LKA kommen würde. Er wünschte ihr viel Glück bei den Befragungen und bat darum, gleich informiert zu werden.

Lenas Gedanken kreisten jetzt um das Thema, wie, bei den gerade mal zehn Minuten Zeit, die sie für die Befragung von Pavlovic haben würde, die wichtigsten Fragen lauten mussten. Er hatte ihr gegenüber zugegeben, dass er auf der Fähre gewesen war, und erklärt, dass nach seiner Ansicht der Tod von Maren Witte ein Unfall gewesen sei. Hatte zwischen ihm und Maren eine stärkere Verbindung bestanden, als Lena es bisher angenommen hatte? War das ein möglicher Ansatz, mit dem sie Pavlovic zum Reden bringen konnte? Lena ging es in erster Linie nicht um den konkreten Ablauf auf dem Oberdeck der Fähre, sondern um Namen und Fakten zu dem mutmaßlichen sexuellen Missbrauch von Maren Witte. Hatte sie ihm Namen genannt? Wusste er, welche Rolle der Vater gespielt hatte? Gab es unter Umständen weitere Zeugen, die mit Maren über den Missbrauch gesprochen hatten? Sie würde Pavlovic in seiner Rolle als Marens Beschützer bestärken müssen, ihm suggerieren, dass sich eine Aussage zu Marens Vergangenheit bei dem Prozess wegen des Bankraubs und der Geiselnahme positiv auszahlen würde. Oder sollte sie die Ereignisse am Ende der letzten Woche überhaupt nicht ansprechen? Pavlovic würde inzwischen klar sein, dass eine lange Haftstrafe auf ihn wartete. Den Prozess anzusprechen würde nur negative Emotionen hervorrufen.

Lena entschied sich dazu, sich auf Maren zu konzentrieren und auch die mutmaßliche Prostitution als Minderjährige nicht anzusprechen.

Florian Jungmann wartete bereits am Haupteingang und begrüßte Lena mit erwartungsfroher Miene.

»Jetzt kommt endlich Fahrt in die ganze Angelegenheit.« Er zeigte zum Eingang. »Wollen wir?«

Sie stiegen in den leeren Aufzug ein und er drückte auf den Knopf für den dritten Stock.

»Du stellst die Fragen?«

Lena nickte. »Es wäre gut, wenn du dich im Hintergrund hältst. Ich bin mir nicht sicher, ob er überhaupt mit uns spricht. Ich versuche es über eine persönliche Schiene und lasse jetzt bei der ersten Befragung alle problematischen Themen beiseite.«

»Klar. Soll ich mein Handy laufen lassen?«

»Das mache ich schon«, sagte Lena. »Wirklich nutzen können wir die Aufnahme ja ohnehin nicht.«

Die Aufzugtür öffnete sich, Florian Jungmann warf einen Blick auf die Hinweisschilder und zeigte dann nach rechts. »Hier geht's lang.«

Auf der Station blieben sie beim Empfang stehen und warteten, bis eine junge Frau ihr Telefongespräch beendet hatte.

»Ich habe gestern mit Dr. Friedländer gesprochen«, sagte Florian Jungmann, nachdem er sich ausgewiesen hatte. »Es geht um einen seiner Patienten.«

»Um wen handelt es sich?«

»Wanja Pavlovic. Der Patient steht unter Bewachung.«

Die junge Frau nickte mechanisch. »Ich würde Sie bitten, sich dort drüben im Wartebereich kurz zu setzen. Dr. Friedländer wird Sie dann dort abholen.«

»Wie war dein Wochenende?«, fragte Florian Jungmann, als sie im leeren Wartezimmer am Fenster standen und auf den Innenhof sahen.

»Erholsam. Ich habe meine Tante auf Amrum besucht.«

»Amrum? Da war ich mal als Kind mit meinen Eltern. Ich erinnere mich noch an diesen unglaublich großen Strand.«

Lena lächelte. »Eigentlich ist der Kniepsand kein Strand, sondern eine Sandbank, die ganz langsam wandert.«

Florian grinste. »Wieder was dazugelernt. Deine Tante? Du bist da auch aufgewachsen?«

»Ja. Mit achtzehn bin ich aufs Festland auf die Polizeischule.«

Florian Jungmann drehte sich um. »Ich dachte, ich hätte etwas gehört.« Er schaute auf die Uhr. »Vielleicht ja ein Notfall oder so.«

»Ich habe Zeit.«

Florian bediente sich an einem Tisch mit verschiedenen Getränken. »Du auch etwas?«

Lena schüttelte den Kopf. In Gedanken ging sie noch einmal ihre Strategie durch. Zehn Minuten. Sie würde sich zwingen müssen, nicht ständig auf die Uhr zu schauen. Ob der Arzt darauf bestehen würde, bei der Befragung anwesend zu sein?

Die Tür des Wartezimmers wurde geöffnet. Ein Mann Anfang fünfzig trat ein, reichte zuerst Lena die Hand und anschließend Florian Jungmann.

»Es tut mir leid, aber heute Nacht gab es Komplikationen bei Herrn Pavlovic.«

»Können wir nicht mit ihm sprechen?«, fragte Florian Jungmann.

»Nein, wie gesagt, es sind schwerwiegende Komplikationen aufgetreten. Der Patient ist vor rund einer Stunde verstorben.«

Florian Jungmann sah ihn fassungslos an. »Tot? Aber …«

»Tut mir leid, aber die Komplikationen waren nicht vorhersehbar«, sagte Dr. Friedländer. »Glauben Sie mir, ich hätte mir auch einen anderen Ausgang gewünscht. Egal was der junge Mann verbrochen hat.«

»Hat der Patient noch irgendetwas gesagt?«, fragte Lena.

»Leider hatte ich keinen Dienst und habe es auch nicht rechtzeitig ins Haus geschafft. Ist das sehr wichtig?«

Lena nickte.

»Sie könnten vielleicht mit Frau Schneider sprechen. Das ist die zuständige Intensivpflegerin, die heute Nacht Dienst hatte.«

»Ist sie noch hier?«

Dr. Friedländer schaute auf die Uhr. »Sie könnten Glück haben.« Er zeigte den Flur entlang. »Kommen Sie, wir schauen einfach mal im Stationszimmer nach.«

Sie liefen hinter dem Oberarzt her. »Ach, da kommt sie ja.« Eine Frau in Straßenkleidung kam auf sie zu. »Frau Schneider, diese Herrschaften von der Polizei hätten eine kurze Frage zu dem verstorbenen jungen Mann.«

Die Frau nickte, Dr. Friedländer verabschiedete sich.

»Wollen wir kurz in den Wartebereich gehen?«, fragte Lena.

»Was wollen Sie denn wissen?«, fragte die Krankenpflegerin, als sie die Tür hinter sich geschlossen hatten.

»Mein Kollege und ich wollten Herrn Pavlovic heute befragen, aber leider ist er ja vorhin verstorben. Dr. Friedländer sagte uns, dass Sie ihn über Nacht betreut haben. Hat er noch etwas gesagt, heute Nacht oder in den Tagen davor?«

»Nicht viel. Nach der Operation hat er zwei Nächte lang nicht gesprochen, aber letzte Nacht war er sehr unruhig und hat viel vor sich hin gemurmelt. Das war aber alles sehr zusammenhanglos.«

»Erinnern Sie sich denn noch an einzelne Passagen?«, fragte Lena.

»Er hat von einer Frau gesprochen. Der Name … ja, ich glaube, Maren. Kann das sein?«

»Ja.«

»Und von einem Unfall, wenn ich das richtig verstanden habe. Ein Schiff oder so, auf jeden Fall ging es um Wasser. Hilft Ihnen das weiter?«

»Ja, durchaus. Haben Sie noch mehr verstanden?«, fragte Lena.

»Das war später in der Nacht. Da hat er von einem Monster gesprochen. Irgendein Monster wäre schuld.«

»Ein Monster. Hat er Namen genannt?«

»Ich war nicht die ganze Zeit bei ihm. Mag sein, dass er noch Namen genannt hat, ich kann mich an keinen erinnern.«

»Hat Herr Pavlovic ansonsten noch mehr zu Maren oder dem Monster gesagt?«

»Ist Maren seine Freundin oder Ex-Freundin? Ich weiß nicht, ob ich mich täusche, aber es klang so, als wenn er ihr nachtrauern würde. Zu diesem Monster, wer oder was auch immer gemeint war, kann ich Ihnen nichts weiter sagen.«

Lena und ihr Kollege standen draußen vor der Klinik.

»Verfluchter Mist!« Florian Jungmann fuhr sich mit der Hand durch die Haare. »Hätte er nicht noch ein paar Stunden durchhalten können?«

»Florian! Das hat sich Pavlovic sicher nicht ausgesucht.«

»Weiß ich doch. Trotzdem zum Durchdrehen. Macht dir das nichts aus?«

»Oh, doch!« Bei der Todesnachricht hatte Lena versucht, die Enttäuschung zu unterdrücken, und nach einem Weg gesucht, trotzdem an Informationen zu kommen. Nach dem Gespräch mit der Krankenpflegerin war ihr elend zumute. Sie fühlte sich ausgelaugt wie nach zwei hintereinanderliegenden Marathons. Ihre letzte Hoffnung war Christina Meier. Sie zwang sich, nach vorne zu schauen. »Aber wir haben noch Frau Meier. Vielleicht weiß sie mehr, als wir bisher zu hoffen gewagt haben.«

»Dein Wort in Gottes Ohr. Wirklich Hoffnung habe ich nicht mehr.« Florian Jungmann schaute auf die Uhr. »Wir können auch gleich zu ihr. Ich überlasse dir die Fragen. Ich bin im Moment zu frustriert.«

»Guten Tag, Frau Meier«, begrüßte Lena Christina Meier. »Wie geht es Ihnen heute?«

Christina Meier saß halb aufgerichtet im Bett. »Hält sich in Grenzen.« Lena konnte nur schwer verstehen, was Christina Meier gesagt hatte. Ihr Gesicht war geschwollen, die Lippen blutverkrustet, um das rechte Auge schimmerte die Haut dunkelviolett.

Lena deutete auf einen Stuhl. »Darf ich mich setzen?«

Christina Meier nickte.

Florian Jungmann war an der Tür stehen geblieben und verfolgte das Gespräch als Zuhörer.

»Sie sind überfallen worden und wären vermutlich an den Verletzungen gestorben, wenn Sie nicht rechtzeitig gefunden worden wären.«

»Das hat mir der Arzt schon gesagt.«

Lena beugte sich leicht vor. »Erinnern Sie sich an den Überfall?«

»Nein. Ich weiß nicht einmal, was ich in der Gegend wollte.«

Lena hatte Christina Meier nicht aus den Augen gelassen. War sie eine Spur nervöser geworden? Christina Meiers Augenlider zitterten leicht, aber das angeschwollene Gesicht machte es Lena schwer, Rückschlüsse auf den Wahrheitsgehalt ihrer Antwort zu ziehen.

»Kennen Sie jemanden in der Gegend, wo Sie gefunden worden sind? Haben Sie dort manchmal zu tun?«

»Nein. Ich weiß wirklich nicht, was passiert ist. Das müssen Sie mir glauben.«

Lena stand auf. »Ruhen Sie sich aus, vielleicht kommt die Erinnerung langsam zurück.« Sie reichte ihr eine ihrer Visitenkarten. »Sie können mich rund um die Uhr erreichen.«

Achtunddreissig

Johann hörte sich Lenas Bericht an. Sie schloss mit den Worten: »Ich glaube inzwischen, dass Christina Meier mich angelogen hat.«

»Sie wird Angst haben«, sagte Johann. »Immerhin ist sie nur knapp mit dem Leben davongekommen.«

»Das ist mir klar, Johann. Ich an ihrer Stelle wäre nicht so sicher, dass das die richtige Strategie ist. Vielleicht haben die oder der Täter Frau Meiers Tod nicht nur billigend in Kauf genommen, sondern eingeplant. Dass sie dort gefunden wurde, war reiner Zufall.«

»Bedeutet?«

»Sie ist auch in Zukunft nicht sicher. Es kann gut sein, dass die Täter es ein zweites Mal versuchen. Trotzdem glaube ich nicht, dass sie reden wird. Natürlich wirst du es in den nächsten Tagen oder auch Wochen wieder versuchen, aber ich bin mir fast sicher, dass das nichts bringt.«

»Ich? Gehst du für länger in den Urlaub?«

»Sozusagen. Für zwei Jahre. Vielleicht auch länger.«

Johann grinste. »Der 1. April ist aber schon vorbei. Das weißt du hoffentlich.«

Lena stand auf und schloss Johanns Bürotür. »Ich bin schwanger. Eigentlich wollte ich das Nielsen erst sagen, wenn wir den Fall abgeschlossen haben, aber jetzt …«

»Du bekommst ein Kind?«, fragte Johann mit weit aufgerissenen Augen. »Ist das dein Ernst oder«, er schüttelte sich leicht, »es ist dein Ernst. Himmel. Darf man gratulieren?«

»Wenn du möchtest. Im Moment ist mir zwar nicht nach Feiern, aber das wird sich wohl wieder legen.«

»Welch ein Timing! Haus, Hochzeit und dann das Kind.« Er seufzte leise. »Das werde ich Johanna lieber nicht erzählen.«

Lena musste unwillkürlich schmunzeln. »Dann werde ich sie wohl anrufen müssen.«

Johann lachte. »Untersteh dich. Das mache ich irgendwann in einem günstigen Augenblick.« Er wurde ernst. »Und du willst mich wirklich zwei Jahre hier mit allem alleine sitzen lassen? Aber bis zum Mutterschutz bleibst du uns doch zumindest hier im Haus erhalten?«

»Mal sehen, wie's kommt.«

Johann sah sie verwundert an. »Was heißt das jetzt schon wieder?«

»Das sind noch ungelegte Eier. Du erfährst es als Erster, sollte etwas daraus werden.«

»Klingt ausgesprochen geheimnisvoll.« Er atmete tief durch. »Schwanger, ein Kind. Ich kann es immer noch nicht ganz fassen. Verrückt, vollkommen verrückt. Ich war so sicher, dass dir deine Arbeit wichtiger als alles andere ist.«

Lena zuckte mit den Schultern. »So kann man sich irren.«

»Und jetzt willst du direkt zu Nielsen gehen? Ich meine …« Johann brach ab und ließ seinen Blick über den vollen Schreibtisch schweifen.

»Ich schreibe erst noch die Protokolle und gehe noch einmal alle Berichte durch. Danach …« Lena schluckte schwer. So einfach, wie sie es vorhin dargestellt hatte, würde der Gang nicht werden. Es fühlte sich jetzt schon an, als habe sie Maren Witte aufgegeben, als habe sie nur mit halber Kraft ermittelt, weil sie im Kopf mit ihrem Privatleben beschäftigt war. Sie atmete tief durch. »Bevor ich fahre, komme ich noch einmal bei dir rein.«

Lena klappte den Laptop zu und verstaute ihn in ihrer Tasche. Sie hatte die Protokolle des Tages geschrieben und war sämtliche Berichte zum Fall Maren Witte durchgegangen, hatte sie hier und da korrigiert und ergänzt. Nach ihrer Einschätzung würde die Staatsanwältin den Fall abschließen und Maren Wittes Tod als mutmaßlichen Totschlag, begangen durch Wanja Pavlovic, zu den Akten legen. Nach dem Gespräch mit Kriminalrätin Nielsen würde Lena bei Simonsen vorbeischauen und ihr die Details erläutern. Alle weiteren Entscheidungen lagen nicht mehr in Lenas Verantwortungsbereich.

Auf dem langen Flur zu Nielsens Büro wurde Lena langsamer. War ihre Entscheidung richtig oder sollte sie doch zu einer weiteren Ermittlungsrunde starten? Nein, die Durchsicht der Berichte hatte ihr gezeigt, dass sie, Ole und Johann sauber gearbeitet hatten und jeder sich auftuenden Spur nachgegangen waren. Sie beschleunigte ihren Gang und wollte gerade zum Klopfen ansetzen, als sich ihr Handy meldete. Seufzend griff sie in die Tasche und sah aufs Display.

»Johann, ich stehe hier vor der Tür der Kriminalrätin. Ich komme später noch bei dir vorbei.«

»Stopp! Kim Buchner ist in meinem Büro. Sie hat heute per Post eine Sendung von Maren Witte bekommen. Die Postleitzahl war falsch, deshalb hat es länger gedauert.«

»Was ist drin?«

»Ein Datenstick. Ich habe schon mal nachgeschaut. Es sind eine Tonaufnahme und ein einzelnes Foto. Nach der Datenmenge der Aufnahme zu urteilen, ist es eine sehr lange.«

Lena entfernte sich ein paar Schritte von Nielsens Bürotür. Gab es doch noch Hoffnung? »Hast du schon reingehört?«

»Nein, aber im beiliegenden Brief steht, dass Frau Buchner den Stick zur Polizei bringen soll, falls ihr etwas zustoßen sollte, sie getötet oder vermisst wird. Maren hat ausdrücklich geschrieben, dass Frau Buchner den Stick nur bei einer zuverlässigen Stelle abgeben soll. Kommst du jetzt? Zu Nielsen kannst du doch immer noch gehen.«

Lena begrüßte Kim Buchner und ließ sich das Schreiben von Maren Witte zeigen. »Haben Sie sich die Aufzeichnung angehört?«

Kim Buchner schüttelte den Kopf. »Maren schreibt doch, dass ich das nicht tun soll.«

»Mein Kollege setzt jetzt ein Protokoll auf, das Sie anschließend unterschreiben müssen. Ich gehe unterdessen in mein Büro und höre mir die Aufnahme an.«

Lena nickte Johann zu und eilte in ihr Büro. Mit leicht zitternder Hand schob sie den Stick in ihren Laptop und sah zu, wie sich der Ordner öffnete. Neben der Tondatei befand sich dort ein Foto. Lena klickte es an. Vier Männer standen dicht nebeneinander am Strand und lachten in die Kamera. Lena schätzte ihr Alter auf Anfang vierzig bis Ende fünfzig. Sie musterte die Gesichter, kannte aber keinen der Männer. Sie schloss die Datei und klickte auf die Tonaufnahme.

»Ich bin Maren Witte, wohnhaft in Kiel, Lüppestraße 43. Wenn Sie diese Nachricht hören, bin ich entweder tot oder werde seit Längerem vermisst. Vor etwas mehr als einer Woche habe ich eine Tochter geboren, die ich heute im Städtischen Krankenhaus Kiel in der«, Lena hörte Maren Witte schwer atmen, »in der Babyklappe abgegeben habe. Der Vater des Kindes ist Jan Krönke, wohnhaft auf Pellworm. Ich habe ihm verschwiegen, dass er der Vater ist, hoffe aber, dass er sich bereit erklären wird, seine Tochter aufzunehmen und für sie zu sorgen. Bitte informieren Sie ihn und sagen Sie ihm, dass es mein sehnlichster Wunsch ist, dass er unsere gemeinsame Tochter aufzieht. Ich habe eine Lebensversicherung abgeschlossen, die zumindest die finanziellen Dinge fürs Erste regeln wird. Bitte sagen Sie Jan auch, dass ich ihn liebe, auch wenn ich es ihm nie richtig zeigen konnte. Es war die falsche Zeit, der falsche Ort und ich war nicht ich selbst. Sagen Sie Jan, dass es mir schrecklich leidtut und dass alles anders gekommen ist, als ich es mir erwünscht habe.«

Maren Witte legte eine kleine Pause ein. Lena hörte sie wieder schwer atmen, schließlich schien das Band angehalten und zu einem späteren Zeitpunkt wieder aktiviert worden zu sein.

»Ich weiß nicht, was passiert ist, wenn Sie diese Nachricht abhören, aber es könnte sein, dass Wanja Pavlovic etwas damit zu tun hat. Er ist zu einer längeren Haftstrafe wegen Drogenhandel verurteilt worden … Entschuldigung, ich muss etwas weiter ausholen, damit Sie verstehen, um was es geht. Ich bin auf Pellworm geboren und aufgewachsen. Meine Eltern sind Bettina und Claus Witte. Mit fast sechzehn Jahren bin ich nach Husum aufs Gymnasium gegangen und habe dort in einer Wohngemeinschaft gelebt. Zu dieser Zeit habe ich Wanja kennengelernt und mich in ihn verliebt. Wie ich heute weiß, war das für Wanja ein perfides Spiel, um mich zu manipulieren und auf den Strich zu schicken. Er hat mich so lange unter Druck gesetzt, bis ich es irgendwann getan habe. Ich dachte damals, es wäre ein Dienst an unserer Liebe, wenn ich das Geld für ihn verdiene. Wanja sagte mir, dass er reingelegt worden wäre und Kriminellen viel Geld schulden würde. Wir haben gemeinsam Pläne gemacht und wollten mit dem Geld, was ich auf der Straße verdienen würde, aus Husum weggehen. Wir wollten nach Italien und dort eine kleine Pension aufmachen. Heute weiß ich, dass das alles gelogen war.«

Wieder schien Maren die Aufnahme unterbrochen zu haben, es gab eine kurze Pause, bevor sie schließlich weitersprach.

»Dass Wanja ins Gefängnis kam, ist meine Schuld oder mein Verdienst, je nachdem, von welcher Warte aus man es sieht. Ich habe zufällig mitgehört, wie er einen Treffpunkt für eine Übergabe ausgemacht hat. Ich wusste mir damals nicht anders zu helfen, als ihn bei der Polizei anzuzeigen. Wie ich später gehört habe, ist Wanja festgenommen und zu einer Haftstrafe verurteilt worden. Damit er mich nicht findet, wenn er entlassen wird, bin ich nach Kiel umgezogen. Dort habe ich … gearbeitet. Manche nennen es Prostitution, aber ich habe es als eine normale Arbeit empfunden. In dem Haus, in dem ich gearbeitet habe, hat es mir gefallen. Ich habe Freundinnen gefunden und mich aufgehoben gefühlt. Vielleicht das erste Mal in meinem Leben. Trotzdem wurde die Arbeit immer anstrengender. Als ich dort dann zufällig Alexander von Kleinstetten begegnet bin, hat sich mein Leben verändert. Ich dachte damals, zum Guten.«

Lena hielt die Tonaufnahme an und googelte den Namen, den Johann ihr schon am Freitag genannt hatte. Alexander von Kleinstetten war Firmenerbe. Sein Großvater hatte im vergangenen Jahrhundert eine Reederei gegründet, die schnell über Kiel hinaus weitere Standorte aufmachte. Von Kleinstettens Vater übernahm nach dem Zweiten Weltkrieg das Unternehmen und investierte ab Mitte der sechziger Jahre große Summen in die wachsende Containerschifffahrt. Als von Kleinstettens Vater starb, übernahm Alexander die Firmenleitung, verkaufte aber zehn Jahre später das Unternehmen an einen chinesischen Großkonzern. Lena fand Meldungen, dass der Reedereiverbund kurz vor der Insolvenz gestanden hatte und der Kaufpreis bei Weitem nicht die geforderte Höhe umfasst hatte. Alexander von Kleinstetten war inzwischen Anfang fünfzig, verheiratet und hatte zwei Kinder, von denen eines noch im Haushalt der Familie lebte.

Lena klickte auf den Button der Wiedergabe-App und startete die Aufnahme erneut.

»Alexander war kein Kunde im Laufhaus, sondern hatte hier ein Treffen mit dem Jaguar-Mann. Wir sind uns zufällig auf dem Parkplatz begegnet, er hat mich angesprochen, und nachdem wir uns unterhalten haben, hat er mich um meine Handynummer gebeten. Zu dem Zeitpunkt wusste ich noch nicht, wer er war, habe mich aber dann einige Tage später von ihm in ein exklusives Restaurant einladen lassen. Er hat mich später am Abend offen auf meinen Beruf angesprochen und mir ein Arrangement vorgeschlagen. Nach zwei Wochen Bedenkzeit habe ich im Laufhaus aufgehört, habe mir eine neue Wohnung gesucht und sie eingerichtet. Natürlich hat Alexander alles bezahlt und mich zusätzlich noch nach jedem unserer Treffen reichlich beschenkt. Er hat es als Geschenk bezeichnet, für mich war es Arbeit, die gerecht entlohnt wurde. Alexander hatte Vorlieben, die ich hier nicht weiter erläutern will. Nur so viel: Es war kein Zufall, dass er mich ausgesucht hat. Auch mit Anfang zwanzig wirkte ich auf manche Männer wie ein Teenager. Die richtige Kleidung, die richtige Frisur, passendes Make-up, und schon kommt man viele Jahre jünger rüber. Alexander sagte mir damals, dass ich wie vierzehn aussehen würde. Ich habe später erfahren, dass ich nicht die Erste und wahrscheinlich auch nicht die Letzte war, mit der er dieses Arrangement eingegangen ist.«

Erneut gab es eine Pause, Lena hörte Maren Witte leise atmen. Es schien, als überlege sie, was sie sagen wollte. In diesem Augenblick kam eine Nachricht von Johann, der mitteilte, dass Kim Buchner das Protokoll unterschrieben habe. Lena stoppte die Aufnahme und machte sich auf den Weg zu Johanns Büro.

Kim Buchner stand vor Johann und schüttelte ihm die Hand zum Abschied. »Vielen Dank, dass Sie uns so schnell den Brief Ihrer Freundin vorbeigebracht haben.«

Lena trat auf die beiden zu. »Ich habe mir bereits einen Teil der Aufnahme angehört. Sie müssen sich kurz die Stimme anhören und mir bestätigen, dass es Ihre Freundin ist.« Lena reichte Johann den Stick, er spielte die ersten zwei Sätze ab und stoppte dann die Aufnahme.

Kim Buchner standen die Tränen in den Augen. »Ja, das ist Maren. Ganz sicher.«

Johann saß bereits am PC und tippte. Kurz darauf druckte er einen Zusatz zum Protokoll aus, den Kim Buchner unterschrieb.

»Ich möchte mich ganz herzlich für Ihr Vertrauen bedanken und dafür, dass Sie direkt zu uns gekommen sind«, sagte Lena.

»Finden Sie ihren Mörder. Allein wegen der Kleinen.« Kim Buchner wischte sich mit der Hand über die immer noch feuchten Augen. »Ich würde sie ja nehmen, aber ich glaube kaum, dass das Jugendamt sie mir überlassen würde.«

»Maren hat den Vater benannt. Sie wünscht sich, dass ihr Kind bei ihm aufwächst. Ich kenne ihn und werde ihn darüber informieren.«

Kim Buchner atmete erleichtert auf. »Das ist gut. Ist er ein guter Mann?«

»Ich habe erst zweimal mit ihm gesprochen, aber ich glaube, dem Mädchen wird es dort gut gehen.«

Kim Buchner machte einen Schritt auf Lena zu, umarmte sie kurz und verließ schließlich zusammen mit Johann, der sie zum Ausgang begleiten würde, das Büro. Lena eilte zurück an ihren Schreibtisch und startete erneut die Audiodatei.

»Als ich schwanger wurde«, sagte Maren Witte in der Aufnahme, »hat Alexander darauf bestanden, dass wir unsere Vereinbarung lösen. Ja, das klingt jetzt danach, als hätten wir einen geschäftlichen Vertrag unterschrieben, mit Kündigungsklauseln und allem Drum und Dran.« Maren Witte lachte kurz auf. Es klang, als fühlte sie sich entsorgt, abgewrackt, wie ein altes Auto. »Nein, ich hatte nie die Hoffnung, dass ich für Alexander mehr als ein Spielzeug bin.« Sie hielt kurz inne. »Obwohl, wenn ich es aus dem richtigen Blickwinkel betrachte, habe ich vielleicht Leben gerettet. Leben von Kindern, die er nicht angefasst hat, vergewaltigt hat, ihnen die Seele genommen hat, sie zu Krüppeln gemacht hat. Sie wundern sich jetzt wahrscheinlich, wie ich darauf komme. Ich kenne oder kannte das Passwort von Alexanders Laptop. Und ich gestehe, ich habe spioniert. Was ich gefunden habe, wird Sie nicht weiter verwundern. Hunderte Fotos von Mädchen zwischen zehn und vierzehn. Dass sie nackt waren und nicht immer alleine, brauche ich wohl nicht zu erwähnen. Ich habe Alexander in den Folgemonaten vorsichtig darauf angesprochen, nein, nicht auf die Fotos, sondern auf seine Wünsche, wie ich mich zu kleiden und zu geben habe. Irgendwann, Alexander hatte einen schwachen Moment, hat er mir gestanden, dass er auf kleine Mädchen steht. Er würde dagegen ankämpfen, aber dafür würde er mich brauchen. Ich sei sein Bollwerk gegen die Begierden der Dunkelheit. Das sind jetzt nicht meine Worte, die hat Alexander genau so benutzt. Deshalb war ich auch nicht die Erste und nicht die Letzte in seinem Leben.«

Maren Witte atmete tief durch und ließ sich kurz Zeit, bevor sie fortfuhr. »Diese Fotos waren abscheulich, ekelhaft. Sie haben mich in eine Zeit zurückgeworfen, die ich schon lange vergessen hatte. Damit Sie verstehen, muss ich noch einmal weiter ausholen.«

Es entstand erneut eine Pause von einigen Sekunden. Schließlich räusperte sich Maren Witte. »Mein Erzeuger ist ein schwacher Mensch. Nein, nicht, was Sie jetzt vielleicht vermuten. Er hat mich nie an Stellen berührt, an denen ein Vater seine Tochter nicht berühren sollte. Nein, mein Vater ist spielsüchtig und er trinkt zu viel Alkohol. Das mag sich inzwischen geändert haben, auch wenn ich nicht daran glaube, aber als ich ein Kind war …«

Maren Witte brach mitten im Satz ab, atmete flach und schnell und brauchte eine Weile, bevor sie weitersprach.

In diesem Augenblick betrat Johann Lenas Büro. Sie gab ihm eine kurze Zusammenfassung von dem, was sie bisher gehört hatte, und startete erneut die Aufnahme.

»Ich möchte nicht im Detail erzählen, was mir bei meinem Monster passiert ist. Nein, das kann ich auch nicht. Immer noch nicht. Es waren nicht nur die Fotos auf Alexanders Laptop, die mich tief in meiner Seele getroffen haben, nein, es war ein weiteres Foto. Dort war kein Kind zu sehen, es waren vier Männer am Strand. Einer dieser Männer war Alexander, zwei kannte ich nicht und der vierte war mein Monster. Sie finden das Foto auf dem Stick. Der Mann, von dem ich spreche, steht ganz rechts neben Alexander. Ich weiß nicht, wann die Aufnahme gemacht wurde, aber Alexander sieht jünger aus, als ich ihn kenne. Das Monster älter. Ich …« Wieder brach Maren Witte ab, ein Schluchzen war zu hören und es dauerte fast eine Minute, bis sie weitersprach. »Entschuldigen Sie, dass ich manchmal eine Pause brauche. Ich hatte es mir einfacher vorgestellt, darüber zu sprechen. Aber Sie ahnen sicher schon, warum ich diesen Mann ein Monster nenne. Ich war gerade zwölf geworden, zwölf Jahre. Mein Erzeuger hat mich mit nach Kiel genommen. Mama war nicht da. Wieder einmal war sie nicht da. Er hat mich im Hotel zurückgelassen und dann kam das Monster. Ich kannte diesen Mann, am Tag zuvor war ich mit meinem Vater im Restaurant gewesen und er war auch da. Onkel Martin sollte ich ihn nennen oder einfach Onkel. Was er mit mir dort im Hotelzimmer gemacht hat, war so schrecklich, es tat weh, dieses schwere Monster lag auf mir, ist in mich eingedrungen, ist …« Maren Witte schluchzte laut und schien einen Weinkrampf zu bekommen, als die Aufnahme unterbrochen wurde.

Lena stoppte die Tonaufzeichnung, stand auf und lief im Zimmer herum. »Entschuldige. Ich brauche eine Pause.« Ihre Augen waren feucht, ihre Hände zu Fäusten geballt.

Johann nickte. »Das ist schwer zu ertragen. Kennst du den Mann auf dem Foto ganz rechts?«

»Nein, du?«

»Ja, das ist Martin Passek. Er hat in den letzten dreißig Jahren eine riesige Unternehmensgruppe im Bereich der Gastronomie- und Kneipenszene aufgebaut. Er ist sehr kamerascheu, soll aber hinter den Kulissen enormen Einfluss auf die Politik im Land ausüben.«

»Woher weißt du das?«

»Erinnerst du dich an die SoKo, zu der ich abgeordnet wurde? Das muss vor zwei Jahren gewesen sein. Es ging um Geldwäsche, kriminelle Vereinigungen, Menschenhandel. Das waren bundesweit koordinierte Ermittlungen, die aus NRW geführt wurden. Nun gut, auch in drei Firmen von Passek ist eine Durchsuchung gelaufen. Deshalb stand er mit ganz oben auf der Liste und sein Foto wurde rumgereicht.«

»Und?«

»Nichts, absolut nichts. Es war, als hätte er einen unsichtbaren Schutzschild um seine Unternehmen aufgebaut. Die Durchsuchung brachte keine Ergebnisse, die weiteren Ermittlungen auch nicht. Es kam der Verdacht auf, dass er Insiderinfos hatte und uns immer einen Schritt voraus war. Die Ermittlungen in die Richtung sind alle eingestellt worden.«

»Gastronomie? Ist er auch im Rotlichtmilieu tätig?«

»Nein, er ist eine Art Saubermann«, sagte Johann. »Keine Verbindungen dorthin.«

Lena nickte, atmete tief durch. »Dann hören wir uns mal den Rest an.«

»Ich war nicht nur einmal in Kiel, wie oft, das weiß ich nicht mehr. Sosehr ich auch versuche, mich zu erinnern, alles verschwimmt wie im Nebel. Vielleicht muss das so sein, damit ich damit weiterleben kann.« Wieder unterbrach Maren kurz. »Warum habe ich das alles erzählt? Das Monster hat einen Namen. Passek. Martin Passek. Ich habe eine Weile gebraucht, bis ich es herausgefunden habe. Zuerst wollte ich ihn anzeigen, habe dann aber gezögert und überlegt. Würde mir jemand glauben, würde mein Erzeuger mich unterstützen? Oder würde ich später als Lügnerin dargestellt werden? Dann bin ich schwanger geworden und alles hat sich geändert. Konnte ich jetzt noch zur Polizei gehen? Ich hatte Angst, dass man mir mein Kind wegnimmt, meine kleine Tochter. Sie hätten mich als Hure hingestellt, als Lügnerin, als Psychopathin, als … Ich habe mich dagegen entschieden. Und dann habe ich einen Fehler gemacht. Ich war bei dem Monster und habe eine Entschädigung verlangt. Jeden Monat dreitausend Euro. Ist das zu viel für eine kleine Kinderseele? Nein, es ist verdammt wenig.«

Maren Witte hatte ein weiteres Mal die Aufnahme gestoppt. Man hörte ein leises Klicken, bevor sie weitersprach.

»Das Monster hat zugestimmt, aber mir war von Anfang an nicht richtig wohl bei der Sache. Deshalb habe ich ihm auch gesagt, dass ich Beweise hinterlegt habe, für den Fall, dass mir etwas passiert. Ich habe mich immer wieder beruhigt und mir gesagt, dass alles gut gehen wird. Bis plötzlich Wanja kam. Ich hatte keine Kraft, mich gegen ihn zu wehren. Und ich hatte Angst, dass er inzwischen erfahren hatte, dass ich ihn angezeigt habe. Er hat nichts gesagt und ich glaube, er wusste es nicht. Dann habe ich zufällig gesehen, dass Wanja mit dem Jaguar-Mann gesprochen hat. Der Mann hat ihm etwas gegeben, einen dicken Umschlag. Ich weiß nicht, ob da Geld drin war, aber mir war sofort klar, dass ich fliehen musste. Denn der Jaguar-Mann ist das Monster des Monsters. Lisa, eine Kollegin und gute Freundin, hat mir oft von ihm erzählt. ›Er macht die

Drecksarbeit für den Chef. Er ist brutal und unmenschlich‹, sagt Lisa. Was ich damals nicht wusste: Der *Chef*, von dem sie sprach, war mein Monster.

Ich bin nach Hamburg zu meiner Freundin Kim geflohen. Kim hat mich unterstützt, wo es nur ging. Sie wollte sogar mit mir zusammenwohnen und mein Kind mit aufziehen. Aber das war nur ein Traum. Die Wohnung war zu klein für uns drei, wir hatten kein Geld und keine Chance. Es war ein kurzer Traum, aus dem ich dann aufgewacht bin. Ich habe mich entschlossen zu kämpfen, für mein Kind, für mein Leben, und bin zurück nach Kiel gefahren. Das Schloss an meiner Wohnung hatte ich schon vorher ausgetauscht und von innen eine Sicherung angebracht. Aber mir ist schnell klar geworden, dass das nicht reichen würde. Als ich Wanja durch den Spion vor meiner Tür sah und unten auf dem Parkplatz den schwarzen Jaguar, da wusste ich, dass ich handeln musste. Ich habe mein kleines Mädchen im Krankenhaus abgegeben, dort kann ihm nichts mehr passieren. Ich muss eine Lösung finden, ich brauche Geld, um mich zu verstecken. Viel Geld. Vielleicht habe ich einen Fehler gemacht, als ich das Monster wieder angerufen habe. Er hat gesagt, dass er mir das Geld gibt und wir uns treffen sollen. Es ist meine einzige Chance, vielleicht ja meine letzte.« Maren Witte schwieg eine Weile, bevor sie weitersprach. »Wenn Sie das hören, habe ich wahrscheinlich alles verloren. Entweder bin ich tot oder werde vermisst, oder ich liege schwer verletzt im Krankenhaus und kann mich nicht mehr erinnern. Sie werden wissen, was zu tun ist.« Wieder hielt Maren Witte kurz inne. »Und sagen Sie Jan, dass es mir leidtut. Ich hätte ihm vertrauen sollen. Sagen Sie ihm das bitte.«

Die Aufnahme endete, Lena klappte den Laptop zu.

Johann starrte fassungslos auf das Gerät. »Was heißt das jetzt alles? Hat Martin Passek Pavlovic als Auftragskiller angeheuert? Oder sind das beides vollkommen unabhängige Fälle, der Missbrauch und Marens Tod?«

»Ich weiß es nicht, Johann.« Lena packte den Laptop ein und reichte Johann den Stick. »Ich habe mir eine Kopie gezogen. Ich gehe jetzt zur Staatsanwältin und dann werden wir sehen, was sie sagt.«

»Und Nielsen?«

»Sie muss warten.«

Neununddreissig

»Wenn Sie das hören, habe ich wahrscheinlich alles verloren. Entweder bin ich tot oder werde vermisst, oder ich liege schwer verletzt im Krankenhaus und kann mich nicht mehr erinnern. Sie werden wissen, was zu tun ist.« Lena stoppte die Aufnahme, klappte ihren Laptop zu und sah die Staatsanwältin an. »Was sagen Sie dazu?«

Dr. Frauke Simonsen legte den Kugelschreiber zur Seite, mit dem sie sich Notizen gemacht hatte. »Woher wissen wir, dass das Maren Witte gesprochen hat?«

»Ihre Mutter wird es uns mit Sicherheit bestätigen. Ihre Freundin Kim Buchner hat es bereits zu Protokoll gegeben.«

»Glauben Sie, dass der Vater wusste, was mit seiner Tochter passiert?«

»Maren Witte konnte oder wollte nicht sagen, wie häufig sie von Martin Passek sexuell missbraucht wurde. Vielleicht war er nicht einmal der Einzige, der zu ihr ins Zimmer gekommen ist. Auf jeden Fall spricht Maren von mehreren Malen. Wie soll ein Vater das nicht merken?«

Frauke Simonsen nickte. »Ja, das ist schwer vorstellbar. Ich kann ein Ermittlungsverfahren gegen den Vater eröffnen.

Sie wissen aber, dass wir ohne ein Geständnis oder belastbare Zeugenaussagen nicht weiterkommen.«

Lena hatte mit der Antwort gerechnet. Sie beugte sich vor. »Ich mache Ihnen folgenden Vorschlag: Sie laden Claus Witte für Anfang nächster Woche, zum Beispiel Montag, offiziell vor. Hier nach Kiel. Sie sprechen mit meiner Chefin, damit ich von der Seite keine Steine in den Weg gelegt bekomme und auf ausreichend Ressourcen zurückgreifen kann. Alles andere liegt in meiner Verantwortung.«

»Ich habe gehört, dass Sie eine Vernehmungsexpertin sind, aber glauben Sie wirklich, der Vater wird seine Schuld zugeben?«

»Das hängt davon ab, ob wir den richtigen Punkt bei ihm treffen und was wir bis Anfang der Woche noch herausbekommen.«

Zurück in Johanns Büro rief Lena Florian Jungmann an und bat ihn, ins LKA zu kommen. Der nächste Anruf galt Ole Kotten, der sich bereit erklärte, für den Rest der Woche und am kommenden Wochenende in Kiel zu arbeiten.

Als Florian Jungmann im LKA eintraf, berichtete Lena über die Ereignisse des Tages, sie gingen zusammen mit Johann ihre Optionen durch und beschlossen, mit der Observation von Martin Passek zu beginnen und, sobald Ole am nächsten Morgen eintreffen würde und Kriminalrätin Nielsen ihnen weitere Kollegen zur Seite gestellt hätte, die Observationen auf Roland Gries und Alexander von Kleinstetten auszuweiten.

»Wir haben sechs Tage und sechs Nächte. Am Montag wird Claus Witte in den Räumen der Staatsanwaltschaft von Dr. Simonsen und mir vernommen. Bis dahin brauchen wir Fakten, die Witte weiter in die Enge treiben.«

»Bekommt sein Anwalt vollständige Akteneinsicht?«, fragte Florian Jungmann.

»Die Akte ist heute erst aufgemacht worden. Ich habe mit der Staatsanwältin besprochen, was wir aufnehmen und auf was der Anfangsverdacht sich gründet. Es wird um die Aussagen von Leefke Theemann, Jan Krönke und Kim Buchner gehen. Alles andere werden wir später präsentieren.«

»Sehr gut«, sagte Johann. »Wer übernimmt die erste Schicht?«

»Wir beiden Hübschen?«, fragte Florian Jungmann mit Blick auf Johann.

Johann grinste. »Wenn du meine Freundin anrufst, gerne.«

»Krönke!«, hörte Lena die tiefe Stimme von Jan Krönke. Sie hatte ihn gegen Spätnachmittag zu Hause erreicht.

»Lena Lorenzen, LKA.«

»Hallo!« Seine Stimme klang angespannt.

»Ich habe das Ergebnis des DNA-Tests.«

»Und?«

»Sie sind der Vater des Kindes. Wir haben zusätzlich noch eine Aufnahme von Maren, die sie wenige Tage vor ihrem Tod gemacht hat.«

»Ist das sicher?«, fragte Jan Krönke.

»Ja, hundertprozentig.«

Jan Krönke schwieg.

»Sind Sie noch in der Leitung?«, fragte Lena nach einer Weile.

»Ja! Entschuldigung. Ich bin noch da. Was mache ich denn jetzt nur?«

»Wie gesagt, Maren hat ein Tondokument aufgenommen. Es ist im Moment noch nicht freigegeben, ich kann Ihnen aber sagen, dass es Marens Wunsch war, dass das kleine Mädchen bei seinem Vater aufwächst, sollte ihr etwas passieren.«

»Das hat sie gesagt?«

»Ja, und dass es ihr leidtut, dass sie Ihnen nicht vertraut hat.«

»Das ist …« Jan Krönke brach ab. »Ich weiß nicht, ob ich das schaffe.«

»Maren hat vorgesorgt und eine Lebensversicherung zugunsten Ihrer beider Tochter abgeschlossen. Zweihundertfünfzigtausend Euro. Holen Sie sich Hilfe, das Geld war von Maren sicher auch dafür gedacht.«

Es blieb eine Weile still in der Leitung, bis Jan Krönke sich leise räusperte. »Was muss ich machen?«

»Ich gebe Ihnen jetzt die Nummer der zuständigen Sozialarbeiterin beim Jugendamt. Ich habe Frau Lütgen schon über das DNA-Ergebnis informiert. Sprechen Sie mit ihr. Am besten, Sie machen hier vor Ort in Kiel einen Termin aus.« Lena nannte ihm die Telefonnummer und erklärte ihm, wie er zum Jugendamt kommen würde.

»Danke! Ich weiß nicht, was ich sagen soll. Danke!«

»Passen Sie gut auf die Kleine auf, Herr Krönke. Ich drücke Ihnen ganz fest die Daumen, dass alles klappt.«

Lena sah in die Runde. Neben Johann und Ole saßen Florian Jungmann und zwei weitere LKA-Beamte an dem Besprechungstisch. Lena hatte kurz den Fall erörtert und Fragen beantwortet.

»Wir haben in den nächsten Tagen viel vor. Es sind zwei bis drei Personen quasi rund um die Uhr zu observieren. Mir ist klar, dass unsere Mannschaft dafür zu klein ist, also werden wir je nach Lage entscheiden müssen, wann wir zum Beispiel die Observation am Abend abbrechen, um sie dann am nächsten Morgen wieder aufzunehmen. Da wir uns lange Meetings nicht erlauben können, bekomme ich von euch Meldung und koordiniere die Teams. Ich habe mich dazu entschlossen, zunächst Martin Passek und Roland Gries zu observieren. Im Laufe der Woche entscheiden wir, ob Alexander von Kleinstetten mit aufgenommen wird. Die Kollegen Grasmann und Jungmann haben gestern bis kurz nach Mitternacht Passek überwacht. Den Bericht dazu findet ihr im System. Es ist wichtig, dass wir alle immer auf dem aktuellen Stand sind. Noch Fragen?«

Einer der LKA-Beamten hob seine Hand. »Wir können dich rund um die Uhr erreichen?«

»Ja, ich bin zwar mit einem von euch im Einsatz, aber ansonsten immer ansprechbar.«

Vierzig

Lena reckte sich im Bett und sah auf die Uhr. Neben ihr schlief Erck, der Mitte vergangener Woche nach Kiel gekommen war und seine Arbeit von Lenas kleiner Wohnung aus erledigt hatte. Um zwölf Uhr würde die Vernehmung von Claus Witte beginnen. Lena und ihr Team hatten Stunden um Stunden in ihren Fahrzeugen gesessen, Häuser und Wohnungen observiert und unzählige Befragungen durchgeführt.

Als Lena vorsichtig aufstehen wollte, hielt Erck sie zurück. »Musst du schon los?«

Lena ließ sich zurück ins Bett fallen. »Ein paar Minuten habe ich noch. Um neun haben wir Teambesprechung.« Sie schmiegte sich an Erck und küsste ihn. »Danke, dass du nach Kiel gekommen bist. Ich hätte es hier sonst nur schwer ausgehalten.«

»Ist doch gemütlich in deiner kleinen Wohnung. Und einer muss doch auf dich aufpassen.«

Lena stupste ihm liebevoll mit dem Finger an die Nase. »Dieses Mal habe ich das Aufpassen sogar genossen.«

»Ich fahre um neun los. Das ist doch in Ordnung?«

Lena nickte. »Reicht die Zeit, damit du die Fähre bekommst?«

»Ich denke schon. Im schlimmsten Fall muss ich halt auf die nächste warten.« Erck warf ihr einen fragenden Blick zu. »Und du kommst morgen nach? Ist das jetzt sicher?«

»Das habe ich dir doch versprochen. Nach der Vernehmung habe ich das Gespräch mit meiner Chefin, anschließend noch meine vorerst letzte Teamsitzung und morgen früh nehme ich die erste Fähre.« Lena hatte Erck versprochen, dass sie den Rest der Woche auf Amrum verbringen würden und sie sich anschließend bis nach der Hochzeit Urlaub nehmen würde.

»Beke wird sich freuen, dich so lange um sich zu haben. Hast du deinem Vater Bescheid gesagt, dass wir auf Amrum sind? Wir besuchen ihn doch kurz, oder?«

»Ich rufe ihn morgen von der Fähre aus an. Das reicht.«

Erck musterte sie. »Fällt es dir immer noch schwer, mit ihm zu reden?«

Lena wiegte den Kopf hin und her. »Manchmal. Seit ich weiß, dass ich schwanger bin, muss ich viel an Mama denken.« Lena strich Erck liebevoll über die Schulter. »Gehen wir morgen als Erstes zu ihrem Grab? Du kommst doch mit?«

»Das ist eine gute Idee. Ich besorge Blumen. Rote Rosen? Die mochte sie doch so gerne.«

Lena nickte. Ihre Augen waren feucht, sie schluckte. »Ja. Und ich werde ihr von ihrem Enkelkind erzählen.« Sie lächelte. »Auch wenn wir noch nicht wissen, ob es ein Mädchen oder ein Junge wird.«

Erck zog Lena enger an sich heran und küsste sie. »Ich liebe dich, Lena Lorenzen.«

Staatsanwältin Frauke Simonsen begrüßte den Anwalt von Claus Witte mit einem geschäftsmäßigen Lächeln. »Wir haben uns ja schon eine Weile nicht mehr gesehen, Dr. Remmert. Geht es Ihnen gut?«

»Selbstverständlich, Frau Kollegin. Wie immer topfit.«

Remmerts silbergraue Haare, gegelt und nach hinten gekämmt, gaben seinem markant männlichen Gesicht eine besonders strenge Note. Lena schätzte sein Alter auf Mitte fünfzig.

»Dann würde ich vorschlagen, dass wir uns setzen«, sagte Frauke Simonsen und zeigte zum Tisch in ihrem Büro.

Claus Witte hatte bisher nur die Staatsanwältin mit Handschlag begrüßt und nickte jetzt Lena stumm zu.

Als sie zu viert am Tisch saßen, richtete Lena die zwei Mikrofone aus und startete die Bandaufnahme. Die Staatsanwältin begrüßte noch einmal offiziell Claus Witte und seinen Anwalt, nannte Datum, Uhrzeit und Grund der Vernehmung und wollte gerade Lena das Wort erteilen, als Remmert sich leicht nach vorne beugte.

»Ich möchte vorab meinen deutlichen Protest gegen die heutige Anberaumung der Vernehmung meines Mandanten zum Ausdruck bringen. Laut Aktenlage gibt es lediglich drei ausgesprochen diffuse Zeugenaussagen zweier Damen, die meinen Mandanten aufgrund von Vermutungen belasten. Die Anschuldigungen sind nicht nur ehrabschneidend, sondern können, soweit sie öffentlich bekannt würden, meinen Mandanten in den finanziellen Ruin treiben. Wir werden gegen jede Person, die diese unwahren Behauptungen öffentlich macht, Verleumdungsklage einreichen.«

Frauke Simonsen sah Remmert unbeeindruckt an. »Danke für Ihre Ausführungen, Herr Kollege. Ich würde vorschlagen, wir warten die heutige Vernehmung ab.« Sie lächelte. »Können wir uns darauf einigen und zum eigentlichen Sachverhalt kommen?«

»Aber ja doch, Frau Kollegin. Ich denke, die Sitzung wird nicht allzu lange dauern.«

Die Staatsanwältin nickte Lena zu. »Bitte, Frau Hauptkommissarin.«

»Wie Sie ja«, Lena sah zuerst Claus Witte an und schließlich kurz seinen Anwalt, »wissen, sind im Zuge des Todesermittlungsverfahrens im Fall Maren Witte Zeugenaussagen gemacht worden, die Sie, Herr Witte, belasten. Wir sind gezwungen, solchen Verdachtsmomenten nachzugehen.«

»Kommen Sie doch bitte zur Sache, Frau Hauptkommissarin«, warf Remmert mit leicht genervtem Gesichtsausdruck ein.

»Gerne, Herr Anwalt.« Lena wandte sich wieder an Claus Witte. »Es geht um die Zeit, als Ihre Tochter zwischen elf und vierzehn Jahre alt war. Haben Sie da zusammen mit ihr regelmäßig Kiel besucht?«

Claus Witte schwieg.

»Mein Mandant«, antwortete Remmert für ihn, »hat und hatte häufiger geschäftlich in Kiel zu tun. Seine Tochter hat ihn hin und wieder, soweit die Schulpflicht es zuließ, bei seinen kurzen Besuchen in der Landeshauptstadt, aber auch in anderen Städten begleitet. Wie Sie wissen, ist mein Mandant Künstler und stellt regelmäßig in Galerien und Museen aus.«

Lena nickte und wandte sich wieder Claus Witte zu. »Hatten Sie zu der angesprochenen Zeit Probleme mit Alkohol?«

»Nein«, antwortete wieder Remmert.

Lena schob Claus Witte ein Blatt über den Tisch. »Dies ist eine Aussage von Herrn Ludger Reinbach, der mit Ihnen gemeinsam in dem angesprochenen Zeitraum für eine stationäre Alkoholtherapie in einer Einrichtung nahe Schleswig gewesen ist.«

Remmert griff nach dem Blatt und überflog es. »Das war eine sehr kurze Phase, in der mein Mandant berufliche Probleme zu bewältigen hatte. Er hat sich vorsorglich in die Klinik begeben, gerade auch um seine Familie vor Schaden zu schützen.«

»Bettina Witte, die Ehefrau Ihres Mandanten, hat ausgesagt, dass Herr Witte über einen sehr langen Zeitraum massive Alkoholprobleme hatte.«

»Das Ehepaar Witte lebt getrennt, Frau Hauptkommissarin. Da kann es schon einmal vorkommen, dass die Vergangenheit nicht so präzise wiedergegeben wird oder plötzlich in einem anderen Licht erscheint. Ich will Frau Witte nichts unterstellen, aber wir sprechen hier immerhin von einer Zeit, die mindestens zehn Jahre zurückliegt.«

Lena legte die nächsten Dokumente vor. »Wir haben gestern Nachmittag die Bestätigung bekommen, dass Ihr Mandant in den dort aufgeführten Spielcasinos Hausverbot hatte. Weitere Zeugenaussagen legen nahe, dass Ihr Mandant spielsüchtig war.«

Remmert beugte sich leicht vor. »Es ist mir neu, dass Spielsucht ein Straftatbestand ist.« Er hob beide Hände. »Selbstverständlich will ich damit nicht sagen, dass mein Mandant spielsüchtig war. Ein Hausverbot in einem Spielcasino ist schnell ausgesprochen. Im Übrigen kann ich nicht im Mindesten erkennen, was Ihre Frage mit den eigentlich erhobenen Vorwürfen zu tun hat. Vielleicht können wir endlich zur Sache kommen, Frau Hauptkommissarin?«

Lena lächelte. »Manche Sachverhalte sind komplizierter, als sie ursprünglich erscheinen, Herr Dr. Remmert. Das sollte Ihnen als langjährig praktizierendem Anwalt und Verteidiger bekannt sein.«

Remmert schnaubte verächtlich. »Kommen Sie einfach zum Punkt, damit wir hier fertig werden!«

Die Staatsanwältin räusperte sich leise. »Werter Kollege, ich würde Sie bitten, etwas mehr Geduld zu haben. Frau Hauptkommissarin Lorenzen hat mein volles Vertrauen für ihre Vorgehensweise.«

Remmert schien sich nur schwer eine Bemerkung verkneifen zu können, schwieg aber.

Lena wandte sich an Claus Witte. »Welche geschäftlichen Beziehungen hatten Sie seinerzeit nach Kiel?«

»Herr Witte wurde dort von einer der führenden Galerien des Landes vertreten«, sagte Remmert. Seine Stimme klang gelangweilt. »Was sollen die unsinnigen Fragen nur?«

»Handelt es sich um die Galerie Kunert?«, fragte Lena.

Claus Witte nickte.

»Herr Kunert hat ausgesagt, dass er die geschäftliche Verbindung zu Ihnen bereits vor vierzehn Jahren beendet hat. Sie können sich daran erinnern?«

Claus Witte sah Hilfe suchend zu seinem Anwalt, der sich zu ihm beugte und ihm etwas ins Ohr flüsterte.

»Mein Mandant hat zu dieser Zeit Gespräche mit anderen Galerien geführt. Eine solche Verbindung zwischen Künstler und Galerie ist eine sehr intensive. Mein Mandant musste zunächst die Lage auf dem Markt genau sondieren. Das bedurfte einiger Treffen in den Jahren nach der Trennung von seiner langjährigen Galerie.«

Lena stöhnte innerlich auf. Wittes Anwalt schien auf jede von Lenas Darlegungen eine direkte Antwort parat zu haben. Es war an der Zeit, die Zügel etwas fester anzuziehen.

»Als Anwalt von Herrn Witte sollten Sie wissen, dass Herr Kunert die Zusammenarbeit gekündigt hat und dass dies unmittelbar mit der Spielsucht Ihres Mandanten zusammenhing. Herr Kunert sprach von illegalen Pokerrunden mit hohen Einsätzen. Er ist mehrfach von Personen belästigt worden, die bei ihm Geld eintreiben wollten. Am Anfang waren es Gerichtsvollzieher, später Herren, die nicht einmal ihre Namen nannten, dafür aber sehr deutlich gemacht haben, was passieren würde, wenn Herr Kunert sich weigern sollte. Habe ich mich klar genug ausgedrückt?«

Remmert sah sie kühl an. »War das jetzt eine Frage an meinen Mandanten?«

»Nein, an Sie. Aber fahren wir fort.« Lena lächelte kalt. »Sie haben ja, wie Sie mehrfach betont haben, wenig Zeit.« Sie wandte sich an Claus Witte. »Werde ich auch nur eine Galerie finden, mit der Sie angeblich verhandelt haben? Aber gut, verschieben wir diesen Punkt auf später.« Lena zog ein Foto aus ihrer auf dem Tisch liegenden Mappe und reichte es Claus Witte. »Kennen Sie diesen Mann?«

Claus Witte schluckte schwer. Seine Hand, mit der er das Foto von Martin Passek hielt, zitterte leicht. Passek stand vor seinem Maserati und schien gerade die Tür aufzuschließen.

»Kennen Sie diesen Mann?«, wiederholte Lena ihre Frage.

»Ich glaube nicht«, presste Claus Witte schließlich hervor.

Remmert schien von der plötzlichen Wendung in der Befragung so überrascht gewesen zu sein, dass er nicht reagiert hatte. Jetzt beugte er sich vor. »Mein Mandant trifft sehr viele Menschen. Es mag sein, dass dieser Herr irgendwann mal dabei war. Wissen Sie überhaupt, wie viele Kunstinteressierte in den vielen Jahren seiner Schaffenszeit zu Vernissagen gekommen sind? Niemand kann sich an alle Gesichter von Menschen erinnern, mit denen er mal ein paar Worte gewechselt hat.«

»Gut, dann gehe ich davon aus, dass Ihr Mandant, sagen wir mal, in den letzten zwölf Monaten keinen direkten Kontakt zu diesem«, Lena pochte mit dem Finger auf das Foto, »Herrn gehabt hat.«

»Davon können Sie ausgehen«, antwortete Remmert mit verärgertem Unterton.

»Danke«, sagte Lena lächelnd. Sie öffnete ihren Laptop und spielte den ersten Abschnitt aus Maren Wittes Tonaufzeichnung vor.

»Ich bin Maren Witte, wohnhaft in Kiel, Lüppestraße 43. Wenn Sie diese Nachricht hören, bin ich entweder tot oder werde seit Längerem vermisst.«

Lena stoppte die Aufnahme. »Ist das die Stimme Ihrer Tochter Maren?«

Aus Claus Wittes Gesicht war schlagartig jegliche Farbe gewichen. Er starrte Lena an und schien unfähig zu sein, auch nur ein Wort herauszubringen.

Remmert sprang auf. »Wie können Sie meinem Mandanten so etwas vorspielen! Ich protestiere aufs Schärfste. Nicht nur, dass Sie …«

»Herr Kollege«, fiel Frauke Simonsen dem Anwalt ins Wort. »Setzen Sie sich bitte wieder und mäßigen Sie sich. Solange ich hier zuständig bin, schreit niemand herum. Haben Sie mich verstanden, Herr Dr. Remmert?« Die letzten drei Worte hatte die Staatsanwältin langsam und betont ausgesprochen.

Remmert schwieg und sank langsam wieder zurück auf seinen Stuhl.

»Ja, das ist ihre Stimme«, sagte Claus Witte in die entstandene Stille hinein.

»Danke«, sagte Lena. »Wussten Sie, dass Maren mit sechzehn auf den Husumer Straßenstrich gegangen ist?«

»Was?«, fragte Claus Witte mit entsetzt aufgerissenen Augen.

»Ist das ein Ja oder Nein?«, setzte Lena nach.

Claus Witte schüttelte den Kopf.

Lena richtete das Mikrofon aus. »Sie müssen bitte deutlich antworten.«

»Nein, ich wusste es nicht.«

»Kommen wir zurück zu Ihren Kielbesuchen, als Maren elf beziehungsweise zwölf Jahre alt war. Sie haben in Kiel übernachtet?«

Claus Witte nickte.

Lena deutete auf das Mikrofon. »Bitte!«

»Ja, wir haben in Kiel übernachtet.«

»In welchem Hotel?«

»Das waren unterschiedliche Hotels.«

»Nach unseren Informationen sind Sie regelmäßig im Kaiserhof abgestiegen. Ist das richtig?«

Claus Witte schwieg.

Remmert hatte nach der Zurechtweisung durch die Staatsanwältin nicht mehr auf Lenas Fragen reagiert. Jetzt räusperte er sich. »Was spielt das für eine Rolle?«

»Eine große, Herr Kollege«, sagte Frauke Simonsen.

»Herr Witte«, sagte Lena, »sind Sie regelmäßig im Kaiserhof abgestiegen?«

Claus Witte nickte.

»Fürs Protokoll, Herr Witte hat auf meine Frage hin genickt und sie somit bejaht. Ist das richtig, Herr Witte?«

»Ja«, murmelte Claus Witte.

»Wann waren Sie das letzte Mal in diesem Hotel?«, fragte Lena weiter.

»Das ist lange her«, sagte Claus Witte leise.

Lena zog ein Foto aus ihrer Mappe und legte es in die Mitte zwischen Claus Witte und seinen Anwalt. Sie zeigte mit dem Kugelschreiber auf den deutlich zu erkennenden Witte, anschließend auf den Mann, der ihm gegenübersaß. »Erkennen Sie diesen Mann wieder?«

Die Aufnahme hatte Johann am Samstag der vergangenen Woche gemacht. Witte, Passek und Roland Gries saßen an einem Tisch im Restaurant des Kaiserhofs. Johann hatte auf der gegenüberliegenden Straßenseite gestanden und mit einem Teleobjektiv in das hell erleuchtete Restaurant fotografiert.

Remmert reagierte nach dem ersten Schockmoment sofort. »Ich bitte um eine kurze Unterbrechung, damit ich mich mit meinem Mandanten besprechen kann.«

Die Staatsanwältin stand auf. »Reichen Ihnen zehn Minuten? Ich zeige Ihnen einen Raum, wo Sie sich ungestört unterhalten können.«

Einundvierzig

Frauke Simonsen setzte sich zu Lena. »Bisher läuft es gut. Ich bin mir inzwischen nicht mehr so sicher, ob Claus Witte nicht tiefer im kriminellen Pädophilensumpf drinsteckt, als wir bisher angenommen haben. Er scheint ja nicht im Ansatz kooperativ zu sein.«

»Wir haben ja unser Pulver noch nicht ganz verschossen. Werden Sie Witte einen Deal anbieten?«

»Das kommt drauf an, was er weiß und ob er bereit ist auszusagen. Witte ist allenfalls ein kleines Licht, eventuell sogar noch weniger.«

Jemand klopfte und im nächsten Augenblick betraten Claus Witte und sein Anwalt den Raum.

»Können wir dann weitermachen?«, fragte Frauke Simonsen.

Als Dr. Remmert nickte, aktivierte Lena das Aufnahmegerät und zeigte auf das immer noch an derselben Stelle liegende Foto. »Das Foto stammt vom Samstag letzter Woche. Was können Sie mir dazu sagen, Herr Witte?«

»Mein Mandant streitet natürlich nicht ab, dass er diese Männer am Samstag getroffen hat. Es war aber eher ein zufälliges Treffen. Meinem Mandanten tut es aufrichtig leid, dass er den Herrn«, Remmert zeigte auf Passek, »auf dem Foto nicht wiedererkannt hat. Die ganze Situation hier ist sehr belastend für ihn, von daher bitten wir um Verständnis, dass meinem Mandanten dieser Fehler unterlaufen ist.«

»Wie muss ich mir das vorstellen?«, fragte Lena. »Dieses *zufällige* Treffen?«

»Der Herr kannte meinen Mandanten von einer Vernissage und hat ihn spontan zum Essen eingeladen. Mein Mandant wollte nicht unhöflich sein und hat die Einladung angenommen.«

Lena nickte, als akzeptiere sie die Erklärung. »Wie jedes Hotel hat auch der Kaiserhof Personal. Es war aufwendig, aber wir haben die Dame gefunden, die seinerzeit am Empfang tätig war.« Sie wandte sich an Claus Witte. »Sie konnte sich tatsächlich an Sie erinnern, wusste sogar, welches Zimmer Sie bevorzugt haben. Zimmer neununddreißig. Selbstverständlich kannte sie auch diesen Mann, über den wir jetzt schon eine Weile sprechen. Geben wir ihm doch einen Namen, der hier in der Runde ohnehin allen bekannt sein dürfte: Martin Passek.«

»Ich weiß nicht, worauf das jetzt hier hinaus…«

»Dann warten Sie doch einfach ab«, fiel Frauke Simonsen Remmert ins Wort. »Und lassen Sie Frau Hauptkommissarin Lorenzen ihre Fragen stellen.«

»Danke, Frau Dr. Simonsen«, sagte Lena und wandte sich erneut an Claus Witte. »Die Zeugin, mit der wir gestern erst sprechen konnten, kann sich deshalb so gut an Herrn Passek erinnern, weil er der damalige und heutige Besitzer des Kaiserhofs ist. Darüber hinaus ist ihr Gedächtnis hervorragend. Sie war sich sicher, dass Sie, Herr Witte, mindestens zehnmal im Kaiserhof übernachtet haben. Bei mindestens fünf dieser Übernachtungen hat Ihre Tochter Sie begleitet.«

»Ich finde es bemerkenswert«, sagte Frauke Simonsen, »dass sich eine Hotelangestellte nach so vielen Jahren an einen

Gast erinnert. Ist da etwas Ungewöhnliches vorgefallen, Frau Lorenzen?«

»Was wird das hier jetzt?«, donnerte Remmert in die Runde. »Ein Possenspiel zwischen Staatsanwaltschaft und LKA?«

Frauke Simonsen lächelte kühl. »Herr Kollege, das war eine durchaus sinnvolle Zwischenfrage. Vielleicht hätten Sie die stellen sollen.«

»Nun gut«, sagte Lena. »Ich habe mich auch gewundert, als ich die Dame befragt habe. Wir sind natürlich gehalten, die Aussagen auf Glaubwürdigkeit zu überprüfen. Die Hotelangestellte konnte sich vor allem an die kleine Maren erinnern. Und das hatte durchaus einen Grund. Während einer der Übernachtungen von Herrn Witte und seiner Tochter kam es zu einer Art Zwischenfall. Herr Witte hat laut Aussage dieser Mitarbeiterin an diesem Abend, wie auch an anderen Abenden, das Hotel alleine, ohne seine Tochter, verlassen. In dieser besagten Nacht kam Maren gegen drei Uhr zu ihr nach unten an die Rezeption. Sie hatte nur ein Nachthemd an, war vollkommen aufgelöst und erzählte etwas von einem Monster, das sie überfallen habe. Die Hotelmitarbeiterin hat sie dann wieder in ihr Zimmer gebracht und ist bei ihr geblieben, bis Sie, Herr Witte, gegen sechs Uhr morgens zurückgekommen sind.«

Lena klappte den Laptop auf und spielte die nächste Passage von Maren Wittes Tonaufnahme ab.

»Entschuldigen Sie, dass ich manchmal eine Pause brauche. Ich hatte es mir einfacher vorgestellt, darüber zu sprechen. Aber Sie ahnen sicher schon, warum ich diesen Mann ein Monster nenne. Ich war gerade zwölf geworden, zwölf Jahre. Mein Erzeuger hat mich mit nach Kiel genommen. Mama war nicht da. Wieder einmal war sie nicht da. Er hat mich im Hotel zurückgelassen und dann kam das Monster. Ich kannte diesen Mann, am Tag zuvor war ich mit meinem Vater im Restaurant gewesen und er war auch da. Onkel Martin sollte ich ihn nennen oder einfach Onkel. Was er mit mir dort im Hotelzimmer gemacht hat, war so schrecklich, es tat weh, dieses schwere Monster lag auf mir, ist in mich eingedrungen, ist …«

Lena stoppte die Aufnahme. Sie hatte Claus Witte aufmerksam beobachtet. Er saß stocksteif auf dem Stuhl, rührte sich nicht und war kreidebleich. Ohne Vorwarnung fing er an, am ganzen Körper zu zittern, atmete flach und schien kurz vor einer Ohnmacht zu sein.

Die Staatsanwältin war aufgesprungen, stand jetzt neben ihm und legte ihre Hand auf seine Schulter. »Atmen Sie ruhig durch, Herr Witte.« Lena reichte ihr ein Glas mit Mineralwasser, das sie Witte, nachdem sich seine Atmung verlangsamt hatte, in die Hand drückte. »Trinken Sie einen Schluck, Herr Witte.«

Zurück auf ihrem Platz schlug Frauke Simonsen eine Pause vor. Remmert, der der ganzen Szene merkwürdig distanziert zugesehen hatte, nickte sofort und stand auf. Claus Witte folgte ihm nach einer Weile.

Die Staatsanwältin begleitete die beiden Männer. »In einer halben Stunde führen wir die Vernehmung fort.«

»Das war knapp und wohl kaum gespielt«, sagte Frauke Simonsen, als sie zu Lena zurückkam.

»Nein, das sah nicht so aus. Meinen Sie, dass es klug war, die Pause anzuberaumen?«

»Klug vielleicht nicht, aber menschlich. Witte läuft uns nicht weg und wir haben ausreichend Beweise für einen Haftprüfungstermin. Die abgehörten Telefongespräche haben Sie ja noch gar nicht erwähnt. Wir lassen ihn durchatmen. Ich hoffe, dass Kollege Remmert die Situation seines Mandanten inzwischen etwas realistischer einschätzt und ihn entsprechend berät.«

»Geht es Ihnen besser?«, fragte Staatsanwältin Simonsen, als Claus Witte und sein Anwalt wieder am Tisch Platz genommen hatten.

»So weit ja«, sagte Remmert.

Lena startete das Aufnahmegerät, nannte die Uhrzeit und die Anwesenden. »Herr Witte, Sie haben die Aufnahme Ihrer Tochter gehört. Möchten Sie sich dazu äußern?«

»Mein Mandant sieht sich außerstande, im Moment zu dem, was seine Tochter vor ihrem Tod behauptet hat, persönlich Stellung zu nehmen. Er ist emotional extrem aufgewühlt, was Sie sicher nachvollziehen können. Er möchte aber zu Protokoll geben, dass er seine zwölfjährige Tochter mit ihrem ausdrücklichen Einverständnis im Hotel zurückgelassen hat. Er hatte wichtige Termine, zu denen er seine Tochter zu der Uhrzeit nicht mitnehmen konnte. Ob etwas dermaßen Ungeheuerliches während seiner Abwesenheit passiert ist, kann er nicht beantworten. Weder seine Tochter noch jemand anders ist auf ihn zugekommen und hat einen entsprechenden Verdacht ausgesprochen. Inwieweit sich seine Tochter nach vermutlich langjährigem Drogenmissbrauch diese Geschichte zusammenfantasiert hat, kann er auch nicht beurteilen.«

Lena tat so, als würde sie sich etwas notieren. »Ihrem Mandanten war also nicht bewusst, dass das Hotel im Besitz von Martin Passek war und ist?«

»Weder noch.«

»Und er hat sich rein zufällig mit genau diesem Herrn am Samstag vergangener Woche im selben Hotel getroffen wie zu dem fraglichen Zeitpunkt des mutmaßlichen sexuellen Missbrauchs?«

»So ist es.«

»Die Hotelangestellte, zu der Maren in der Nacht gekommen ist, hat ausgesagt, dass sie am folgenden Tag Ihren Mandanten angesprochen hat und ihm im Detail von den Ereignissen in der Nacht berichtet hat.«

»Daran kann sich mein Mandant nicht mehr erinnern.«

»Die Zeugin hat weiter ausgesagt, dass sie nach dem Vorfall misstrauisch geworden ist und bei der nächsten Übernachtung von Vater und Tochter bewusst den Nachtdienst übernommen hat. Sie hat beobachtet, wie Herr Passek das Zimmer Ihres Mandanten betreten hat, kurz nachdem Herr Witte es verlassen hatte. Beide Männer sind sich begegnet und haben kurz miteinander gesprochen.«

Der Anwalt rollte mit den Augen. »Ihre Zeugin muss sich geirrt haben. Sie wissen doch nur zu gut, wie unzuverlässig Zeugen sind, selbst wenn das Ereignis nur wenige Wochen zurückliegt. In diesem Fall geht es um mehr als zehn Jahre. Ich glaube, mehr muss ich dazu nicht sagen.«

»Die Zeugin hat Herrn Passek auf ihre Beobachtungen angesprochen. Sie ist daraufhin massiv unter Druck gesetzt worden und hat kurz darauf die Stelle gekündigt. Was meinen Sie, würden Sie sich an einen solchen Vorfall, bei dem Sie mit dem Tod bedroht wurden, nicht erinnern?«

Dr. Remmert zuckte mit den Schultern. »Es ist irrelevant, ob ich mich erinnern würde oder nicht. Unterlassen Sie diese Suggestivfragen.«

Die Staatsanwältin beugte sich vor. »Sie haben recht. Entscheidend wird sein, zu welchem Urteil letztendlich das Gericht kommen wird.«

Remmert schaute demonstrativ auf seine Armbanduhr. »Sind wir jetzt durch? Ich habe noch einen Termin.«

»Nein«, sagte Frauke Simonsen und nickte Lena auffordernd zu. Diese wandte sich an Claus Witte.

»Wir haben mit richterlicher Genehmigung Ihre Telefone abgehört. Möchten Sie, dass ich Ihnen die Anrufe von letzter Woche vorspiele, in denen Sie mit Herrn Passek gesprochen haben?«

Schlagartig wurde es still im Raum. Lena kam es vor, als wenn alle Beteiligten den Atem anhielten, selbst die Geräusche, die zuvor von draußen ins Büro gedrungen waren, schienen verstummt. Sie ließ einige Sekunden verstreichen, bevor sie die Frage noch einmal stellte.

Als Claus Witte schwieg, öffnete Lena ihren Laptop und startete die Aufnahme.

»Ach, welch eine Ehre, der Herr Künstler von der Nordseeinsel. Wir haben ja lange nicht mehr miteinander geplauscht. Was kann ich für dich tun?«

»Die Staatsanwaltschaft in Kiel hat mich vorgeladen. Ich werde als Beschuldigter bezeichnet. Meine Tochter …« Claus Wittes Stimme hörte man an, wie aufgelöst er war. Er sprach schnell und abgehackt.

»Ach, deine Tochter. Das Problem ist doch gelöst. Jetzt bleib mal ganz ruhig. Keine Zeugin, kein Prozess. Das solltest du auch mit deinem Spatzenhirn begriffen haben. Also, schön ruhig bleiben, den Mund halten und lächeln. Das fällt dir sicher schwer, aber tu es mir zuliebe.« Martin Passek schien nicht verwundert zu sein, dass er von Claus Witte angerufen worden war. Seine Stimme klang herablassend und wie von jemandem, der es gewohnt war, Befehle zu erteilen.

»Hast du was damit zu tun? Mit Marens Tod?«

Martin Passek lachte höhnisch. »Willst du das wirklich wissen? Die kleine Schlampe dachte, sie könnte mich erpressen. Mich! Wie gesagt, das Problem ist gelöst. Alles andere hat dich nicht zu interessieren.«

»Du hast meine Toch…«, presste Claus Witte heraus.

»Halt dich zurück!«, fuhr Passek Witte an. »Wie viele Tote gibt es da bei euch jedes Jahr, die ins Wasser gefallen sind? Willst du auch dazugehören? Du warst doch sonst so ein artiger Junge.«

»Ich kann doch nicht …«

»Ich sag dir jetzt mal, was du kannst. Du setzt dich in dein Auto und kommst hierher nach Kiel. Den Weg zum Hotel findest du ja wohl noch. Hast du das verstanden? Morgen! Ruf an, wenn du da bist.«

Dr. Remmert hob die Hand. »Das reicht! Stellen Sie das aus. Ich muss ein weiteres Mal um eine Unterredung mit meinem Mandanten bitten.«

Frauke Simonsen trat neben Lena, die am Fenster stand. »So, er hat um eine halbe Stunde gebeten. Ich denke, ich werde anschließend mit ihm alleine sprechen.«

»Ein Deal?«

»Ja, es wird schwierig werden, ihm nachzuweisen, dass er von dem sexuellen Missbrauch an seiner Tochter wusste.« Frauke Simonsen hob die Hand, als Lena zur Entgegnung ansetzen wollte. »Ich weiß, das gefällt Ihnen nicht, aber wenn Witte aussagt, können wir Passek anklagen. Und wenn wir es geschickt anstellen, können wir ein ganzes Netzwerk ausheben.« Sie atmete tief durch. »Und vielen Kindern viel Leid ersparen. Ist es das nicht wert? Glauben Sie mir, den Makel wird Claus Witte ohnehin nicht wieder los. Und er wird nicht die geringste Chance haben, seine Enkelin zu sich zu nehmen. Das war Ihnen doch wichtig, oder habe ich Sie da falsch verstanden?«

»Nein, das ist mir sehr wichtig.«

»Keine Angst, ich glaube kaum, dass Herr Witte nach all dem, was noch auf ihn zukommt, auf dieser kleinen Insel bleiben wird.«

Lena nickte. »Es ist ein Kompromiss, aber vielleicht der einzig mögliche.«

Die Staatsanwältin musterte Lena. »Sie haben aber noch etwas auf dem Herzen?«

Lena lächelte. »Sieht man mir das schon an? Ja, ich werde den Fall ab morgen nur noch vom Büro aus begleiten können.«

Frauke Simonsens Blick blieb einen Moment zu lange auf Lenas Bauch haften. Schließlich lächelte sie. »Sie erwarten ein Kind?«

Lena nickte.

»Gratulation! Kriminalrätin Nielsen …«

»Nein, sie weiß es noch nicht. Ich habe später einen Termin bei ihr.«

»Dann hoffe ich mal, dass Sie uns erhalten bleiben. Oder haben Sie andere Pläne?«

Lena schüttelte den Kopf. »Ich werde eine Pause einlegen, aber anschließend komme ich wieder.«

»Das freut mich. Unsere Zusammenarbeit hat mir gefallen. Es gibt noch viel zu tun und wir Frauen sollten mit an vorderster Front kämpfen.« Sie lächelte. »Es wäre gut, wenn ich da auf Sie zählen könnte. Wir scheinen ein gutes Team abzugeben.«

»Sehe ich auch so.« Lena strich mit der Hand über ihren flachen Bauch. »Aber ich werde zuerst einmal an einer anderen Front gebraucht.«

Frauke Simonsen lächelte. »So, wie ich Sie kennengelernt habe, werden Sie auch das schaffen.«

Zweiundvierzig

Claus Wittes Anwalt stimmte einer Vereinbarung zu, nach der sein Mandant gegen Martin Passek aussagen und selbst weder wegen strafbaren Unterlassens noch wegen anderer Delikte im Zusammenhang mit dem sexuellen Missbrauch an seiner Tochter angeklagt werden würde.

Martin Passek wurde zwei Wochen nach der Vernehmung von Claus Witte vorläufig festgenommen und wenig später dem Haftrichter vorgeführt. Bei Hausdurchsuchungen in seiner Villa und seinen geschäftlichen Räumen wurden zahlreiche Datenträger und andere verdächtige Unterlagen beschlagnahmt und ausgewertet. Eine landesweite SoKo *Maren*, an der auch Johann und Ole beteiligt waren, leitete die Ermittlungen, die nach monatelanger Arbeit dazu führten, dass neben Martin Passek acht weitere Männer angeklagt wurden, unter ihnen auch Alexander von Kleinstetten. Nur einer von ihnen wurde im Prozess freigesprochen, allen anderen wurde sexueller Missbrauch von Kindern in unterschiedlich vielen Fällen nachgewiesen. Sie erhielten Freiheitsstrafen zwischen fünf und dreizehn Jahren.

Die Verdachtsmomente gegen Roland Gries, der mutmaßlich Wanja Pavlovic kurz vor Marens Tod über ihren Verrat wegen des Drogendelikts informiert hatte, reichten nicht aus, um ihn in Untersuchungshaft zu nehmen. Roland Gries tauchte wenige Tage nach seiner Vernehmung unter. Nach Christina Meiers geänderter Aussage, die Gries im Zusammenhang mit dem Angriff auf sie schwer belastete, wurde landesweit nach ihm gefahndet. Erst ein halbes Jahr später fanden Zielfahnder Gries in Spanien. Er wurde festgenommen und wenige Wochen später nach Deutschland ausgeliefert. Im Zuge der Verhöre wegen des Mordversuchs an Christina Meier gab er zu, im Auftrag von Martin Passek Wanja Pavlovic gefunden und ihn auf Maren Witte angesetzt zu haben, damit er sie unter Kontrolle halte. Nachdem Maren geflüchtet war, hatte Roland Gries Pavlovic darüber informiert, wer ihn vor Jahren angezeigt hatte. Einen unmittelbaren Auftrag, Maren Witte zu ermorden, stritt Gries vehement ab. Die SoKo fand keine Hinweise, dass er sich kurz vor Marens Tod in Husum oder direkt am Hafen von Nordstrand aufgehalten hatte. Roland Gries wurde wegen versuchten Mordes an Christina Meier zu acht Jahren Freiheitsentzug verurteilt.

Claus Witte sagte beim Prozess gegen Martin Passek umfangreich aus, bestand aber darauf, dass er erst im Nachhinein von dem Missbrauch erfahren und aus Angst geschwiegen habe. Ein halbes Jahr später verkaufte er sein Bauernhaus auf Pellworm und zog nach Sachsen.

Jan Krönke bemühte sich um die Vormundschaft für seine Tochter. Nach drei Monaten stimmte das zuständige Familiengericht zu. Das Jugendamt begleitete Krönke und seine Tochter weitere drei Jahre, bis er das alleinige Sorgerecht übertragen bekam. Bettina Witte, die sich in Husum eine Wohnung mit kleiner Werkstatt mietete, hielt engen Kontakt mit ihrer Enkeltochter und unterstützte Jan Krönke. Ein Jahr nachdem das kleine Mädchen nach Pellworm gekommen war, beantragte sein Vater eine Namensänderung. Das Kind erhielt den Vornamen, den Maren Witte für es ausgesucht hatte: Feemke.

Epilog

Hand in Hand gingen Lena und Erck am Amrumer Strand entlang. Die Sonne schien vom strahlend blauen Himmel, für Anfang September waren die Temperaturen mit über zwanzig Grad erfreulich hoch. Lenas Schwangerschaftsbauch zeichnete sich deutlich unter ihrem Sweatshirt ab.

»Vier Tage Urlaub bleiben uns noch«, sagte Lena.

Erck schaute nach oben. »Und das Wetter soll halten.«

»Beke blüht jedes Mal auf, wenn sie mich sieht. Ich habe schon Angst, was passiert, wenn wir mit unserem kleinen Kerl hier ankommen. Nicht dass sie vor lauter Aufregung einen Herzinfarkt bekommt.«

Erck lächelte. »Nein. Das ist jetzt die Vorfreude. Später legt sich das sicher.«

»Meinst du, wir sollten Bekes Angebot annehmen, dass sie nach der Geburt ein paar Wochen bei uns wohnt? Sie meint es gut, aber ich glaube, sie weiß nicht, wie anstrengend die Tage werden können.«

»Oder sie weiß ganz genau, was das bedeutet. Hat sie sich nicht damals auch um deine Mutter gekümmert, als es ihr nach der Geburt so schlecht ging?«

Lena seufzte. »Das ist schon einige Jahre her, wie du weißt.«

»Ich fürchte, Beke wird ein Nein nicht akzeptieren. Wollen wir nicht abwarten, wie es ihr dann geht? Wir können doch auch ganz offen mit ihr sprechen und sagen, dass wir Angst um sie haben.«

Lena nickte. »Ja, und in den letzten Monaten hatte ich das Gefühl, dass es ihr von Woche zu Woche besser geht. Und wenn es ihr wirklich zu viel wird, musst du sie nach Amrum zurückbringen.«

»Am Anfang kommt doch auch noch die Hebamme jeden Tag vorbei. Das wird schon. Ich sehe auch zu, dass ich möglichst wenig arbeiten muss.«

Lena wiegte den Kopf hin und her. »Ob das klappt? Wie viele neue Kunden hast du jetzt schon? Ich habe gar nicht mehr mitgezählt.«

»Viele. Trotzdem. Und wenn ich eine Aushilfe einstellen muss.«

Lena blieb stehen und zog Erck an sich. »Ich freue mich wahnsinnig auf unseren kleinen Mann.«

Erck küsste sie zärtlich. »Und ich erst.«

Lena schmiegte sich an Erck und schloss die Augen. Das Brausen der Nordsee und der Wind, der ihre Haare durcheinanderwirbelte, erinnerten sie an ihre Kindheit.

Sie sah Erck mit feuchten Augen an. »Ich liebe dich.«